afgeschreven

Wanda E. Brunstetter

Het geheim

Roman

Vertaald door Marianne Grandia

de groot goudriaan

© Uitgeverij De Groot Goudriaan – Kampen, 2008
Postbus 5018, 8260 GA Kampen
www.kok.nl

Oorspronkelijk verschenen onder de titel *A Sister's Secret* bij Barbour Publishing, Inc.,
P.O. Box 719, Uhrichsville, OH 44683, USA
© Wanda E. Brunstetter, 2007

Vertaling Marianne Grandia
Omslagillustratie Barbour Publishing
Omslagontwerp Prins en Prins Vormgevers
ISBN 978 90 8865 019 2
NUR 302

Dit boek is opgedragen aan de geliefde Amish kinderen die op 2 oktober 2006 hun leven hebben verloren bij de schietpartij in het schoolgebouw in Lancaster County te Pennsylvania.

En aan hun families, die de wereld hebben laten zien wat Gods liefde en ware vergeving betekenen.

Jullie zijn voortdurend in mijn gedachten en gebeden.

Wie is een God gelijk Gij, die de ongerechtigheid vergeeft, en de overtreding van het overblijfsel Zijner erfenis voorbijgaat? Hij houdt Zijn toorn niet in eeuwigheid; want Hij heeft lust aan goedertierenheid. Hij zal Zich onzer weder ontfermen; Hij zal onze ongerechtigheden dempen; ja, Gij zult al hun zonden in de diepten der zee werpen.

Micha 7:18-19

1

Grace Hostettler rilde. Ze had net bij het verlaten van het restaurant waar ze werkte, op de parkeerplaats een roodharige *Englischer* naast een Amish rijtuig zien staan. Hij droeg een spijkerbroek en een bijpassend jasje en hield een fotocamera in zijn handen. De manier waarop hij zijn hoofd schuin hield, herinnerde haar aan Gary Walker, de ruwe *Englischer* met wie ze in haar *rumschpringe*, haar 'wilde-haren-jaren', een tijdje was uitgegaan. Maar het kon Gary niet zijn. Ze had hem niet meer gezien sinds...

Grace drukte haar handpalmen tegen haar voorhoofd. Haar verbeelding speelde haar parten. Dat moest het zijn. Ze dwong zichzelf van de man weg te kijken en speurde de parkeerplaats af, op zoek naar haar zus. Ze zag geen enkel teken van Ruth of haar paard en wagen. *Misschien kan ik vast naar de bakkerij lopen om te kijken waar ze blijft.*

Grace bleef doorlopen, maar toen ze dichter bij de man kwam, stokte de adem in haar keel. Het wás Gary! Ze zou die stiekeme grijns, die vlammende blik in zijn blauwe ogen en zijn kruidige aftershave overal herkennen.

Hij glimlachte en richtte zijn camera op haar. Toen verscheen er een blik van herkenning op zijn gezicht en zijn mond viel open. 'Gracie?'

Ze knikte kort.

'Wel, wel, wel, kijk nu toch eens.' Hij boog zich naar haar toe en kneep zijn ogen tot smalle spleetjes. 'Ja hoor, dezelfde mooie blauwe ogen en hetzelfde asblonde haar. Maar ik herkende je bijna niet in deze Amish kleding.'

Grace opende haar mond om iets te zeggen, maar hij was haar voor. 'Wat is er gebeurd? Wilde het niet lukken in de *Englische* wereld?'

'I-ik...'

'Zeg nu niet dat je Wade tot het Amish geloof hebt overgehaald.' Hij schudde langzaam zijn hoofd. 'Ik zie jullie tweeën al over het erf slenteren, samen de koeien melken en de mest kruien.'

Grace slikte om de bittere smaak van de opkomende gal kwijt te raken. 'N-niet doen, Gary.'

Hij grinnikte humorloos. 'Wat niet? Oude koeien uit de sloot halen?'

Grace was er niet trots op dat ze tijdens haar *rumschpringe* op *Englische* wijze had geleefd en dat ze haar ouders geen enkel detail over die tijd had verteld. Ze wisten alleen dat zij met een paar Amish vriendinnen, die ook door hun *rumschpringe* gingen, was vertrokken om de moderne *Englische* wereld uit te proberen. Grace was twee jaar weggebleven en had in die tijd alleen maar een keer een briefje gestuurd met de mededeling dat ze het goed maakte en dat men zich geen zorgen over haar hoefde te maken. Verder had ze niets van zich laten horen. Ze hadden zelfs niet eens geweten dat ze in Cincinnati woonde, of dat...

'Zeg, waar is Wade?' vroeg Gary, Graces gedachten onderbrekend.

Ze rilde ondanks de warmte van de najaarsmiddag en keek om zich heen, hopend dat zich geen bekenden binnen gehoorsafstand bevonden. Ze zag alleen maar een groep *Englischers* in de straat lopen, op weg naar een van de vele toeristenwinkeltjes. 'Wade is weg en... en mijn familie weet niets over de tijd die ik elders heb doorgebracht, dus praat er alsjeblieft met niemand over, goed?'

Hij bromde wat vaags. 'Nog steeds geheimen, hè, Gracie?'

Zijn vraag stak. Bij haar eerste ontmoeting met Gary in het restaurant in Cincinnati waar zij toen als serveerster werkte, had ze hem niet verteld dat ze Amish was. Niet omdat ze zich schaamde voor haar afkomst, maar omdat ze besloten had haar Amish leven achter zich te laten.

Maar toen er op een dag een groep Amish kinderen in het restaurant was, had Gary haar in Pennsylvania Duits tegen hen horen praten. Hij had haar daar later vragen over gesteld en uiteindelijk had ze toegegeven dat ze uit Holmes County in Ohio kwam en een geboren en getogen Amish vrouw was. Gary had het eerst luchtig opgevat, maar toen later zijn ware, impulsieve en opvliegende karakter bovenkwam, begon hij er de draak mee te steken en noemde hij haar een domme Amish meid die niet wist wat ze wilde of waar ze thuishoorde.

Toen Wade in haar leven kwam en hij haar met zijn jongensachtige charme en geestige humor helemaal voor zich had ingenomen, had ze uiteindelijk de moed gevonden om de omgang met Gary te beëindigen. Gary had het niet over zijn kant laten gaan dat ze met een van zijn vrienden uitging en had gedreigd haar dit ooit betaald te zetten. Was hij naar Holmes County gekomen om die bedreiging uit te voeren?

'W-wat doe je hier, Gary?' Haar stem klonk schor, bijna fluisterend, en haar handen trilden. Ze hield haar armen stijf tegen haar lichaam gedrukt.

'Ik ben hier voor zaken. Ik werk tegenwoordig als freelanceverslaggever en fotograaf.' Hij bewoog zijn wenkbrauwen veelzeggend op en neer. 'Maar ik had zeker niet verwacht jou te ontmoeten.'

Grace hoorde het ritmische *klip-klop* van paardenhoeven en zag haar zus met het rijtuig de straat in komen. 'Ik... ik moet gaan.' Ze moest er niet aan denken dat Ruth haar met Gary zou zien. Ze zou dan ongetwijfeld een berg vragen op haar afvuren. Vragen waar Grace geen antwoorden voor klaar had.

Gary hief zijn fotocamera op en voor Grace de kans had haar hoofd om te draaien, nam hij al een foto. 'Tot kijk, Gracie.'

Ze gaf een kort knikje en haastte zich weg.

Ruth vernauwde haar ogen toen ze door de voorruit van haar rijtuig keek. Wat stond Grace daar nu op de parkeerplaats te doen? Stond ze met een *Englische* man met een fotocamera te praten?

Ze stuurde haar paard naar de kant van de weg en even later stapte Grace in het rijtuig. Ze zag er verhit uit. 'H-hoe ging het sollicitatiegesprek?' hijgde ze.

'Goed. Ik ben aangenomen.'

'Fijn om te horen.'

'Wie was die man met die fotocamera?' vroeg Ruth, terwijl ze langzaam bij de stoep vandaan reed en het rijtuig in de verkeersstroom voegde.

Graces gezicht liep rood aan, terwijl ze haar schouders ophaalde. 'Gewoon... eh... iemand die foto's van Amish rijtuigen nam.'

'Het zag eruit alsof je met hem stond te praten.'

'*Jah*, ik heb een paar woorden met hem gewisseld.'

'Was je geïrriteerd dat hij een foto van je probeerde te maken?'

Grace knikte.

'Sommige *Englische* toeristen lijken bijna gedachteloos plaatjes van ons te schieten zonder dat ze daar onze toestemming voor hebben. Of ze beseffen niet dat we erop tegen zijn dat er foto's van ons genomen worden, óf ze malen er gewoon niet om.' Ruth trok haar neus op. 'Ik voel me zo *aeryer* wanneer ze dat doen.'

Zelfs Ruths opmerking dat ze zich aan die toeristen ergerde, ontlokte geen antwoord aan Grace.

'Ik denk dat we maar het beste de andere kant op kunnen kijken en hun camera's gewoon moeten negeren.'

'Hmm.'

Nadat Ruth het paard voor het tweede stoplicht in de stad had laten stilhouden, legde ze even haar hand op Graces arm. 'Gaat het wel goed met je? Het lijkt wel of je je ergens zorgen over maakt.'

'Ik ben gewoon moe van een hele dag op mijn voeten staan.'

'Weet je het zeker? Die frons op je gezicht wekt bij mij de indruk dat er meer is.'

'Als we thuis zijn, ben ik weer helemaal opgeknapt.' Grace glimlachte, hoewel haar lach wat geforceerd overkwam. 'Vertel me eens over de bakkerij. Wat ga je daar doen?'

Ruth hield even haar adem in toen de stank van mest van een nabijgelegen melkveehouderij hun rijtuig in dreef. 'Voornamelijk klanten helpen terwijl Karen en Jake Clemons in het andere vertrek aan het bakken zijn,' vertelde ze. Toen het licht op groen sprong, klakte ze met haar tong om het paard weer in beweging te brengen. 'Op sommige dagen werk ik alleen, op andere dagen samen met mijn vriendin Sadie Esh.'

'Zou je niet liever met het bakken willen helpen?'

Ruth schudde haar hoofd en stuurde het paard de weg op die in de richting van hun huis leidde. 'Nee hoor. Ik vind het leuk om klanten te helpen, tot ik op een dag ga trouwen. Ik droom ervan een gezin te stichten.' Ruth wierp een blik op Grace. 'Al zal ik natuurlijk eerst een man moeten vinden.'

'Hoe zit het met Luke Friesen? Denk je dat het iets wordt tussen jullie tweeën?'

'Ik weet het niet. Misschien. Maar ik ga me nu eerst op mijn nieuwe baan concentreren.' Ruth smakte met haar lippen. 'Alleen al de gedachte aan die heerlijke pasteien en taarten in de bakkerij maakt me hongerig.'

'Mama zal vast al met het avondeten bezig zijn als wij thuiskomen, dus zul je snel genoeg kunnen eten.'

'Over mama gesproken, ik hoorde haar gisteren zeggen dat ze binnenkort graag met jou aan je bruidsjurk wil beginnen.'

Grace knikte en draaide haar gezicht naar het raampje. Keek ze naar de heldere herfstkleuren van de bomen langs de weg of probeerde ze een gesprek te vermijden?

'Wil je nog steeds dat ik je met de bloemen voor jullie huwelijk help?' vroeg Ruth.

'*Jah*, natuurlijk.'

'Je hebt een paar verse boeketten nodig voor de bruidstafel en ik denk dat het leuk zou zijn om op elke andere tafel een groot boeket in het midden neer te zetten.'

'Hmm.'

'Wil je er ook een paar kaarsen bij?'

Grace knikte.

'Omdat Cleons moeder en zus zelf bijenwaskaarsen maken, zullen zij vast wel voor jullie kaarsen kunnen zorgen.'

'Waarschijnlijk wel.'

'Ik hoop dat Cleon beseft welk geluk hem ten deel valt als hij met mijn grote zus trouwt.'

'I-ik ben de gelukkige.' Grace plukte aan haar donkergroene jurk alsof ze daarin een losse naad had ontdekt, maar Ruth zag er niets aan. Hoewel ze het natuurlijk niet van dichtbij kon bekijken, omdat ze haar blik op de weg gericht moest houden. Vorige week was er op dit stuk weg tussen Berlin en Charm nog een ongeluk gebeurd toen een rijtuig de helling af kwam en er plotseling een hert overstak.

Grace zuchtte en Ruth keek haar zijdelings aan. Als Grace iets dwarszat, dan zou ze er wel over praten als ze eraantoe was, meende Ruth en ze besloot de rest van de tocht van de omgeving te genieten. De berken, beuken en notenbomen waren getooid met verschillende tinten geel, oranje en bruin en de esdoorns, eiken en kornoeljes droegen rode tot paarsrode bladeren. De zonnestralen die door de bomen vielen, gaven haar het gevoel dat alles in de wereld in orde was – tenminste, in haar kleine wereld wel.

Cleon Schrock liep naar het buffet voor in het restaurant waar Grace werkte en lachte naar Sarah, de dochter van de eigenaar. 'Ik moest naar de stad voor zaken voor mijn imkerij en kom nu even langs om bij Grace te kijken. Wil je tegen haar zeggen dat ik er ben?'

Sarah schudde haar hoofd. 'Het spijt me, maar Grace is tien minuten geleden weggegaan. Ze zei iets over een afspraak met haar zus, die een sollicitatiegesprek had bij de bakkerij.'

'Goed, dank je wel.' Toen Cleon naar de deur liep, voelde hij een steek van teleurstelling. Hij had Grace niet meer gezien sinds de laatste kerkdienst van meer dan een week geleden. 'Fijne avond, Sarah,' riep hij over zijn schouder.

'Jij ook.'

Cleon opende de deur en net toen hij naar buiten stapte, botste hij met zijn schouder tegen de schouder van een lange, roodharige *Englischer*. De man had een duur uitziende fotocamera in zijn ene hand en een schrijfblok met een dikke groene pen daarbovenop vastgeklemd in de andere. 'Sorry. Ik had niet in de gaten dat er zich iemand aan de andere kant van de deur bevond,' zei Cleon, terwijl hij zijn hoofd schudde.

'Het geeft niet. Zolang u deze schat maar niet beschadigt, is er niets aan de hand.' De man hief zijn fotocamera op. 'Zij zorgt tegenwoordig voor mijn inkomsten.'

Cleon bleef staan en liet de woorden van de man op zich inwerken. 'Bent u een verslaggever van de krant?'

'Nee. Ik ben een freelancefotograaf en verslaggever en schrijf voor verschillende opdrachtgevers.' Hij glimlachte, waarbij een rij rechte, parelwitte tanden onthuld werd. 'De foto's die ik eraan toevoeg, brengen meestal meer geld op dan de artikelen zelf.'

Cleon gaf een kort knikje en wilde verderlopen.

'Zeg, ik vroeg me af of ik u kort mag interviewen. Ik probeer wat informatie over de Amish in deze omgeving te krijgen en...'

'Het spijt me, ik heb geen interesse.' Voor de *Englischer* verder nog een vraag kon stellen, haastte Cleon zich het trapje af. Een interview over de Amish levenswijze was wel het allerlaatste waar hij op zat te wachten. Hij had nog niet zo lang geleden een paar krantenartikelen over de Amish gelezen en geen van deze artikelen was nauwkeurig geweest. Cleon liep met grote stappen naar de parkeerplaats toe, maakte zijn paard los en stapte in zijn rijtuig. Als hij opschoot, kon hij Grace en Ruth misschien nog inhalen op hun rit naar huis.

2

Terwijl Cleon in zijn open rijtuig reed, kon hij alleen maar aan Grace denken en aan zijn grote verlangen haar weer te zien. Hij wilde haar dolgraag over zijn nieuwe contacten met een paar cadeauwinkels in Sugarcreek en Berlin vertellen. Als hij haar onderweg niet inhaalde, zou hij bij haar thuis langsgaan voor hij naar huis ging.

Het paard boog zijn hals en draafde fier over de weg, terwijl Cleons gedachten terugzwierven naar de dag dat hij Grace Hostettler voor het eerst had gezien. Het was bijna vier jaar geleden – één dag nadat hij en zijn familie vanuit Lancaster County hierheen waren verhuisd. Hij had Grace ontmoet tijdens de kerkdienst die bij haar ouders werd gehouden. Ze had toen wat stil en verlegen geleken, maar na een tijdje waren ze vrienden geworden en al snel kregen ze verkering.

Hij had haar eerder een aanzoek willen doen, maar had gewacht tot zijn imkerij voldoende inkomsten gaf om een vrouw en gezin te onderhouden. Daarbij, tot een jaar geleden had Grace ook nog niet aan een huwelijk toe geleken. Ze had hem verteld dat ze het Amish geloof een periode had losgelaten voor ze zich bij de kerk had aangesloten en dat ze nog maar net een paar maanden in Holmes County terug was toen zij elkaar ontmoetten. Cleon had Grace een paar keer naar haar *rumschpringe*-jaren gevraagd, maar omdat ze niet over die tijd leek te willen praten had hij het verder laten rusten. Wat Grace in die jaren had gedaan, was haar zaak en als ze erover wilde praten, zou ze dat wel doen, had hij bedacht.

Het geluid van een claxon achter hem bracht Cleon in het heden terug. Hij hield zijn paard iets in en stuurde zijn rijtuig wat dichter naar de berm van de weg om de automobilist te laten passeren. Hij knarsetandde. Met deze snelheid zou hij Grace nooit inhalen.

Zodra de auto voorbij was, stuurde Cleon naar de weg terug en trok de teugels aan om het paard sneller te laten lopen. De ruin wapperde met zijn oren en ging over in een snelle draf. Enkele minuten later zag Cleon een zwart, gesloten rijtuig voor zich rijden. Omdat er geen tegenliggers op de weg waren, stuurde hij behoedzaam zijn paard naast het andere rijtuig. Door het raampje aan de linkerzijde zag hij Grace op de passagiersplaats zitten. Ruth zat rechts, op de bestuurdersplaats.

'Wil je even stoppen?' riep hij.

Ruth ging naar de kant en hield haar rijtuig stil. Cleon parkeerde zijn wagen achter hen en stapte uit. Hij spurtte naar de plaats waar Grace zat en opende het portier. 'Ik was naar het restaurant gegaan in de hoop jou daar te zien, maar Sarah zei dat je al weg was. Dus ben ik je snel achternagereden.'

Grace glimlachte naar hem, maar het leek haar moeite te kosten. Was ze niet blij hem te zien?

'Ik had je graag een lift naar huis gegeven, zodat we konden praten.' Grace trok wit weg en ze haalde beverig adem. 'Praten? Waarover?'

'Over onze aanstaande bruiloft.'

'W-wat is daarmee?'

Cleon vernauwde zijn ogen en wreef over zijn kin. 'Wat is er aan de hand, Grace? Waarom ben je zo *naerfich?*'

'Ik ben niet nerveus, ik ben gewoon moe na een hele dag werken.'

'Ze doet al wat vreemd sinds ik haar op de parkeerplaats bij het restaurant ophaalde,' merkte Ruth vanaf haar zitplaats op. Ze boog zich voorover en keek om Grace heen, zodat ze Cleon recht aan kon kijken. 'Als je het mij vraagt, is mijn grote zus zenuwachtig voor de bruiloft.'

'Dat ben ik niet.' Met gefronst voorhoofd stootte Grace met haar elleboog tegen Ruths arm. 'Als je het niet erg vindt, rijd ik verder met Cleon mee.'

Ruth haalde haar schouders op. 'Het maakt mij niets uit. Dan zie ik je thuis wel weer.'

Grace had het gevoel dat er een knoop in haar maag zat toen ze bij Cleon in het rijtuig stapte. Had Cleon Gary in de stad ontmoet? Kon het zijn dat Gary hem dingen over haar verleden had verteld? Wilde Cleon daarom met haar praten? Misschien had hij wel besloten om hun bruiloft af te zeggen.

'Gaat het wel goed met je?' Cleon boog zich naar haar toe en legde zijn hand op haar arm. 'Je bent vandaag jezelf niet, lijkt het wel.'

'Ik voel me prima. Wat wilde je over de bruiloft zeggen?'

'Ik wilde je laten weten dat ik er vandaag een paar honingklanten bij heb gekregen en als het zo doorgaat, hoef ik straks niet eens meer bij mijn *daed* op de boerderij te werken.' Cleon glimlachte. 'Wanneer we eenmaal getrouwd zijn, kun jij stoppen met je werk.'

Er sloeg een golf van opluchting door Grace heen. Cleon had Gary vast niet gesproken en ook niets anders over haar verleden ontdekt, anders zou hij nu niet zo over hun huwelijk praten.

Cleon pakte de teugels op en stuurde het paard weer naar de weg.

Grace leunde achterover op de met leer beklede zitplaats en probeerde zich te ontspannen. Alles was in orde – tenminste, voor dit moment wel.

Ze reden een tijdje in stilte verder. Grace luisterde naar het gestage *klip-klop* van de paardenhoeven, terwijl het rijtuig op en neer hotste over de heuvelachtige weg. Ze dacht ondertussen over Cleons eigenschappen na. Hij was sterk en rustig en vanaf het allereerste moment had ze zijn gelijkmatige humeur en subtiele gevoel voor humor erg op prijs gesteld. Hij was het tegenovergestelde van Wade, van wie de geestige grapjes en de jongensachtige charme haar aangetrokken hadden. Maar Wade leek nooit ergens rust te vinden, wat een verklaring zou kunnen zijn voor het feit dat hij in de tijd dat zij samen waren geweest, bij vijf verschillende restaurants als kok had gewerkt.

Toen ze langs de akker van een Amish boer reden, bracht het geluid van het ruisende koren in de wind haar gedachten naar het heden terug. Ze zuchtte.

'Weet je zeker dat je in orde bent?' Boven Cleons wenkbrauwen verschenen een paar zorgelijke rimpels. 'We zijn bijna bij je thuis en je hebt nog niet meer dan een paar woorden gezegd.'

Grace dwong zichzelf te glimlachen, in een poging om te voorkomen dat Cleon zou merken dat ze zo van streek was geraakt door Gary's komst. 'Ik bedacht hoe gelukkig ik ben met zo'n *wunderbare* verloofde als jij.'

'Ik ben de gelukkige,' zei hij, met zijn hand teder haar arm aanrakend. 'En jij bent degene die fantastisch is. Je bent mijn gezegende geschenk.'

Zou Cleon dat nog steeds vinden als hij mijn geheim kende?

Cleon stuurde het paard naar rechts en leidde hem het grindpad op, langs haar vaders meubelmakerij. Even later kwam haar ouderlijk huis met zijn twee verdiepingen in zicht. Cleon hield de teugels in en liet het rijtuig bij de schuur stoppen. 'We zijn er.'

'Wil je blijven eten?' vroeg ze. 'Wat mama ook maakt, er is altijd meer dan genoeg.'

Hij glimlachte naar haar, waarbij een kuiltje in zijn wang verscheen. De goudkleurige spikkeltjes in zijn bruine ogen leken helderder dan anders. 'Ik eet graag met jullie mee. Misschien kunnen we daarna samen een poosje op de veranda zitten en over onze bruiloft praten.'

Grace keek de keukentafel rond. Rechts van haar zat Ruth en links zat Martha, hun jongere zus. Mama zat aan het ene uiteinde van de tafel, het dichtst bij het fornuis, en papa zat aan het andere uiteinde. Cleon zat tegenover Grace en haar zussen.

Grace was blij dat ze Cleon voor de maaltijd had uitgenodigd. Het gesprek en de grapjes tijdens het eten hadden haar geholpen zich wat te ontspannen en het was fijn te zien hoe goed Cleon met haar familie overweg kon. Papa had al een paar keer gezegd dat hij blij was met Graces keuze, maar ze vroeg zich af wat hij en mama van Wade gevonden zouden hebben. Ze wist zeker dat ze het niet eens geweest zouden zijn met de manier waarop hij steeds van werkgever veranderde. Maar waarschijnlijk hadden ze zijn vrolijkheid en luchthartig geplaag wel leuk gevonden.

Deze eigenschappen van Wade hadden Grace ook aangetrokken, al direct vanaf het moment dat hij in het restaurant waar Grace werkte naar een betrekking als kok kwam solliciteren. Wanneer haar ouders wisten dat Grace met een *Englischer* getrouwd was geweest, zouden ze daar zeker overstuur van zijn.

'Hoe gaat het in de meubelmakerij, Roman?' vroeg Cleon aan zijn toekomstige schoonvader.

Papa pakte de schaal met aardappelpuree en glimlachte. 'Het is echt druk geweest de laatste tijd.'

'Dan zal het fijn zijn dat u Luke Friesen als hulp hebt aangenomen.'

'Luke kan goed genoeg werken,' zei papa met een knikje. 'Maar helaas heeft het al wel een paar keer flink gebotst tussen ons.'

'Waarover?' vroeg Ruth op bezorgde toon. Zij ging al een paar maanden met Luke om en Grace wist zeker dat haar zus niets negatiefs over hem wilde horen.

Papa haalde zijn brede schouders op. 'Niets om je zorgen over te maken, meisje. Luke moet gewoon leren wie de baas is en wat ik wel en niet toesta.'

Ruth opende haar mond alsof ze nog iets wilde zeggen, maar Martha was haar voor.

'Zeg, papa, misschien heeft Luke wel tijd om een kennel voor mijn honden te maken als u het daar te druk voor hebt.'

Haar vader keek Martha bedenkelijk aan en schudde zijn hoofd. 'Er ligt nog volop ander werk voor Luke, maar ik zal je kennel maken zodra ik kan.'

'Als u daar wat hulp bij kunt gebruiken, wil ik wel een handje helpen,' bood Cleon aan.

'Het is nu de drukste tijd van het jaar met de oogst en zo,' zei Graces vader. 'Ik ben ervan overtuigd dat jij je handen vol hebt met je imkerij, de bouw van het huis voor Grace en jou en het werk bij je *daed* en *bruders* op de boerderij.'

'Daar hebt u wel gelijk in.' Cleon wierp een blik op Grace. 'Ik had gehoopt dat ons huis klaar zou zijn tegen de tijd dat we gaan trouwen, maar omdat iedereen het nu te druk heeft om mij te helpen, ben ik bang dat het niet lukt.'

'Wil je de bruiloft liever uitstellen?' vroeg ze, terwijl ze met schrik werd vervuld. Als hun bruiloft in december niet door kon gaan omdat het huis niet klaar was, zouden ze dan tot het volgende najaar moeten wachten? De meeste Amish stellen in hun gemeenschap trouwden in oktober, november of december, als de oogst binnen was. Grace dacht niet dat ze nog een jaar kon wachten.

'Maak je geen zorgen. Jullie kunnen na de bruiloft hier intrekken en net zolang blijven tot het huis klaar is.' Haar vader glimlachte over de tafel heen naar zijn vrouw en plukte aan zijn volle, bruine baard. 'Toch, Judith?'

'O, *jah*, dat is totaal geen probleem,' antwoordde ze. 'En omdat jullie huis achter op onze grond wordt gebouwd, is het voor Cleon en jou makkelijk om er ieder vrij moment aan te werken.'

Grace keek naar Cleon om zijn reactie te peilen en zag tot haar opluchting dat hij glimlachte. 'Dat lijkt me heel fijn,' zei hij.

3

Ondanks de fijne avond die ze gisteren met Cleon had beleefd, werd Grace de volgende morgen moe en futloos wakker. Ze had slecht geslapen en het was haar niet gelukt om Gary uit haar gedachten te zetten. Tijdens het ontbijt piekerde ze over zijn plotselinge verschijning.

Ze vroeg zich af hoelang hij in Holmes County zou blijven en of hij echt verslaggever was. Ook maakte ze zich zorgen dat hij niet zou zwijgen over haar verleden. Tegen de tijd dat ze klaar waren met het ontbijt en haar vader naar zijn werkplaats was gegaan, had zich bij Grace een flinke hoofdpijn ontwikkeld. Ze durfde bijna niet naar haar werk, uit angst voor een nieuwe ontmoeting met Gary. Ze hoopte dat hij geen bekenden van haar zou spreken.

'Voel je je niet goed vanmorgen, Grace?' vroeg mama, terwijl ze met een stapel vuile borden door de keuken liep. 'Je was zo stil onder het eten en je hebt nauwelijks iets gegeten.'

'Ik heb vannacht niet goed geslapen en nu heb ik behoorlijk hoofdpijn, waardoor mijn maag ook wat van slag is.' Grace vulde de teil met heet water en pakte de borden van haar moeder aan.

'Wat vervelend voor je,' zei mama met een bezorgde uitdrukking op haar gezicht.

'Waarom laat je mij niet afwassen?' stelde Ruth voor, terwijl ze naast Grace kwam staan. 'Dan kan Martha afdrogen, terwijl jij met mama aan tafel theedrinkt. Misschien is de hoofdpijn dan wat gezakt tegen de tijd dat we naar het werk moeten.'

Grace keek naar Martha, die de keukenvloer aan het vegen

was. 'Zal ik dat van jou overnemen, zodat jij Ruth met de vaat kunt helpen?'

Martha schudde haar hoofd. 'Dat hoeft niet. Ik ben bijna klaar. Doe jij nu maar wat Ruth voorstelde.'

'Goed dan.' Grace liep naar het fornuis, waarop het water zachtjes stond te koken, maar mama was haar voor. Terwijl haar moeder de fluitketel pakte, haalde Grace twee theeglazen, een doosje kamillethee en een kokertje pijnstillers uit de kast en ging daarna aan tafel zitten.

Tijdens de afwas kwebbelde Martha over haar honden. Ze kon bijna niet wachten tot haar sheltie Heidi voor het eerst een nestje werpen zou. Grace nam een slokje van haar thee en probeerde zich af te sluiten voor Martha's gebabbel, maar zonder succes.

'Kun jij nu nergens anders aan denken of over praten dan over die *hund*?' vroeg ze bits. 'Er zijn wel belangrijker dingen in de wereld dan hoeveel *hundlin* Heidi zal krijgen en hoeveel geld ze zullen opbrengen.'

Martha draaide zich om van de kast waar ze net de schone borden in zette en knipperde met haar ogen. 'Het mag dan voor jou niet belangrijk zijn, voor mij is het dat wel. Dat jij niet zo veel om honden geeft, betekent nog niet dat je mijn onderneming als iets onbetekenends kunt afdoen.'

'Het spijt me dat ik snauwde.' Grace nam nog een slokje thee. 'Ik ben mezelf niet vanmorgen.'

Martha fronste haar voorhoofd. 'Er leek gisteravond niets aan de hand te zijn toen Cleon hier was. Wat is er tussen toen en nu gebeurd dat je zo prikkelbaar bent?'

'Niets. Ik voel me gewoon niet lekker.'

Mama vernauwde haar ogen en boog zich naar Grace toe om haar een klopje op haar schouder te geven. 'Misschien moet je vandaag je werk afzeggen en wat rust nemen.'

'Ik ben het met mama eens, je kunt beter weer in je bed kruipen,' viel Ruth vanaf haar plaats bij het aanrecht bij.

Grace schudde haar hoofd. 'Ik wil ze in het restaurant niet met te weinig personeel laten zitten.' Ze stopte twee aspirines in haar mond en spoelde ze weg met wat thee. 'Ik weet zeker dat ik me prima voel als deze eenmaal werken.'

Terwijl Ruth en Grace in hun rijtuig naar Berlin reden, nam Ruths bezorgdheid om haar zus verder toe. Grace had geen woord meer gezegd sinds ze van thuis vertrokken waren en terwijl ze achteroverleunde met haar hoofd tegen de rug van de stoel en haar ogen sloot, ademde ze met kleine, beverige stootjes.

'Heb je nog steeds hoofdpijn?' vroeg Ruth, even de arm van haar zus aanrakend.

'Een beetje.'

'Zal ik keren en je naar huis brengen?'

'Nee, ik ben echt wel opgeknapt als we in Berlin zijn.'

'Is er soms nog iets anders wat je dwarszit dan alleen de hoofdpijn?'

'Ik ben gewoon moe en wat gespannen, dat is alles.'

'Weet je wat jij volgens mij nodig hebt?'

Het rijtuig hotste toen ze een heuvel afdaalden en Grace opende haar ogen. 'Nou?'

'Wat plezier in de zon, voor dit prachtige herfstweer omslaat en het kouder wordt.'

'Wat had je in gedachten?'

Ruth glimlachte. Ze had nu in ieder geval de volle aandacht van haar zus. 'Komende zaterdag gaan Sadie en ik met Toby en Luke naar het meer om daar wat te vissen en te picknicken. Waarom gaan Cleon en jij niet met ons mee?'

'Dat klinkt leuk, maar ik moet zaterdag werken.' Grace gaapte en bedekte haar mond met haar hand. 'Hoe gaat het tussen jou en Luke? Denk je dat je ooit met hem wilt trouwen?'

Ruth haalde haar schouders op, terwijl ze een rukje aan de teugels gaf om het paard de heuvel op te krijgen. 'We gaan pas een paar maanden met elkaar om, dus is het te vroeg om daar al iets over te kunnen zeggen.'

'Maar je vindt hem wel leuk, toch?'

Jah.'

'Dat moet wederzijds zijn, anders zou hij jou niet mee uit vragen.'

'Misschien is hij alleen maar aardig omdat hij voor onze *daed* werkt en hem te vriend wil houden.'

'Uit wat papa gisteravond zei, kreeg ik niet het idee dat Luke echt zo zijn best doet om papa te vriend te houden.'

Ruth zette haar stekels op. 'Ik denk dat dit meer aan papa ligt dan aan Luke.'

'Hoe kom je daar zo bij?'

'Je weet hoe pietluttig *daed* kan zijn. Als het niet op zijn manier gebeurt, kan het onmogelijk goed zijn.'

'Ja, óf Luke zal moeten leren zijn mening voor zich te houden, óf papa zal moeten leren sommige opmerkingen van Luke langs zijn koude kleren af te laten glijden.'

Ruth knikte. 'Ik hoop dat hun verhouding zal verbeteren. Het is leuk dat Luke zo dichtbij werkt, dan kan ik hem meer zien.'

Grace rolde met haar ogen. 'Ben je vergeten dat je vandaag met je nieuwe baan begint? Je bent hoogstwaarschijnlijk het merendeel van de dagen al op weg naar je werk als Luke in de werkplaats arriveert.'

Ruth fronste haar donkere wenkbrauwen. 'Daar had ik nog niet aan gedacht. Ik hoop niet dat hij interesse in Martha zal tonen, nu zij wel de hele dag thuis is en hij haar meer zal zien dan mij.'

'Daar hoef je je volgens mij geen zorgen over te maken. Martha kan tegenwoordig alleen maar aan honden fokken denken.'

Nadat Cleon zijn overall en handschoenen had aangetrokken en zijn bijenkap had opgezet, ontstak hij wat turfblokjes in de roestvrijstalen rookpot. Hij blies wat lucht bij de smeulende brandstof waardoor er een koude, witte rook ontstond, die de bijen kalmeerde en hem de kans gaf hun honing weg te halen.

Onder het werk dacht hij aan de avond daarvoor, toen hij bij Grace en haar familie had gegeten. Hij was ontzettend dankbaar dat hij niet alleen een geweldige vrouw zou krijgen wanneer hij met Grace trouwde, maar ook een geweldige schoonfamilie. Hij kon het met ieder van hen uitstekend vinden en in het bijzonder met Roman.

Juist toen Cleon een nieuwe honingraat uit een van de bijenkasten had gehaald, kwam zijn jongere broer Delbert vertellen dat hun vader met het oogsten van het koren wilde beginnen en daar Cleons hulp bij nodig had.

'De helft van de mannen in onze gemeenschap is hem vanmorgen al aan het helpen. Hij heeft mij heus niet nodig,' protesteerde Cleon.

Delbert kneep zijn grijsblauwe ogen tot smalle spleetjes. 'Papa heeft alle hulp die hij krijgen kan hard nodig en daar hij jou betaalt om voor hem te werken, kun je maar beter *schnell* naar het land komen.'

'*Jah*, ik kom zo snel mogelijk. Maar ik moet het eerst hier afmaken.'

'Ik snap werkelijk niet wat er nu zo leuk aan zo'n horde zoemende bijen is.' Voor Cleon kon antwoorden, was Delbert alweer weg.

Nadat Cleon de honingraten bij zijn moeder had gebracht, zodat zij ze kon fijnmalen en verhitten om de honing eraan te onttrekken, ging hij naar het korenveld. Hij hoopte vanavond na het eten nog even naar Grace toe te kunnen.

Grace keek op de klok boven de balie van het restaurant. Het was bijna drie uur – haar werktijd zat er nagenoeg op voor vandaag. Het was drukker dan anders geweest tijdens het ontbijt en de lunch, dus was ze blij dat ze zo klaar zou zijn. Haar voeten deden verschrikkelijk pijn. Gelukkig werkte Ruth vandaag op dezelfde tijden, dus zou ze zo uit de bakkerij hierheen komen en konden ze naar huis.

'Wil jij die klant helpen die net is binnengekomen?' vroeg Esther, een collega van Grace. 'Ik heb een bestelling die ik door moet geven en eentje die ik nog moet serveren.'

'Natuurlijk.'

'Fijn, bedankt.' Esther knikte in de richting van het zitje waar een roodharige man met gebogen hoofd iets zat te bestuderen en haastte zich daarna naar de keuken.

Grace pakte een menukaart, haar notitieblokje en een pen en liep naar het zitje toe. Toen ze daar aankwam, zag ze waar de man naar keek en haar hart sloeg over. Op tafel lagen diverse foto's van Amish rijtuigen en mensen van Eenvoud. Nog voor de man opkeek, wist ze dat het Gary was. Ze haalde diep adem om haar zenuwen in bedwang te houden en legde de menukaart boven op de foto's.

'Hé, kijk uit! Ik wil niet dat een van deze foto's wordt beschadigd.' De frons waarmee hij naar haar opkeek, verdween snel toen hij zag dat zij het was. 'Wel, wel. Ik had niet verwacht jou weer te zien – tenminste, niet zo snel. Werk je hier al lang, Gracie?'

Zijn vraag negerend, wees ze naar de menukaart. 'Onze specialiteit vandaag is zuurkool met varkenskarbonade.'

Hij haalde zijn neus op. 'Niet echt een van mijn favoriete gerechten, maar dat geeft niet, want het is toch nog te vroeg voor een avondmaaltijd. Ik kwam alleen maar binnen om mijn voeten rust te geven en deze foto's te bekijken voor ik ze naar een uitgever stuur.'

'Dus je wilt niets bestellen?'

'Dat zei ik niet.' Hij pakte de menukaart op, bladerde er snel doorheen en gaf hem aan haar terug. 'Ik wil graag een kop koffie met een stuk taart.'

'Wat voor taart?'

'Waarom verras je me niet?'

Grace omklemde de rand van haar schort en knarste met haar tanden. Die man was onmogelijk! 'Ik mag geen keuze maken voor de klant. Je moet zelf iets uitzoeken.'

Hij trommelde irritant met zijn vingers op de tafelrand. 'Wat dacht je van iets met appel? Hebben jullie dat?'

'Ik denk het wel.' Ze draaide zich om en wilde weglopen, maar hij stak zijn hand uit en omklemde haar pols met zijn koude vingers. 'Niet weglopen. Ik wil graag even met je praten – wat bijkletsen en misschien nog wat herinneringen ophalen uit onze tijd samen.'

Ze probeerde zich terug te trekken, maar hij hield haar stevig vast, terwijl hij met zijn duim traag, maar doelbewust, over haar arm streek. 'We hebben een leuke tijd gehad samen. Mis je die nooit, Grace?'

Het bloed bonsde in haar slapen. Ze had gedacht dat ze afgerekend had met haar schuldgevoelens over haar *Englische* tijd en het geheim dat ze voor haar familie had. Maar nu, terwijl Gary met zo'n intensiteit naar haar keek, spoelden de schuldgevoelens weer als golven over haar heen. Voelde ze zich maar vrij genoeg om haar ouders te vertellen waar ze had gewoond en wat zich in haar *rumschpringe* had afgespeeld.

Maar ze wist zeker dat ze het niet zouden begrijpen, vooral haar vader niet. Hij had al een paar keer zijn boosheid geuit over het feit dat zijn enige zus het Amish geloof had losgelaten, met een *Englischer* was getrouwd en nooit meer contact met haar familie had gezocht. En steeds wanneer hij hoorde dat iemand het geloof had losgelaten, was hij dagenlang prikkelbaar, ongeacht of die persoon al wel of niet bij de kerk aangesloten was geweest. Wanneer papa de details van haar *rumschpringe* zou weten, zou hij kwaad op haar zijn, ook al was ze nog geen lid van de kerk geweest toen ze van huis was weggegaan.

'Gracie, hoorde je wat ik zei?' vroeg Gary, haar pols loslatend.

Ze deed een stap naar achteren en knikte. 'Ik zal je bestelling doorgeven en een van de serveersters zal hem over enkele minuten bij je brengen.'

Er verschenen rimpels in zijn voorhoofd. 'Ik dacht dat jij mijn serveerster was.'

'Mijn dienst zit er bijna op. Ik val alleen maar in voor degene die het even te druk had om jou te bedienen.'

'Als je straks toch vrij bent, kun je wel gaan zitten, dan kunnen we samen koffiedrinken.' Hij knikte naar de bank tegenover hem, blijkbaar op zijn minst niet ontmoedigd door haar koele benadering. Maar ja, vroeger had hij ook al nooit genoegen genomen met een 'nee'.

'Ik kan niet. Mijn zus komt me zo ophalen. Trouwens, ik ben verloofd en dan is het niet gepast als ik met een andere man koffiedrink – vooral niet als die man niet bij de Amish kerk is aangesloten.' Grace kromp ineen. Ze kon niet geloven dat ze eruit geflapt had dat ze verloofd was.

Gary schudde zijn hoofd. 'Gracie, Gracie, Gracie, je klinkt als een puritein. Wat is er gebeurd met de vrolijke, pittige meid met wie ik uitging?'

'Ik zit niet meer in mijn *rumschpringe*,' zei ze met samengeknepen lippen. 'Ik ben gedoopt, heb me bij de kerk aangesloten en...'

'Ja, ik dacht al zoiets. Je zou niet in die eenvoudige kleren lopen als je niet weer Amish was geworden.' Hij keek Grace zo aandachtig aan dat haar huid kriebelde. 'De laatste keer dat ik Wade sprak, zei hij dat jullie tweeën gelukkig getrouwd waren. Wat is er gebeurd? Ging zijn vrouwtje van Eenvoud hem vervelen en heeft hij je voor een ander ingeruild?'

Graces oren gloeiden en de hitte verspreidde zich snel naar haar gezicht. 'Wade leeft niet meer.'

Gary trok wit weg. 'Echt niet?'

Ze schudde haar hoofd.

'Wat is er gebeurd?'

'Wade is op een mistige avond tijdens zijn rit naar huis door een tegemoetkomende vrachtwagen geraakt.' Ze zweeg even om het brok in haar keel weg te slikken. 'Ik dacht dat je het wel gehoord zou hebben.'

'Ik ben kort na jullie huwelijk naar Indianapolis verhuisd.' Hij schudde zijn hoofd. 'Het spijt me voor je, Grace.'

Ze bestudeerde zijn gezicht en vroeg zich af of Gary echt medeleven voelde. Toen zij met hem uitging, had ze bij hem nooit iets van betrokkenheid ervaren.

'En toen ben je na de dood van Wade hierheen verhuisd en lid van de Amish kerk geworden?'

Ze knikte. *Weet Gary nog iets anders over mijn leven? Weet hij...*

Ze boog zich dichter naar hem toe. 'Beloof me dat je met niemand over mijn huwelijk met Wade zult praten.'

Hij hief zijn hand op. 'Zoals ik je gisteren al vertelde, ben ik alleen maar naar Holmes County gekomen om wat foto's te nemen en een paar goede verhalen over de Amish in deze streek te schrijven, niet om over een oude vlam te roddelen.'

Grace wilde hem graag geloven en ze hoopte dat hij de waarheid sprak. Maar Gary was nooit te vertrouwen geweest en ze wist niet goed of ze wel iets kon geloven van wat hij vertelde. Ze wist zelfs niet of hij wel de waarheid sprak over zijn werk als verslaggever. Net toen ze hem dat wilde vragen, zag ze Ruth het restaurant binnenkomen. 'Mijn lift is er. Ik moet gaan.'

Ze draaide zich snel om en haastte zich naar Esther om haar het bestelbonnetje te geven. 'De klant die jij mij vroeg te bedienen, wil koffie met appeltaart. Mijn zus is er, dus ik moet gaan.'

'Geen probleem. Ik zal de bestelling gelijk doorgeven.' Esther fronste haar voorhoofd. 'Alles in orde, Grace? Je gezicht is rood aangelopen en je zweet alsof het hoogzomer is.'

'Ik voel me prima – alleen wat moe en bezweet van een hele dag werken. Tot morgen, Esther.' Grace liep snel weg voor haar collega iets terug kon zeggen. Ze moest bij Gary en zijn doordringende blik vandaan. Ze moest naar huis, waar ze zich veilig voelde.

4

'Wat ben je aan het maken?'

Martha keek van haar borduurwerk op en glimlachte naar haar moeder, die met een nieuwsgierige blik op haar gezicht over de keukentafel stond heengebogen. 'Dit wordt een merklap, die ik als huwelijkscadeau aan Grace wil geven. Ik borduur de namen van Grace en Cleon erop en laat voldoende ruimte over, zodat Grace later de namen van hun kinderen erbij kan zetten.'

'Ze zullen vast erg blij zijn met zo'n attent geschenk,' zei haar moeder opgewekt.

'Ik was eerst van plan hun een van Heidi's puppies te geven. De hondjes worden bijna geboren en kunnen nog lang genoeg bij hun moeder blijven voor de bruiloft aanbreekt.' Martha haalde haar schouders op. 'Maar omdat Grace niet zo veel van dieren houdt, dacht ik later dat ze waarschijnlijk niet zo blij zou zijn met een hondje.'

'Daar heb je wel gelijk in, denk ik.' Haar moeder trok een stoel naar achteren en ging naast Martha zitten. 'Ze heeft in al haar vierentwintig jaren nog nooit een huisdier gehad.' Ze fronste haar wenkbrauwen. 'Tenminste, voor zover ik weet. Ik kan niets zeggen over die twee jaar dat ze weg was.'

Martha knikte. Die periode in het leven van haar zus was een doodgezwegen onderwerp. Toen Grace het huis uit was gegaan, was Martha twaalf en Ruth vijftien jaar geweest. Hun ouders hadden nooit in de aanwezigheid van Martha of Ruth over de *rumschpringe* van Grace gesproken. Martha nam aan dat ze bang waren dat hun andere dochters het voorbeeld van hun oudere zus zouden volgen als er veel aandacht op gevestigd werd.

Toen Grace uiteindelijk verstandig was geworden en naar huis was teruggekeerd, was ze zonder vragen verwelkomd, net zoals de verloren zoon in de Bijbel. En omdat ze zich nog niet had laten dopen en nog geen lid van de kerk was geweest toen ze *Englisch* werd, had de gemeenschap haar niet in de ban gedaan en hoefde ze na haar terugkeer ook geen schuldbelijdenis af te leggen.

'Wil je een beker warme cider of wat limonade?' vroeg mama, Martha's gedachten onderbrekend.

Bij de gedachte aan de verrukkelijke appelcider die haar vader ieder najaar maakte, liep het water Martha in de mond. '*Jah*, heerlijk, warme cider.'

Haar moeder stond op en liep naar de koelkast die op propaangas werkte. Ze haalde een kan cider tevoorschijn, goot iets van de amberkleurige vloeistof in een ketel en zette deze op het fornuis om op te warmen. 'Lust je ook wat crackers en kaas?'

'Doe maar niet. Dan heb ik straks geen trek meer in het middageten.'

'Dan houd ik het ook maar bij cider.' Een paar minuten later zette mama een beker met het warme vocht voor haar neer. 'Alsjeblieft. Geniet ervan,' zei ze, terwijl ze naar het aanrecht aan de andere kant van de keuken liep.

'Komt u niet bij me zitten?'

'Nee, ik maak ondertussen wat brood voor je vader klaar. Het is bijna lunchtijd, dus ik breng straks zijn eten naar de werkplaats.'

'Komt papa niet thuis eten dan?' vroeg Martha, terwijl ze een roze draad door het oog van haar naald haalde.

'Hij loopt achter met het werk en wil zo min mogelijk tijd verliezen.' Mama pakte een zelfgebakken volkorenbrood uit de trommel. 'Zelfs nu Luke helpt, krijgt hij het werk nog niet af.'

Martha legde haar borduurwerk opzij en pakte haar beker. De geur van de appel die als een krul van stoom van de hete cider oprees, deed haar watertanden. Ze nam een slokje en smakte met haar lippen. 'Hmm... dit is echt lekker.'

'*Jah*, je *daed* maakt een van de lekkerste appelciders van de omgeving.'

'Zeg, mam, ik vroeg me af of u de laatste tijd iets aan Grace hebt gemerkt.'

'Hoe bedoel je dat?'

'Ze doet sinds maandag een beetje vreemd – alsof ze zich in een eigen wereldje heeft teruggetrokken, of zich ergens zorgen over maakt.'

Mama liep weer naar de koelkast, dit keer pakte ze een stuk worst, een krop sla en een pot mayonaise. 'Misschien is ze gewoon moe. Ik zou ook uitgeput zijn als ik serveerster was en heel de dag op mijn voeten moest staan.'

Martha nam nog een slokje van haar cider. 'Toen we gisteravond naar bed gingen, vroeg ik aan Grace of alles in orde was.'

'Wat zei ze toen?'

'Dat alles uitstekend ging.'

Mama besmeerde vier boterhammen met mayonaise. 'Dan zal dat vast ook zo zijn.'

Martha haalde haar schouders op en schoof haar stoel naar achteren. 'Ik ga even in de schuur bij Heidi kijken. Het is nu bijna haar tijd en ik wil zeker weten dat alles in orde is wanneer ze haar jongen werpt.'

'*Jah*.' Haar moeder pakte de worst. 'Mocht je me nodig hebben, dan ben ik in de werkplaats bij je *daed*.'

'Wil je een bestelling voor me wegbrengen?' vroeg Roman aan Luke. 'Ik heb Steven Bates beloofd dat hij zijn tafel en stoelen deze week nog zou krijgen. Hij is altijd een pietluttige klant geweest, dus moet ik mijn belofte echt nakomen.'

Luke streek een lok donker haar naar achteren en veegde met de rug van zijn hand het zweet van zijn voorhoofd weg. *'Jah*, natuurlijk. Ik kan nu gelijk wel gaan, als u dat wilt.'

'Graag, maar blijf daar niet te lang hangen.' Roman trok een grimas terwijl hij over een stijve plek in zijn onderrug wreef. 'En niet blijven treuzelen op de terugweg, zoals je bij de laatste bestelling deed.'

Luke haalde zijn schouders op. 'Ik zag er gewoon de noodzaak niet van in om het paard te hard te laten lopen.'

'Nu ja, laten we die meubels maar opladen, des te eerder kun je weg.'

Een halfuur later reed Luke met de meubels achter op zijn wagen het pad af en ging Roman verder met de keukenkasten die hij voor hun bisschop Noah King aan het maken was. Hij was net bezig met het schuren van de deuren toen er een grijsharige, *Englische* man van middelbare leeftijd de werkplaats binnenkwam. In zijn handen hield hij een notitieblok.

'Bent u de eigenaar van deze grond?' vroeg de man.

Roman knikte. 'Ja, dat klopt.'

'En ook van de grond waar het huis op staat en het land eromheen?'

'Het is allemaal mijn eigendom – tweehonderdduizend vierkante meter om precies te zijn.'

De man stak zijn hand uit. 'Ik ben Bill Collins en ik ben op zoek naar een stuk grond in deze omgeving, met de bedoeling om hier wat projecten te ontwikkelen.'

'Projecten ontwikkelen?' vroeg Roman, de uitgestoken hand negerend.

'Ja, ik wil een aantal huizen neerzetten en ik denk erover om ook een golfbaan aan te leggen, zodat...'

'Mijn land is niet te koop.'

Meneer Collins wreef over zijn kin, terwijl hij tegen Romans bureau leunde. 'Kom, meneer Hostettler...'

'U kent mijn naam?'

'Op het bord buiten staat *Hostettler's Meubelmakerij*.'

Roman knikte kort.

'Hoe dan ook, ik hoopte dat u geïnteresseerd zou zijn in wat ik u te vertellen heb. Ik ben bereid u een fatsoenlijke prijs voor uw land te betalen.'

'Geen interesse.'

'O, maar geeft u mij in ieder geval de kans om...'

'Een van mijn buren wilde ooit mijn land kopen, en toen heb ik nee gezegd, dus zal ik het nu zeker niet aan u verkopen.'

'Meneer Hostettler, ik verzeker u...'

Opnieuw ging de deur open. Met een kan cider en Romans broodtrommel in haar handen stapte Judith binnen.

Blij met de onderbreking slaakte Roman een zucht van verlichting.

'Ik weet dat het middaguur nog niet is aangebroken, maar ik heb je lunch meegebracht,' zei ze, hem lief toelachend. 'Waar zal ik hem neerzetten?'

'Op mijn bureau – tenminste, als je er een plekje voor kunt vinden.' Hij knikte toen Judith wat papieren opzijschoof en de broodtrommel neerzette.

Ze wierp een blik op de projectontwikkelaar, die bij het bureau rondhing alsof hij daar iets zocht. 'Ik hoop niet dat ik ergens bij stoor,' zei ze.

De man opende zijn mond alsof hij iets wilde zeggen, maar Roman was hem voor. 'Je stoort helemaal niet. Meneer Collins wilde net weggaan.'

'Denk nog eens na over wat ik tegen u zei. Ik kom binnenkort terug om te kijken of u dan mijn aanbod wilt horen.' Met deze woorden keerde Bill Collins zich om en liep naar de deur.

'Waar ging dat over?' vroeg Judith, toen de deur achter de man was dichtgevallen.

'Die kerel wilde ons land kopen.'

Judith zette grote ogen op. 'Waarom dat?'

'Hij had het over huizen bouwen en over de aanleg van een golfbaan en dat soort dingen.' Hij sloeg wat zaagsel van zijn broek. 'Ik heb hem verteld dat ik geen interesse heb en als hij terugkomt, zal ik hem dat opnieuw vertellen.'

'Dat hoop ik wel, ja.' Judith knikte naar de deur. 'Ik zag net Luke met een wagen vol meubels wegrijden toen ik hierheen liep.' Ze ging in de stoel achter Romans bureau zitten. 'Brengt hij een bestelling voor jou weg?'

'*Jah*, een tafel en wat stoelen voor Steven Bates. Hij kan maar beter niet zo lang wegblijven als de vorige keer.' Roman schudde zijn hoofd. 'Die jonge gast kan wel goed werken, maar hij houdt er zijn eigen ideeën op na. Ik vraag me af hoe het er tussen hem en Ruth voor staat nu ze samen uitgaan.'

'Dat gaat vast goed, anders zou Ruth het wel gezegd hebben. Ze is niet zo'n binnenvetter als Grace.'

Roman bromde alleen maar wat en liep naar zijn bureau. Hij had geen behoefte aan een gesprek over de zwijgzaamheid van hun oudste dochter. In sommige opzichten deed Grace hem aan zijn zus Rosemary denken, alleen was Grace uiteindelijk teruggekomen naar de plaats waar ze hoorde. Rosemary niet.

'Ik ben blij dat het zo goed gaat met je bedrijf,' zei Judith. Ze leunde met haar ellebogen op het bureau en keek naar hem op. 'Toen die *Englische* kerel, John Peterson, zich een paar maanden geleden in de streek vestigde en een meubelmakerij opzette, was ik bang dat je een aantal klanten aan hem zou kwijtraken.'

Roman schudde zijn hoofd. 'Nee. Het lijkt geen ene jota verschil te maken voor mijn bedrijf.' Hij gluurde onder het deksel van zijn broodtrommel. 'Wat heb je vandaag op mijn brood gedaan?'

'Worst en baby Swiss cheese. Ik heb vier boterhammen klaargemaakt, voor het geval je honger hebt. En ik heb er ook een paar van je favoriete crunch koekjes in gedaan.'

Hij maakte een smakkend geluid. 'Je verwent me, *fraa*.'

'Dat doe ik graag, dat weet je.' Ze glimlachte breed en schoof de stoel naar achteren. 'Ik ga maar eens naar huis, dan kun je je brood in alle rust opeten.'

'Waarom blijf je niet even? Ik vind het fijn als je er bent.' Hij pakte een van de houten stoelen en zette hem bij het bureau. 'Waar is onze jongste dochter vandaag druk mee? Heeft ze de advertenties in de krant uitgekamd om te kijken of er nog een *hund* te koop is?'

Judith zuchtte. 'Ik wilde wel dat Martha stopte met die hondenfokkerij en een echte baan zou zoeken, net zoals onze andere twee meisjes.'

'Laat me bidden, dan zullen we er straks verder over praten.'

Judith knikte en boog haar hoofd, evenals Roman. Na een stil gebed opende hij zijn ogen en pakte een boterham uit de broodtrommel. 'Ik denk dat we Martha de kans moeten geven om te kijken of haar ondernemingsplan zal slagen, vind je niet?'

'Ik neem aan van wel.'

Hij pakte nog een boterham en overhandigde deze aan haar. 'Ik hoef er echt geen vier, dus als je nog niet gegeten hebt, kun je net zo goed mee-eten.'

'*Danki*. Ik had nog niets op.'

Ze zaten een tijdje in aangename stilte bij elkaar.

'Martha maakt zich zorgen dat Grace ergens mee rondloopt,' zei Judith, de stilte verbrekend. 'Heb jij de laatste tijd nog iets vreemds aan haar gedrag gemerkt?'

Met half dichtgeknepen ogen dacht Roman over deze vraag na. 'Nou ja, ze heeft gisteravond niet veel gezegd tijdens de maaltijd, maar zoals je weet, is Grace vaak kregelig en zwijg-zaam.'

Judith knikte langzaam. 'Dat wil zeggen, sinds ze vier jaar geleden naar Holmes County terugkwam.'

'Misschien is ze gewoon *naerfich* vanwege haar aanstaande bruiloft.'

'Daar kan ze inderdaad nerveus door zijn.' Ze zuchtte zo diep, dat de smalle lintjes van haar witte *kapp* opzijgeblazen werden. 'Ik zal een oogje in het zeil houden en als ik merk dat ze bang is, praat ik wel met haar.'

Roman klapte zijn broodtrommel dicht en gaf hem aan zijn vrouw. 'Lijkt me een goed idee. Het heeft Grace enige tijd gekost om haar draai te vinden en een goede man te krijgen, dus willen we niet dat ze op het laatste moment nog van gedachten verandert over haar huwelijk met Cleon.'

Judith schudde langzaam haar hoofd. 'Nee, dat willen we zeker niet.'

5

Toen Grace de volgende dag met een kan water naar een tafel-tje liep, zag ze door het raam dat Gary op de stoep voor het cadeauwinkeltje aan de overkant met Cleon stond te praten. Ze kromp ineen. Misschien wist Gary dat zij met Cleon ging trou-wen. Misschien probeerde hij Cleon van gedachten te laten ver-anderen door hem haar geheimen te vertellen. Misschien zou ze helemaal niet over twee maanden met Cleon trouwen.

Grace omklemde de kan zo krampachtig dat haar knokkels wit werden. Ze dwong haar op hol geslagen hart tot kalmte. Ze deed het weer – zich zorgen maken over dingen die waarschijn-lijk helemaal niet gebeurden. Gary kennende, lag het voor de hand dat hij gewoon een praatje maakte met wie daar ook maar toe bereid was. Dat deed hij vroeger ook al. Of misschien had Cleon Gary aangesproken om te vragen hoe laat het was. Dat deed hij vaak wanneer hij zijn horloge was vergeten.

Tot haar opluchting zag ze dat Cleon zich weer omkeerde en wegliep. Het water klotste in de kan toen ze zich door het restaurant haastte. Ze moest hoognodig dat jonge *Englische* stel bedienen dat aan een van haar tafeltjes was gaan zitten. *Het was vast niets om me zorgen over te maken,* hield ze zich voor. *O, ik bid dat het zo is.*

Net toen Grace de bestelling van het *Englische* stel had opge-nomen, zag ze Cleon het restaurant binnenkomen. Hij ging aan het tafeltje naast de voordeur zitten, in haar afdeling.

Ze liep snel naar hem toe en terwijl hij met een glimlach naar haar opkeek, verschenen er een paar lachrimpeltjes om zijn donkere ogen. 'Fijn je te zien, Grace.'

'Ik... ik vind het ook fijn om jou te zien.'

'Ik ben naar de stad gekomen om wat honing af te leveren en ik ben ook op zoek geweest naar een paar nieuwe afnemers voor de bijenwaskaarsen die mijn moeder en mijn zus Carolyn maken.'

'Aha.' Grace verplaatste haar gewicht van de ene voet naar de andere en vroeg zich af hoe ze het gesprek tussen Gary en Cleon ter sprake kon brengen zonder Cleons argwaan te wekken.

'Ben je al bijna klaar met je werk?' vroeg hij.

'Over een halfuur.'

'Dat is mooi, want ik wil je graag op een late lunch trakteren, als je nog niet hebt gegeten.'

'Nee, ik moet nog eten.' Ze tikte met haar pen tegen het notitieblokje in haar hand. 'Maar kom je hier niet voor een maaltijd, dan?'

Hij grinnikte en schudde zo hard zijn hoofd dat er een lok donker haar over zijn voorhoofd viel. 'Mijn zaken zitten erop voor vandaag, dus wilde ik hier een kopje koffie drinken en op jou wachten.'

'Omdat het vandaag zaterdag is en Ruth vrij heeft, ben ik op mijn fiets naar de stad gegaan. Dat vind ik fijner dan een van de rijtuigen te nemen. Maar ik denk dat ik mijn fiets wel achter het restaurant kan laten staan, dan kun je me na het eten hier weer afzetten. Of je moet liever hier willen lunchen?'

'Je eet hier al vaak genoeg, vind je niet?'

'Dat is waar,' zei ze met een knikje.

'Ik ben vandaag met mijn grote handelsrijtuig, dus kan ik je fiets achterin leggen en je na de lunch een lift naar huis geven. Wat vind je daarvan?'

'Prima.' Cleon had het in ieder geval niet over zijn gesprek met Gary. Als Gary had laten merken dat hij Grace kende, zou Cleon dat nu wel gezegd hebben.

41

'Waar wil je gaan eten?' vroeg hij, met een vriendelijk gebaar zijn hand op haar arm leggend.

Ze glimlachte. 'Waarom kies jij niet iets uit?'

'Wat dacht je van Farmstead Restaurant? Daar heb ik al een tijdje niet meer gegeten en ze hebben daar echt heerlijke Hollandse appeltaart als dessert.'

Ze knikte naar de menukaart die voor hem lag. 'Die hebben wij hier ook.'

'Niet dat ik iets tegen het eten hier heb,' fluisterde hij, 'maar naar mijn mening hebben ze nergens betere Hollandse appeltaart dan in Farmstead.'

'Goed, dan wordt het Farmstead.' Grace keek naar buiten en zag aan de overkant van de straat een man naast Java Joe's Coffee Bar staan. Omdat ze dacht dat het Gary was, hield ze op met praten en keek nog een keer.

'Waar sta jij naar te staren?' vroeg Cleon, zich naar het raam toe draaiend.

'O, niets bijzonders.' Opgelucht dat het een andere man was, richtte ze haar aandacht weer op Cleon. 'Ik... eh... ik zag jou net met een roodharige *Englischer* staan praten. Ik vroeg me af wat hij tegen je zei.'

'Hij vertelde dat hij een freelancefotograaf en verslaggever is en dat hij zijn werk naar een paar tijdschriften en andere uitgaven opstuurt. Uit wat ik begreep, wil hij een paar verhalen over de Amish in onze regio schrijven.' Cleon trok een grimas. 'Hij probeerde mij gisteren ook al te strikken om wat vragen te beantwoorden, maar ik heb nee gezegd. Vandaag vroeg hij het opnieuw en heb ik hetzelfde antwoord gegeven. Ik wil ook niet dat hij een foto van me neemt.'

'Heeft hij verder nog iets gezegd?'

Cleon schudde zijn hoofd. 'Nadat ik zijn vraag om een interview had afgewezen, liep hij de straat uit en nam ondertussen foto's van een paar passerende rijtuigen.'

Grace zuchtte. Als Gary ontdekte dat zij met Cleon was verloofd, kon hij moeilijkheden gaan veroorzaken. En als Cleon ontdekte dat zij eens met Gary was omgegaan, kon ze een paar ernstige vragen verwachten.

'Waarom maak je je zo druk over die kerel? Heeft hij jou of je collega's lastiggevallen?' vroeg Cleon met half dichtgeknepen ogen.

'Niet echt. Maar ik... ik weet gewoon hoe brutaal die verslaggevers met hun dure camera's, taperecorders en hun nieuwsgierige vragen kunnen zijn. Het zal goed zijn als hij weer verdwenen is.' Grace dacht aan de dag waarop Gary zonder haar toestemming een foto van haar genomen had. Ze zag er niet de noodzaak van in om dit voorval aan Cleon te vertellen. Ze zou dan moeten toegeven dat ze met Gary had gesproken en waarschijnlijk volgden er dan meer vragen. Ze hoopte dat Gary die foto niet voor een van zijn tijdschriftartikelen zou gebruiken, want ze wilde niet dat iemand dacht dat zij er vrijwillig voor had geposeerd.

'Ik zou nu die kop koffie wel lusten, als je het niet te druk hebt.'

Met een ruk richtte Grace zich weer op Cleon. 'O, sorry. Ik zal hem gelijk gaan halen.'

Hij raakte haar hand zo teder aan, dat ze er kippenvel van kreeg. 'Doe maar rustig. Ik moet toch een halfuur wachten voor je met je werk klaar bent.'

Ze glimlachte en haastte zich weg. *Wat was ze toch bevoordeeld met zo'n vriendelijke en opgewekte verloofde als Cleon,* dacht ze. *Veel mannen waren niet zo makkelijk in de omgang. Sommigen, zoals Gary, konden ronduit gemeen zijn.*

'Ik ben dankbaar voor dit prachtige najaarsweer. En volgens mij is dit de perfecte plaats voor onze picknick,' zei Ruth tegen haar vriendin Sadie Esh toen ze uit hun rijtuigen stapten.

'*Jah*, ik ga al sinds mijn kindertijd met plezier naar de meren in onze omgeving.' Sadie's helderblauwe ogen twinkelden in het zonlicht, waardoor Ruth wenste dat ze zelf ook blauwe ogen had, in plaats van bruine. 'Ik hoop dat de jongens snel komen. Ik had ze eigenlijk al verwacht, want ze vissen heel erg graag.'

'Ze zullen hier ongetwijfeld zo zijn.' Ruth pakte een rieten mand vol met lekkernijen uit haar rijtuig. 'Ik weet niet hoe het met Toby zit, maar ik ben er vrijwel zeker van dat Luke er nog niet is omdat mijn vader hem wel gevraagd zal hebben over te werken. Ze hebben het de laatste paar weken echt druk in de werkplaats.'

Sadie haalde een quilt onder de achterbank van haar rijtuig vandaan. 'Fijn dat het zo goed gaat met het bedrijf van je *daed*. Dat is ook de reden waarom hij Luke als hulp heeft aangenomen, toch?'

'Ik neem aan van wel.' Ruths linnen schoenen maakten een zuigend geluid toen ze dwars door een hoop rode en goudkleurige bladeren naar het meer liep. 'Hoe gaat het met Toby? Werkt hij hard bij de houtzagerij?'

'Toby is altijd al een harde werker geweest, maar hij hoeft op zaterdag niet naar zijn werk. Ik denk dat hij thuis wat taken had.'

Ruth zette de picknickmand op de grond en zodra ze de quilt hadden uitgespreid, gingen ze allebei zitten. 'Het zal niet lang meer duren voor de winter aanbreekt, dus kunnen we maar beter zo veel mogelijk van deze zonneschijn genieten,' zei ze, terwijl ze haar ogen sloot en de warme zonnestralen over haar opgeheven gezicht liet glijden. Wanneer er een nieuwe zomer aanbrak, zou ze de hitte vast niet erg waarderen, maar op dit moment had ze het gevoel alsof ze hier de hele dag zou kunnen blijven zitten om zich heerlijk door de zon te laten verwarmen, naar de tjilpende vogels te luisteren en de geur op te snuiven van de drogende tarweschoven op het land vlak bij hun picknick-plaats.

'Erg jammer dat Grace en Cleon vandaag niet konden komen.'

'Ik heb het wel gevraagd, maar ik had me niet gerealiseerd dat Grace vandaag moest werken.' Ruth glimlachte. 'Ik ben blij dat ik in mijn nieuwe baan niet op zaterdag hoef te werken.'

'Over je nieuwe baan gesproken, heb je het naar je zin in de bakkerswinkel?'

Ruth opende haar ogen en keek naar haar vriendin, die haar knieën had opgetrokken en haar handen om de rok van haar lange blauwe jurk gevouwen had. 'Ik vind het leuk om daar te werken en het is fijn dat de eigenaars van de bakkerij een kleine kraal achter de winkel hebben waar ik mijn paard en wagen kan zetten.' Ze klopte op haar buik. 'Het enige nadeel is de verleiding om van sommige pasteien, koekjes en taarten te proeven. Dankzij jou zal ik waarschijnlijk aankomen, zelfs als ik alleen nog maar naar dat dikmakende gebak kijk.'

Sadie trok een grasspriet uit de grond en draaide hem om haar vingers. 'Je bent zo mager als een lat al sinds ik je ken, dus denk ik niet dat je je daar zorgen over hoeft te maken.'

Jah, nou, als ik mijn trek niet in bedwang kan houden, zal ik jou moeten verwijten dat jij me die baan hebt bezorgd.'

Het gehinnik van een paard, gevolgd door het geratel van rij-tuigwielen, onderbrak hun gesprek. Ruth draaide zich om. Toby King, de jongste zoon van de bisschop, sprong van zijn wagen af en bond zijn paard vast aan een boom. 'In ieder geval is een van onze jongens eindelijk hier.'

Sadie sprong op en liep snel naar Toby om hem te begroeten. Ruth bleef op de quilt zitten. Even later voegde het grinnikende jonge stel zich bij haar.

'Waar is je vishengel, Toby?' vroeg Ruth. 'Ik dacht dat je die mee zou nemen.'

Toby wees naar zijn rijtuig. 'Daarin gelaten, omdat ik dacht dat we eerst zouden eten voor het vissen.' Hij keek om zich heen. 'Zeg, waar is Luke? Hij haalde me een paar kilometer terug al in. Ik had verwacht dat hij hier eerder zou zijn dan ik.'

'Luke is er nog niet.' Ruth fronste haar voorhoofd. 'Weet je zeker dat hij het was?'

Toby ging op het gras zitten, zette zijn strohoed af en plantte hem op een knie. 'Ja, want hij reed in een open rijtuig en ik zag heel duidelijk zijn gezicht.' Hij haalde zijn vingers door zijn roodblonde haar en fronste zijn wenkbrauwen. 'Ik snap er niets van.'

'Vertel me niet dat hij plotseling verdwenen is.' Sadie stootte tegen Toby's arm. 'Misschien is er een *auslenner* uit de ruimte gekomen en heeft hij Luke meegenomen.'

Toby grinnikte en rekte zich uit om in haar sproetige neus te knijpen. 'Wat weet jij nu van buitenaardse wezens af?'

'Ik weet wat ik in de krant heb gelezen.'

Hij zwaaide met zijn hand voor Sadie's gezicht. 'Misschien heeft Luke geleerd hoe hij zichzelf onzichtbaar kan maken, net zoals een van die goochelaars die ik vorig najaar op de boerenmarkt heb gezien.'

'Jullie tweeën kunnen grapjes maken wat jullie willen, maar ik maak me zorgen.' Ruth krabbelde overeind. Normaalgesproken was ze niet zo snel ongerust, maar Luke had hier allang moeten zijn en onwillekeurig was ze nu toch een beetje bezorgd.

Sadie keek vragend naar haar op. 'Waar ga je heen?'

'Ik vind dat we moeten kijken waar Luke blijft. Hij kan wel een ongeluk gekregen hebben.'

Toby schudde zijn hoofd. 'Dan had ik onderweg zijn rijtuig toch ergens moeten zien staan of liggen?'

'Zijn rijtuig kan wel in de bosjes beland zijn. Misschien heb je het over het hoofd gezien,' zei Sadie. 'Ik geef Ruth gelijk. We moeten Luke gaan zoeken.'

De gedachte dat Luke bij een ongeluk betrokken zou zijn, bezorgde Ruth een steek van angst. Ze haastte zich naar haar rijtuig en hoorde Sadie's vlugge voetstappen pal achter zich.

'Wacht,' riep Toby. 'We kunnen mijn rijtuig nemen.' Hij maakte zijn paard los, leidde het bij de boom vandaan en spande het voor de wagen. Net toen hij de meisjes wilde helpen instappen, verscheen Lukes paard met het open rijtuig achter zich. Zijn komst veroorzaakte een hele stofwolk op de open plek.

'Hola. Sta stil, Gid!' riep Luke, aan de teugels trekkend.

Het paard kwam abrupt tot stilstand en Luke sprong van de wagen af. Zijn wangen waren helemaal rood en zijn strohoed was scheefgezakt. Ruth haastte zich naar hem toe, maar voor ze een woord kon uitbrengen rende Toby al naar Luke. 'Waar heb jij gezeten?' riep Toby. 'We maakten ons allemaal zorgen om je!'

'Ik moest iets langer werken dan gepland.' Luke keek naar Ruth en glimlachte breed. 'Het spijt me dat ik je ongerust heb gemaakt.'

'Gelukkig mankeer je niets,' antwoordde ze, naar hem terug lachend. 'Ik was bang dat je een ongeluk had gehad of iets dergelijks.'

Luke opende zijn mond om iets te zeggen, maar Toby was hem voor. 'Zoals je ongetwijfeld zult weten, heb jij mij net onderweg ingehaald, dus je had hier eerder kunnen zijn dan ik in plaats van tien minuten later.' Hij legde zijn hand op Sadie's schouder. '*Mei aldi* dacht dat je door een of ander kwaadaardig buitenaards wezen was meegenomen.'

Sadie sloeg zijn hand weg. 'Jouw vriendin maakte alleen maar een grapje en dat weet je best.'

Luke verplaatste zijn gewicht van de ene voet naar de andere, het leek alsof hij zich ergens op betrapt voelde. 'Ik... eh... ik moest een tussenstop maken,' mompelde hij.

'Waar dan? Er zijn geen stopplaatsen tussen hier en de plek waar jij me inhaalde.' Er verscheen een rode kleur op Toby's wangen en Ruth wist zeker dat dat niet door het warme najaarsweer kwam.

'Ik moest gewoon iets in het bos controleren, dat is alles.'

Toby trok zijn donkere wenkbrauwen op. 'Waar was je rijtuig dan toen je in het bos was?'

'Ik had het langs de weg achter een paar bosjes geparkeerd.'

'Wat moest je dan in het bos doen?' drong Toby aan.

'Dat gaat jou niks aan.' Luke maakte zijn paard los en leidde het naar een boom – dezelfde als waar Toby's paard eerder aan vastgebonden had gestaan. Daarna beende hij naar zijn wagen terug en haalde zijn vishengel tevoorschijn. 'Blijven we hier heel de dag staan mekkeren over iets onbenulligs of gaan we vissen?'

In een poging de boel wat te sussen stapte Ruth op Luke af en legde haar hand op zijn arm. 'We hadden het erover om eerst te eten, als jij dat ook goedvindt.'

Toby bromde wat. 'Het kan me niet schelen wat hij ervan vindt. Hij komt hier laat aanzakken en wil niet vertellen waar hij was of wat hij heeft gedaan. Wat mij betreft, heeft hij er niets over te zeggen wat we nu gaan doen. Ik stem voor eerst eten en daarna vissen. Iedereen die het daarmee eens is, moet zijn hand opsteken.'

Sadie's hand ging de lucht in en ze keek naar Ruth.

Ruth kon nauwelijks geloven hoe bazig Toby deed en ze wierp een blik op Luke om te zien hoe hij reageerde. Hij haalde zijn schouders op, dus stak zij ook haar hand op.

'Iedereen is dus voor,' zei Toby knikkend. 'Nou, aanvallen dan maar!'

Toby en Sadie liepen naar de quilt terug, gevolgd door Ruth en Luke. Ruth was blij dat Luke eindelijk gekomen was, maar ze had het knagende gevoel dat er iets fout zat. Luke duwde haar twijfels echter naar de achtergrond toen hij zich naar haar toe boog om iets in haar oor te fluisteren. 'Zeg, wat heb je voor lekkers meegebracht? Ik rammel van de honger.'

'Ik vond het gisteravond heel gezellig om bij jullie thuis te eten, maar het is ook erg fijn om nu samen te zijn,' zei Cleon, terwijl hij zich vanaf de andere kant van het tafeltje in het Farmstead Restaurant naar Grace toe boog.

Ze knikte en glimlachte. 'Ik vind het ook fijn.'

'Als het me lukt om in de komende maanden ons huis af te bouwen, kunnen we na ons huwelijk elke avond samen zijn.'

'Dat is waar, maar ook als je het niet afkrijgt, weet ik zeker dat mijn familie ons wel privacy zal gunnen.'

Hij pakte haar hand. 'Ik kan niet wachten jou tot mijn vrouw te maken, Gracie.'

Alsof ze door een bij gestoken was, trok Grace haar hand terug. In al die jaren dat zij Cleon kende, had hij haar nog nooit Gracie genoemd.

'Wat is er?' Hij fronste zijn donkere wenkbrauwen. 'Heb ik iets verkeerds gezegd?'

'Waarom noemde je me Gracie?' vroeg ze met schrille stem.

Hij glimlachte. 'Dat kwam gewoon in me op, dus zei ik dat, dat is alles. Heeft niemand ooit eerder Gracie als koosnaam gebruikt?'

Alleen Gary, dacht ze wrang. *En daarom heb ik die naam nooit leuk gevonden.* 'Ik heb liever niet dat je het zegt.'

Hij haalde zijn schouders op. 'Goed.'

Graces handen beefden toen ze naar het glas water reikte dat de serveerster vlak na hun aankomst op tafel had gezet. Toen ze het glas optilde, glipte het uit haar vingers, waardoor het omviel en het water de hele voorkant van Cleons overhemd nat maakte.

'Ik... het spijt me verschrikkelijk.' Ze greep haar servet van de tafel en gaf het aan Cleon. 'Wil je me vergeven dat ik zo'n *dappiche dummkopp* ben?'

'Je bent geen onhandige domkop,' zei hij hoofdschuddend. 'Het was gewoon een ongelukje, er valt niets te vergeven.'

Grace bleef als verdoofd zitten en keek zwijgend toe hoe Cleon zijn overhemd depte en de hele tijd naar haar glimlachte alsof ze niets verkeerds had gedaan. Dit kleine voorval herinnerde haar er opnieuw aan wat voor vriendelijk, vergevensgezind karakter hij had. Ze vroeg zich af of ze er dom aan had gedaan om de waarheid over haar verleden voor hem verborgen te houden. Misschien kon ze hem haar geheim vertellen zonder dat dit enige consequenties of veroordelende beschuldigingen tot gevolg had. Misschien zou het hun relatie wel versterken wanneer Cleon de waarheid kende. Maar anderzijds, wanneer hij niet goed op haar verhaal zou reageren, zou haar wereld ineenstorten. Want dat Cleon haar graag vergaf dat ze een glas water over zijn kleren gooide, garandeerde nog niet dat hij haar ook zoiets groots als haar geheim vergeven zou.

Toen Cleon zich excuseerde om naar de toiletruimte te gaan, waar hij zijn overhemd beter zou kunnen drogen, leunde Grace achterover in haar stoel. Met gesloten ogen dacht ze verder over de kwestie na. Ze wilde deze middag niet bederven door haar geheim aan Cleon te vertellen, maar misschien zou ze de volgende keer als ze samen waren de moed vinden om hem de waarheid te vertellen.

6

'Ik ga naar de schuur om bij Heidi te kijken,' riep Martha op maandagmorgen naar haar moeder. Ze streek de lok warmbruin haar die uit haar knot was losgeraakt, uit haar gezicht en haastte zich weg.

'Zorg dat je op tijd terug bent voor de lunch.' Judith klakte met haar tong en keek naar Betty Friesen, die aan de andere kant van de tafel zat en een kop thee met haar dronk. 'Dat meisje heeft zo'n haast om weg te komen, dat ik me afvraag of ze wel heeft gehoord wat ik zei.'

'Mijn Luke is net zo. Hij is met zijn gedachten altijd bij andere dingen als waar ik het over heb.' Betty grinnikte. 'Misschien moeten we die twee bij elkaar zien te krijgen nu ze zo'n overeenkomst blijken te hebben.'

Judith pakte haar mok en nam een slok thee. 'Ik geloof niet dat Martha op dit moment in een vriend is geïnteresseerd. Daarbij, voor zover ik weet gaan Luke en Ruth al met elkaar om.' Ze zweeg even en vroeg zich af of ze nu iets vertelde wat Betty nog niet wist.

Betty knikte. 'Ik heb gehoord dat Luke zaterdag met Ruth en nog een paar vrienden is wezen vissen, maar ik wist niet zeker of dat betekende dat hij haar ook echt het hof maakt.'

'Voor zover ik weet wel.'

'Ik weet niet waarom, maar Luke is de laatste tijd wat chagrijnig. Omdat het gisteren een van de zondagen was waarop er geen dienst gehouden werd, hebben we met ons gezin wat bezoekjes afgelegd.' Er verschenen diepe rimpels in Betty's voorhoofd. 'Ik had wel verwacht dat Luke met ons mee zou gaan, maar hij wilde alleen de hele dag wat op de hooizolder rondhangen. Ik hoop dat het niet lang meer duurt voor hij zich laat dopen en zich bij de kerk aansluit. Als hij dat eenmaal heeft gedaan, zal hij misschien ook aan het huwelijk toe zijn.'

Judith trok een grimas. Ze hoopte niet dat Ruth met Luke zou willen trouwen, als hij thuis chagrijnig en lui bleek te zijn. Maar dat kon ze maar beter niet tegen Betty zeggen. Luke ging nog maar een paar maanden met Ruth om en voor zover ze wist, was het nog niet echt serieus tussen hen.

'Om op Martha terug te komen,' zei Betty, 'dat zal op een dag ook weleens veranderen. Dan wil ze *kinner* grootbrengen in plaats van *hundlin*.'

'Ik hoop dat je gelijk krijgt, maar op dit moment heeft ze maar één ding in haar hoofd: haar kennel opzetten.'

'Jij en je oudste dochter hebben het zeker wel druk om alles klaar te krijgen voor haar aanstaande bruiloft?'

Judith knikte. 'We gaan binnenkort de stof voor Graces jurk uitzoeken.'

'Ze zal wel opgewonden zijn.'

'Ja, maar ze is volgens mij ook wat *naerfich*. De laatste dagen is ze anders dan anders.'

'*Ach*, dat zal wel over zijn als ze eenmaal in het huwelijksbootje zitten.'

'Je hebt vast gelijk. Cleon en Grace houden zo veel van elkaar, dat het best goed zal gaan als ze getrouwd zijn.'

Betty pakte een havermoutkoekje van de schaal die midden op de tafel stond. 'Zeg, heb je gehoord dat ze de buiten-wc's van een paar scholen vlak bij Kedron omver hebben gegooid?'

'Nee, daar weet ik niets van.'

Betty peuzelde het koekje op en spoelde het weg met een slok thee. Daarna plantte ze haar ellebogen op tafel en leunde naar voren. 'Mijn Elam vertelde het. Hij had het vanmorgen in de krant gelezen.'

'Heeft hij nog bijzonderheden verteld?'

'Hij zei dat het 's nachts gebeurd moest zijn, want de onderwijzers ontdekten de schade toen ze 's morgens bij hun schoolgebouw kwamen.' Betty schudde haar hoofd. 'Het waren vast een paar van die ruwe *Englische* kerels die op een verzetje uit waren.'

'Het kunnen ook Amish jongens zijn geweest die door hun *rumschpringe* gaan en wat vertier zochten.'

'Misschien, maar zij zouden beter moeten weten.'

Judith nam ook een koekje, doopte het in haar thee en at het op. Ze genoot van de zoete smaak. 'Het lijkt wel of er altijd wat is, of dat nu schelmenstreken van *Englische* jongeren zijn of van Amish jongens die hun wilde haren kwijt moeten zien te raken.'

'Ik ben in ieder geval blij dat geen van mijn kinderen bij iets dergelijks betrokken is.'

Judith hield haar commentaar voor zich. Als Betty wilde geloven dat geen van haar acht jongens ooit een schelmenstreek had uitgehaald, dan was dat haar goed recht. Judith was echter blij dat God haar alleen dochters had gegeven. Grace was de enige van haar dochters die echt een *rumschpringe* had doorgemaakt, maar tot Judiths grote dankbaarheid was ze bij hen teruggekomen.

Martha stapte de schuur in en haalde diep adem. Haar vader moest die morgen de paardenboxen hebben schoongemaakt, want het rook naar schoon, zoet hooi.

Ze liep snel naar achteren, waar ze van een houten kist een bed voor Heidi en de verwachte pups had gemaakt. Het zou niet lang meer duren voor de pups geboren werden. Fritz, de sheltiereu die ze voor fokdoeleinden had gekocht, werd 's nachts in een lege box aan de andere kant van de schuur ondergebracht. Overdag liep hij buiten aan een stuk touw. Haar vader zou op den duur een kennel bouwen, met aparte hokken voor elk van haar honden, maar zolang het nog niet zover was, konden de lege paardenboxen volstaan.

'Kom, Heidi! Waar ben je, meisje?' riep Martha, toen ze ontdekte dat de hond niet in de kist lag. Omdat de sheltie pas over een paar dagen uitgerekend was, dacht Martha dat de hond misschien ergens buiten was of zelf een ander plaatsje had gevonden om te slapen. Als Heidi in de buurt was geweest, zou ze zeker op Martha's roepen hebben gereageerd.

Martha liep naar de andere kant van de schuur en legde net haar hand op de deurklink, toen de deur plotseling werd opengetrokken en Luke naar binnen stapte.

'Hola. Ik had niet verwacht dat er iemand aan de binnenzijde van de deur zou staan. We hadden onze hoofden wel kunnen stoten.'

Ze deed een stap terug. 'Ik... ik had jou ook niet hier verwacht.'

'Ik kwam alleen maar een paar kartonnen dozen voor je vader halen. Hij zei dat ik in een van de lege paardenboxen een stapel kon vinden.'

'Ik kan je laten zien waar ze staan,' bood Martha aan.

Hij keek haar wat plagend aan. 'Dat is misschien wel een goed idee. Ik kan wel verdwalen in deze oude schuur.'

'*Puh!* Wat ben jij een plaaggeest. Ik snap niet hoe mijn zus het uithoudt met jou.' Ze keerde zich om en ging hem voor naar de paardenboxen.

'Ruth is vaak wat serieuzer dan ik,' gaf Luke toe. 'Maar ik maak haar aan het lachen en zij helpt mij me te herinneren dat het leven geen bord vol aardbeienroomijs is. Dat houdt ons in gezond evenwicht, vind je niet?'

'Het zal best.'

'Afgelopen zaterdag waren Ruth, Toby, Sadie en ik bij het

meer aan het picknicken en toen heb ik hen allemaal vermaakt met mijn nieuwe hengelkunstje.'

'Wat voor kunstje was dat?' vroeg ze over haar schouder heen. 'Ik lette niet goed op en bleef met mijn dobber in Ruths *kapp* haken, toen ik mijn lijn probeerde uit te werpen. Natuurlijk kreeg ik het flink te verduren van Toby en Sadie.'

Martha grinnikte toen zij de ongebruikte paardenbox in liep. Ze ontstak de gaslamp die aan de dakspant hing. 'Hier staat van alles en nog wat opgeslagen, inclusief hetgeen waar jij voor kwam.' Ze wees naar de kartonnen dozen die tegen de muur stonden opgestapeld.

'Zo te zien staan er een paar dozen bij met precies de afmetingen die ik nodig heb.' Luke reikte naar de dozen, maar bleef toen staan. 'Hola! Wat is dit?'

'Wat is wat?' Martha keek langs zijn uitgestrekte arm en snakte naar adem. 'Heidi! Allemensen, zij heeft haar *hundlin* hier in die oude doos gekregen.'

Luke knikte. 'Daar lijkt het wel op.'

'De houten kist die ik voor haar aan de andere kant van de schuur had gemaakt, stond haar zeker niet aan.'

'Honden kunnen soms net mensen zijn,' zei hij op een toon die te serieus was voor iemand als Luke. 'Ze zijn net zo kieskeurig in het uitzoeken van de plaats waar ze bevallen als wij in de keuze van een partner.'

Martha wist niet goed wat ze moest antwoorden, want ze had nog maar weinig nagedacht over de keuze van een vriend. Eerlijk gezegd dacht ze de laatste tijd alleen maar aan het opzetten van haar hondenfokkerij en stond haar hoofd verder nergens naar. 'Ik denk dat ik haar maar het beste hier kan laten nu ze zelf deze plaats heeft uitgezocht en een prettig plekje gevonden lijkt te hebben.'

Hij knikte en tuurde in de doos. 'Kun jij zien hoeveel pups ze daar heeft?'

Omdat ze wist dat het geen goed idee zou zijn om al een van de pups aan te raken, tuurde Martha in de doos en probeerde ieder bobbeltje te tellen. Tenminste, ze vond het net bobbeltjes lijken – wriemelende, piepende bobbeltjes met kleine roze neusjes. 'Volgens mij zijn het er vijf,' verkondigde ze. 'Maar misschien zijn het er nog wel meer.'

'Het zijn wel kleine lawaaischoppers. Houd je er nog eentje voor jezelf?'

Ze knikte. 'Ik denk dat ik er een houd om mee te fokken, maar de andere verkoop ik, want ik heb het geld nodig.'

Hij keek haar met schuin geheven hoofd aandachtig aan. 'Je bent echt een zakenvrouw, of niet dan?'

'Ik probeer het te zijn.' Martha liep bij de doos vandaan. 'Ik ga weer naar binnen om te kijken of ik mijn moeder nog kan helpen met de lunch. En Heidi zal toch wel het liefst alleen gelaten worden met haar kroost.'

Luke pakte twee lege dozen. 'Ik kan maar beter naar je *daed* teruggaan voor die ongeduldige man komt kijken waar ik blijf.'

Zonder op de opmerking over haar vaders ongeduld te reageren draaide Martha de gaslamp uit en volgde Luke naar de deur. Het gaf haar een goed gevoel dat Heidi een nest van vijf jongen had gekregen. Het was een mooi begin van haar onderneming en ze hoopte echt dat het een succes zou worden.

Roman keek op van zijn papierwerk toen Luke met de dozen de werkplaats binnenstapte. 'Je hebt er nogal de tijd voor genomen,' bromde wat hij. 'Kon je de box niet vinden waar ik het over had?'

'Jawel, prima zelfs.' Luke zette de dozen op de vloer. 'Martha en ik ontdekten dat haar sheltie vijf *hundlin* had geworpen in een kartonnen doos in de box.'

'Daar zal mijn dochter wel blij mee zijn geweest. Ze had de geboorte pas over een paar dagen verwacht.' Roman knikte naar een paar kasten tegen de muur. 'De kasten die Steven Bates voor de verjaardag van zijn vrouw had besteld, zijn klaar en kunnen weggebracht worden. Ik wil graag dat jij dat doet vandaag.'

'Prima. Wilt u dat ik nu ga of zal ik tot na de lunch wachten?'

'Ga nu maar. Dan kun je eten als je terug bent.'

'Goed.'

Roman schoof zijn bureaustoel naar achteren. 'Ik zal je helpen met het laden van de wagen en het vastzetten van de kasten, daarna moet ik nodig met het papierwerk verder waarmee ik vanmorgen begonnen ben.'

'Ik weet zeker dat ik ze ook wel alleen op de wagen kan vastzetten,' zei Luke, naar de kasten lopend.

'Goed, maar zorg wel dat je ze goed vastmaakt. Steven is een pietluttige klant en hij accepteert geen enkel krasje of deukje.'

'Ik zorg ervoor dat het allemaal stevig op zijn plaats staat.'

Al snel hadden ze de kasten op de wagen geladen die Roman altijd voor het vervoeren van de meubels gebruikte. Zodra Luke met het vastsnoeren begon, liep Roman naar de werkplaats terug. Even later hoorde hij de wagenwielen ratelen en Luke het paard aansporen.

'Ik hoop dat hij dat paard niet te snel laat lopen,' mompelde Roman, terwijl hij zijn grootboek pakte en verder ging met het inboeken van zijn posten. 'De ene keer komt die knul te laat en de andere keer rijdt hij te snel. Blijkbaar kent hij geen goede tussenweg.'

De volgende anderhalf uur werkte Roman aan zijn boekhouding verder. Af en toe wierp hij een blik op de klok tegenover hem. Hij had Luke nu onderhand wel terug verwacht – tenzij hij ergens onderweg gestopt was om te eten.

Het geluid van een dichtslaand autoportier deed Roman uit zijn stoel oprijzen. Een paar tellen later kwam Steven Bates als een dolle stier de werkplaats binnen. Het was duidelijk dat hij razend was.

'Wat is er aan de hand? Was er iets niet goed aan de kasten die Luke heeft gebracht? Tenminste, ik hoop dat hij ze heeft afgeleverd.'

'O, ja. Een paar meter van mijn oprijlaan vandaan. Daar gleden ze van de wagen af en vielen ze op straat – in diverse stukken.'

Romans gezicht liep rood aan. 'Hoe kan dat gebeurd zijn?'

'Ik neem aan dat je ze niet goed genoeg vastgebonden hebt.' Steven bromde wat. 'Morgen is mijn vrouw jarig en nu zit ik in de problemen omdat de nieuwe keuken niet klaar is.'

Roman probeerde zijn drift in toom te houden. Hij had erop moeten staan Luke te helpen bij het vastbinden van de kasten en het niet aan hem alleen moeten toevertrouwen. 'Ik heb er een paar weken voor nodig, maar ik zal het goedmaken met die kasten,' beloofde hij.

Steven schudde zijn hoofd. 'Bespaar je de moeite. Ik heb het gehad.'

'Gehad? Wat bedoel je?'

Steven kneep zijn kleine, zwarte kraaloogjes tot spleetjes en wreef over zijn kale schedel. 'Je was laat met het werk waar ik de vorige keer opdracht voor had gegeven, je werk heeft niet de kwaliteit die ik verwacht en nu dit! Ik trek al mijn opdrachten in en besteed mijn werk voortaan ergens anders uit.' Hij draaide zich bruusk om en beende naar de deur, die hij zo hard achter zich dichtsloeg dat de ruiten trilden.

Roman haastte zich naar de deur, maar tegen de tijd dat hij buiten was, reed Steve al weg. Het grind op de oprijlaan spatte alle kanten op.

Korte tijd later verscheen Luke. Hij zag er verslagen uit en leek zich geen houding te kunnen geven. 'Het spijt me dat ik het zeggen moet, maar...'

Roman hief zijn hand op. 'Ik weet het al. Dankzij jou heeft Steve al zijn opdrachten ingetrokken en zal ik ook geen nieuwe meer van hem krijgen.'

'I-ik dacht dat ik de touwen er echt goed omheen gesnoerd had en begrijp niet hoe het is gebeurd.'

'Jah, nou, het is gebeurd, maar nu loop ik het geld mis dat ik van Steve zou krijgen, dus zal ik het verlies van vandaag op jouw loon inhouden.'

Lukes wangen kleurden vuurrood. 'Maar deze kasten waren niet goedkoop. Het zal me weken kosten om u terug te betalen.'

Roman knikte kort. 'En je zult ook twee keer zo hard moeten werken als je tot op heden hebt gedaan.'

Luke opende zijn mond alsof hij nog iets wilde zeggen, maar sloot hem weer met een hoorbare klap. 'Wat moet ik nu voor u doen?' vroeg hij, zich naar de werkbank kerend.

'Je kunt beginnen met het vegen van de vloer in de achterkamer en als je daarmee klaar bent, wil ik dat je de voorramen zeemt.'

Er trilde een spiertje in Lukes kaak, maar hij haalde zonder iets te zeggen de bezem uit de kast en liep naar het andere vertrek.

'Altijd wel problemen op de een of andere manier,' mopperde Roman zacht. 'Ik wist dat ik die onverantwoordelijke knul niet had moeten aannemen.'

Opnieuw ging de deur van de werkplaats open. Deze keer stapte Martin Gingerich binnen.

'Kan ik je helpen?' vroeg Roman, terwijl hij zijn gezicht naar de jongeman met lichtbruin haar toe wendde.

Martin knikte en keek om zich heen alsof hij iets zocht. 'Ik... eh... ik kom vragen of u tijd hebt om iets voor mij te maken.'

'Dat hangt er helemaal vanaf wat.'

Martin zette zijn strohoed af en wuifde er zich wat koelte mee toe. 'Mijn ouders zijn binnenkort jarig en ik wil hun iets leuks geven.'

'Heb je iets speciaals in gedachten?' vroeg Roman, terwijl hij naar zijn bureau liep en in zijn stoel ging zitten.

Martin volgde hem en bleef zichzelf koelte toewuiven, terwijl hij aan de andere kant van het bureau stond en Roman aankeek. 'Ik denk dat ze een nieuwe schommelstoel misschien wel leuk vinden.'

Roman steunde met zijn ellebogen op het bureau. 'Ik schep niet graag op, maar ik maak behoorlijk mooie schommelstoelen – en ze zijn ook echt heel comfortabel.'

'Kan hij over drie weken klaar zijn?' vroeg Martin.

Roman knikte. *Jah*, natuurlijk. Geen probleem.'

Danki.' Martin keek naar de vloer en draaide zijn hoed in zijn handen rond.

'Kan ik je nog ergens anders mee helpen?'

'Eh... nee, niet echt.'

Roman schoof zijn stoel naar achteren en stond op. 'Goed dan. Ik stop wel een kaartje in de brievenbus als de stoel klaar is.'

Martins hoofd schoot omhoog. 'O, nee! Doe dat maar niet, want het moet een verrassing voor mijn ouders blijven.' Hij schuifelde een paar maal met zijn voeten. 'Ik kom gewoon wel elke week langs om te vragen hoe het ermee staat.'

'Ook prima. Ik weet zeker dat hij ver voor hun verjaardagen klaar zal zijn.'

Met de gedachte dat de jongeman naar buiten wilde, liep Roman naar de voordeur toe. Martin volgde hem, maar voor hij naar buiten liep, bleef hij staan en keek Roman aan. 'Ik... eh... ik heb gehoord dat Ruth in Berlin in de bakkerij werkt.' Zijn stem klonk rasperig, was zelfs bijna een fluistering.

Jah, inderdaad.'

'Heeft ze het daar naar haar zin?'

'Volgens mij wel.' Roman lachte. 'Wie zou nu niet te midden

van al die heerlijke taarten en pasteien willen werken?'

Martin knikte en keek opnieuw de werkplaats rond. 'Ik hoorde vertellen dat u een paar maanden geleden Luke Friesen hebt aangenomen, maar ik zie hem nergens. Werkt hij niet meer voor u?'

Roman knikte naar de achterkamer. 'Hij is een beetje aan het schoonmaken.'

'Aha. Nu ja, dan ga ik maar. Tot ziens.'

Roman schudde zijn hoofd toen Martin de deur uit liep. Die knul was echt een nerveus type. Leek totaal niet op Luke, die nooit twee keer leek na te denken over wat hij zei of deed.

7

Cleon draaide zijn rijtuig het erf van de Hostettlers op, parkeerde bij de paal waar de paarden aan vastgebonden konden worden en stapte uit. Zodra hij het paard in de kraal had gezet, liep hij om het rijtuig heen en haalde zijn fiets eruit. Ondanks de temperatuurdaling die het najaar met zich meebracht, was het opnieuw een prachtige zaterdag met een strakblauwe lucht en volop zonneschijn. Grace had weliswaar tot drie uur moeten werken, maar ze konden vast nog wel een tijdje fietsen voor de zon onderging.

Hij zette zijn fiets naast de schuur en liep naar de achterkant van het woonhuis, waar hij Judith op de veranda aantrof. Op haar schoot stond een mand vol stevige, gele appels en in haar hand hield ze een schilmesje vast.

'Fijn je te zien, Cleon,' zei ze met een glimlach toen hij de veranda op stapte.

'Dat is wederzijds.' Hij wierp een blik op de deur. 'Ik kom Grace ophalen voor een fietstochtje. Weet u of ze al klaar is?'

'Ze is zich boven aan het omkleden, maar als je zin hebt om hier even te komen zitten en mij gezelschap te houden, zou ik dat heel leuk vinden.' Judith knikte naar de schommelstoel naast haar.

'Dat sla ik niet af.' Cleon waardeerde de manier waarop Graces moeder altijd tijd voor een praatje nam. Ze was heel anders dan zijn eigen moeder, die van de vroege morgen tot de late avond bezig bleef. Maar ja, Judith had dan ook geen eetgelegenheid aan huis, waar ze een paar maal per week diverse groepen hongerige, nieuwsgierige toeristen moest voeden. Bovendien had zijn moeder ook nog haar kaarsenmakerij en hoewel ze bij de beide taken door Cleons zussen werd geholpen, had ze toch erg weinig tijd om te gaan zitten en een praatje te maken.

'Het is een mooie dag voor een fietstocht.'

Cleon knikte. 'Waar zijn uw twee andere dochters vanmiddag?'

'Martha hangt, zoals gebruikelijk, in de schuur bij haar honden rond en Ruth is met haar vriendin Sadie aan het wandelen.' Met samengeknepen lippen begon Judith een van de appels te schillen. 'Ruth zou vanmiddag met Luke ergens naartoe gaan, maar Roman heeft gevraagd of hij vandaag wilde werken, dus heeft ze haar plannen gewijzigd, wat misschien op de lange termijn helemaal geen kwaad kan.'

'Hoe komt u er zo bij om dat te zeggen?'

Ze haalde haar schouders op. 'Als Luke Roman moeilijkheden in de werkplaats bezorgt, is hij wellicht niet de meest geschikte huwelijkskandidaat voor Ruth. Ze heeft de neiging erg gevoelig te zijn en ik betwijfel of zo'n koppig persoon als Luke de man is die zij nodig heeft.'

Cleon hoefde geen antwoord te geven, want op dat moment zwaaide de achterdeur open en stapte Grace de veranda op.

'Ben je zover?' vroeg hij met een zekere opwinding bij het vooruitzicht weer alleen met haar te zijn.

Grace knikte en glimlachte. 'Verwacht alleen niet van me dat ik heel snel fiets. Na een dag werken zijn mijn benen moe. Ik weet niet hoelang ik het volhoud.'

'Wil je liever iets anders doen dan fietsen? We kunnen ook met het rijtuig gaan toeren.'

Ze schudde haar hoofd. 'Nee, we gaan gewoon fietsen. Ik heb frisse lucht nodig en de beweging die mijn benen moeten maken, is anders dan bij lopen of staan.'

'Goed dan.' Cleon glimlachte naar Judith. 'Ik breng uw dochter ruim op tijd voor het avondeten terug.'

Judiths ogen twinkelden. 'Je bent van harte uitgenodigd om te blijven eten als je wilt.'

'Misschien houd ik u wel aan dat aanbod.' Cleon stak groetend zijn hand op en liep snel achter Grace het verandatrapje af.

'Het is echt onvoorstelbaar hoelang dit mooie weer aanhoudt,' merkte Ruth op toen zij en Sadie de hoofdweg verlieten en een breed bospad insloegen. Ze waren niet ver van het meer vandaan waar ze een week eerder met Luke en Toby hadden gepicknickt.

'Het is snel genoeg winter en daarom moeten we iets leuks doen voor het te koud wordt.'

Ruth gaf een vriendelijk klopje op Sadie's arm. 'In de kou zijn ook genoeg leuke dingen te doen.'

'Je hebt gelijk. Sleeën, schaatsen en sneeuwbalgevechten.' Sadie zwierde met haar armen terwijl ze in gelijkmatige pas stevig doorstapten. 'Erg jammer dat Toby en Luke zich vandaag niet vrij konden maken om met ons mee te gaan.'

'Mijn *daed* heeft op dit moment een behoorlijke achterstand in het werk en hij heeft vandaag ook Lukes hulp nodig.'

Sadie knikte. 'Omdat de kerkdienst morgen bij Toby thuis is, moest hij zijn broers helpen met de banken klaarzetten.'

Ruth stond stil en wees naar een glimmende, zwarte, open bestelauto die achter een paar struiken stond geparkeerd. 'Ik vraag me af van wie die wagen is. Ik kan me niet herinneren hem eerder gezien te hebben, jij wel?'

Sadie schudde haar hoofd. 'Nee, maar de laatste keer dat wij naar het meer gingen, zijn we niet door het bos gelopen.'

'Je hebt gelijk.' Ruth nam de bestelauto aandachtig op toen ze ernaartoe liepen. 'Hij is leeg en ik zie hier niemand anders dan wij.'

'Misschien is hij hier achtergelaten.'

'Of misschien heeft iemand hem hier verborgen.'

'Waarom zou iemand dat doen?'

'Sommige jongens die door hun *rumschpringe* gaan, hebben stiekem een auto,' zei Ruth. 'Dat zou je moeten weten.'

Sadie's blauwe ogen gingen wijd open. 'Denk je dat deze auto van een paar Amish jongens is?'

'Misschien.'

'Het is geen nieuwe wagen, maar wel schoon en opgepoetst.' Sadie raakte de chromen spiegel aan. 'Het lijkt mij dat de eigenaar een beetje *hochmut* heeft en hem graag mooi houdt.'

'Een Amish jongen hoort in ieder geval niet hoogmoedig te zijn.' Ruth tuitte haar lippen. 'Ik hoop niet dat de auto zo belangrijk voor hem is, dat hij er zijn geloof voor op zal geven.'

Grace kon de trappers van haar fiets nauwelijks meer rond krijgen, maar net toen ze op het punt stond Cleon te vragen of ze even konden pauzeren, stopte hij langs de kant van de weg en gebaarde haar hetzelfde te doen. 'Deze glooiende weg begint me op te breken,' pufte hij. 'Waarom stappen we niet even af? Dat praat ook wat makkelijker.'

Ze glimlachte dankbaar en stapte van haar fiets.

'Ik ben blij dat je je vanmiddag voor mij vrij kon maken, want het zal nu wel een week of langer duren voor we weer samen kunnen zijn.'

'O, hoe dat zo?'

'Heb ik je niet verteld dat heel ons gezin maandagmorgen naar Rexford in Montana gaat om de bruiloft van mijn nicht Sarah bij te kunnen wonen? We blijven een week weg.'

Ze schudde haar hoofd. 'Ik kan me niet herinneren dat je me dat hebt verteld.' Maar ze had de laatste tijd dan ook weinig aandacht besteed aan alles wat tegen haar werd gezegd. Ze kon alleen maar denken aan het feit dat Gary in de stad was opgedoken en over de vraag of ze Cleon over haar verleden moest vertellen. Na weer een nacht de kwestie van alle kanten bekeken te hebben, had ze besloten dat het wellicht het beste was om haar geheim te onthullen voor Gary de kans had iets te vertellen. Als Cleon zo begripvol was als ze hoopte dat hij zou zijn, zou dat haar misschien de moed geven om haar geheim ook aan haar ouders te vertellen.

Ze liepen een tijdje in stilte verder, terwijl Grace probeerde te bedenken hoe ze het beste haar *rumschpringe* ter sprake kon brengen. Misschien moest ze het onderwerp langzaam inleiden, om te zien hoe hij over de dingen dacht.

'Laten we van de hoofdweg gaan en het bos in lopen,' stelde Cleon voor, naar een pad aan hun rechterzijde knikkend. 'Volgens mij voert dit pad naar het meer vlak bij de Wengerds.'

Grace duwde haar fiets het onverharde pad op en stak van wal zodra ze weer naast hem liep. 'Eh... Cleon, er is iets wat ik met je wil bespreken.'

Hij fronste zijn wenkbrauwen. 'Je kijkt zo ernstig. Is er iets mis? Ben je van gedachten veranderd over ons huwelijk?'

Grace bevochtigde haar lippen met het puntje van haar tong en stond stil. Dit zou moeilijker worden dan ze had gedacht. 'Ik ben niet van gedachten veranderd, maar ik denk dat je moet weten dat...'

'Hé, wat doen jullie tweeën hier?'

Bij het horen van de stem van haar zus draaide Grace zich vliegensvlug om. 'Ruth, je laat me schrikken!'

Sadie grinnikte. 'Dat wil ik graag geloven. Je ogen zijn zo groot als schoteltjes.'

'I-ik had jullie hier gewoon niet verwacht,' stamelde Grace. Het was maar goed dat ze haar geheim nog niet aan Cleon had verteld. Wat als Ruth en Sadie hun gesprek hadden opgevangen? Het laatste wat ze kon gebruiken, was dat Sadie iets van haar persoonlijke zaken afwist, want ze kon nogal een kletskous zijn.

'Sadie en ik hebben in het bos gewandeld en aan het meer gezeten,' zei Ruth. 'Het is daar prachtig in deze tijd van het jaar.' Ze knikte naar Grace. 'Zijn jullie daar ook op weg naartoe?'

'*Jah,*' antwoordde Cleon. 'We waren aan het fietsen, maar besloten een tijdje naast onze fiets te gaan lopen.'

Ruth keek naar het gefilterde zonlicht dat nu nog door de bomen viel, maar al duidelijk zwakker werd. 'Het duurt niet lang meer voor het donker is, dus ik zou niet te lang blijven als ik jullie was.'

'Daar heeft ze wel gelijk in,' zei Cleon. 'Misschien kunnen we beter teruggaan.'

'Goed.' Grace voelde een mengeling van opluchting en teleurstelling. Als ze naar huis gingen en Ruth en Sadie liepen met hen mee, zou ze niet de kans krijgen Cleon te vertellen wat ze op haar hart had. Maar misschien was het ook wel goed dat de meisjes gekomen waren, vooral wanneer Cleons reactie negatief geweest zou zijn. Misschien was het beter om te wachten en pas met Cleon te praten als hij uit Montana terug was. Dat gaf haar nog een hele week om erover na te denken en de beste manier te kiezen om het aan hem te vertellen.

8

'Er waren vandaag veel mensen afwezig in de kerk,' zei mama toen ze naast Grace naar huis wandelde. Direct achter hen liepen papa, Ruth en Martha. 'Ik heb begrepen dat Martin Gingerich, Sadie Esh en Abe Wengerd ziek zijn.'

'Luke was ook door de griep geveld,' viel Ruth in.

'Dat is wat zijn moeder vertelt, ja,' bromde papa. 'Ik denk meer dat hij in bed lag te luieren omdat ik hem deze week zo hard heb laten werken, nadat hij die kasten voor Ella Bates had geruïneerd. Steven was razend en zei dat hij me geen nieuwe opdrachten meer zou geven.'

'Ik ben echt moe vanmiddag,' zei mama, niet op de opmerking van haar man ingaand. Hij had haar het verhaal over de vernielde kasten al verteld.

Hij geeuwde luidruchtig. *'Jah*, ik ook. *Ich bin mied wie en hund.'*

'Over hond gesproken,' merkte Martha op, 'zodra ik mijn zondagse kleren voor gewone kleren heb verwisseld, ga ik bij Heidi en haar pups kijken.'

Tegen wil en dank moest Grace om haar zusjes uitbundigheid lachen. Het leek wel of Martha alleen nog maar over die honden van haar kon praten.

'Jij kunt naar je *hundlin* gaan, maar ik ga een dutje doen,' zei papa.

Mama knikte. 'Ik denk dat ik dat ook ga doen.'

Toen ze de veranda op stapten, zag Grace dat de deur iets openstond. Haar vader moest het ook gezien hebben, want hij draaide zich om en keek hen bevreemd aan. 'Wie van jullie is vanmorgen het laatst naar buiten gegaan en heeft de deur open laten staan?'

'Ik niet,' antwoordde Grace snel.

Ruth schudde haar hoofd. 'Ik ook niet.'

'Ik denk dat ik het laatst ben weggegaan,' gaf Martha toe, 'maar ik weet zeker dat ik de deur niet heb laten openstaan.'

'Nou, iemand heeft het gedaan.' Papa duwde de deur helemaal open en liep, al mopperend over de vliegen die waarschijnlijk naar binnen waren gevlogen, het huis in. De anderen volgden hem op de voet. 'Er is iemand binnen geweest,' riep mama uit. 'Ze hebben de hele boel overhoop gehaald.'

De keuken was veranderd in een grote chaos – over de vloer lagen potten en pannen verspreid, de stoelen waren omgegooid en diverse levensmiddelen uit de koelkast lagen midden op de tafel.

Iedereen bleef een paar tellen in stomme verbazing staan. Daarna liet papa een afkeurend gebrom horen en hij schudde zijn hoofd. 'Dit is niet door binnengeslopen dieren veroorzaakt. Dit is het werk van mensenhanden – dat is zeker.' Verontwaardigd draaide hij zich om.

'Waar ga je heen?' riep mama met een paniekerige uitdrukking op haar gezicht.

'Het huis verder controleren, wat dacht jij dan?'

Ze haastte zich naar hem toe. 'En als degene die dit heeft gedaan, wie dat dan ook mag zijn, nog steeds in huis is?'

'Dan zal ik eens een stevig woordje met hem wisselen.'

Martha bukte en raapte een deegroller op. 'Misschien kan ik beter meegaan.'

Mama wilde naar Martha toe lopen om haar tegen te houden, maar Grace was eerder bij haar. 'Zeg, wat ben jij van plan?' Ze pakte de deegroller af en legde hem op het aanrecht. 'Ik hoop niet dat je dit als wapen wilde gebruiken.'

'I-ik wilde er niemand mee slaan, alleen een beetje bang mee maken, dat is alles.'

Papa wees naar de vloer. 'Je kunt beter hier blijven en je *mamm* helpen met het opruimen. Dan loop ik de andere kamers na.' Hij liep snel de keuken uit voor iemand hem nog kon tegenspreken.

Graces hand trilde toen ze bukte om een van haar moeders koekenpannen op te rapen. *Wie kan dit gedaan hebben en waarom doet men zoiets?*

'In al die jaren dat je *daed* en ik zijn getrouwd, is ons nog nooit zoiets overkomen,' zei mama met trillende stem.

'I-ik vraag me af of er iets gestolen is. Ruths donkere ogen stonden groot in haar spierwitte gezicht, waardoor haar bruine haar nog donkerder leek dan anders.

'Ik hoop van niet,' zei mama. 'Maar we moeten beseffen dat niets ons eigen bezit is. We hebben het allemaal te leen van God.'

Grace liep naar de deur en tuurde de hal in. Ze kon niets zien, maar ze hoorde wel haar vaders voetstappen toen hij door de woonkamer liep. 'Bent u in orde, papa?'

'Ja. Ik ben gewoon alles aan het controleren.'

'Is de kamer ook overhoop gehaald?'

Hij stapte de hal in en schudde zijn hoofd. 'Ik kan in de woonkamer niets vreemds ontdekken. Nu ga ik boven kijken.'

Grace greep de rand van de deur vast en klemde haar kaken op elkaar. *Wat als er iemand in mijn kamer is geweest? Wat als ze mijn spullen hebben doorzocht? Wat als...*

'Ik hoop dat boven alles in orde is,' zei mama, Graces gedachten onderbrekend. 'Ik had liever gezien dat je *daed* een van ons met hem mee had laten gaan.'

'Hij is vast weer snel beneden,' wist Ruth met een zwakke glimlach uit te brengen.

Het was Grace duidelijk dat zij zich allemaal onbehaaglijk voelden door deze inbraak en ze zou zich pas wat kunnen ontspannen als ze wist dat er niets uit haar kamer was weggenomen.

'Ik ben zo terug,' zei Martha, naar de achterdeur rennend.

'Waar ga je heen?' riep mama.

'Naar de schuur, kijken of alles in orde is met de honden.' Martha rechtte haar schouders, haar adem kwam er in kleine stootjes uit. 'Ik wil zeker weten dat alles goed met hen is.'

'Je gaat niet zonder je vader, echt niet. De inbreker kan zich wel in de schuur hebben verstopt.' Mama schudde vastberaden haar hoofd.

Martha hief haar kin op alsof ze haar wilde tegenspreken, maar Grace wist dat haar vastberaden zusje echt geen toestemming zou krijgen om alleen te gaan.

'We moeten geduld hebben en op papa wachten,' zei Ruth, de pot augurken oppakkend die op de tafel was neergezet.

Toen Grace de zware voetstappen van haar vader boven hoorde, wierp ze opnieuw een blik in de hal.

'Laten we proberen kalm te blijven en wachten op wat hij boven heeft aangetroffen,' zei mama, terwijl ze bij de gootsteen een doekje natmaakte en de tafel begon af te nemen.

De volgende paar minuten haastten Grace en haar moeder en zussen zich door de keuken, ruimden dingen op en maakten het aanrecht schoon. Ze waren bijna klaar toen papa weer verscheen. Hij had zijn donkere ogen tot spleetjes geknepen en krabde aan de zijkant van zijn hoofd.

'Wat is er, Roman?' vroeg mama, naar hem toe lopend. 'Was alles in orde boven?'

'Er is niemand en er was niets van zijn plaats, behalve in de kamer van Grace.'

'Wat vreemd.' Er verschenen diepe rimpels in mama's voorhoofd. 'Als ze in één kamer de boel overhoop halen, zou je verwachten dat ze dat in alle kamers doen.'

'Misschien heeft Heidi of Fritz gemerkt dat er iets mis was en heeft het geblaf de dader op de vlucht gejaagd voor er nog meer schade kon worden aangebracht,' opperde Martha.

'Dat kan,' stemde papa in, over zijn neus wrijvend. 'Of misschien is er lukraak een kamer overhoop gehaald.'

Grace stond even roerloos op haar plaats, probeerde alles tot zich door te laten dringen en rende toen met iets van een snik naar haar kamer toe.

'Zal ik naar de telefooncel rennen en de sheriff bellen?' vroeg Martha aan haar vader.

'Ik ga mee,' viel Ruth haar bij.

Vastbesloten schudde hij zijn hoofd. 'We willen hier geen politie bij betrekken. En ook al zou de dader worden aangegeven en opgespoord, dan zou ik nog geen aanklacht indienen.'

'Dat weet ik, maar...'

'Het waren vast gewoon een paar grappenmakers – waarschijnlijk dezelfden als die vorige week de buiten-wc's bij Kidron hebben omgegooid.'

'Dus we laten hen hier gewoon mee wegkomen?' Martha wees naar de resterende spullen op de tafel. 'Ik vind dat ze tegengehouden moeten worden, want anders doen ze misschien hetzelfde bij andere mensen.'

Mama legde haar hand op de arm van haar man. 'Daar heeft onze dochter gelijk in. Misschien moeten we de sheriff op de hoogte brengen van wat er is gebeurd.'

'We zullen doen wat de anderen in onze gemeenschap hebben gedaan wanneer een paar wilde *Englische* knullen hun streken uithaalden. We kijken de andere kant op, keren hun de andere wang toe, vergeven en vergeten.' Hij zuchtte. 'Laten we nu verder gaan waar we gebleven waren en vergeten dat dit is gebeurd.'

Martha maakte een gebaar van ongeloof met haar hand. 'Hoe kunnen we vergeten wat er is gebeurd wanneer het zo'n bende is in onze keuken en Grace boven probeert te verwerken wat ze met haar kamer hebben gedaan?' Ze kreunde. 'Dit is niet goed. Dit is helemaal niet goed.'

'We kunnen het vergeten wanneer we ervoor kiezen om het uit onze gedachten te zetten.' Haar vader sloeg zijn armen over elkaar en nam een onverzettelijke houding aan.

'Denkt u dat Grace zal vergeten dat er een vreemde in haar kamer is geweest toen wij naar de kerk waren?' Martha knikte in de richting van de trap in de hal.

Voor haar vader kon antwoorden, nam Ruth het woord. 'Ik ga kijken hoe het met haar is. Ze zal ongetwijfeld hulp nodig hebben bij het opruimen.'

Grace stapte haar kamer in en bleef voor haar bed staan. Overal lagen kledingstukken – witte *kapps*, huishoudschorten, een paar zwarte schoenen en enkele jurken die in repen waren gescheurd.

Haar hart bonsde. Haar knieën begaven het bijna en het zweet stond in haar handen. Met angst in haar hart liep ze naar de cederhouten dekenkist bij het voeteneinde van haar bed en klapte het deksel open. Ze woelde met haar handen door de kist om te controleren of er iets weggenomen was. Toen Graces vingers het scrapboek vonden dat ze daar verborgen hield en ze ook ontdekte dat de pop zonder gezichtje er nog steeds was, slaakte ze een zucht van verlichting.

'Is alles in orde met je? Is er iets gestolen?'

Grace sloeg het deksel met een klap dicht en draaide zich razendsnel om. 'Ruth! Ik hoorde je niet binnenkomen.'

'Ik kwam kijken of ik je ergens mee kan helpen.' Ruth stapte naar voren en wees naar de rommel op Graces bed. 'O, zus, ik vind het echt verschrikkelijk. Ik snap niet waarom iemand zoiets doet en waarom ze wel de keuken en jouw kamer overhoop halen, maar niet de andere vertrekken.'

'I-ik begrijp het ook niet, maar voor zover ik kan zien is er niets weggenomen.' Grace stond te trillen op haar benen en probeerde met opeengeklemde kaken een tranenvloed tegen te houden.

'Misschien heeft Martha gelijk en heeft Heidi of Fritz de indringer afgeschrikt voor hij de tijd had de andere kamers te doorzoeken.' Ruth keek om zich heen. 'Maar het blijft wel vreemd dat er niets verdwenen is.'

Voor Grace kon antwoorden, kwam Martha met rode wangen en ogen vol bezorgdheid de kamer in stormen. 'Hebben ze iets vernield? Is er iets van je spullen gestolen?'

'Niet dat ik weet.' Grace wees naar het bed. 'Ze hebben wat kleren van mij op het bed gegooid en een paar jurken aan flarden gescheurd.'

'Kijk daar nu!' Martha wees naar het bureau aan de andere kant van de kamer. 'Ze hebben de hele inhoud van de laden op de grond gegooid. Het lijkt wel of er ook wat van je papieren zijn verscheurd.'

Grace draaide zich om. Ze was zo bezorgd over de spullen in haar dekenkist geweest dat ze de chaos bij haar bureau nog niet eens had opgemerkt. De tranen brandden in haar ogen en ze kreeg bijna geen lucht door het brok in haar keel. Wie kon dit gedaan hebben? Wie had zo'n hekel aan haar dat hij zelfs in haar kamer rondsnuffelde en er zo'n bende van maakte?

Ze verstijfde toen het beeld van Gary Walker op haar netvlies verscheen. Kon hij dit hebben gedaan? Hij had gezegd dat hij het haar op een dag betaald zou zetten dat ze de relatie met hem verbrak. Had hij zijn bedreiging eindelijk uitgevoerd?

9

Het kostte Grace de volgende dag moeite om te gaan werken, maar behalve dat ze zich getraumatiseerd voelde over de inbraak in hun huis had ze geen geldige reden om thuis te blijven. Ze wenste dat ze met Cleon over de inbraak kon praten, maar ze wist dat hij en zijn familie al naar Montana waren vertrokken. Toen Grace in het restaurant kwam, hoorde ze dat Esther griep had. Dat betekende dat Grace meer dan ooit nodig was en het bevestigde ook dat ze er goed aan had gedaan om naar haar werk te gaan.

Ze bond haar schort voor, pakte een notitieblokje en een pen van de balie en liep naar de eetzaal. Ze had nog maar een paar stappen gezet toen ze stil bleef staan. Aan een van haar tafeltjes zat Gary. Op zijn gezicht lag, als altijd, een zelfvoldane blik. Ze had geen andere keus dan hem te bedienen.

Haar benen voelden als lood toen ze langzaam naar hem toe liep. Bij hem aangekomen legde ze de menukaart voor hem neer en vermeed zijn doordringende blik. 'Wil je een kop koffie?'

'Ja, graag.'

'Als ik de koffie breng, zal ik je bestelling opnemen.' Grace draaide zich om en liep weg voor hij kon antwoorden.

Toen ze een paar minuten later terugkwam, was ze iets gekalmeerd. Ze had besloten hem gewoon op de man af te vragen of hij iets met de inbraak in hun huis te maken had. Maar toen zag ze op zijn tafeltje een aantekenblok naast zijn fototoestel liggen en realiseerde ze zich weer dat Gary gezegd had dat hij verslaggever was. Als ze over de inbraak begon en hij daar niet bij betrokken was, zou hij er wellicht een verhaal over willen schrijven. En wanneer er in verschillende kranten een artikel over de inbraak in hun huis zou verschijnen, zou haar vader woedend zijn. Misschien kon ze maar beter niets zeggen – tenminste, nu nog niet. Gary hoefde niet te weten hoe overstuur ze allemaal waren geweest.

'Blijf je de hele dag naar de tafel staan staren of ben je nog van plan mij dat kopje koffie te geven dat je in je hand hebt?'

Grace haalde diep adem en zette de koffie op tafel. Daarna haalde ze het notitieblokje en de pen uit haar schort tevoorschijn. 'Wat wil je als ontbijt?'

Hij gaf haar een snelle knipoog. 'Staat een afspraakje met jou ook op de kaart?'

Ze kreunde. Blijkbaar was Gary niets veranderd. Hij was altijd een enorme flirt geweest, iets wat haar eerst in hem had aangetrokken. Maar toen ze hem beter leerde kennen, was ze gaan ontdekken hoe humeurig hij kon zijn.

'Ach, kom op, Gracie,' teemde hij. 'Kijk niet zo zwartgallig. Ooit hadden we samen iets bijzonders, weet je nog?'

Natuurlijk wist ze het nog. Onthouden was het makkelijke deel. Vergeten het moeilijke. Als Grace het over moest doen, zou ze nooit meer tijdens haar *rumschpringe* met iemand uitgaan die haar geloof niet deelde en ze zou zeker niet met zo'n arrogante man als Gary uitgaan.

Hij legde zijn hand op haar arm. Het contact met zijn zweterige, warme vingers deed haar ineenkrimpen. 'Je moet echt niets meer van me hebben, hè? Of wel?'

Grace rukte zich los alsof ze door een van Cleons bijen was gestoken. Ze kon nauwelijks geloven dat ze de aanraking van deze irritante man prettig had gevonden of zich door zijn gladde praatjes had laten inpakken. Maar nu niet meer. Ze was ouder, wijzer en voorzichtiger. 'Ga je nog bestellen of niet?' vroeg ze met opeengeklemde lippen.

Hij grijnsde naar haar en klopte met zijn pen op de menukaart. 'Ik wil twee gebakken eieren met rösti. En doe ook maar zo'n vruchtenbroodje zoals ze aan het tafeltje naast mij hebben. Dat ziet er net zo verleidelijk uit als jij.'

Geïrriteerd pakte Grace de menukaart op en liep weg. Ze had nog maar een paar stappen gezet toen hij haar nariep.

'Maak er maar twee broodjes van, Gracie. Ik moet vandaag diverse mensen interviewen die met Amish werken. Misschien heb ik dan wel wat extra energie nodig zodat ik zoete broodjes kan bakken om hen aan het praten te krijgen.'

Grace liep snel verder om zijn bestelling door te geven. Het leek haar het beste zijn vervelende opmerkingen te negeren. Als hij echt een verslaggever was en hij alleen maar naar Holmes County was gekomen om een verhaal over de Amish te schrijven, zou hij hopelijk over een paar dagen verdwenen zijn.

Ruth had net een klant geholpen toen Luke de bakkerswinkel binnenstapte. 'Het verbaast me jou hier te zien,' zei ze. 'Ik dacht dat je vandaag voor mijn *daed* zou werken.'

'Dat doe ik ook. Maar ik moest naar Berlin om een tafel bij Paul Hendricks af te leveren. Zijn vrouw en hij hebben vorige week een nieuw pension aan de andere kant van de stad geopend.'

'Dat heb ik gehoord, ja. Met al die toeristen die naar onze streek komen, kunnen we vast wel een extra pension gebruiken.'

'*Jah.*' Luke leunde tegen de toonbank en bestudeerde het gebak dat Ruth die morgen direct na aankomst in de vitrine had gezet. 'Ik denk dat ik mezelf maar eens op een donut of iets anders lekkers trakteer. Wat raad je me aan?'

'Normaalgesproken ben ik dol op slagroomgebak, maar vandaag heb ik geen trek, dus kun je beter zelf beslissen.'

'Wat is er mis met jouw eetlust? Ik hoop niet dat je ook bent aangestoken door de griep.' Hij haalde kort zijn schouders op. 'Ik voelde me gisteren ook niet zo lekker. Daarom was ik niet in de kerk.'

'Gaat het nu beter met je?'

Hij knikte. 'Maar volgens mij zijn er nog steeds veel mensen ziek.'

'Ik heb geen last van de griep,' zei ze hoofdschuddend. 'Ik ben nog van slag door wat er gisteren is gebeurd.'

'Wat was er dan?'

'Heeft mijn *daed* je niet verteld dat er gisteren onder kerktijd bij ons is ingebroken?'

'Hij vertelt mij nooit iets. Dus waarom praat jij me niet bij?'

Ruth keek om zich heen om er zeker van te zijn dat er geen andere klanten in de winkel waren en vertelde daarna snel de details van de inbraak. Ze snifte en slikte moeizaam om de dreigende tranen tegen te houden. 'Ik weet dat in het verleden ook anderen weleens het slachtoffer van inbraken en vandalisme zijn geweest. Maar wij hadden het nog nooit meegemaakt en zijn allemaal van slag.'

Luke haalde een hand door zijn haar. 'Heeft je *daed* de sheriff gebeld?'

Ruth schudde haar hoofd. 'Papa denkt dat het waarschijnlijk een paar *Englische* jongeren waren die een verzetje zochten. Hij zei dat we moesten proberen te vergeten wat er is gebeurd.' Ze pauzeerde even om diep adem te halen. 'Maar dat is natuurlijk makkelijker gezegd dan gedaan.'

'Roman heeft waarschijnlijk gelijk over die *Englische* gasten. Nog niet zo lang geleden heeft een groep van hen een paar buiten-wc's omgegooid. Wist je dat al?'

'Maar het is toch niet zeker dat dat *Englische* jongeren waren?'

'Nou, nee, maar...'

'Wie zegt dat het geen Amish jongeren waren die door hun *rumschpringe* gaan?'

'Je hebt gelijk.' Luke verplaatste zijn gewicht van de ene voet naar de andere en liep toen bij de toonbank vandaan. 'Nou, ik kan maar beter gaan.'

'En die donut dan die je wilde?'

Hij draaide zich om en stak groetend zijn hand op. 'Een andere keer misschien. Ik moet nog het een en ander doen.'

Terwijl Luke de winkel uit liep, gingen Ruths gedachten naar de dag dat zij en Sadie naar het meer waren gegaan om Luke en Toby te ontmoeten. Toen Luke zo laat kwam opdagen, had hij ook zo raar gedaan.

Ze pakte een schaal met donuts van de plank achter haar en vulde de vitrinekast bij. Ze wilde aan het werk blijven om niet aan de inbraak of aan Lukes vreemde gedrag te hoeven denken.

Even later kwam er een nieuwe klant de winkel binnen. Ditmaal was het Donna Larson, hun *Englische* buurvrouw. Donna was van middelbare leeftijd en bracht hen vaak met de auto weg wanneer ze naar plaatsen moesten die te ver bij hen vandaan lagen om met paard en wagen te gaan.

'Ik hoorde dat je tegenwoordig hier werkt,' zei Donna terwijl ze naar de toonbank liep. Ze streek een plukje grijsbruin haar uit haar gezicht.

Ruth knikte en wees naar het gebak achter het glas. 'Vandaag zijn de donuts in de aanbieding. Ik weet niet of u interesse hebt?'

'Ik heb de laatste tijd niet veel tijd gehad om zelf te bakken, dus wil ik er wel een paar met chocoladeglazuur.' Donna grinnikte. 'Doe maar zes chocolade- en zes citroendonuts. Ray is dol op zoet en eet anders vast alle chocoladedonuts zelf op.'

Ruth glimlachte maar was er niet helemaal bij met haar gedachten. Eerlijk gezegd was ze vandaag liever met Grace thuisgebleven.

'Voor een jonge meid met een nieuwe baan, en ook nog eens in een omgeving waar het heerlijk ruikt, zie je er vandaag erg somber uit,' merkte Donna op.

Ruth vroeg zich af of ze Donna zou vertellen wat er was gebeurd. Misschien had de inbreker ook bij een paar buren huisgehouden. Nadat ze de donuts voor Donna had ingepakt en ze afgerekend waren, boog Ruth zich over de toonbank heen. 'Is er gisteren bij jullie nog iets ongebruikelijks gebeurd?'

'Laat eens kijken, Ray heeft eieren klaargemaakt voor het ontbijt.' Donna lachte en knipperde met haar ogen. 'Dat is behoorlijk ongebruikelijk voor hem.'

'Nee, ik bedoel, is er gisteren nog iets *vervelends* gebeurd?'

'Niet echt. Tenzij je meerekent dat Ray in slaap viel tijdens mijn verhaal over de brief die ik pas van mijn zus ontvangen heb.'

Ruth trok een grimas. Het leidde nergens toe wanneer ze om de zaken heen bleef draaien. Ze kon maar beter ronduit zeggen wat ze bedoelde. 'Er is bij jullie niet ingebroken, toch?'

Donna hield haar hoofd schuin en kneep haar grijsblauwe ogen tot smalle spleetjes. 'Natuurlijk niet. Waarom vraag je dat?' vroeg ze, Ruth aankijkend.

Ruth schraapte haar keel en liet haar stem tot een fluistering dalen. 'Er is bij ons ingebroken toen we naar de kerk waren.'

Donna zette grote ogen op. 'Hebben ze iets meegenomen?'

'Nee, maar ze hebben wel een paar vertrekken overhoop gehaald.' Ze boog zich dichter naar Donna toe. 'Hebt u gisteren iets ongebruikelijks gezien of gehoord?'

'Nee, ik niet, maar ik heb dan ook het grootste gedeelte van de dag zitten kijken hoe Ray sliep en ondertussen aan een kruiswoordpuzzel gewerkt.' Donna's ogen vernauwden zich opnieuw. 'Hebben jullie de sheriff ingelicht?'

Ruth schudde haar hoofd. 'Dat vond mijn vader niet goed. En ook al zou hij het wel aan de sheriff hebben verteld, dan zou hij nog geen aanklacht indienen als ze de dader zouden vinden.'

'Amish dienen normaalgesproken geen aanklacht in, toch?'

'Dat klopt. En papa denkt dat het een stel jongeren waren die zich ergens mee wilden vermaken en dat het niet waarschijnlijk is dat het nog een keer zal gebeuren.'

'Hij kan gelijk hebben, maar ik zal toch Ray vragen een oogje in het zeil te houden. Hij heeft altijd zijn verrekijker op de bomen gericht om de diverse vogels te bestuderen. Ik zal vragen of hij af en toe de boel bij jullie wil controleren.' Donna pakte de doos met donuts van de toonbank en keek op haar horloge. 'Ik moet opschieten. Ik heb over tien minuten een afspraak bij de kapper en ik wil niet te laat komen.' Ze wuifde kort en haastte zich naar buiten.

'Hoe gaat het vandaag met jou, Heidi?' vroeg Martha, terwijl ze in de doos keek waar de sheltie haar pups voedde.

De hond reageerde met een zacht gejank, maar kwam niet van haar plaats.

Martha gaf een klopje op Heidi's kop. 'Je bent een goede *mudder* en ik ben blij dat jij en je kleintjes niet zijn lastiggevallen.' Alleen al de gedachte dat iemand haar honden iets zou aandoen, bezorgde Martha een wee gevoel in haar maag.

De schuurdeur ging open en sloeg weer dicht. Martha sprong op. 'Wie is daar?'

'Ik ben het maar,' riep haar moeder. 'Ik kwam zeggen dat ik zo dadelijk de lunch naar je vader ga brengen. Als hij het niet te druk heeft, eet ik met hem mee en ik vroeg me af of je zin had om ook te komen.'

Martha wachtte met haar antwoord tot haar moeder dichterbij was. 'Is Luke er ook bij?'

'Dat durf ik niet te zeggen. Waarschijnlijk wel, tenzij hij van plan is om vandaag thuis te gaan lunchen. Ik geloof dat hij dat regelmatig doet.' Ze legde een hand op Martha's schouder. 'Hoezo?'

Martha haalde haar schouders op. 'Ik vroeg het me gewoon af, dat is alles.'

'Maar ga je nu mee?'

'Ik denk dat ik nog even bij Heidi en haar kleintjes blijf en daarna mijn brood bij de beek opeet.'

Haar moeder keek aandachtig in de doos. 'Die pups zijn echt schattig. Het zal je wel moeilijk vallen om ze af te staan als ze wat groter zijn.'

Martha zuchtte. '*Jah*, maar ik fok ze voor het geld, dus, misschien met uitzondering van een pup waar ik verder mee wil fokken, ga ik ze toch verkopen.'

'Ben je nog steeds van plan om er nog een fokhond bij te kopen?'

'Ik hoop van wel. Als en wanneer ik het me kan veroorloven.'

Mama gaf een klopje op Martha's arm. 'Heb geduld, lieverd. Alleen schuren worden op één dag gebouwd en dat ook alleen maar omdat er zo veel mensen helpen bij het bouwen.'

Martha grinnikte. Het bleek wel dat haar moeder de schrik van gisteren te boven was, want haar gevoel voor humor was duidelijk teruggekeerd.

'Dan ga ik nu maar naar huis terug en de lunch pakken die ik had klaargemaakt,' zei mama, zich omdraaiend om te gaan. 'Als je nog van gedachten verandert over de lunch, kun je naar ons in de werkplaats komen.'

'Goed.'

Mama sloot de deur achter zich en Martha zette wat hondenvoer voor Heidi neer. Toen ze klaar was, ging ze op de strobaal zitten en liet haar hoofd in haar handen rusten. 'Heere God,' bad ze, 'wilt U onze familie beschermen en behoed ook de anderen voor zo'n afschuwelijke inbraak.'

'Je bent wel erg lang weggebleven. Hoe komt dat?' bromde Roman toen Luke met een rood en bezweet hoofd en een half weggezakte strohoed de werkplaats binnenstapte.

'Ik had wat problemen met de goederenwagen.' Luke trok een grimas. 'Hoewel het meer uw paard dan de wagen was die me problemen gaf.'

Roman legde het stukje schuurpapier waarmee hij een tafelblad aan het schuren was, opzij en liep naar het raam. 'Wat is er mis met Sam?' Hij tuurde door de ruit en zag zijn goederenwagen naast de schuur staan, maar het paard was nergens te bekennen.

'Toen Paul Hendricks en ik de tafel van Paul aan het uitladen waren, probeerde Sam er met de wagen vandoor te gaan. Het kostte me behoorlijk wat tijd om dat schichtige paard weer kalm te krijgen.'

'Had je hem niet vastgebonden?'

Luke knikte en hing zijn strohoed aan de haak naast de deur. 'Natuurlijk wel, maar hij was losgebroken en dat besefte ik pas toen de wagen begon te rijden.'

Roman sloeg zichzelf tegen de zijkant van zijn hoofd en bromde wat. 'Vertel me niet dat je de tafel op straat hebt laten vallen, zoals die kasten voor Steven Bates. Als dat zo is, zal je dat deze keer meer dan een paar dagen loon kosten.'

Luke schudde zijn hoofd en zijn gezicht werd zelfs nog roder. 'Paul en ik hadden juist de tafel eruit getild toen de wagen begon te rijden. We hebben de tafel toen snel neergezet om achter het paard aan te gaan.'

'Waar is Sam nu?'

'Ik heb hem een goede wrijfbeurt gegeven en hem in de kraal de vrije loop gelaten. Hij gedroeg zich wat schichtig op de terugweg en had behoorlijk wat schuim op zijn lijf staan toen we hier aankwamen.'

Roman liep terug naar het tafelblad dat hij onder handen had.

'Ik vond hem vanmorgen wel wat nerveus toen ik hem uit zijn box haalde, maar dacht dat hij wel weer rustig zou zijn als hij eenmaal ingespannen was.'

'Misschien moet u hem door de veearts laten nakijken,' stelde Luke voor. 'Het is niets voor Sam om zich zo te gedragen.'

'Ik vraag me af of het iets met het gebeuren van gisteren te maken heeft.' Roman gaf het blad een paar vegen met het schuurpapier. 'Ik had het nog niet verteld, maar er is gisteren onder kerktijd bij ons ingebroken.'

'Dat heb ik gehoord.'

'Van wie?'

'Ik ben even bij Ruth langs geweest toen ik in Berlin was. Zij vertelde het.' Luke pakte een stuk schuurpapier en begon aan een van de andere tafelbladen die op de werkbank lagen.

'Het vrouwvolk was behoorlijk geschrokken toen we thuis-kwamen en ontdekten dat de keuken een grote bende was.' Roman bromde wat. 'De dader, wie dat dan ook was, heeft ook de kamer van Grace overhoop gehaald, maar er is niets gestolen.'

'Ruth zei dat u de sheriff er niet bij wilt halen.'

Roman knikte. 'Ik weet zeker dat het gewoon een schelmen-streek was – waarschijnlijk van dezelfden die pas die buiten-wc's hebben omgegooid.'

Luke vernauwde zijn ogen. 'Denkt u dat dit iets te maken heeft met de manier waarop uw paard zich vanmorgen gedroeg?'

Roman stopte even met schuren en krabde op zijn hoofd. 'Ik weet het niet zeker, maar misschien is de inbreker ook in de schuur geweest en heeft hij de paarden lastiggevallen.'

'Was er in de schuur iets van zijn plaats?'

'Niet dat ik weet.'

'Gedroegen de andere paarden zich vanmorgen ook nerveus?'

'Nee. Alleen Sam.' Roman wreef over zijn oor. 'We zullen wel nooit te weten komen wat er zich tijdens de inbraak heeft afgespeeld, maar ik ben dankbaar dat er niets gestolen is en dat geen van de paarden gewond is.'

Luke opende zijn mond alsof hij iets wilde zeggen, maar toen ging de deur open en stapte Judith binnen. 'Ben je zover om te lunchen, Roman?' vroeg ze, de broodtrommel in haar handen omhoog houdend.

Roman knikte. Hij was dankbaar voor de onderbreking. Hij wilde liever niet meer aan gisteren denken en er nog veel minder over praten.

10

Toen Roman de volgende maandagmorgen naar zijn werkplaats liep, schoten zijn gedachten naar de inbraak terug. In de achterliggende week had hij bij enkele Amish gezinnen in de buurt nagevraagd of zij problemen hadden gehad, maar blijkbaar was niemand anders lastiggevallen. Wanneer het een paar wilde *Englische* jongens waren die wat herrie schopten, zou het waarschijnlijk niet bij een of twee streken blijven.

Roman stak de sleutel in het slot, opende de werkplaatsdeur en bevroor ter plekke. Zelfs zonder dat hij eerst een gaslamp aanstak, kon hij de ravage zien. Sommige tafels waren omvergegooid, op de grond lag kapot gereedschap en in het vertrek hing de sterke, doordringende geur van thinner.

'*Was in der welt?* Waar is iemand toch mee bezig? Wie is hier verantwoordelijk voor?' Omdat de voordeur op slot gezeten had, moest de inbreker door een van de ramen of via de achterdeur binnen zijn gedrongen.

Voorzichtig baande Roman zich een weg door de rommel en liep naar de achterkamer. Daar stond de deur iets open en hij zag onmiddellijk dat het slot vernield was.

Hij ontstak de dichtstbijzijnde lamp zodat hij beter zicht had. Hij voelde de woede opwellen toen hij besefte hoeveel gereedschap en voorraad was vernield. Na een grondige inspectie van de kasten waarin hij nog meer gereedschap bewaarde, constateerde hij dat hij diverse dingen miste – een zaagmachine die op gas werkte, een polijster en twee van zijn duurste hamers.

Hij boog zich voorover om een van de tafels overeind te zetten. 'Ik kan deze narigheid niet gebruiken. Niemand kan dat.' Op dat moment vloog de deur open en stapte Ruth naar binnen. 'Papa, het ontbijt staat klaar.' Haar mond viel open en ze wees naar de bende op de vloer. 'Ach, lieve help. Wat is hier gebeurd? Het lijkt wel of er een tornado doorheen getrokken is.'

Roman schudde zijn hoofd en bromde wat. 'Meer een stel *diewe*. Behalve de rotzooi die ze hebben gemaakt, hebben ze ook diverse stukken gereedschap meegenomen.'

Ruth haalde een paar keer beverig adem. 'Denkt u dat hier dezelfde persoon bezig is geweest als vorige week in huis?'

'Ik weet het niet. Waarschijnlijk wel.'

'Gaat u de sheriff op de hoogte brengen?'

'Ik zie niet in waarom. Natuurlijk ben ik hier niet blij mee, maar er is niemand gewond en zoals de Bijbel ons voorschrijft, keer ik mijn andere wang toe.'

Ruth bukte en raapte een omvergegooide stoel op. 'Wanneer hier een paar *Englische* gasten bezig zijn, is het niet aannemelijk dat ze stoppen voor iemand hen op heterdaad betrapt en ze opgepakt worden.'

'Dat weet ik wel, maar ik ga er de sheriff niet mee lastigvallen.'

'Goed.' Ruth knikte naar het huis. 'Als we opschieten met eten, kunnen we u allemaal met het opruimen helpen voor Grace en ik naar ons werk moeten.'

Hij wees naar de vloer. 'Na het zien van deze chaos is mijn trek verdwenen. Ga jij maar eten. Ik pak wel wat wanneer ik het hier heb opgeruimd.'

Ruth haalde haar schouders op en liep de deur uit.

Ruth huiverde, terwijl ze naar het huis liep en ze wist dat dit niet door de koele ochtendlucht kwam. Was de inbreker in haar vaders werkplaats dezelfde als die in hun huis? Waarom zou iemand zoiets doen?

Ze stapte de keuken binnen en vertelde de anderen wat er was gebeurd. 'Er is in de werkplaats ingebroken.' Ze haalde gehaast adem. 'Overal liggen kapotte meubelstukken over de vloer.'

Haar moeders gezicht verbleekte en ze greep zich aan het aanrecht vast alsof ze een steuntje nodig had. 'O, nee, niet weer.'

Martha zette de schaal die ze in haar handen had op tafel. 'Misschien wil papa nu de sheriff waarschuwen.'

Ruth schudde haar hoofd. 'Hij zegt van niet. Hij wil de andere wang toekeren, zoals ons in de Bijbel voorgehouden wordt.'

'Maar wat kan het voor kwaad om het de sheriff te laten weten? Dat betekent toch niet dat papa een aanklacht wil indienen of iets dergelijks.'

Haar moeder liep als in slow motion de keuken door. Ze pakte haar sjaal van de haak aan de muur en opende de achterdeur.

'Wat gaat u doen?' riep Ruth.

'Met je vader praten.'

Martha pakte een stoel en ging met een kreun zitten. 'Mama krijgt hem heus niet omgepraat, dat lukt haar nooit. En ze legt zich dan toch altijd bij zijn mening neer, wat hij ook zegt.'

'Is Grace nog in haar kamer?' vroeg Ruth.

Martha knikte. 'Ze is nog niet beneden geweest. Waarom vraag je dat?'

'Misschien kan zij aan Cleon vragen of hij met papa praten wil.'

'Waarom Cleon?'

'Hij staat bij papa hoog aangeschreven en als iemand *daed* kan overhalen de sheriff erbij te roepen, zal dat Cleon zijn.'

Toen Grace later die morgen naar het huis van de Schrocks toe reed, bad ze dat ze van hun reis terug zouden zijn en dat Cleon met haar vader zou willen praten. Ze bad ook dat haar vader zou luisteren. Ze had ingestemd met Ruths voorstel om ieder een eigen rijtuig te nemen, zodat zij nog bij Cleon langs kon gaan voor ze naar haar werk ging. Toen ze een telefooncel passeerde, kwam ze in de verleiding om te stoppen en zelf de sheriff te bellen, maar daar kwam ze toch op terug. Als haar vader ontdekte dat zij de sheriff had gebeld, zou ze dat altijd moeten blijven horen. Nee, het was beter wanneer Cleon haar vader kon overhalen de politie in te schakelen.

Even later stuurde Grace haar rijtuig de oprijlaan van de Schrocks op. Cleons eenentwintigjarige broer Ivan stond buiten op het erf. 'Fijn dat jullie weer uit Montana terug zijn!' riep ze toen ze uit haar rijtuig stapte. 'Is Cleon ook thuis?'

'*Jah*, hij is nu bij de bijen aan het kijken.' Ivan knikte met zijn blonde hoofd in de richting van het grasland achter de woning met drie verdiepingen. 'Wat brengt jou hier zo vroeg op de morgen?'

'Ik ben op weg naar mijn werk, maar ik wilde eerst iets met Cleon bespreken.'

'Gaat het over jullie bruiloft?'

Ze schudde haar hoofd en bond haar paard aan de reling naast de schuur.

'Zal ik hem voor je gaan halen?'

'Dat hoeft niet. Ik ga zelf wel naar hem toe. Ik vind het leuk om te zien hoe het met de bijen gaat.'

'Goed. Tot ziens dan, Grace.'

Grace trok haar rok iets op en stapte voorzichtig over de koeienvlaaien in het weiland. Ze liep langzaam door het hoge gras in de richting van de open ruimte waar Cleon zijn bijenkasten had staan. De net opgekomen zon zorgde voor een prachtige oranje nevelsluier in de lucht en ze rook de kenmerkende, tintelende herfstlucht. Als ze niet zo van streek zou zijn geweest, zou het natuurschoon haar een vredig gevoel gegeven hebben.

Toen ze bij de eerste groep kasten aankwam, bleef ze staan en keek naar de bijen die zoemend om een van de kasten vlogen alsof ze een manier zochten om naar binnen te gaan. Ze vroeg zich af of de bijen zich opgesloten zouden voelen als ze eenmaal naar binnen gevlogen waren. Zijzelf voelde zich ook opgesloten. En er scheen geen uitweg te zijn. Geen manier om het verleden te vergeten of haar familie weer een gevoel van veiligheid in hun eigen huis te geven.

Grace ontdekte Cleon aan de andere kant van het veld. Haar frustraties namen iets af. Hij gaf haar het gevoel dat ze veilig en geliefd was. Ze haalde diep adem en liep snel naar hem toe.

'Grace! Wat een verrassing. Ik was van plan naar jouw huis te gaan zodra je klaar was met werken vandaag, maar ik had zeker niet verwacht je vanmorgen hier te zien.'

'Ik heb mijn eigen rijtuig genomen en ben vroeg vertrokken. Ik ga zo door naar mijn werk, maar ik wilde eerst met jou praten.'

Hij trok haar dicht naar zich toe. 'Wat is er aan de hand? Je trilt helemaal. Ben je ergens door van streek of heb je het gewoon koud?'

Ze leunde met haar hoofd tegen zijn borst en genoot van de warmte van zijn jas en van het gevoel van troost dat het gestage kloppen van zijn hart haar gaf. 'Ik ben helemaal van slag. Wij allemaal, trouwens.'

'Waarom dat?'

'Er is twee keer bij ons ingebroken – vorige week zondag in huis en vannacht in mijn vaders werkplaats.'

Cleon hield haar op armlengte van zich af. Er trilde een spiertje in zijn kaak. 'Is iedereen in orde?'

'Ja, maar papa mist een paar stukken gereedschap en veel andere dingen zijn geruïneerd.'

'Wat wil je vader eraan gaan doen?'

'Niets. Hij denkt dat het waarschijnlijk om dezelfde daders gaat als degenen die een paar weken geleden die buiten-wc's bij Kidron hebben omgegooid.' Grace slikte moeizaam in een poging het brok in haar keel weg te krijgen. Ze wilde zo verschrikkelijk graag haar verdenking van Gary met Cleon delen, maar uit angst voor zijn reactie bleven de woorden in haar keel steken. 'Papa denkt dat het niet meer zal gebeuren. Bovendien denkt hij dat de sheriff erop aan zal dringen dat we een aanklacht indienen als de dader wordt gevonden.'

'Roman zal nooit een aanklacht indienen. Dat strookt niet met ons geloof.'

Ze knikte. 'Maar denk je niet dat wij het desondanks toch aan de sheriff moeten vertellen, zodat hij een oogje open kan houden en hopelijk de dader vindt?'

Cleon richtte zich op en wreef over zijn neus. 'Ik denk dat het wel goed zou zijn als de sheriff weet wat er is gebeurd. Misschien zijn er nog meer inbraken in de omgeving geweest en hij heeft meer kans de dader op te sporen als hij weet wat er allemaal is voorgevallen. Misschien wordt er wel een bepaald patroon gevolgd.'

Ze hief haar hoofd op en keek hem aan. 'Hoe bedoel je?'

'Misschien slaan ze in een bepaalde streek een of twee keer hun slag en gaan ze dan naar een volgend gebied om daar een paar streken uit te halen.'

'Wat ze in ons huis en in mijn vaders werkplaats hebben gedaan, was meer dan een schelmenstreek, Cleon.'

'Je hebt gelijk en het kan zelfs nog ernstiger worden wanneer ze niet tegengehouden worden.'

'Dus je wilt met mijn vader praten?'

Hij knikte. 'Ik weet niet hoeveel invloed ik op hem heb, maar ik zal hem vertellen hoe ik er tegenaan kijk.'

Grace slaakte een zucht van opluchting. Als Gary de dader was en de sheriff hem zou oppakken, zou Gary volgens haar zelfs zonder aanklacht naar de gevangenis worden gestuurd. En dat zou betekenen dat hij uit Holmes County en uit het leven van haar en haar familie zou verdwijnen. Dan zou ze nooit meer bang hoeven te zijn dat haar geheim aan het licht zou komen.

Ruth had net een schaal met verse kaneelbroodjes in de vitrine geschoven toen de bel boven de voordeur klingelde en een *Englische* man de winkel binnenstapte. Het was dezelfde man als degene met wie ze Grace een paar weken geleden op de parkeerplaats had zien praten. Ruth herkende zijn golvende, rode haar en de zelfvoldane manier waarop hij zich gedroeg, alsof hij dacht dat hij bijzonder was.

De *Englischer* liep naar de toonbank toe en nam Ruth zo aandachtig op dat ze zich ongemakkelijk begon te voelen.

'Kan ik u helpen?'

'Nou, dat hangt ervan af.' Hij haalde aan beide zijden van zijn hoofd zijn vingers door zijn haar en Ruth moest niezen door de prikkelende geur van zijn kruidige aftershave.

Hij trok zijn neus op. 'Heb je kougevat? Als dat zo is, hoor je niet met voedsel te werken.'

'Ik heb geen kougevat. Ik denk dat ik ergens allergisch voor ben.' Ze wees naar het glas dat hen scheidde. 'De kaneelbroodjes komen net uit de oven. Wilt u een stukje proeven?'

Hij schudde zijn hoofd en knipperde met zijn ogen. 'Ik kom niets kopen.'

'Waar komt u dan voor?'

'Ik heb wat informatie nodig.'

'Als u iets over de stad Berlin wilt weten, kunt u het beste naar het toeristenbureau gaan.'

'Daar ben ik al geweest.' Hij haalde een klein notitieblok uit zijn borstzakje. 'Maar ik ben op zoek naar informatie uit de eerste hand en die konden ze mij daar niet geven.' Ze keek hem met een vragende blik aan.

'Ik wil graag wat persoonlijke details over de Amish die in Holmes County en omgeving wonen.' Hij gaf haar een knipoog. 'Ik kan aan je kledingstijl zien dat jij ook Amish bent, dus leek jij mij de juiste persoon om een paar vragen aan te stellen.'

Ruth blikte over haar schouder, in de hoop dat Karen of Jake Clemons, de eigenaars van de bakkerij, de keuken uit kwamen en haar hieruit zouden redden, maar ze waren nog steeds druk achter in de bakkerij bezig.

De man stak zijn hand uit over de toonbank. 'Ik ben Gary Walker, freelancefotograaf en verslaggever. Ik heb een tijdje terug een vrij groot artikel voor het nieuwe tijdschrift *Everyone's World* geschreven. Heb je daar iets over gehoord?'

Ze schudde haar hoofd. 'Ik lees geen enkel tijdschrift.'

'Ik neem aan dat de Amish krant meer jullie stijl is, toch?'

'Ik lees inderdaad *The Budget*.' Ruth keek naar de voordeur en hoopte dat er een nieuwe klant binnen zou komen. Werkte ze vandaag maar met Sadie samen in de winkel. 'Als u al een paar dingen over de Amish weet, kunt u daar toch over schrijven?'

'Ik ben niet geïnteresseerd in standaardgegevens. Ik wil weten wat er zich in de levens van de Amish in deze omgeving afspeelt in vergelijking met wat ik heb geleerd over de Amish gemeenschappen in andere delen van het land.'

'Willen de mensen die uw verhalen lezen dat soort dingen weten?'

'Het zou je verbazen wat nieuwsgierige lezers allemaal willen weten.' Gary trok met zijn tanden de dop van zijn pen en glimlachte Ruth toe. 'Dus, wat kun jij me vertellen... hoe zei je dat je heette?'

Haar wangen kleurden. 'Ruth Hostettler.'

Hij wilde gaan schrijven maar liet toen zijn pen in de lucht zweven en keek haar eigenaardig aan. 'Zeg, je bent toch geen familie van Grace Hostettler, of wel?'

Ze knikte. 'Kent u mijn zus?'

'Laten we zeggen dat we elkaar een keer of twee hebben ontmoet.'

'Ik zag u een paar weken geleden met Grace staan praten, op de parkeerplaats van het restaurant waar ze werkt. Stelde u haar ook vragen over de Amish?'

'Inderdaad.' Hij fronste zijn voorhoofd. 'Maar ze liet weinig los. Geen vriendelijke dame, die zus van jou.'

Ruth zette haar stekels op. *Ik peins er ook niet over deze man iets te vertellen.*

'Zijn de Amish in deze streek ook lastiggevallen?'

Haar mond viel open. Ze leunde tegen de toonbank aan en wist niet wat ze moest zeggen. Wist de man over de inbraken in hun huis? Hoopte hij dat zij hem de details wilde vertellen?

Hij tikte met zijn voet op de grond en keek om zich heen alsof hij ongeduldig werd. 'Ik weet dat in sommige Amish gemeenschappen de mensen van Eenvoud beschimpt en getergd worden door buitenstaanders die voor problemen zorgen, dus vroeg ik me af of hier zoiets de laatste tijd ook voorgevallen is.'

Ruth was niet van plan hem enige informatie te geven en tot haar grote opluchting kwam er op dat moment een nieuwe klant de bakkerswinkel binnen. 'Excuseert u mij. Ik moet deze mevrouw gaan helpen.'

Gary deed een stap opzij en sloeg zijn armen over elkaar. 'Ik kan wachten.'

Ruth schudde haar hoofd. Ze voelde zich iets dapperder nu ze niet langer met deze vasthoudende man alleen was. 'Als u hier niet bent om iets te kopen, dan valt er niets meer te zeggen.'

'Hé, als dit komt omdat ik zei dat je zus niet vriendelijk was, dan spijt me dat. Ik heb de neiging om domme dingen te zeggen wanneer ik in de buurt van mooie vrouwen ben.'

Ruths gezicht liep rood aan. Ze keerde Gary haar rug toe en concentreerde zich op de *Englische* vrouw die was binnengekomen. 'Kan ik u helpen?'

'Ik wil graag zes slagroomsoezen, twee kaneelbroodjes en een biscuittaart.'

'Ik ga het gelijk voor u pakken.'

Gary schraapte zijn keel en toen ze opnieuw zijn kant op keek, gaf hij haar een snelle knipoog en slenterde naar de deur.

Ruth slaakte een zucht van opluchting. *Geen wonder dat Grace niet op de vragen van deze man wilde ingaan. Hij is vrijpostig en arrogant. Ik hoop dat hij snel klaar is met zijn artikelen en weer uit Holmes County verdwijnt.*

Grace haalde diep adem en fluisterde een stil gebed toen ze met een volgeladen dienblad de eetzaal van het restaurant in liep. Haar handen trilden zo hevig dat ze niet wist hoe ze de dag moest doorkomen. Vanaf het moment dat ze van de inbraak in haar vaders werkplaats had gehoord, was ze één bonk zenuwen. Ze hoopte dat Cleon vandaag tijd had om met haar vader te praten en dat papa zou luisteren.

Grace greep het dienblad nog steviger vast. Als ze enkel maar wist wie er verantwoordelijk waren voor deze inbraken. Hadden de inbraken met elkaar te maken of ging het om twee op zichzelf staande voorvallen? Waren een paar wilde *Englische* jongens de boosdoeners of kon Gary het hebben gedaan?

Ze keek door het raam van het restaurant. Ze zag in ieder geval geen enkel teken van de arrogante kerel. De laatste twee weken was hij van winkel naar winkel gegaan, had mensen vragen over de Amish gesteld en foto's gemaakt – zelfs close-ups van Amish mensen, wanneer hij dat maar wilde. Grace wist dit doordat enkele vrienden van haar het over een rondneuzende, roodharige *Englischer* met een dure fotocamera hadden gehad. Grace ging ervan uit dat Gary na zo veel dagen genoeg informatie had om wel tien artikelen te kunnen schrijven, dus had het weinig zin dat hij hier nog steeds rondhing. Ze had gehoord dat hij zaterdag in Walnut Creek gezien was, waar hij nog meer foto's had gemaakt en interviews had afgenomen.

Toen Grace bij het *Englische* echtpaar aankwam van wie ze eerder de bestelling had opgenomen, klemde ze haar tanden opeen met een vastberadenheid die ze niet voelde en zette voorzichtig de borden voor hen neer. 'Wenst u anders nog iets?'

De oudere vrouw glimlachte. 'Ik wil graag nog een kopje koffie, alstublieft.'

'Voor mij ook een,' zei de man met een knikje.

'Ik ga het direct voor u halen.'

'Gaat het wel goed met je?' vroeg Esther toen ze even later naast Grace bij de koffiepot stond. 'Je handen trillen.'

'Ik ben wat zenuwachtig vanmorgen,' gaf Grace toe. 'Er is vannacht in mijn vaders werkplaats ingebroken en we maken ons allemaal verschrikkelijk veel zorgen.'

Esther fronste haar voorhoofd en ze klopte met een moederlijk gebaar op Graces arm. 'Wat vreselijk. Ik begrijp nu waarom je staat te trillen. Je hebt alle reden om zo nerveus te zijn.'

'Ik heb er nog niet eerder over gesproken, maar vorige week heeft er ook iemand in ons huis ingebroken,' fluisterde Grace.

Esther trok haar lichte wenkbrauwen hoog op. 'Waarom heb je me dat niet eerder verteld?'

'Mijn vader dacht dat het iets eenmaligs was en omdat er die keer niets meegenomen is, zag ik er het nut niet van in om het te vertellen.'

'Heb je enig idee wie de dader is en denk je dat de inbraken door een en dezelfde persoon zijn gepleegd?'

'We weten het niet, maar mijn vader denkt dat het wellicht

door een paar ruwe *Englische* jongens is gedaan.' Grace wilde Esther niet vertellen wie zij verdacht.

Esther schudde langzaam haar hoofd. 'Laten we hopen dat het niet weer gebeurt – niet bij jullie en ook niet bij anderen in onze gemeenschap.'

Grace knikte en liep met de koffie voor haar klanten naar de eetzaal terug. Het was al moeilijk genoeg om met Gary's aanwezigheid in de stad om te gaan. Nu had ze ook nog de zorg of er nog een inbraak zou volgen.

11

'Fijn dat u met Ruth en mij na ons werk kon afspreken,' zei
Grace tegen haar moeder toen ze gedrieën over de stoep naar de
quiltwinkel liepen, waar ze een grote collectie stoffen hadden.

Mama knikte. 'Het uitzoeken van de stof voor jouw trouw-
jurk leek mij een mooie afleiding na die inbraak van vannacht.'

'Heeft papa alles al opgeruimd?'

Jah. Samen met Martha, terwijl Luke wat bestellingen rond-
bracht.'

Ruth ging langzamer lopen. 'Ik neem aan dat papa niet
van mening is veranderd wat het inschakelen van de sheriff
betreft?'

'Hij zegt dat hij de andere wang wil toekeren, net als de vorige keer.'

'Wat als het weer gebeurt?'

'Dan zullen we daarmee moeten leren omgaan.'

Grace omklemde de riem van haar zwarte handtas. *Hoe kunnen we hiermee omgaan?* Ze zou het liefst de vraag uitschreeuwen,
maar wist dat ze beter kon zwijgen. Ruth had haar, toen ze uit
haar werk kwam, verteld dat Gary in de bakkerij vragen had
gesteld. Het maakte Grace nerveuzer dan ooit. Wat als Gary in
Holmes County bleef om haar eindeloos te tergen?

'O, daar is Irene, Cleons moeder.' Mama wees naar de don-
kerharige Amish vrouw die op dat moment aan de overkant
van de straat uit haar rijtuig stapte. 'Gaan jullie tweeën maar
vast de winkel in en kijk maar wat rond, dat kom ik zo naar
jullie toe. Ik wil graag even horen hoe de trip van de Schrocks

naar Rexford is geweest en met Irene iets afspreken over een paar bijenwaskaarsen voor jullie bruiloft.'

'Goed, dan gaan wij vast,' zei Ruth en liep met Grace naar de winkeldeur.

Ruth stootte Grace zachtjes aan terwijl ze een paar rollen blauwe stof bekeken. 'Ik ben zo blij voor Cleon en jou. Je zult vast nauwelijks kunnen wachten tot de dag van de bruiloft aanbreekt.'

'Ik kijk er erg naar uit,' gaf Grace toe, 'maar met alles wat er de laatste tijd is gebeurd, valt het me moeilijk om me op de bruiloft te concentreren.'

'Je bedoelt de inbraken?'

Jah.'

'Zoals papa al zei, misschien gebeurt het wel niet meer. Misschien heeft de inbreker van de werkplaats wat hij wilde hebben toen hij het gereedschap meenam.'

Grace wenste dat ze kon geloven dat het niet meer zou gebeuren, maar ze had het nare gevoel dat de inbraken alleen nog maar het begin van de problemen waren. Als Gary de dader was, konden er nog meer aanvallen volgen. Zou ze haar ouders vertellen wie Gary was – dat zij tijdens haar *rumschpringe* met hem was uitgegaan? Zou dat genoeg zijn om haar vader ervan te overtuigen dat hij de sheriff moest inschakelen?

Ze kromp ineen. Zou het niet nog meer vragen uitlokken wanneer ze haar ouders over Gary zou vertellen? Zou ze hun de waarheid over haar huwelijk met Wade moeten zeggen of was het beter te blijven zwijgen en af te wachten wat er met Gary ging gebeuren?

'Grace, luister je naar me?' Ruth stootte Grace nog eens aan.

'W-wat zei je?'

'Denk je dat er nog meer inbraken zullen volgen?'

'O, ik hoop van niet.' Grace pakte een rol blauwe stof van het rek en hield hem omhoog. 'Ik denk dat ik deze neem.'

'Zullen we nu naar iets wits kijken om je schort van te maken?'

'Goed.' Grace volgde Ruth naar de andere kant van het vertrek. Vooraan in de winkel waren diverse planken met rollen witte stof. Ze keek door het raam om te zien of haar moeder nog steeds met Cleons moeder stond te praten. Ze zag geen van beide vrouwen. 'Ik vraag me af waar mama zo lang blijft,' zei ze, zich naar haar zus toekerend. 'Ik zie haar nergens en ik begin me zorgen te maken.'

'Waarschijnlijk is ze met Irene ergens een winkel binnengegaan. Je weet wat een kwebbel mama kan zijn wanneer ze met een van haar vriendinnen is.'

Grace knikte. '*Jah*, ze praat heel graag.'

'Wat denk je van deze?' vroeg Ruth terwijl ze een rol witte stof aan Grace gaf.

'Hij is mooi, maar ik wil nog even verder kijken.'

'Zal ik hem apart houden voor het geval je besluit dat dit de mooiste is?'

'Graag.' Grace keek opnieuw door het raam en liet bijna de rol stof uit haar handen vallen toen ze haar moeder op de stoep met Gary zag praten.

'Wat is er aan de hand, Grace? Je ziet zo wit als een doek,' zei Ruth op duidelijk bezorgde toon.

'Het... het is die verslaggever. Hij praat met mama en ik moet hem tegenhouden.' Grace duwde de rol stof in de handen van haar zus en haastte zich naar de deur.

Judith hoorde Grace al roepen voor ze haar, wild met haar armen zwaaiend, over de stoep naar zich toe zag komen rennen.

'Wat is er, Grace? Wat is er aan de hand?'

Grace snakte naar adem en pakte haar moeder bij haar arm vast. 'I-ik dacht dat u met Irene meegelopen was.'

'Nee, zij moest snel naar huis, dus is ze net vertrokken.' Judith keerde zich naar de *Englischer* met wie ze had staan praten en glimlachte. 'Mijn dochter kiest vandaag de stof voor haar bruidsjapon uit en ze is echt opgewonden.'

'O ja?' Gary keek naar Grace en glimlachte breed. 'Wie is de gelukkige?'

'Mama, komt u?' Grace trok zachtjes aan haar moeders arm en hun ellebogen botsten tegen elkaar. 'Sorry.'

'Het deed geen pijn. Ik kom zodra ik de vragen van deze man heb beantwoord.'

'Hij is een soort verslaggever, mama. Papa zal het niet fijn vinden als u in een artikel wordt geciteerd en de hele wereld het kan lezen.' Grace greep haar moeders arm nog steviger vast en Judith bespeurde iets van angst in de ogen van haar dochter.

De man staarde Grace aan en fronste zijn wenkbrauwen. 'Zeg, hebben wij elkaar niet eerder ontmoet?'

Graces ogen schoten heen en weer en haar gezicht liep rood aan. 'Laten we gaan, mama.'

Judith had Grace zich nog nooit zo vreemd zien gedragen. Ze leek wel bang voor de man te zijn. Maakte de gedachte dat haar een paar vragen gesteld werden haar zo nerveus of was ze nog steeds schrikachtig door de inbraken?

Judith keerde zich naar de verslaggever en glimlachte. 'Ik denk dat we beter ieder ons weegs kunnen gaan.'

Hij gaf een kort knikje. 'Natuurlijk. Ik moet trouwens toch nodig ergens anders naartoe.'

Judith haastte zich naar de quiltwinkel met haar verontruste dochter naast zich.

'Wat hebt u aan die kerel verteld?' vroeg Grace voor ze de winkel binnenstapten. 'U hebt het toch niet over de inbraken gehad, of wel?'

'Natuurlijk niet. Als jouw *daed* niet wil dat de sheriff het weet, wil hij zeker niet dat zulk nieuws in een of ander tijdschrift of in de krant verschijnt.'

'Wat voor soort vragen stelde hij en wat hebt u geantwoord?'

Judith haalde haar schouders op. 'Hij vroeg naar mijn naam en wilde weten hoelang ik al in Holmes County woon. Daarna stelde hij een paar vragen over ons gezin.'

Grace bleef voor de ingang van de winkel staan. 'Wat voor vragen?'

'Gewoon, hoeveel kinderen ik heb en wat voor soort werk mijn man voor de kost doet. Het waren eenvoudige vragen en ik zag er geen kwaad in om ze te beantwoorden.'

'Als hij weer met u probeert te praten, hoop ik dat u geen antwoord geeft.'

Judith gaf een zacht kneepje in de arm van haar dochter. 'Waarom maak je je zo veel zorgen? Waarom kun je niet een beetje op je zus Martha lijken? *Sie druwwelt sich wehe nix.*'

Grace fronste haar wenkbrauwen. 'Denkt u echt dat zij zich nergens druk om maakt? Martha maakt zich drukker om haar honden dan u beseft.'

'Misschien, maar ze maakt zich niet overal zorgen om, zoals jij dat doet.' Judith knikte naar de winkel. 'Zullen we nu naar binnen gaan en de stof uitkiezen?'

Grace knikte, maar in haar opengesperde ogen stond de angst te lezen toen ze naar de verslaggever keek die aan de overkant van de straat tegen een Amish man begon te praten.

'Ben je wel in orde? Je doet erg *naerfich* vanmiddag.'

'Ik voel me prima.'

'Ik vind dat je wat overtrokken op die verslaggever reageert, denk je zelf ook niet?'

Grace gaf geen antwoord, maar hield enkel de winkeldeur voor haar moeder open en volgde haar naar binnen.

Roman had juist de schommelstoel voor Martin Gingerich op diens marktrijtuig geladen toen er met veel kabaal een vrachtwagen de oprijlaan op kwam. De wagen kwam op een paar meter afstand van hem tot stilstand. Roman herkende onmiddellijk de chauffeur die uit de wagen stapte. Het was Bill Collins, de projectontwikkelaar die in Romans land was geïnteresseerd.

'Goedemiddag,' zei Bill, als groet zijn hand opstekend.

Roman bromde enkel wat en Martin, die naast zijn rijtuig stond, keek hem bevreemd aan.

'Ik was in de buurt en dacht: ik stop even om te kijken of u al van gedachten bent veranderd over de verkoop van uw land.'

'Nee, absoluut niet.' Roman wierp een blik op Martin, het gesprek ging deze jongeman niets aan. 'De stoel staat stevig vastgebonden in je rijtuig, dus je kunt gaan rijden.'

Martin aarzelde, maar ging uiteindelijk op de bestuurdersplaats zitten en pakte de teugels vast. Terwijl hij zijn paard over de oprijlaan stuurde, stak hij zijn hoofd uit het raampje. 'Ik laat u nog weten wat mijn ouders van de stoel vonden,' riep hij. 'En *danki* dat de stoel zo snel klaar was.'

'Graag gedaan.' Roman keerde zich weer naar Bill Collins. 'Zoals ik al eerder zei, ik wil mijn land niet verkopen. Niet aan u en ook niet aan iemand anders.'

'Weet u dat zeker?'

'Heel zeker.' Toen Roman naar zijn werkplaats liep, zat Bill hem zo dicht op de hielen dat Roman de warme adem van de man in zijn nek voelde blazen.

'Ik hoop dat u op zijn minst even naar dit bedrag wilt kijken,' zei Bill, een notitieblok onder Romans neus duwend.

Roman wierp een vluchtige blik op het papier en verstijfde. De man bood een goed bedrag. Maar zelfs dan...

'Als u mijn bod met uw gezin wilt bespreken, wil ik met alle plezier een kopie hiervan achterlaten.' Bill begon het papier uit het blok te scheuren, maar Roman schudde zijn hoofd.

'Doe geen moeite. Mijn grond is niet te koop. Over en uit.' Hij liep langs de man heen. 'Als u mij nu wilt excuseren, het werk wacht.'

'U krijgt niet elke dag zo'n bod als dit,' riep Bill. 'Ik stel voor dat u er nog eens over nadenkt.'

Roman gaf geen antwoord. Hij peinsde er niet over zijn land aan een of andere hebberige projectontwikkelaar te verkopen die er van die luxe *Englische* huizen met elektriciteit op zou zetten. En een golfbaan was wel het laatste waar hun Amish gemeenschap behoefte aan had!

Martha stond aan het aanrecht de aardappels voor het avondeten te schillen en dacht na over de inbraak in haar vaders werkplaats. Ze wist wat de Bijbel zei over vergeven, de andere wang toekeren en je vijanden liefhebben, maar ze vroeg zich nog steeds af of de sheriff niet ingelicht moest worden.

Ze probeerde zich weer op de aardappels te concentreren, legde ze op de snijplank en sneed ze in stukken. Daarna deed ze de stukken in een grote pan, vulde deze met koud water en zette hem weg. Ze zou de aardappels pas opzetten als haar moeder en zussen terug waren. Tot die tijd kon er met de ham die ze net in de oven had gezet ook niets gebeuren. Misschien kon ze een boek pakken en op de veranda wat lezen en uitrusten.

Ze liep snel naar haar kamer, pakte de historische roman die ze een paar dagen geleden van Ruth had geleend en liep weer naar beneden. Toen ze de keuken in kwam, legde ze het boek op tafel en opende de oven om de ham te controleren.

Terwijl ze de ovendeur weer sloot, hoorde ze een geluid. Wat was dat? Gekraak? Een bons? Haar nekharen gingen rechtovereind staan. Ze keek door het raam naar buiten, maar zag niets bijzonders. Tenminste, niet voor zover zij het kon zien.

Ze liep bij het raam vandaan en had net haar boek opgepakt toen het keukenraam met een oorverdovend gerinkel in gruzelementen uiteenspatte en er een steen door de keuken vloog. Met een klap belandde hij op de vloer.

Martha slaakte een bloedstollende kreet en zonder zich om haar veiligheid te bekommeren, rende ze naar de achterdeur.

12

Martha rende de achterveranda op. De koude, nevelige buiten-
lucht bezorgde haar een rilling. Ze zocht met haar blik het erf af,
maar zag niemand. 'Iemand moet die steen hebben gegooid;
waar is hij heen gegaan?' mompelde ze.

Ze nam het trapje met twee treden tegelijk en negeerde hoe
koud en nat de grond onder haar blote voeten aanvoelde toen ze
over het erf sprintte. Ze keek om zich heen en luisterde of ze
ongebruikelijke geluiden hoorde. Alles leek gewoon.

Omdat ze wilde weten of Heidi en haar pups veilig waren,
rende ze naar de schuur. Haar hart ging wild tekeer.

Toen ze bijna bij de staldeur was, zag ze een strohoed op de
grond liggen. Hij leek niet op een van haar vaders hoeden. Ze
bukte zich om hem op te rapen en vroeg zich af of haar vader
misschien onlangs een nieuwe had gekocht. *Ik neem hem straks wel
mee naar papa's werkplaats. Maar niet voor ik bij Heidi en haar jongen
heb gekeken.*

Martha opende de schuurdeur, ontstak de lamp die boven
haar hoofd aan een balk hing en keek behoedzaam rond terwijl
haar adem en hartslag wat rustiger werden. Ze zag niemand en
hoorde niets anders dan het vriendelijke gehinnik van de twee
rijtuigpaarden in hun boxen en het gekoer van een paar duiven
in de til vlak bij haar.

Ze hing de strohoed aan een spijker naast de deur en liep naar
achteren. Ze had nog maar een paar stappen gezet, toen er een
muis voor haar voeten wegschoot. Martha bleef stokstijf staan en
haalde hortend en stotend adem terwijl ze zag dat het diertje

zich onder een baal stro verschool. *Het is goed. Het was maar een maus. Er is niets om bang voor te zijn.*

Met nog een snelle blik om zich heen haastte ze zich naar Heidi en haar pups. Een golf van opluchting spoelde over haar heen toen ze zag dat de pups tegen Heidi aan lagen en dat de moederhond vredig lag te slapen. 'Ik kom na het eten nog een keer bij jullie kijken,' fluisterde Martha en gaf een klopje op de glanzende hondenkop.

Ze liep snel terug naar de plaats waar ze de lantaarn had aangestoken, draaide de vlam uit en pakte de strohoed van de spijker.

Eenmaal buiten liep ze nog een keer het erf over; toen ze niemand kon ontdekken, ging ze naar haar vaders werkplaats toe.

'Je hebt de laatste tijd echt veel honing verkocht,' zei Cleons broer Ivan toen ze samen in een van de gesloten rijtuigjes van hun gezin van de stad naar huis reden. Nadat ze eerder die dag hun vader en jongere broers op het land geholpen hadden, waren ze samen honingbestellingen gaan wegbrengen en een paar orders gaan ophalen.

Cleon glimlachte. 'Het gaat de laatste tijd heel goed.'

'Denk je dat je ooit met het werken voor pa kunt stoppen en helemaal van je honingverkoop rond kunt komen?' Ivans donkere ogen stonden vol vragen.

'Ik hoop het. Ik heb nooit echt van het werk op het land gehouden. Maar ik zal wel op zoek moeten gaan naar meer afnemers dan enkel die paar winkels in de omgeving en een handvol mensen in onze gemeenschap.'

'Volgens mij heb je wel meer klanten dan alleen een handvol.' Ivan gaf Cleon een klopje op zijn arm. 'We hebben vanmiddag twintig liter honing afgeleverd en je hebt vijf nieuwe afnemers gevonden.'

'Daar ben ik blij mee, maar het is nog steeds niet genoeg om er fatsoenlijk van te kunnen leven.'

'En met je aanstaande huwelijk zul je wel wat extra geld kunnen gebruiken.'

Cleon knikte. 'Het hout voor het huis dat ik achter op het perceel van de Hostettlers aan het bouwen ben, kost veel meer dan ik had gedacht, dus duurt het langer dan gepland.'

'Bouwmaterialen zijn niet goedkoop meer, dat is een ding dat zeker is.'

'Tegenwoordig is niets meer goedkoop.'

'Zeg, wat wilde Grace eigenlijk toen ze vanmorgen voor jou langskwam?' vroeg Ivan. 'Ik was zo druk pa aan het helpen dat het er niet meer van gekomen is om het te vragen.'

Cleon trok een grimas. 'Er is vorige week zondag onder kerktijd bij de Hostettlers in huis ingebroken, maar dat hadden wij niet meer gehoord, omdat we maandagmorgen al heel vroeg naar Montana waren vertrokken.'

'Wat vervelend. Is er iets gestolen?'

'Toen niet, maar de tweede keer wel.'

'Is er dan weer bij hen ingebroken?'

'Ja, afgelopen nacht. Dit keer niet in het huis, maar in Romans werkplaats. Grace zei dat de dader een grote ravage had aangericht en dat er ook diverse stukken gereedschap van haar *daed* gestolen zijn.'

'Wat erg. Denk je dat het door dezelfde persoon gedaan kan zijn als degene die een paar weken geleden die buiten-wc's heeft omgegooid?'

Cleon haalde zijn schouders op. 'Kan zijn, maar dat was een aantal kilometers hiervandaan.'

'Daar zit wat in, maar een tijdje terug was het hek van het weiland van de bisschop ook opengezet, waardoor er een paar koeien de weg op gelopen waren.'

'Dat was vast en zeker door een paar grappenmakers gedaan.'

'Heb je enig idee waarom iemand Graces familie zo zou willen tergen?'

'Nee. Totaal niet.'

'Nou, hopelijk gebeurt het niet meer.'

'Dat hoop ik inderdaad. De Hostettlers kunnen dit niet gebruiken. Niemand kan dat.'

'Iets anders,' zei Ivan, 'je vertelde pas dat je dacht dat Grace zich zenuwachtig maakte voor het huwelijk. Ik vroeg me af of jij ook zenuwachtig bent.'

'Niet echt. Ik hou heel veel van Grace en ik weet zeker dat we gelukkig zullen worden als man en vrouw.'

'Wil je gelijk een gezin gaan stichten?'

Cleon haalde zijn schouders op. '*Kinner* komen op Gods tijd, niet op de onze.'

'*Jah*, nou, ik weet zeker dat onze *mamm* ernaar uitkijkt om *grossmudder* te zijn, dus zal ze echt blij zijn als jullie een paar *kinner* hebben.'

Cleon stompte zijn broer tegen zijn arm. 'Misschien moet je zelf ook een *aldi* zoeken en gaan trouwen. Dan kun je actief aan een heel stel *kinskinner* voor *mamm* meewerken.'

Ivan rimpelde zijn neus. 'Ik heb geen haast. Bovendien zijn vrouwen mij vaak wat te eigenaardig.'

Cleon trok een grimas toen het beeld van Grace op zijn netvlies verscheen. Zij gedroeg zich de laatste tijd ook wat eigenaardig. Hij hoopte dat ze geen koudwatervrees voor het huwelijk met hem had. Hij verlangde er met zijn hele wezen naar om Grace tot zijn vrouw te maken en hij dacht niet dat hij het zou kunnen verdragen als ze de relatie verbrak.

Ivan boog zich dichter naar Cleon toe. 'Zeg, je kunt maar beter uitkijken voor de afdaling van de heuvel die we naderen. Vorige week raakte mijn vriend Enos nog een hert dat daar op de weg stond.'

'Ik zal voorzichtig zijn.' Cleon stuurde het paard de heuvel op en weer naar beneden. Onder aan de heuvel gekomen, zag hij in zijn zijspiegel een zwarte bestelwagen die hem met behoorlijke snelheid achterop reed. De bestuurder, met een zonnebril en een baseballpet, gaf een klap op zijn claxon en Cleon stuurde zijn paard naar de berm van de weg. Hij was blij dat hij vandaag een van de wat makkere merries bij zich had. Hij ging ervan uit dat er voldoende ruimte was om de wagen te laten passeren, want er was geen tegemoetkomend verkeer. Maar blijkbaar dacht de bestuurder daar anders over, want hij schampte bijna Cleons rijtuig toen hij langs hem heen stoof en verder scheurde over de weg.

'Allemensen, dat scheelde maar een haartje,' zei Cleon. Het zweet parelde op zijn voorhoofd en trok een spoor over zijn wangen. 'Ik wou dat de mensen op deze achterafweggetjes niet zo snel reden.'

'Ik vraag me af of die kerel ons met opzet van de weg probeerde te duwen,' bromde Ivan.

Cleon greep de teugels wat steviger vast en stuurde het paard weer naar de weg. 'Hoe kom je bij die gedachte?'

'Toen Willard en ik twee weken geleden van de zangavond terugkwamen, werd ons open rijtuig bijna door een bestelwagen van de weg gereden. Het was donker buiten, dus konden we de kleur van de auto niet zien, maar we zagen dat het een bestelwagen was.' Ivan fronste zijn donkere wenkbrauwen. 'Willard reed. Man, *waar er awwer bees*.'

'Ik kan me goed voorstellen dat hij kwaad was, maar het is niet waarschijnlijk dat het om dezelfde bestelwagen gaat. Wie er ook achter het stuur zat, het was vast niet de bedoeling jullie met opzet te raken, net zomin als deze kerel dat probeerde. Sommige *Englischers* hebben gewoon te veel haast of rijden te snel, dat is alles.'

'Pfft!' Ivan sloeg zijn armen over elkaar en keek recht voor zich uit. 'Sommige *Englischers* vinden dat wij niet het recht hebben om met onze rijtuigen op de weg te komen en ze hebben ook een hekel aan de paardenvijgen die onze paarden op de wegen achterlaten. Het is bijna of zij het op ons voorzien hebben omdat wij anders zijn.'

Cleon dacht weer aan de inbraken bij de Hostettlers en vroeg zich af deze familie een bewust doelwit van de inbrekers was. Hij moest zijn belofte aan Grace nog inlossen en met Roman gaan praten.

'Vind je het erg om even bij de Hostettlers te stoppen voor we naar huis gaan?' vroeg hij aan zijn broer. 'Ik wil met Roman over die inbraken praten.'

Ivan haalde zijn schouders op. 'Het maakt mij niet uit. Misschien doen onze broers onze taken wel als we niet op tijd thuis zijn.'

Cleon bromde: 'Jah, natuurlijk. Dat is net zo aannemelijk als een hittegolf in januari.'

'Het is bijna tijd om ermee te stoppen,' zei Roman toen Luke weer in de werkplaats kwam nadat hij een paar kasten voor Ray Larson, hun *Englische* buurman, opgeladen had. 'Je kunt gaan als je wilt.'

'Weet u dat zeker? Er zijn nog een paar meubelstukken die gerepareerd moeten worden.'

'Dat kan tot morgen wachten. We hebben er allebei een lange dag opzitten en ik ben uitgeput.'

Luke knikte. 'Ik ben ook best moe.'

'Het was echt aardig dat John Peterson vanmiddag langskwam en ons wat gereedschap wilde lenen,' zei Roman terwijl hij een laatste laag beits op een eetkamerstoel aanbracht.

'Ik hoop dat u het niet erg vindt dat ik John over de inbraak heb verteld toen ik thuis ging lunchen en hij bij mijn vader op bezoek was.' Luke knikte naar de plank waar de hamer en de zaag lagen die John kort na de lunch was komen brengen.

'Waarom zou ik dat erg vinden?'

'Ik weet dat u niet wilt dat de sheriff het te weten komt, dus dacht ik dat u misschien ook niet wilt dat iemand anders het weet.'

Roman haalde zijn schouders op. 'We leven in een kleine gemeenschap en ik heb het ook aan enkele van mijn Amish buren verteld. Het nieuws zal vast snel de ronde doen.'

Luke opende zijn mond om iets terug te zeggen, maar de deur van de werkplaats ging open en het gesprek werd verstoord door Martha die binnenkwam.

'Pap, u gelooft nooit wat er een paar minuten geleden is gebeurd!'

Er lag een angstige uitdrukking op het gezicht van zijn dochter. 'Wat is er, Martha? Wat is er gebeurd?'

'Ik was in de keuken aan het avondeten begonnen en toen vloog er een steen door de ruit.'

'Wat?' Roman liet het doekje vallen waarmee hij de beits over de stoel wreef en haastte zich naar haar toe. 'Ben jij in orde? Heeft de steen je geraakt?'

'Ik mankeer niets. Ik ben alleen van slag.'

'Heb je gezien wie het deed?' vroeg Luke.

Martha schudde haar hoofd. 'Ik ben onmiddellijk naar buiten gerend, maar degene die de steen heeft gegooid, moet snel kunnen lopen, want er was niemand te zien.' Ze hield de strohoed in haar hand omhoog. 'Ik ben naar de schuur gegaan om bij Heidi en haar pups te kijken of alles in orde was en vond deze voor de schuurdeur op de grond.'

Luke greep de hoed uit haar handen. 'Die is van mij. Die moet ik verloren hebben toen ik mijn paard in de kraal zette toen ik hier vanmorgen kwam.'

'Weet je zeker dat je hem niet ophad toen je naar buiten ging om die kasten voor Ray in te laden? Misschien ben je hem toen verloren?'

'Nee, toen had ik hem beslist niet op.' Luke plantte de hoed op zijn hoofd. 'Zal ik even overal rondkijken voor ik naar huis ga? Misschien houdt de dader zich nog ergens schuil.'

Roman bromde wat. 'Ik neem aan dat de boosdoener als een pijl is weggeschoten toen die steen door de ruit vloog.'

'Ik denk dat u daar gelijk in hebt, papa.' Martha legde haar hand op zijn arm. 'Ik weet dat u geen aanklacht wilt indienen, maar denkt u niet dat het tijd is om de sheriff in te lichten?'

Hij schudde zijn hoofd. 'Psalm 46 vers 2 zegt: *God is ons een toevlucht en sterkte; Hij is krachtig bevonden een hulp in benauwdheden.*'

'Als iemand eropuit is om ons te grazen te nemen – en daar lijkt het wel op – ben ik bang dat de volgende aanslag erger kan zijn.' Martha's kin trilde. 'Wanneer dit zo door blijft gaan, vallen er vast een keer gewonden.'

De waarheid van haar woorden sneed als een mes door Roman heen. De gedachte dat iemand van zijn gezin gewond zou raken, bezorgde hem de koude rillingen, maar hij moest blijven geloven en vertrouwen dat God zijn gezin zou beschermen. Net toen hij dat wilde zeggen, ging de deur van de werkplaats opnieuw open en stapten Cleon en Ivan binnen.

'Ik zie dat jullie uit Montana terug zijn,' zei Roman. 'Hebben jullie een goede reis gehad?'

Cleon knikte. 'Ja, dat ging prima.' Hij keek om zich heen en trok een grimas. 'Grace is onderweg naar haar werk bij ons langsgekomen om me over de inbraken in te lichten.'

'Er is nu weer iets gebeurd,' zei Martha. 'Zonet gooide iemand een steen door ons keukenraam.'

Cleons mond viel open. 'Is er iemand gewond?'

Martha schudde haar hoofd. 'Maar het joeg me wel de schrik op het lijf.'

'Enig idee wie deze dingen gedaan kan hebben?'

Roman haalde zijn schouders op. 'Ik neem aan dat het een paar wilde gasten zijn – misschien dezelfden die de buiten-wc's bij Kidron hebben omgegooid.'

'Ik hoorde dat een tijdje terug het hek van het weiland van bisschop King was opengezet,' viel Ivan in. 'Een van de zonen van de bisschop zag een paar *Englische* kerels wegrennen, dus is hij er vrij zeker van dat zij daarmee te maken hadden.'

'Die dingen zijn niet te vergelijken met een inbraak in iemands huis of werkplaats,' zei Cleon. 'Ik vraag me af of er soms iemand een wrok tegen jullie koestert. Wat denk jij, Roman?'

Roman dacht even na over Cleons vraag. Er waren misschien wel een paar mensen die hem op dit moment geen warm hart toedroegen: Luke, omdat Roman geld op zijn salaris had ingehouden; Steven, omdat het verjaardagscadeau voor zijn vrouw was vernield; en Bill Collins, omdat Roman weigerde zijn land te verkopen. Maar hij kon zich niet voorstellen dat een van hen zijn toevlucht tot vandalisme zou nemen. Natuurlijk kende hij de projectontwikkelaar niet persoonlijk, dus wie weet was het inderdaad wel mogelijk dat die vastbesloten kerel zijn heil zocht in bangmakerijen om Roman op zijn aanbod te laten ingaan.

'Wat zegt de sheriff hier allemaal van?' vroeg Cleon, Romans gedachten onderbrekend.

'Ik heb het hem niet verteld,' mompelde Roman, terwijl hij naar de vloer keek waar nog een klodder beits op lag.

'Waarom niet?' Deze keer kwam de vraag van Ivan.

'Ik zag er de noodzaak niet van in. Want ook al zouden we weten wie het heeft gedaan, ik dien toch geen aanklacht in. Ik keer mijn andere wang toe en vertrouw op Gods bescherming, zoals de Bijbel ons voorhoudt.'

Cleon leunde tegen Romans bureau. 'Zijn er nog meer mensen in de gemeenschap lastiggevallen?'

'Niet dat ik weet.'

'Maar als het wel zo is, wat gaat u dan doen?' vroeg Martha.
'Dan ga ik naar die anderen toe en zullen we samen aan de kerkleiders gaan vragen wat we volgens hen moeten doen.' Roman sloeg zijn armen om de trillende schouders van zijn dochter. 'Ondertussen moeten we om Gods bescherming van onze vrienden en familie bidden en tegelijkertijd voorzichtiger zijn.'

13

Grace werd de volgende morgen opnieuw met bonzende hoofd-pijn wakker. Het nieuws over de steen die door de ruit was gegooid en Martha's angst hadden haar van al haar energie beroofd en ze was vroeg naar bed gegaan.

Met grote inspanning stapte ze uit bed en liep naar het raam. Het was een zonnige dag, maar toch had ze het gevoel dat er een donkere regenwolk boven haar hoofd hing – of liever gezegd, boven hun hele huis. Ze worstelde nog steeds met de vraag of ze haar ouders moest vertellen dat de kans bestond dat Gary wraak wilde nemen. Maar de angst dat alles uit de voorbije jaren aan het licht zou komen, weerhield haar ervan iets te zeggen.

Grace liep bij het raam vandaan. Ze voelde zich erg gefrustreerd. Misschien was het nog het beste wanneer ze Gary zou vertellen dat ze hem verdacht, of aan hem zou vragen uit Holmes County te vertrekken. Ze balde haar vuisten en hield haar armen strak tegen haar lijf. Tenzij Gary was veranderd, was het niet aannemelijk dat hij de regio zou verlaten alleen maar omdat zij hem dat vroeg. En als hij wreed genoeg kon zijn om bij haar in te breken, waar zou hij dan nog meer toe in staat zijn?

Een klopje op de slaapkamerdeur haalde Grace uit haar gedachten. 'Mama heeft het ontbijt klaargemaakt en we komen te laat op ons werk als we niet snel gaan eten,' riep Ruth aan de andere kant van de deur.

'Ik kom zo.' Grace voelde zich er niet tegen opgewassen om naar haar werk te gaan, maar ze wilde haar werkgever niet met te weinig personeel laten zitten. Bovendien moest ze naar de stad om Gary te kunnen spreken.

Ze haastte zich met het wassen en aankleden, nam twee pijnstillers in tegen de hoofdpijn en liep naar beneden.

'Alles in orde, Grace?' vroeg haar moeder, die zich van het fornuis had omgedraaid en haar aandachtig opnam. 'Je ziet er verschrikkelijk *mied* uit vanmorgen. Heb je niet goed geslapen?'

Grace liep naar de koelkast en haalde er een fles grapefruitsap uit. 'Ik ben een beetje moe en werd met hoofdpijn wakker, maar ik red me wel.'

'Weet je het zeker?' vroeg Ruth, die aan tafel zat en met haar tong klakte. 'Je gezicht is nog witter dan een laken, zus.'

'Misschien ben je aangestoken met de vervelende griep die rondwaart,' zei haar moeder met een bezorgde trek op haar gezicht. 'Wellicht kun je vandaag beter thuisblijven en uitrusten.'

Grace schudde haar hoofd. 'Ik knap wel op als ik wat gegeten heb.' Ze keek de keuken rond. 'Waar zijn papa en Martha?'

'Je vader is buiten nog met wat dingen bezig en Martha is bij Fritz, Heidi en de *hundlin* kijken.'

'Die twee honden en de pups zijn het enige waar ons zusje nog aan kan denken.' Grace fronste haar voorhoofd. 'Het wordt tijd dat ze een vriend krijgt.'

'Martha is pas achttien.' Mama brak een paar eieren boven de koekenpan en keek over haar schouder. 'Ze heeft nog tijd genoeg om de juiste man te vinden.'

Ruth zette het laatste glas op tafel en keerde zich naar Grace, die voor ieder een glas sap inschonk. 'Ik denk dat mama gelijk heeft. Kijk eens hoelang het bij jou duurde voordat je een man vond met wie je wilde trouwen.'

Grace kromp ineen, ook al wist ze zeker dat Ruth het niet gemeen had bedoeld. *Wat zouden Cleon en mijn familie zeggen als ze mijn geheim kenden? Is het tijd om de waarheid te vertellen?*

De achterdeur zwaaide open en Martha stoof de keuken in.

Haar lippen waren stijf op elkaar geklemd en haar ogen stonden groot in haar gezicht. 'De pups zitten alleen in hun doos en janken om de melk van hun *mamm*, maar ik kan Heidi nergens vinden.' Ze liep snel naar haar moeder toe. 'Wat moet ik doen? Die pups zijn te jong om het op eigen kracht te redden.'

Mama schoof de koekenpan op het fornuis naar achteren. 'Doe eens kalm en haal diep adem. Ik weet zeker dat Heidi ergens in de buurt is. Waarschijnlijk wilde ze even bij haar pups vandaan of misschien is ze naar buiten gegaan om daar wat te doen.'

'Mama heeft gelijk,' viel Grace in. 'Heidi komt zo bij haar pups terug, dat zul je zien.'

'Weet je zeker dat je vandaag naar je werk gaat?' vroeg Ruth opnieuw toen ze zag hoe krampachtig Grace de teugels greep en haar kaken op elkaar klemde. Ze wist niet over welke zus ze zich deze morgen het meest zorgen maakte – Grace, die eruitzag alsof ze in bed hoorde te liggen, of Martha, die geweigerd had haar ontbijt op te eten omdat ze naar haar hond wilde zoeken.

'Ik moet naar mijn werk,' zei Grace met een knik.

'Je had naar de telefooncel kunnen gaan om je baas te laten weten dat je je niet goed voelt.'

'Mijn hoofdpijn is wat gezakt en ik zag er het nut niet van in om thuis te blijven. Daarbij zouden ze dan in het restaurant personeel tekortkomen en ik weet uit ervaring hoe belastend dat voor de andere serveersters kan zijn.'

Grace keek recht voor zich uit en greep de teugels zo stevig vast dat de striemen in haar handen stonden.

'Je gedraagt je de laatste paar weken erg vreemd. Komt het door de problemen thuis dat je zo *engschderich* bent?'

'Ik ben niet angstig, gewoon bezorgd.'

'Dat zijn we allemaal.'

'Eerst die inbraken, toen die steen door de ruit en nu is Heidi ook nog weg.'

'Ik weet zeker dat Heidi niet echt weg is. Tegen de tijd dat wij van ons werk terugkomen, is Martha vast een en al glimlach omdat Heidi weer bij haar pups in de doos zit.'

'Misschien wel, maar dat maakt niet ongedaan wat er al gebeurd is.' Graces stem sloeg over, terwijl ze het paard naar de kant van de weg stuurde.

'Waarom stoppen we? En ben je niet bang dat we te laat op ons werk komen?'

'Ik moet je iets vertellen, maar je moet me beloven dat je het aan niemand doorvertelt.' Graces blauwe ogen flikkerden en haar kin beefde licht. 'Heb ik je woord?'

Ruth knikte kort en boog zich voorover om haar zus een kneepje in haar hand te geven. Ze had geen idee welk geheim Grace haar zou gaan vertellen.

Grace boog zich voorover en masseerde haar voorhoofd. 'Je kent die verslaggever in de stad?'

'Degene die zegt dat hij artikelen over de Amish hier schrijft en allerlei vragen stelt?'

Jah.'

'Wat is er met hem?'

'Hij heet Gary Walker en ik ben een tijdje met hem uit geweest toen ik niet thuis, maar in Cincinnati woonde.'

'Wat... echt waar?'

Jah. Ik dacht eerst dat hij leuk en grappig was, maar toen begon hij zich te gedragen alsof ik zijn bezit was.' Grace lichtte haar hoofd op en toen ze Ruth aankeek, vulden haar ogen zich met tranen. 'Gary was erg opvliegend en toen ik weigerde nog langer met hem uit te gaan, zei hij dat ik daar spijt van zou krijgen en dat hij een keer wraak zou nemen.'

Ruth liet de woorden van haar zus even bezinken. Als die verslaggever kwaad was geweest omdat Grace met hem gebroken had, was het dan mogelijk dat hij hierheen gekomen was om zijn dreigement uit te voeren? 'O, Grace, denk je dat hij misschien verantwoordelijk is voor de schade die er bij ons is aangericht?'

Grace knikte. 'Als ik hem vandaag in de stad zie, ga ik hem vragen of hij het heeft gedaan.'

'Misschien is het beter als ik bij je ben wanneer je met hem praat.'

Grace pakte de teugels op en gaf er een rukje aan. 'Ik stel je bezorgdheid op prijs, maar dit is iets wat ik alleen moet doen.'

Van het begin tot het einde van haar werkdag bleef Grace opletten of ze Gary zag, maar hij verscheen niet in het restaurant en ze zag hem ook niet buiten staan wanneer ze uit het raam keek. Misschien was hij naar een van de nabijgelegen dorpen om onderzoek te doen. Of misschien had hij de regio al verlaten. Ze hoopte dat dat zo was, maar een zeurend gevoel zei haar dat dat niet het geval zou zijn. Als Gary naar Holmes County was gekomen om wraak te nemen, was hij waarschijnlijk nog niet klaar met haar.

Tegen de tijd dat Graces werktijd erop zat, was haar hoofdpijn teruggekeerd. Ze was blij dat ze tegen Ruth gezegd had dat ze na haar werk naar de bakkerij zou lopen. Het gaf haar wat tijd om na te denken en ze hoopte dat de frisse herfstlucht tegelijkertijd ook het gebonk in haar hoofd wat zou verminderen.

Ze was nog maar halverwege toen ze haar naam hoorde roepen. Ze draaide zich snel om en zag Gary staan. Hij leunde tegen een Amish rijtuig dat naast de stoep stond geparkeerd.

Graces hart bonkte zo hard dat ze het in haar hoofd hoorde kloppen terwijl ze op Gary af liep. *Ik moet dit doen. Ik moet hem er nu mee confronteren.*

'Hallo, Gracie,' zei hij met een scheve grijns. 'Ik heb je een tijdje niet gezien. Ben je van gedachten veranderd en ga je met me mee op stap?'

Grace schudde met een beslist gebaar haar hoofd. 'Het verbaast me te zien dat je nog steeds in Holmes County bent. Ik dacht dat je onderhand genoeg informatie voor wel tien artikelen over de Amish had.'

Hij grinnikte. 'Je hebt gelijk. Dat is ook zo. Maar ik heb besloten nog een tijdje langer in de buurt te blijven en een paar artikelen te schrijven over enkele evenementen die de komende paar maanden zowel hier als in Wayne en Tuscarawas worden gehouden.'

'De komende paar maanden? Hoe kun jij het je veroorloven om hier zo lang te blijven?'

'Mijn grootvader is zes maanden geleden overleden en heeft mij een smak geld nagelaten.' Hij knipoogde naar haar. 'Dus heb ik genoeg geld om net zolang te blijven als ik wil.'

'Waarom werk je dan eigenlijk als je zo veel geld hebt gekregen?'

'Laten we zeggen dat ik van dit werk houd. Zo blijf ik overal goed van op de hoogte.'

Ze hield haar hoofd schuin. 'Ben je echt een freelanceverslaggever?'

'Natuurlijk.' Hij hield de camera die aan een riem om zijn nek hing, omhoog. 'Is het zo moeilijk te geloven dat ik een goede baan heb?'

Grace haalde haar schouders op. Toen ze allebei nog tieners waren, was Gary behoorlijk lui geweest. Alle anderen met wie ze rondhingen, hadden een baan gehad, maar Gary had er tevreden mee geleken geld van zijn vader aan te nemen, die meer dan genoeg scheen te hebben. Het kostte al moeite om je een beeld te vormen van een Gary die wat voor soort baan dan ook kon houden, laat staan van een Gary die zelfstandig als fotograaf of verslaggever werkte. Maar soms veranderden mensen als ze volwassen werden. Grace was een levend bewijs daarvan.

'Dus, wat dacht je ervan om samen ergens koffie te gaan drinken?' vroeg Gary.

'Ik heb je al eerder gezegd dat ik...'

'Ik weet het. Ik weet het. Je gaat bijna trouwen.'

'Jah.'

Jah. Wat is dat voor *jah*-gedoe, Gracie? Ik ben niet Amish, weet je wel? Dus zou ik het waarderen als je Engels sprak wanneer we samen zijn.'

'Sorry,' mompelde Grace. Ze begon de moed te verliezen en als ze niet snel zou zeggen wat ze op haar hart had, zou ze het misschien nooit meer doen. 'Zeg... eh... er zijn de laatste tijd nogal ongebruikelijke dingen gebeurd bij ons thuis. Ik vroeg me af wat jij daarvan weet.'

Hij trok diepe rimpels in zijn voorhoofd. 'Je praat als een kip zonder kop. Als je me iets probeert te zeggen, Gracie, gooi het er dan gewoon uit.'

Ze keek om zich heen om er zeker van te zijn dat niemand hen afluisterde. 'Het zit zo... we hebben een probleem gehad met...'

'Met wat? Wat voor soort probleem heb je?'

Ze voelde zijn hete adem tegen haar gezicht en deed een stap naar achteren. 'Er heeft vorige week iemand bij ons thuis ingebroken en gistermorgen ontdekte mijn vader dat zijn werkplaats was geplunderd.' Ze zweeg even om zijn reactie te peilen, maar hij bleef haar alleen met een stoïcijnse uitdrukking op zijn gezicht aanstaren. 'Alsof dat nog niet genoeg was, gooide gisteren iemand een steen door ons keukenraam toen mijn jongste zus met het avondeten bezig was en vanmorgen was een van haar honden vermist.'

Er trilde heel licht een spiertje in Gary's wang, maar hij zei niets.

'Weet jij hier iets van?'

Hij schudde zijn hoofd. 'Wat is dat voor rare vraag? Hoe zou ik er iets van moeten weten?'

Er welde een gevoel van frustratie op in Grace. Had ze echt verwacht dat hij toe zou geven wat hij had gedaan?

'Kijk, Gracie,' zei hij op zijn meest beminnelijke toon, 'ik weet niets over welke inbraak dan ook, maar ik waardeer de informatie.'

Haar mond viel open. 'Je... je waardeert het?'

Hij knikte.

'Waarom dat?'

Gary trok een notitieblokje uit het zakje van zijn overhemd. 'Omdat dit een geweldig verhaal zal worden.'

14

'Accepteren ze de flesjes met de voeding die we hebben gemaakt?' vroeg Judith toen ze de schuur in stapte, waar Martha over de doos zat heengebogen en Heidi's pups probeerde te voeden.

Martha keek op en glimlachte flauwtjes. 'Ze drinken iets, maar niet zo goed als wanneer hun *mamm* hier zou zijn om hen te voeden.'

Judith gaf een zacht kneepje in de schouder van haar dochter. 'Zelfs als Heidi niet terugkomt, heb ik er vertrouwen in dat de pups in leven blijven; je zult het zien.'

'Ik heb de hele dag naar Heidi gezocht. Papa en Luke hebben tijdens hun lunchpauze ook nog meegezocht, maar het was verspilling van hun tijd.' Martha fronste haar wenkbrauwen. 'Als papa alleen maar de sheriff zou laten weten wat er de laatste tijd bij ons is gebeurd, zou die misschien kunnen uitzoeken wie dit allemaal doet en waarom.'

Judith boog zich voorover naar de doos en aaide met haar vinger over een van de piepende pups. 'Je *daed* wil dat nu eenmaal niet. We moeten gewoon bidden, lieverd. Dat is het beste wat we kunnen doen.'

Toen Martha enige tijd later de schuur verliet, zag ze een grijze terreinwagen het erf op draaien. Achter het stuur zat John Peterson. Toen hij stopte en uitstapte, zag Martha tot haar verrassing aan de passagierskant Toby King uitstappen, met een lieve kleine sheltie in zijn armen.

'Heidi!' Martha rende naar Toby toe en trok de hond uit zijn armen. 'Waar zat je, meisje? Ik was zo ongerust over je!'

'Ze liep vlak bij mijn huis langs de weg te dwalen,' vertelde Toby. 'Ik wist dat jij een paar shelties had en besloot haar hier te brengen om te kijken of ze van jou was.'

'Ik was onderweg naar de stad en zag Toby lopen, dus bood ik hem een lift aan,' viel John bij.

'Dat waardeer ik bijzonder.' Martha aaide over de hondenkop. 'Heidi heeft nog niet zo lang geleden een paar jongen gekregen en ze voedt ze nog. Toen ik haar vanmorgen miste, was ik bang dat ze gestolen was.'

John fronste zijn wenkbrauwen en streek met zijn vingers door zijn donkere, krullende haar. 'Waarschijnlijk is ze een eindje gaan lopen en de weg kwijtgeraakt.'

'Maar ze weet waar ze woont en komt normaalgesproken altijd gelijk naar huis.'

'Misschien is ze het vergeten.' John hield zijn hoofd schuin waardoor zijn ietwat kromme neus nog meer gebogen leek dan anders. Martha had het vermoeden dat hij zijn neus een keer gebroken had – misschien in zijn jongensjaren. Omdat het haar niet beleefd leek om ernaar te vragen, wendde ze haar blik af en concentreerde zich op de trillende hond in haar armen.

John wees in de richting van haar vaders werkplaats. 'Toen ik je vader wat gereedschap bracht dat hij mocht lenen, vertelde hij dat er volgens hem een paar *Englische* jongens achter al die incidenten zitten. Denkt hij dat nog steeds?'

Martha knikte ernstig.

'Luke heeft ook met een paar *Englische* gasten rondgehangen. Het zou me niet verbazen als hij bij een van die streken betrokken was,' zei Toby met een knikje.

Martha tuitte haar lippen. 'Ik heb mijn twijfels of Luke aan zoiets mee zou doen, maar als ik kan voorkomen dat er meer van zulk soort streken bij ons of iemand anders worden uitgehaald, zal ik dat zeker doen.'

John schudde zijn hoofd. 'Doe geen domme dingen, meisje. Ik heb tegen je vader gezegd dat ik mijn ogen en oren open zal houden en wanneer ik iets verdachts zie of hoor, zal ik het hem zeker laten weten.'

Martha moest bijna lachen toen John, midden in de twintig, haar een meisje noemde. Hij was zelf niet veel ouder dan een jongen.

'Ik blijf ook extra alert,' zei Toby. 'En als ik merk dat Luke er iets mee te maken heeft gehad, zal ik dat tegen mijn vader zeggen.'

Martha wilde tegen Toby zeggen dat daar heus geen aanleiding toe zou zijn, maar bij nader inzien vond ze het beter om zo min mogelijk de aandacht op Luke te vestigen.

'Ik ga Heidi bij de pups zetten.' Ze glimlachte naar de jongemannen. 'Bedankt voor het terugbrengen.'

'Graag gedaan,' zeiden ze gelijktijdig.

Grace leunde achterover in het rijtuig. Ze was blij dat Ruth naar huis wilde rijden, want na de ontmoeting die ze net met Gary had gehad, zou het haar waarschijnlijk niet gelukt zijn om zich op de weg te concentreren.

Ruth boog zich naar haar toe en legde haar hand op Graces arm. 'Heb je nog steeds hoofdpijn?'

'Jah.'

'Vervelend voor je. Was het erg druk in het restaurant vandaag?'

'Niet drukker dan gewoonlijk.'

'In de bakkerij was het echt hectisch. Het leek wel of iedereen een doos met donuts wilde en allemaal op hetzelfde moment. Er waren op een gegeven moment zeker twintig mensen in de winkel en zelfs met Sadie's hulp vanmiddag kon ik het nauwelijks aan.'

Grace knikte. Ze had nu geen behoefte aan een gesprek. Ze wilde alleen naar huis, een paar pijnstillers nemen en gaan liggen.

'Ik heb nagedacht over het geheim dat je me vanmorgen hebt verteld,' zei Ruth. 'Ik denk dat je papa en mama over die verslaggever moet vertellen.'

Grace knipperde een paar keer met haar ogen. 'Nee.' Het kwam er bijna fluisterend uit. 'Ik wil niet dat ze het weten. In ieder geval nu nog niet.'

'Waarom niet? Je gaat nu toch niet meer met die *Englischer* om? Je was nog maar een tiener toen je met hem uitging en het was tijdens je *rumschpringe*, dus begrijpen papa en mama dat wel.'

Grace kromp ineen. Er was veel meer dan alleen het verhaal dat ze Ruth had verteld. Ze wist zeker dat haar ouders geen begrip zouden kunnen opbrengen als ze alles wisten. Ze wist dat ze hun had moeten vertellen dat ze met Wade getrouwd was geweest en dat hij een jaar later bij een auto-ongeluk was omgekomen. Maar als ze hun zo veel vertelde, zou ze wellicht ook andere details moeten onthullen waar ze niet over wilde praten.

Ze sloot opnieuw haar ogen en zoals altijd wanneer ze aan haar verleden terugdacht, gingen haar gedachten naar Cleon. Had ze hem maar gekend toen ze nog een tiener was, dan was ze waarschijnlijk niet met haar vriendinnen weggegaan om de *Englische* wereld uit te proberen. Het was heel jammer dat hij niet wat eerder in Holmes County was komen wonen. De liefde die ze voor Cleon voelde, was sterk – niet enkel op lichamelijke aantrekkingskracht gebaseerd zoals bij Wade. Bij Cleon voelde ze de zekerheid dat hij er altijd voor haar zou zijn, in goede en in slechte tijden. *Als dat zo is, waarom heb ik dan nog niet de moed gevonden om hem de waarheid te vertellen?*

'Als je niet met papa en mama over die *Englische* verslaggever wilt praten, laat me dan in elk geval met jou meegaan wanneer je hem spreekt,' zei Ruth, Graces gedachten onderbrekend.

Graces ogen vlogen open. 'Eh... ik heb Gary vanmiddag ontmoet, toen ik naar de bakkerij liep.'

'Waarom heb je me dat niet eerder verteld?'

'Mijn hoofd deed zeer en ik... ik wilde niet over iets onplezierigs praten.'

Ruth trok de teugels strak.

'Wat doe je?'

'Ik parkeer het rijtuig in de berm zodat we er verder over kunnen praten.'

Grace schudde haar hoofd. 'Ik heb liever dat je blijft rijden. Het is niet nodig om laat thuis te komen en mama ongerust te maken. Ze heeft de laatste tijd al genoeg aan haar hoofd.'

'Dat is waar.' Ruth wierp een blik op Grace. 'Wat zei Gary toen je met hem praatte? Heb je hem recht op de man af gevraagd of hij verantwoordelijk is voor die afschuwelijke dingen die er thuis zijn gebeurd?'

Grace bevochtigde haar lippen met het puntje van haar tong. 'Ik heb het hem gevraagd, maar hij ontkende er iets mee te maken te hebben.'

'Geloof je hem?'

'Nee.'

'Heeft hij gezegd wanneer hij weer uit Holmes County vertrekt?'

Grace balde haar vuisten toen ze opnieuw de angst ervoer die ze tijdens dat gesprek had gevoeld. 'Hij zegt dat hij geld zat heeft en van plan is om hier nog langer te blijven en meer artikelen te schrijven.'

'Dat is niet zo mooi.'

'Nee, inderdaad niet. En er is nog meer. Nadat ik Gary over de inbraken en die steen door het raam had verteld, zei hij dat het stof voor een geweldig artikel was. Ik... ik denk dat hij van plan is onze problemen wereldkundig te maken.'

Ruth snakte naar adem. 'O, Grace, dat zou *baremlich* zijn. Papa zal een woedeaanval krijgen als dit in de krant of in een of ander tijdschrift komt.'

'Ja, ik weet dat het verschrikkelijk is. Had ik maar niets tegen Gary gezegd. Het heeft niets goeds opgeleverd, omdat ik hem niet zover kon krijgen dat hij toegaf dat hij ermee te maken heeft.'

'Als je dit niet met papa en mama wilt bespreken, wat ga je dan doen?'

Grace haalde haar schouders op. 'Ik weet het niet.'

'Misschien komt Gary wel tot de conclusie dat hij genoeg informatie heeft en verdwijnt hij voor eens en voor altijd uit onze streek.'

Grace perste haar lippen op elkaar. De vastbesloten blik die ze vandaag op Gary's gezicht had gezien, gaf haar de zekerheid dat hij dat artikel schrijven zou. De enige vragen die nog openstonden, waren hoe snel hij een uitgever zou vinden en wanneer het artikel zou verschijnen.

15

Gedurende de paar volgende weken verliep het leven rustig bij de Hostettlers. Grace was dankbaar dat haar familie niet meer lastiggevallen was en ze bedacht dat wanneer Gary achter de eerdere voorvallen had gezeten, hij daar nu mee was opgehouden om zich niet verdacht te maken. En als hij een artikel over de inbraken had geschreven, was het of niet gepubliceerd of had niemand van de Amish het gelezen, want niemand sprak erover.

Omdat Grace deze zaterdag niet in het restaurant hoefde te werken, besloot ze dat dit een goed moment was om haar bruidsjapon te zomen en haar schort en cape te maken. Ruth en Martha waren in Berlin aan het winkelen en haar moeder was op bezoek bij haar vriendin Alma Wengerd. Haar vader zou het grootste deel van de dag in de werkplaats doorbrengen. Het was dus heerlijk stil in huis en niemand zou haar storen.

Toen ze de keukentafel controleerde om er zeker van te zijn dat hij na het ontbijt goed was schoongemaakt, gingen haar gedachten naar Cleon. *Ik moet een goed moment en de juiste woorden zien te vinden om hem te vertellen wat ik op mijn hart heb,* dacht ze terwijl ze de witte stof voor haar schort op tafel uitspreidde.

Ze had Cleon de afgelopen tijd niet veel gezien; hij was druk aan het werk in het nieuwe huis, hielp zijn vader en broers op het land, zorgde voor zijn bijen en bracht honingbestellingen rond.

Ze trok met haar vingers een spoor langs de rand van de zachte witte stof. Moest ze Cleon voor of na het huwelijk haar geheim vertellen? Of was het beter dat ze het voor altijd in haar hart opsloot?

Grace pakte de schaar op. Kon ze maar dingen uit haar verleden wegknippen zoals ze het schort uit de stof ging knippen, dan zou dat voor iedereen beter zijn.

Een klopje op de achterdeur haalde haar uit haar gedachten. 'Ik vraag me af wie dat kan zijn.'

Ze opende de deur en zag Cleon met een pot amberkleurige honing in zijn handen op de veranda staan. '*Guder mariye*,' zei hij. 'Deze is voor jou.'

'Jij ook goedemorgen en *danki* voor de honing. Hij is altijd zo zoet en smakelijk, ik vind het heerlijk om een beetje in mijn thee te doen.' Grace pakte de pot aan en gebaarde Cleon binnen te komen. 'Ik had je niet verwacht vandaag. Ik ging ervan uit dat je je *daed* en je broers op het land aan het helpen was.'

'Nu het koren is geoogst, zijn we aardig bij met het werk, dus besloot ik vandaag naar Berlin te gaan om wat bestellingen af te leveren.' Hij glimlachte en boog zich zo dicht naar Grace toe dat ze de pepermuntachtige geur van het mondwater dat hij die ochtend gebruikt moest hebben, kon ruiken. 'Ik dacht dat je het misschien leuk zou vinden om mee te gaan, als je het niet druk hebt met andere dingen.'

Grace knikte naar de tafel. 'Ik wilde aan de cape en het schort voor mijn bruidsjapon werken, maar ik kan daar later mee verder gaan.'

'Weet je het zeker?'

'*Jah*.' Grace zou nooit een kans om tijd met Cleon door te brengen aan zich voorbij laten gaan. 'Geef me even een minuutje om de tafel af te ruimen, dan kunnen we gaan.'

Toen Ruth en Martha met papieren zakken vol kruidenierswaren de supermarkt verlieten, zag Ruth dat er na hun aankomst in de winkel nog enkele Amish rijtuigpaarden aan de reling waren vastgebonden. Ze trok haar neus op toen hun zweetlucht haar begroette. Toen ze de paarden elkaar zag besnuffelen, vroeg ze zich af wat deze dieren tegen elkaar zouden zeggen als ze konden praten.

'Zeg, is dat Luke niet daar, bij die *Englische* lui?' Martha wees naar de andere kant van de parkeerplaats, waar diverse auto's stonden geparkeerd.

Ruth draaide zich om en zag inderdaad Luke bij twee jonge *Englischers* in spijkerbroeken en witte T-shirts staan. Ze leunden tegen een moderne, rode sportwagen en leken helemaal door hun gesprek in beslag genomen te zijn.

Martha stootte Ruth met haar elleboog aan. 'Ik vraag me af wat Luke in de stad doet. Ik dacht dat hij vandaag voor papa moest werken.'

Ruth knikte. 'Dat dacht ik ook, maar misschien moest hij iets afleveren en is hij bij de winkel gestopt om wat eten voor zijn lunch te kopen.'

Martha opende het portier van het rijtuig en zette haar zak met boodschappen op de achterbank. 'Volgens mij heeft hij niets in zijn handen.'

'Misschien is hij nog niet in de winkel geweest.'

'Als je naar hem toe wilt om hem gedag te zeggen, wacht ik hier wel bij het rijtuig.'

Ruth was in de verleiding om gehoor te geven aan het voorstel van haar zus, maar Luke en zij gingen nog niet zo lang met elkaar uit en ze wilde hem niet het idee geven dat ze hem achternaliep. Ze zette haar zak met boodschappen ook op de achterbank en sloot het portier. 'Ik wil zijn gesprek niet onderbreken.'

'Misschien vindt hij het leuk om jou aan zijn vrienden voor te stellen, per slot van rekening ben jij zijn *aldi*.'

Ruth keek naar de andere kant van de parkeerplaats en haar blik vernauwde zich. 'Denk je dat die *Englischers* Lukes vrienden zijn?'

'Toen Toby pasgeleden Heidi thuisbracht, zei hij dat Luke met een paar *Englischers* optrok. En als het geen vrienden van hem zijn, waarom staan ze daar dan met elkaar te kletsen alsof ze alle tijd van de wereld hebben?'

Ruth weifelde. 'Ik weet het niet, maar ik heb geen van hen eerder gezien. Denk je niet dat ik hen al eerder ontmoet zou hebben als het Lukes vrienden zijn, of hen in ieder geval al ergens in Berlin gezien zou hebben?'

Martha haalde haar schouders op. 'Je zult nooit weten hoe het zit tenzij je er nu op afgaat.'

Ruth aarzelde een moment en toen ze zag dat Luke haar kant op keek, besloot ze dat het onbeleefd zou zijn om niet minstens even te gaan groeten. 'Je kunt wel meelopen,' nodigde ze haar zus uit.

'Vind je dat niet erg?'

'Helemaal niet. Ik ben minder nerveus als jij erbij bent.'

Martha giechelde. '*Jah*, natuurlijk.'

Ruth liep naast haar zus naar het groepje toe. 'Hallo, Luke. Het verbaast me jou hier te zien. Moest je vanmiddag in de stad een bestelling voor mijn *daed* afleveren?'

Hij schudde zijn hoofd. 'Eh... nee. Ik werk vandaag niet voor hem.'

'Maar ik dacht dat papa zo achterliep met zijn werk.'

'Dat kan zijn, maar hij zei dat hij me vandaag niet nodig had.'

'Aha.'

Een van de *Englische* jongens, van wie het krullende, blonde haar Ruth aan een dweilmop deed denken, stootte de jongen naast hem aan. Die persoon zag eruit of hij in geen dagen zijn zwarte haar had gekamd. Zijn kleren stonken naar rook en ze draaide haar hoofd opzij om te voorkomen dat ze moest niezen.

De blonde *Englischer* mompelde iets, maar Ruth kon de woorden niet verstaan.

Toen Luke geen aanstalten maakte om haar voor te stellen, liep ze langzaam weer bij hem vandaan. 'Nou, ik... eh... we moeten gaan. Leuk je gezien te hebben, Luke.'

'Ja. Tot kijk, Ruth.' Hij schonk een halve glimlach aan haar zus. 'Jij ook, Martha.'

'Ik vraag me af wat Luke bezielde,' zei Martha toen ze eenmaal weer in hun rijtuig zaten. 'Hij gedroeg zich echt *karriyos*, vind je ook niet?'

Ruth knikte. 'Ik vond ook dat hij een beetje raar deed. Misschien kwam het omdat hij met die *Englische* lui was en hij hun niet wilde laten weten dat ik zijn vriendin ben.' Haar handen omklemden de plooien van haar donkerblauwe jurk. 'Maar als hij om me geeft, waarom zou hij er zich dan voor schamen om tegen iemand te zeggen dat wij iets met elkaar hebben?'

'Luke heeft zich nog niet bij de kerk aangesloten en omdat hij nog steeds in zijn *rumschpringe* zit, zal hij ongetwijfeld het idee hebben dat hij het recht heeft om met deze *Englischers* op te trekken.'

'Ik heb geen problemen met die *Englischers*,' mompelde Ruth, 'maar met het feit dat hij er niet over leek te peinzen om mij aan hen voor te stellen. Hij liet nauwelijks merken dat hij me kende, laat staan dat ik zijn *aldi* ben.'

'Ik denk dat je hem ernaar moet vragen.'

'Dat doe ik zodra ik weer alleen met hem ben.'

'Iets anders, wil je nog ergens naartoe nu we toch in de stad zijn of wil je dat ik gelijk naar huis rijd?' vroeg Martha, terwijl ze de teugels pakte en het paard de parkeerplaats af stuurde.

'Laten we bij de bakkerswinkel stoppen,' stelde Ruth voor. 'Dan trakteer ik jou op een donut met citroenvulling.'

Martha smakte met haar lippen. 'Dat lijkt me heerlijk.'

Grace en Cleon reden in zijn rijtuig over de heuvelachtige weg naar Berlin. 'Toen wij pasgeleden gingen fietsen,' begon Grace, 'wilde ik iets met je bespreken, maar toen werden we door Ruth en haar vriendin Sadie onderbroken.'

Hij wierp een blik op haar en glimlachte. 'Wat wilde je met me bespreken?'

Ze nam een teug frisse lucht en blies deze direct weer uit, hopend dat dit haar wat zou kalmeren. 'Ik heb een tante die uit Holmes County is vertrokken en nooit meer teruggekomen is.'

'Welke tante is dat?'

'Tante Rosemary, ze is de enige zus van mijn *daed*.'

Cleon fronste zijn voorhoofd. 'Ik heb je *daed* nog nooit over een zus horen praten. Ik dacht dat hij alleen maar broers had.'

'Papa heeft het zelden over haar en wanneer hij wel over haar praat, is het altijd met een ondertoon van verdriet.'

'Hoe komt dat?'

'Uit wat mij verteld is, heb ik begrepen dat tante Rosemary op een *Englischer* verliefd werd en bijna dertig jaar geleden het Amish geloof de rug heeft toegekeerd.'

'Ach, zo.'

'In al die tijd is ze nooit meer op bezoek geweest en heeft ze met geen enkel familielid contact opgenomen.'

Cleon keek recht voor zich uit, terwijl hij met zijn tong klakte om het paard aan te moedigen.

'Heel mijn vaders familie is hierdoor gekwetst – papa nog het meest van allemaal. Ik geloof niet dat hij het haar ooit echt vergeven zal dat ze is weggegaan.'

'Ik kan wel begrijpen waarom hij gekwetst is. Het feit dat zijn zus *Englisch* is geworden en het geloof heeft opgegeven, is moeilijk te verteren.'

Graces hartslag klopte in haar slapen en ze draaide haar hoofd opzij zodat Cleon haar tranen niet zou zien.

Ze reden een tijdje in stilte verder. De enige geluiden waren het gestage *klip-klop* van de paardenhoeven en af en toe het geronk van een motor wanneer er een auto passeerde. Grace vond het afschuwelijk om geheimen voor Cleon te hebben, maar als hij hetzelfde dacht als haar vader over een huwelijk tussen een Amish vrouw en een *Englischer*, zou er niets goeds uit voortkomen wanneer ze hem de waarheid vertelde. Waarschijnlijk zou hij de bruiloft afzeggen en Grace hield te veel van Cleon om hun relatie op het spel te zetten. Ze kon het pijnlijke geheim maar het beste voor zichzelf houden en alleen maar hopen dat het niet door iemand anders aan het licht gebracht zou worden.

16

Grace kon nauwelijks geloven dat haar trouwdag eindelijk was aangebroken. Met een kop thee aan de keukentafel zittend, dacht ze aan gisteren terug. Verscheidene van hun Amish vrienden en bekenden, van wie sommigen tijdens het huwelijksmaal de bediening op zich zouden nemen, waren al vroeg gearriveerd om te komen helpen. Zowel de wagens met zitbanken uit hun eigen kerkelijke district als die uit het aangrenzende district waren naar de Hostettlers gebracht, omdat ze meer zitplaatsen nodig zouden hebben dan tijdens een gewone zondagse dienst. Ze hadden het merendeel van de grote meubels uit huis gehaald en in schone bijgebouwen opgeslagen en nadat de zitbanken in huis waren neergezet, hadden ze de kleine meubels uit het huis in de leeggekomen wagens opgeborgen.

Vele handen hadden een grote hoeveelheid gerechten voor het huwelijksmaal bereid. De vier stellen die als de 'grillkoks' waren aangesteld, hadden de panklare kippen onder elkaar verdeeld en meegenomen naar huis om ze daar in hun oven te grillen. Tante Clara, de oudste zus van haar moeder, kon uitstekend bakken en had een hele voorraad donuts gemaakt. Enkele van de andere vrouwen hadden diverse koekjes gebakken en er waren drie grote, gedecoreerde taarten. Een daarvan was in de bakkerij gekocht waar Ruth werkte.

'*Guder mariye*, aanstaande bruid,' zei Ruth toen ze de keuken binnenstapte. Op haar gezicht lag een glimlach van oor tot oor. 'Waar zit jij helemaal met je gedachten?'

'Goedemorgen,' antwoordde Grace. 'Ik zat gewoon aan gisteren te denken en over alle hulp die we hebben gehad om alles klaar te krijgen voor vandaag.'

'We zijn inderdaad enorm geholpen.' Ruth liep de keuken door en trok een stoel bij de tafel vandaan. 'Hoe voel je je vanmorgen? Ben je *naerfich*?'

'Een beetje,' gaf Grace toe.

'Ik weet zeker dat ik ook nerveus zal zijn als ik ga trouwen.' Ruth ging naast Grace zitten en pakte de theepot die op tafel stond. 'Cleon is een goede man en ik ben blij dat jullie hier komen wonen tot het huis klaar is.'

Grace knikte. 'Ons nieuwe huis is in ieder geval heel dichtbij, dus wordt het voor Cleon makkelijker om er in zijn vrije uren aan te werken.'

'Het is duidelijk dat hij van je houdt en ik denk dat jullie tweeën een goed huwelijk zullen hebben.'

'Ik hoop dat we net zo gelukkig worden als papa en mama al die jaren zijn geweest.'

'Ik denk dat hun huwelijk onder meer zo goed is doordat ze over heel veel dingen hetzelfde denken.' Ruth pakte een van de lege mokken die naast de theepot stonden en schonk wat thee voor zichzelf in. 'Mama zei me eens dat ze, naast de liefde voor je huwelijkspartner, eerlijkheid een van de meest belangrijke ingrediënten voor een goed huwelijk vindt.'

'Eerlijkheid?' herhaalde Grace, terwijl ze het gevoel kreeg dat er een aantal knopen in haar maag ontstond. Ze voelde in haar hart de pijn van jaren van verdriet en een beschuldigende stem fluisterde haar van binnen toe dat ze het niet waard was om met Cleon te trouwen – en het niet waard was om zijn kinderen te baren.

'Mama zei dat ze zichzelf vanaf het moment dat ze met papa uitging, de belofte had gedaan dat ze nooit bewust tegen hem zou liegen of geheimen voor hem zou hebben.'

Grace kreunde inwendig. Zij stond op het punt om haar

huwelijk met Cleon met een geheim te beginnen – een geheim dat zijn gevoelens voor haar kon veranderen en ook de relatie met haar ouders en zussen kon verwoesten.

Ze zette haar lege mok in de gootsteen en keek uit het keukenraam. Het was een koude, heldere dag, vroeg in december, maar er lag in elk geval geen sneeuw. Haar maag roerde zich toen ze zag dat er al een paar rijtuigen in een rijtje op het erf stonden. Ze wist dat er ook al een paar *Englische* vrienden en buren waren gearriveerd, want ze zag een paar bestelwagens en personenauto's staan. Het zou niet lang meer duren voor de bisschop en de ouderlingen arriveerden en al snel daarna zou de trouwdienst beginnen. Het was te laat om haar geheim nu nog aan Cleon te gaan vertellen.

De behoefte voelend haar gedachten ergens anders op te richten, concentreerde Grace zich op de zes tienerjongens die vandaag stalknechten waren. Zij zouden de paarden naar de schuur brengen en ze vastzetten. Ze zouden het nu minstens een uur lang enorm druk hebben en vanmiddag moesten ze ervoor zorgen dat alle paarden werden gevoerd.

'Wat doe jij hier in de keuken?' vroeg papa die binnenkwam. Hij ging naast haar staan en legde zijn hand op haar schouder.

'O, ik sta gewoon te kijken naar alles wat er buiten gebeurt.'

Hij grinnikte. 'Het is inderdaad al druk buiten. Ik denk dat de bisschop hier ieder moment kan zijn, dus zou het goed zijn als je naar je kamer gaat en je voor de dienst klaarmaakt, denk je ook niet?'

Grace knikte en glimlachte, ondanks het aanhoudende gedraai in haar maag.

'Ik ben blij dat Cleon en jij dicht bij ons komen wonen,' zei haar vader. 'Het zou je *mamm* zwaar gevallen zijn je lang te moeten missen.'

Grace vroeg zich af of papa op haar *rumschpringe* zinspeelde. Ze wist hoeveel pijn het haar ouders had gedaan toen ze naar

Cincinnati was verhuisd en vanaf de dag dat ze teruggekomen was, had ze geprobeerd de perfecte dochter te zijn, thuis zonder vragen te helpen en zich aan de regels van de kerk te houden. Nu moest ze alleen nog een goede vrouw voor Cleon worden en dan zou alles in orde zijn.

Grace zat kaarsrecht op haar stoel en liet haar blik langs haar donkerblauwe jurk met de witte cape en het witte schort glijden. Ze werd met de minuut nerveuzer. De meeste gasten waren gearriveerd, inclusief de twee ouderlingen, maar bisschop King was laat en ze werd ongerust. Wat als hem iets overkomen was? Wat als iemand had geprobeerd de bisschop en zijn gezin onderweg op te houden?

Haar gedachten gingen naar Gary. Zou hij zich ertoe verlagen om te proberen haar huwelijk met Cleon tegen te houden? Wist hij eigenlijk dat dit haar trouwdag was? Hij was verslaggever, dus misschien had hij deze informatie ook wel aan iemand ontfutseld.

'Ik denk dat ik mijn paard en wagen pak en ga kijken waar de bisschop blijft,' kondigde diaken Byler aan, terwijl hij naar de deur liep.

'Ik ga met je mee,' zei Mose Troyer, een van de ouderlingen.

Grace keek naar de andere kant van de kamer waar Cleon zat. Hij droeg een wit overhemd, een zwarte broek en een bijpassend vest en colbert. Was hij net zo zenuwachtig als zij? Had hij bedenkingen gekregen? Ze kon uit zijn stoïcijnse gezichtsuitdrukking niet afleiden wat hij dacht.

Als zij hem over haar geheim had verteld, zou hij het haar dan vergeven hebben dat ze zo lang had gezwegen? Ze hield van Cleon, maar maakte het echt iets uit dat alleen zij de details van haar *rumschpringe* kende? Per slot van rekening was het allemaal verleden tijd. Moest dat niet zo blijven?

Grace klemde haar tanden zo stijf op elkaar dat haar kaken er pijn van deden. Kon ze maar een eind aan deze gedachten maken. Ze moest zichzelf in bedwang zien te krijgen, anders zou het heel de dag bederven.

Omdat de bruiloft niet kon beginnen voor de bisschop er was, gingen sommige vrouwen naar de keuken toe. Anderen gingen in groepjes bij elkaar zitten. Het merendeel van de mannen was naar buiten gegaan om wat rond te lopen en met elkaar te praten.

Een halfuur later verscheen de bisschop met zijn gezin. Hij bood zijn excuses aan voor zijn late komst en legde uit dat een van de rijtuigwielen eraf gelopen was.

Grace slaakte een zucht van opluchting. Eindelijk kon de bruiloft beginnen.

De ceremonie, die vergelijkbaar was met een gewone zondagse dienst, werd geopend met een gezang uit het Amish gezangenboek, de *Ausbund*. Tijdens het eerste couplet van het gezang voelde Grace zich rustig, maar naarmate het moment dichterbij kwam dat de bisschop, de ouderlingen en het bruidspaar zich even terugtrokken, werd ze steeds nerveuzer.

Toen de aanwezigen aan het derde couplet van het gezang begonnen, stonden de ouderlingen op en liepen de trap op, naar een kamer op de eerste verdieping. Grace en Cleon volgden, maar hun getuigen – Graces zussen en twee van Cleons broers – wachtten beneden bij de anderen.

In de slaapkamer die vandaag speciaal voor deze gelegenheid was ingericht, zat Grace op een rechte stoel. Terwijl ze naar de vermaningen van de bisschop en de instructies voor het huwelijk luisterde, speelden haar vingers nerveus met de rand van haar schort.

Dit deel van de huwelijksceremonie bestond uit het voorlezen van diverse Bijbelgedeelten en een lange verhandeling van bisschop King over het belang van goede communicatie, vertrouwen en respect op alle gebieden van het huwelijk. Hij herinnerde het bruidspaar eraan dat scheiden in hun geloof onaanvaardbaar was en benadrukte het belang van een goede aanpak van de problemen die zich in hun huwelijk zouden kunnen voordoen.

Toen Cleon en Grace even later in de woonkamer terugkwamen, namen ze weer op hun stoelen plaats en zongen de aanwezigen nog een ander gezang. Tijdens het laatste couplet kwamen de bisschop en de ouderlingen ook weer binnen en gingen zitten. Mose Troyer hield een korte overweging, waarna een moment van stil gebed en het voorlezen van het Bijbelgedeelte volgde. De bisschop stond op en begon met zijn preek.

Grace wierp een blik op Cleon. Hij zond haar een snelle glimlach, waardoor haar zenuwen iets kalmeerden en ze de geruststelling kreeg die ze zo wanhopig nodig had.

De bisschop verzocht bruid en bruidegom voor hem te komen staan en Grace liep met Cleon naar het voorste gedeelte van de kamer. 'Broeder,' zei bisschop King, Cleon aankijkend, 'ben je bereid deze vrouw, onze zuster, als je echtgenote te aanvaarden en haar nooit te verlaten tot de dood jullie scheidt? En geloof je dat dit huwelijk van God komt en dat je hiertoe gekomen bent door je geloof en gebeden?'

Zonder enige aarzeling glimlachte Cleon naar Grace. 'Jah,' antwoordde hij.

De bisschop richtte zich nu tot Grace. 'Ben je bereid, zuster, deze man, onze broeder, als je echtgenoot te aanvaarden en hem nooit te verlaten tot de dood jullie scheidt? En geloof je dat dit huwelijk van God komt en dat je hiertoe gekomen bent door je geloof en gebeden?'

'Jah.'

De bisschop sprak opnieuw tot Cleon. 'Daarom, nu je hebt uitgesproken dat je deze vrouw, onze zuster, als je echtgenote wilt aannemen, vraag ik je, beloof je haar trouw te zijn en voor haar te zorgen in tegenslag, smart, ziekte, zwakheid, zoals een christelijke, godvrezende echtgenoot betaamt?'

'Jah.'

De bisschop stelde een nagenoeg eendere vraag aan Grace en ook zij antwoordde bevestigend. Daarna pakte hij Graces hand, legde die in Cleons hand en vouwde zijn eigen beide handen om hun handen heen. 'De God van Abraham, Izak en Jakob zij met jullie en schenke jullie Zijn rijke zegen en zij jullie genadig. Ik wens jullie nu de zegen van God voor een goed begin en mogen jullie standhouden tot een gezegend einde. Door Jezus Christus, onze Heere. Amen.'

Aan het einde van de zegen knielden Grace, Cleon en bisschop King neer voor gebed. 'Ga dan heen in de naam van de Heere. U bent nu man en vrouw,' zei de bisschop toen het gebed was afgelopen.

Grace en Cleon liepen naar hun stoelen terug en een van de ouderlingen gaf een getuigenis, gevolgd door twee andere ouderlingen die hun instemming met de huwelijksvoltrekking uitspraken en Cleon en Grace Gods zegen toewensten. Toen dat was gedaan, sprak de bisschop nog een paar slotzinnen uit en vroeg de aanwezigen te knielen, waarop hij een gebed uit het gebedenboek voorlas. Daarna stonden de aanwezigen weer op en werd de dienst afgesloten met een gezang.

Grace haalde diep adem en knipperde een paar vreugdetranen weg. Over enkele minuten zou het bruiloftsfeest beginnen, zo ook haar nieuwe leven als mevrouw Cleon Schrock. Misschien kon ze nu eindelijk haar verleden achter zich laten.

Terwijl enkele mannen de tafels voor het huwelijksmaal neerzetten, dacht Cleon terug aan de zwaarmoedige uitdrukking die hij op het gezicht van zijn bruid had gezien toen ze tijdens het afleggen van de beloften de vragen van de bisschop had beantwoord. Grace had haar beloften ernstig opgenomen, wat hem de verzekering gaf dat alles tussen hen was zoals het zou moeten zijn.

Toen de tafels eenmaal op hun plaats stonden en de tafelkleden waren uitgespreid, kon er worden gedekt. Vanuit de tijdelijke keuken die in de kelder was ingericht, werd aan een stuk door voedsel naar de eetkamers gebracht, inclusief de woonkamer en de keuken. Al snel stonden diverse gerechten op de tafels, beginnend met het hoofdgerecht, dat bestond uit gegrilde kip, gevuld brood en aardappelpuree. Verder stond er romige selderij – een traditioneel bruiloftsgerecht – op de tafels, evenals koolsla, appelmoes, taarten, donuts, fruitsalade, pudding, brood, boter, jam en koffie.

Zodra alles in gereedheid was gebracht voor de maaltijd, kwam het bruidspaar met hun gezelschap binnen, beginnend met Ruth, Martha, Ivan en Willard.

Toen Cleon en Grace aan de hoektafel gingen zitten, maakte Grace een opmerking over de potten met de selderij, die met regelmatige tussenruimten op elke tafel waren neergezet en zo met hun bladeren een prachtig, bloemachtig arrangement vormden. Er stonden ook diverse boeketten bloemen die Ruth had gemaakt.

'Het ziet er allemaal prachtig uit,' zei Cleon, naar Grace toe buigend. 'Jij en je familie hebben je prima geweerd met de versiering voor onze bijzondere dag.'

'Jouw *mamm* en zus hebben anders ook prachtige kaarsen gemaakt.' Grace streek met haar hand over het tafelkleed. Ze zaten aan de hoektafel, bekend als de 'Eck', wat de traditionele plaats voor een bruidspaar was. 'Dit tafellaken komt uit mijn dekenkist en twee van de drie gedecoreerde taarten zijn door vrienden gemaakt.'

Hij glimlachte en smakte met zijn lippen. 'Die zien er echt heerlijk uit.'

'De meest gedecoreerde taart komt uit de bakkerij waar Ruth werkt,' zei ze. 'Heb je gezien wat er midden op de taart staat geschreven?'

Cleon las de woorden hardop. '*Bescht winsche* – de beste wensen voor Cleon en Grace.' Hij pakte haar hand en gaf er een zacht kneepje in. 'Ik hoop dat we altijd zo gelukkig zijn.'

De tranen prikten in haar ogen. '*Jah*, ik ook.'

Grace kon nauwelijks geloven dat Cleon en zij alweer ruim twee maanden waren getrouwd. Toen ze op een zaterdagmiddag aan het aanrecht aardappels stond te schillen voor de stoofpot van die avond, dacht ze over de voorbije maanden na. Cleon en zij genoten van het huwelijksleven en hadden het ook heel goed bij haar ouders thuis, al keek Grace wel uit naar de dag waarop hun eigen huis klaar zou zijn en ze daarheen konden verhuizen.

In december en januari hadden ze verscheidene dagen sneeuw gehad en Cleon had tijd vrijgemaakt zodat ze samen wat leuke dingen konden doen. Ze hadden veel plezier in de sneeuw gehad, een sleetocht gemaakt, bij het vuur warme chocolademelk gedronken en met de rest van haar familie bordspelletjes gedaan.

Grace voelde zich gelukkiger dan ze ooit voor mogelijk had gehouden en ze was dankbaar dat haar familie niet meer lastiggevallen was. Ze was er zeker van dat dit kwam doordat Gary Walker uit Holmes County was vertrokken. Volgens Esther had Gary in het restaurant waar Grace had gewerkt, verteld dat hij naar Lancaster County in Pennsylvania vertrok om enkele artikelen te schrijven over de Amish die daar woonden. Grace hoopte dat Gary nooit meer zou terugkeren naar Ohio.

Als ze nu nog hun huis klaar kregen, zou het bijna perfect zijn. Het was niet dat ze er een hekel aan had om bij haar ouders in te wonen, maar het was niet hetzelfde als een eigen stek hebben. Grace wilde graag hun huwelijksgeschenken een plaatsje geven, evenals de dingen die ze in haar uitzetkist bewaarde. Cleon had onlangs gezegd dat hij het huis over een paar maanden klaar hoopte te hebben, maar omdat hij het zo druk had met nieuwe honingbestellingen, had hij veel minder tijd aan hun huis kunnen besteden.

Grace zou zelf ook wel aan het huis willen werken nu ze direct na hun huwelijk haar baan had opgegeven, maar ze had weinig verstand van timmerwerk. En zelfs wanneer ze dat wel had, zou ze nog niets kunnen doen, want Cleon had duidelijk gemaakt dat het huis zijn taak was. En met de hulp van enkele andere familieleden, inclusief haar vader, wist Grace dat hun huis binnen afzienbare tijd klaar zou zijn. Ze moest dus gewoon geduld hebben.

Ze keek door het keukenraam naar buiten. Gezien de sombere grijze lucht die ze zag en de daling in temperatuur, zou er zeker nog meer sneeuw komen.

Net toen Grace klaar was met de aardappels, hoorde ze iemand op de voordeur kloppen. *Dat is vreemd. Bijna niemand van onze bekenden gebruikt de voordeur.*

Ze liep snel de keuken uit en opende de deur. Op de veranda stond een grote man van middelbare leeftijd. Hij droeg een donkergroene jas en een paar oorwarmers. Aan zijn hand hield hij een tenger, klein meisje, van wie het donkerbruine haar in een paardenstaart bijeengebonden was. Ze droeg een spijkerbroek en een dikke roze jas met een capuchon en toen ze Grace met een vorsende blik aankeek, knipperde ze een paar keer met haar helderblauwe ogen.

'Kan ik u helpen?' vroeg Grace, denkend dat de man waarschijnlijk gestopt was om de weg te vragen, zoals andere *Englische* toeristen deden wanneer ze verdwaald waren.

Hij schraapte zijn keel. Terwijl zij elkaar aankeken, tikten de seconden weg. 'Grace Davis?'

Haar mond werd droog en ze keek snel om zich heen. Tot

haar opluchting waren ze alleen. Ze was nooit meer met die naam aangesproken sinds...

'Is dit het huis van de Hostettlers?'

Ze kon alleen maar bevestigend knikken. Wie was deze man en hoe kende hij haar naam uit haar vorige huwelijk?

'Ben jij Grace?'

Ze knikte opnieuw, terwijl ze hem wat aandachtiger opnam. Het was mogelijk dat ze elkaar eerder hadden ontmoet, maar ze kon het niet met zekerheid zeggen. Kon hij bij haar in het restaurant zijn geweest of was hij misschien een van de eigenaren van de *Englische* winkels in de stad? Maar als dat zo was, hoe wist hij dan dat haar achternaam eerder Davis was geweest?

Grace keek nog een keer naar het kleine meisje. Ze wist zeker dat ze haar nog nooit had gezien, toch was er iets bekends aan het kind. 'Hebben... hebben wij elkaar eerder ontmoet?' vroeg ze, haar blik weer op de man richtend.

Hij knikte. 'Eén keer maar – tijdens de begrafenis van mijn zoon.'

Graces hart ging zo verschrikkelijk tekeer dat ze tegen de deurpost steun moest zoeken. De man die voor haar stond, was Carl Davis, de vader van Wade. Ze keek naar het kleine meisje naast hem en kreeg kippenvel op haar armen.

'Dit is je dochter.' Carl legde zijn hand op de schouder van het kind. 'Anna, dit is je moeder. Zoals ik je al eerder heb verteld, ga je vanaf nu bij haar wonen.'

Anna sloeg haar ogen neer en haar kin beefde licht.

Grace klampte zich aan de deur vast en wist niet wat ze moest zeggen of doen. Ze was blij dat haar lange rok haar knieën bedekte, want ze trilden zo hevig dat ze nauwelijks kon blijven staan. Ze had nooit verwacht Anna weer te zien, laat staan op deze wijze, hier voor haar deur.

'Hoe hebt u me gevonden? Waar bent u al die tijd geweest? Waarom bent u hier?' Er tolden zo veel onbeantwoorde vragen rond in Graces hoofd, dat ze nauwelijks wist waar ze moest beginnen.

'Mogen we binnenkomen?' Carl gebaarde naar Anna. 'Ze is moe van de lange vliegreis en het is koud buiten.'

'O, ja, natuurlijk.' Grace hield de deur voor hen open en op trillende benen nodigde ze hen de woonkamer in.

Carl zette zijn oorwarmers af, ging op het uiteinde van de bank zitten en tilde Anna op zijn schoot. Grace vocht tegen de neiging het meisje in haar armen te trekken en haar lieve gezichtje te kussen, en ging in de schommelstoel tegenover hen zitten. Anna keek erg verward en Grace wilde haar niet bang maken of haar nog meer in verwarring brengen dan ze duidelijk al was.

'Voor ik je vragen beantwoord,' zei Carl, Anna's jas uittrekkend en haar de ruimte gevend om zich om te draaien en zich tegen hem aan te nestelen, 'moet ik een paar dingen uitleggen.'

Grace knikte ten antwoord, haar ogen lieten Anna geen seconde los – het kostbare meisje dat ze vier jaar geleden onder dwang had moeten opgeven.

'Toen Wade met jou trouwde zonder ons voor de bruiloft uit te nodigen, was mijn vrouw helemaal van streek.'

'Waar is Bonnie?'

'Daar kom ik zo op. Toen Wade uiteindelijk belde en ons vertelde dat hij naar Cincinnati was verhuisd en getrouwd was, stond Bonnie erop dat hij haar alles over jou vertelde – waar je vandaan kwam, wat je achtergrond was en waarom je hem had overgehaald met jou weg te lopen en ons niet voor de bruiloft uit te nodigen.'

'Maar... maar ik heb hem niet overgehaald,' sputterde Grace tegen. 'Het was Wades idee om weg te lopen en geen van beide ouders waren voor de bruiloft uitgenodigd.' Ze staarde naar haar handen, die gebald in haar schoot lagen. 'Mijn ouders weten niet eens dat ik ooit met uw zoon getrouwd ben geweest of dat wij...'

Ze haalde diep adem. 'Ga verder met wat u wilde vertellen.'

'Wade vertelde ons dat je Amish van geboorte was en dat je hier in Holmes County had gewoond, ergens tussen Berlin en Charm. Hij zei dat je achternaam Hostettler luidde en dat je je geloof had opgegeven om met hem te trouwen.'

'Nou, eigenlijk was ik nog niet gedoopt en had ik me nog niet bij de kerk aangesloten.'

'O. Nou ja, omdat ik de achternaam van je familie wist en de streek waarin zij woonden, was ik in staat jou op te sporen.'

Grace kreeg een brok in haar keel. 'Kort nadat jullie met Anna waren vertrokken, heb ik geprobeerd u en Bonnie te bellen, maar uw telefoon was afgesloten. Ik heb diverse brieven geschreven, maar ze kwamen allemaal retour met de vermelding dat jullie verhuisd waren zonder een nieuw adres op te geven.'

'Bonnie dacht dat het beter zou zijn als je geen contact met Anna had. Dus zijn we van Michigan naar Nevada verhuisd, waar een paar vrienden van ons wonen, en hebben we geen adres achtergelaten.' Carl boog zich naar voren en legde Anna op het andere einde van de bank. Ze had haar ogen gesloten en haar gelijkmatige, rustige ademhaling vertelde Grace dat ze in slaap gevallen was.

'Waarom bent u nu hier, na vierenhalfjaar geen contact met me opgenomen te hebben?'

'Bonnie kreeg een paar dagen na Kerst plotseling een hartaanval en is overleden.'

'Dat... dat spijt me.' Hoewel Grace de ouders van Wade alleen maar bij de begrafenis van hun zoon had ontmoet, had ze onmiddellijk een afkeer tegen zijn moeder gevoeld. Toch vond ze geen genoegen in het feit dat de vrouw overleden was.

'Ik heb de laatste tijd mijn eigen portie gezondheidsproblemen gehad en om die reden ben ik niet in staat zelf voor Anna te blijven zorgen.' Carl streek met zijn tong over zijn onderlip en trok een grimas. 'Ik wil dat je weet dat ik het nooit een goed idee heb gevonden om de baby bij jou weg te halen. Het was Bonnie's idee. Zij was van mening dat wij Anna een beter thuis konden geven.'

Daar komt u wel een beetje laat mee. Waarom kon u toen uw vrouw niet van haar plan afbrengen? Waarom hebt u mij niet financieel gesteund in plaats van mijn kind weg te halen?

Grace bracht haar handen naar haar slapen en masseerde ze met haar vingertoppen. 'Ik was zo jong en... en ik wist niet hoe ik goed voor een baby kon zorgen. Ik rouwde om mijn echtgenoot en ik wist op dat moment niet wat het beste was voor mij of Anna.' Ze zweeg even en haalde snel adem om wat rustiger te worden. 'Ik wilde met mijn kleine meisje naar mijn ouders gaan, maar ik... ik was bang voor hun afwijzing.'

Hij opende zijn mond alsof hij iets wilde zeggen, maar ze ging gelijk verder. 'Elke dag nadat jullie Anna hadden meegenomen, voelde ik me schuldig dat een ander mijn dochter opvoedde en dat ik de moed niet had om mijn familie over mijn huwelijk of over mijn dochter te vertellen. Ik schaamde me te veel om toe te geven dat ik mijn rechten als moeder opgegeven had en omdat ik niet had gedacht Anna ooit nog te zien, besloot ik dat het beter was om mijn huwelijk en mijn dochter geheim te houden.'

Hij keek de kamer rond. 'Waar zijn ze nu – jouw familie?'

'Mijn vader is in zijn werkplaats, mijn moeder is op bezoek bij een vriendin en mijn twee zussen zijn in de stad aan het winkelen.'

Carl boog zich iets naar voren. 'Zoals ik al eerder zei, kan ik zelf niet meer voor Anna zorgen, dus heb ik haar bij jou gebracht. Jij bent haar moeder en had deze vier jaren voor haar moeten zorgen, niet Bonnie en ik.'

Grace sloot haar ogen bij de herinnering aan Wades begrafenis en alles wat daarna had plaatsgevonden. Het was al een grote schok geweest te horen dat Wade verongelukt was, maar toen zijn ouders naar de begrafenis kwamen en haar vertelden dat zij

Anna met zich mee wilden nemen, was Graces wereld ingestort.

Ze herinnerde zich hoe Bonnie erop had gestaan dat Grace hen het kind liet opvoeden en haar had voorgehouden dat zij Anna meer kon bieden dan waartoe Grace in staat zou zijn. Toen ze had geweigerd, had Bonnie gedreigd een advocaat in de arm te nemen om te bewijzen dat Grace een ongeschikte moeder was en niet aan Anna's behoeften kon voldoen. Bonnie en Carl hadden Grace beloofd dat ze Anna mocht bezoeken en dat ze iedere keer wanneer ze naar Michigan kon komen, haar kleine meisje zou kunnen zien. Maar dat was niet gebeurd omdat ze verhuisden en Grace had alle hoop opgegeven haar dochter ooit nog te zien.

Graces ogen vlogen open toen de realiteit van de situatie tot haar doordrong. Wades vader bood haar de kans om Anna groot te brengen – iets wat ze al die tijd al had moeten doen. Maar het kind kende Grace niet en het zou een moeilijke overgangstijd voor hen beiden worden. Niet alleen dat, maar haar beslissing om Anna te houden, zou ook betekenen dat Grace haar geheim aan haar familie en aan Cleon moest onthullen. Ze zou moeten uitleggen waarom ze de waarheid had verborgen.

Grace stond op van haar stoel, knielde voor de bank op de grond en streek over de rode wangetjes van haar dochter. 'O, Anna, ik ben je nooit vergeten.' Ze onderdrukte een snik. 'Ik ben altijd van je blijven houden.'

Carl schraapte zijn keel. 'Ben je bereid haar hier te houden? Want als dat niet het geval is, moet ik iets anders regelen.'

Iets anders regelen? Grace was Anna al een keer kwijtgeraakt en kon de gedachte niet verdragen haar opnieuw kwijt te raken. Ze wist wat ze moest doen, ongeacht de reactie van haar familie. 'Ik denk dat God me nog een tweede kans biedt,' prevelde ze.

'Betekent dit dat Anna kan blijven?'

Ze knikte. 'Ik laat haar nooit meer gaan.'

'Dat had ik ook niet van je verwacht.' Carl stond op. 'Ik heb wat van Anna's winterkleren ingepakt en haar koffer ligt in mijn huurauto. Ik zal haar spullen pakken en vertrekken voor ze wakker wordt.' De tranen sprongen in zijn ogen toen hij naar zijn kleindochter glimlachte. 'Dat is beter zo.'

Grace wilde overeind komen, maar hij gebaarde dat ze kon blijven zitten.

'Het is niet nodig dat je me uitlaat. Ik zet de koffer nog binnen en ga naar het vliegveld terug.'

Het volgende uur zat Grace op de grond voor de bank, keek naar haar dochter en dankte God voor de kans die Hij haar gaf om Anna weer bij zich te hebben.

Bij het slaan van de achterdeur sprong Grace op en toen ze het onmiskenbare geluid van haar vaders schoenen op het linoleum in de keuken hoorde klossen, kromp ze ineen. Haar geheim moest worden onthuld. Ze kon de waarheid niet langer verbergen.

18

'Is er iemand thuis?' riep Graces vader.

Graces hart maakte een buiteling. Hij mocht Anna niet zien voordat ze hem uitleg had gegeven. Ze voelde zich als een vlieg in een spinnenweb, verstrikt in schuldgevoelens. Kon ze het verleden maar overdoen. Had ze haar geheim maar eerder verteld.

'Grace, ben jij er?'

Ze haastte zich de kamer uit en kwam haar vader in de gang tegen.

'Ik ging ervan uit dat jij thuis was, maar wist niet of je *mamm* en zussen er waren. Zijn ze al terug?' vroeg haar vader.

'Nee, en ik... ik verwacht hen ook pas vlak voor het avondeten thuis.' Grace pakte hem bij zijn arm. 'Eh... papa, we moeten praten.'

'Goed, ik heb wel tijd voor een kleine pauze. Ik kwam juist mijn thermosfles met wat drinken vullen.' Hij knikte naar de woonkamer. 'Zullen we daar gaan zitten?'

Ze schudde haar hoofd. De paniek dreigde haar te overmannen. 'Laten we naar de keuken gaan. Ik schenk een glas geitenmelk voor u in, dan kunnen we aan tafel zitten.'

'Lijkt me prima.'

Grace volgde haar vader naar de keuken. Hij ging aan een uiteinde van de tafel zitten en strekte zijn armen boven zijn hoofd. 'Ik realiseerde me niet hoe moe ik was tot ik ging zitten. Ik heb de laatste tijd te lange dagen gemaakt.'

Grace pakte twee glazen uit de kast en schonk wat melk in.

Toen ze het glas aan haar vader overhandigde, fronste hij zijn voorhoofd. 'Je handen trillen. Is er iets mis? Er is toch niet opnieuw ingebroken, hoop ik?'

Ze schudde haar hoofd en liet zich op de stoel tegenover hem zakken. 'We hebben net bezoek gehad – een *Englischer* met een klein meisje.'

Hij nam een slok melk en veegde zijn mond af met de rug van zijn hand. 'O? Waren ze met de auto?'

'*Jah.*'

'Het verbaast me dat ik die niet het erf op heb horen komen. Al ben ik natuurlijk het grootste gedeelte van de dag aan het hameren en zagen, dus zullen de meeste buitengeluiden wel overstemd worden.' Hij nam opnieuw een slok. 'Wie waren die *Englische* bezoekers?'

Graces keel voelde zo droog en gezwollen dat ze nauwelijks kon slikken. Ze nam een slok melk en verslikte zich verschrikkelijk.

'Gaat het?' Haar vader sprong op en klopte haar op haar rug. 'Haal een paar keer diep adem.'

Ze hoestte en proestte en kreeg zichzelf uiteindelijk weer onder controle, zodat ze kon praten. 'Er is... eh... ik moet u iets vertellen.'

'Wat is het, meisje? Je gezicht is zo wit als de melk die we drinken.'

'Ik denk dat u beter weer kunt gaan zitten. Wat ik te zeggen heb, kan nogal schokkend zijn.'

'Je maakt me bang, Grace.' Met een kreun liet hij zich weer op de stoel zakken. 'Is er iets gebeurd met je *mamm* of een van je zussen?'

Ze schudde haar hoofd. Tranen vertroebelden haar blik. 'De man die hier was, heet Carl Davis. In mijn *rumschpringe* ben... ben ik met zijn zoon, Wade, getrouwd.'

Haar vader staarde Grace bevreemd aan. 'Is dit soms een grap?

Je bent met Cleon getrouwd, weet je wel?'

'Het is geen grap. Wade is bij een auto-ongeluk omgekomen en ik ben kort na zijn begrafenis naar Holmes County teruggekeerd.'

Hij fronste zijn wenkbrauwen zo dat ze bijna tussen de rimpels van zijn voorhoofd verdwenen. 'Weet... weet Cleon hiervan?'

Ze schudde haar hoofd.

'Waarom heb je dit niet eerder verteld?'

Grace haalde met moeite adem. 'Ik was bang dat u het niet zou begrijpen.'

Hij opende zijn mond om antwoord te geven, maar ze stak haar hand op om hem tegen te houden. 'Er is nog meer. Ik heb deze vierenhalf jaar nog een geheim meegedragen.'

'Wat voor geheim?'

Ze keek naar de deur die naar de hal leidde. 'In de woonkamer ligt een klein meisje op de bank te slapen. Ze heet Anna en ze... ze is mijn dochter.'

Haar vaders mond viel open en hij kneep zijn ogen tot smalle spleetjes. 'Je wát?'

'Anna is mijn dochtertje. Ze was pas zes maanden oud toen haar vader verongelukte. Toen hebben Wades ouders haar van me afgenomen en zijn ze vertrokken.' Ze slikte het brok in haar keel weg en zocht steun door de tafelrand vast te grijpen. 'Ik kon hen niet per post of telefoon bereiken, dus besefte ik uiteindelijk dat ik hier bij mijn familie hoorde te zijn en niet in de *Englische* wereld.'

De kleur trok weg uit haar vaders gezicht en hij schudde langzaam zijn hoofd.

'Ik weet dat het fout was om het voor u en mama stil te houden.' Grace boog zich naar voren om zijn arm aan te raken. 'Ik schaamde me zo dat ik mijn baby had opgegeven en ik dacht niet dat ik Anna ooit nog zou terugzien, dus ik...'

'Je bent net als je tante Rosemary, weet je dat?' Haar vader sloeg hard met zijn vuist op tafel, waardoor de servetjes in het mandje midden op de tafel alle kanten opvlogen. 'Hoe kon je zoiets doen, Grace? *Ach*, het is al erg genoeg dat je wegliep en met een *Englischer* trouwde, maar hoe kon je je eigen vlees en bloed opgeven?'

'Ik... ik wilde dat niet, maar Wades moeder was zo gemeen en opdringerig. Ze bleef volhouden dat Anna bij hen beter af zou zijn en ze dreigde een advocaat in te schakelen om te bewijzen dat ik ongeschikt was Anna om zelf op te voeden.'

'Was je ongeschikt, Grace?'

Hun ogen ontmoetten elkaar en haar vaders scherpe vraag werd Grace bijna te veel. 'Ik was zo jong en de enige baan die ik ooit had gehad, was een baan als serveerster in een restaurant. Ik wist dat ik niet genoeg geld kon verdienen om Anna en mijzelf te onderhouden, en ik dacht...'

'Je had naar huis kunnen komen en hulp kunnen vragen. Je had kunnen weten dat we jou en je dochter niet van honger hadden laten omkomen. Als Rosemary thuisgekomen was, zou ze ook welkom zijn geweest.'

De stilte die op haar vaders berisping volgde, bleef in de lucht hangen en de tranen waar Grace zo hard tegen gevochten had, rolden over haar wangen en drupten van haar kin. Ze begreep niet hoe hij de inbreker in hun huis en zijn werkplaats wel kon vergeven en zijn zus of bloedeigen dochter niet. 'U hebt alle recht om kwaad op mij te zijn,' zei ze met een snik. 'Maar niemand kan bozer op me zijn dan ik zelf ben.'

Hij bleef recht voor zich uit staren, alleen in zijn wang trilde een spiertje.

'Wades moeder is nu overleden en zijn vaders gezondheid is niet goed, dus heeft hij Anna bij mij gebracht en gevraagd of ik haar wil grootbrengen.'

Haar vader knipperde met zijn ogen en klopte met korte tussenpozen met zijn vingers op het tafelkleed. 'Waar is die man nu?'

'Kort nadat Anna in slaap gevallen was, is hij vertrokken. Hij zei dat het beter was op die manier.'

'O.'

'Wilt... wilt u uw kleindochter zien?'

Hij schudde zijn hoofd. 'Ik heb tijd nodig om hierover na te denken. Ik moet zien te begrijpen waarom jij tegen je *mamm* en *daed* hebt gelogen – waarom je in de voetsporen van je tante bent getreden.'

'Ik weet dat het verkeerd was om de waarheid voor jullie te verzwijgen, maar ik...' Grace beet op haar onderlip om de tranenvloed tegen te houden en duwde haar stoel bij de tafel vandaan. Ze wilde nu alleen maar Anna vasthouden en haar beloven dat ze haar nooit meer zou laten gaan.

Ze liep de keuken uit, haastte zich naar de woonkamer en liet zich voor de bank waarop haar dochter lag te slapen, op de vloer vallen. Haar hart bonkte van razernij en wroeging. *Ik had me Anna nooit door Wades ouders moeten laten afnemen, ongeacht waar ze mee dreigden. Ik had onze spullen moeten pakken en met mijn meisje naar huis moeten gaan, ongeacht de consequenties. Ik had Cleon ook over Wade en Anna moeten vertellen.*

Grace hikte door de snik die in haar keel opwelde. Haar wroeging zou niets veranderen en ze wist dat ze een manier moest zien te vinden om met de nieuwe situatie om te gaan. Als haar vader maar een beetje begrip getoond of haar een beetje gesteund had toen ze hem over Anna had verteld, in plaats van haar met tante Rosemary te vergelijken, een tante die ze zelfs nooit had ontmoet. Zou Cleon op dezelfde manier reageren als ze het hem vertelde?

Ze keek naar de deur die naar de hal leidde. Zou ze naar de keuken terug moeten gaan en weer moeten proberen met haar vader te praten? Zou het de zaak goed doen wanneer ze de dingen beter probeerde uit te leggen?

Anna bewoog zich en Grace hield haar adem in, wachtend of haar dochter wakker zou worden.

Het kind ging rechtop zitten, gaapte en keek om zich heen. 'Opa? Waar is opa?' vroeg ze met een piepstemmetje.

Grace zocht naar woorden die geen leugen waren. 'Je opa is naar huis gegaan, maar ik weet zeker dat hij een keer op bezoek komt.' Ze glimlachte, hopend dat ze het kind gerust kon stellen.

Anna's ogen werden groter. 'Is opa weg?'

Grace knikte. 'Hij wil dat jij nu bij mij blijft omdat hij niet langer voor je kan zorgen.' Ze bewoog zich dichter naar Anna toe en stak haar hand uit. 'Ik ben je moeder. Je opa zei dat hij je over mij verteld heeft.'

Anna klauterde de bank af en rende naar de deur. 'Kom terug, opa! Kom terug!'

Grace rende haar dochter achterna en trok Anna in haar armen. 'Het komt allemaal goed. Je bent veilig hier bij mij.'

Roman zat aan de keukentafel en probeerde het nieuws van Grace tot zich door te laten dringen. Hij voelde zich verraden en begreep niet waarom ze haar eerste huwelijk had geheimgehouden en verzwegen had dat ze een baby had gekregen en het kind door iemand anders op liet voeden. Het enige wat Roman wist, was dat hij een *grossdaadi* was en dat zijn *grossdochder* in de kamer verderop lag te slapen.

Hij liet zijn schouders hangen en steunde met zijn hoofd op zijn handen. Dit nieuws zou het hele gezin aangaan. En wat te denken van Graces nieuwe man? Hoe zou Cleon met de dingen omgaan?

Zijn gedachten gingen over in een stil gebed. *O God, hebben we de laatste paar maanden niet genoeg meegemaakt? Moeten we nu de schande van het bedrog van onze dochter verdragen?*

Romans gebed werd verstoord door het openen en sluiten van

de achterdeur. Hij hief zijn hoofd op en zag zijn vrouw de keuken in komen.

'*Wie geht's?*' vroeg Judith met een opgewekte glimlach.

Hij kreunde. 'Ik voel me niet zo best. Het ging goed tot ik even geleden het huis binnenkwam.'

Er verscheen een geschrokken trek op haar gezicht en ze haastte zich de keuken door. 'Is er nog een keer ingebroken of is er iets anders gebeurd?'

'O, er is inderdaad iets gebeurd, maar het heeft niets met een inbraak te maken.'

'Wat is er, man? Je lijkt zo *uffriehrisch*.'

'Ik ben ook opgewonden en jij kunt maar beter gaan zitten.' Hij wees naar de stoel tegenover hem. 'Wat ik je moet vertellen, is nogal *schauderhaft*.'

Met haar ogen vol vragen ging ze zitten. 'Je maakt me bang. Vertel me alsjeblieft wat er zo schokkend is.'

'We hebben een *grossdochder*.'

Judith knipperde met haar ogen toen ze de woorden van haar man liet bezinken. 'Is Grace zwanger? Is dat wat je probeert me te vertellen?'

Hij schudde zijn hoofd. 'Ik heb het niet over een kleindochter die we misschien op een dag zullen krijgen; ik heb het over eentje die we nu al hebben.'

Ze fronste haar voorhoofd. 'Wat zeg je nou, Roman? We hebben nog geen kleinkinderen.'

'*Jah*, we hebben er wel een. Ze ligt in de woonkamer op de bank te slapen.'

De spieren in Judiths gezicht ontspanden zich en ze stompte haar man speels tegen zijn arm. 'Je hebt me altijd al graag geplaagd, nietwaar?'

Zijn gezicht werd somber toen hij op de stoel naar voren

leunde. 'Ik plaag je niet. Er ligt echt een klein meisje in onze woonkamer en ze is Graces dochter.'

Judith zat rechtop in haar stoel, haar mond hing iets open. 'Wát?'

'Echt waar. Grace is tijdens haar *rumschpringe* getrouwd en ze... ze heeft een dochtertje gekregen.'

'Maar hoe kan dat nou?'

'Ik zei net dat ze eerder getrouwd was en...'

Ze stak haar hand op. 'Dit slaat nergens op. Als Grace al getrouwd was, hoe kon ze dan met Cleon trouwen?'

'Haar man leeft niet meer. Hij is bij een auto-ongeluk om het leven gekomen, vertelde Grace.' Roman streek met zijn vingers door zijn haar en trok een grimas. 'Ik geloof dat haar schoonouders naar de begrafenis waren gekomen en Graces baby meegenomen hebben om haar op te voeden.'

Terwijl Judith het verbijsterende verhaal van haar man probeerde te bevatten, begon haar hoofd te bonken. Grace had in de afgelopen vierenhalf jaar met geen woord over een huwelijk of de geboorte van een dochtertje gesproken. 'Waarom zou ze dat doen, Roman? Waarom zou onze dochter iemand anders haar kind laten opvoeden?'

Hij haalde zijn schouders op. 'Volgens haar zeggen omdat ze erg jong was en bang was dat ze het kind niet kon onderhouden.'

'Maar ze had naar huis kunnen komen. Wij hadden haar kunnen helpen.'

Roman klemde zijn vingers zo hard om de tafelrand heen, dat zijn knokkels wit werden. 'Grace zei dat ze bang was dat we haar niet zouden begrijpen.' Hij schudde langzaam zijn hoofd. 'Daar heeft ze gelijk in – ik begrijp het niet. Ik denk dat ze het bloed van mijn zus in zich heeft. Dat moet wel.'

'Wat zeg je?'

'Bij het horen van Graces verhaal kwam al de pijn terug die mijn familie voelde toen mijn eigen zus het Amish geloof de rug toekeerde. Daarna maakte Rosemary het nog erger door met die *Englischer* te trouwen, die haar voorgoed bij haar familie vandaan heeft gehaald.' Hij kneep zijn ogen dicht. 'Het heeft bijna mijn moeders hart gebroken.'

Judith staarde naar een donkere vlek op het tafelkleed en deed haar best om haar stem kalm te doen klinken. 'Wat onze dochter heeft gedaan, kun je niet vergelijken met je zusters gedrag. Rosemary is van huis vertrokken, is nooit meer teruggekeerd en heeft ook geen enkele poging gedaan om op bezoek te komen of contact op te nemen met je familie.' Ze slikte een paar keer. 'Grace is tenminste thuisgekomen en heeft zich bij de kerk aangesloten, en ze is...'

Romans ogen vlogen open en zijn vuist kwam zo hard op de tafel neer dat de twee glazen die erop stonden, bijna omvielen. 'Ze heeft al die tijd tegen ons gelogen, Judith! Onze dochter heeft haar huwelijk met een *Englischer* en de geboorte van het kind geheimgehouden. En ik vraag me af of Grace het ons ooit verteld zou hebben als de vader van haar overleden man vandaag niet met haar dochter bij ons op de stoep had gestaan.'

'Is... is die man er nog?'

Hij schudde zijn hoofd. 'Grace zei dat hij vertrokken is, kort nadat het kind in slaap gevallen was. Zijn vrouw is overleden en hij is niet helemaal gezond, dus heeft hij zijn kleindochter hier gebracht zodat Grace haar kan grootbrengen.'

Judith schoof haar stoel naar achteren en stond op.

'Waar ga je heen?'

'Onze *grossdochder* ontmoeten. Wil je niet meekomen?'

Er verschenen diepe rimpels in zijn voorhoofd, terwijl hem een kreun ontsnapte. 'Ik wil haar wel ontmoeten; maar ik weet niet zeker of ik het kan.'

'Natuurlijk kun je het.' Ze stak haar hand uit. 'Je kunt je hier niet heel de avond gaan zitten opvreten omdat Grace dit geheim voor ons had. Wat gebeurd is, is gebeurd en we moeten het laten rusten omdat we onze kleindochter moeten helpen opvoeden.'

'Maar... maar wat moet ik tegen het kind zeggen – of tegen Grace?'

Judith haalde haar schouders op. 'Dat weet ik niet. De woorden zullen wel komen als je ze nodig hebt, net zoals bij mij.' Ze liep naar de deur. 'Kom je nou of niet?'

Hij bromde wat en schoof zijn stoel bij de tafel vandaan.

Anna worstelde zich los uit Graces omhelzing en trok aan de deurknop. 'Laat me gaan. Ik wil naar huis. Ik wil opa.'

Voor Grace kon reageren, kwamen haar vader en moeder aanlopen. 'Wat gebeurt hier? Wat betekent al dat geschreeuw?' vroeg Graces moeder met een bezorgde uitdrukking op haar gezicht.

'O, mama, ik heb er zo'n puinhoop van gemaakt.' Grace knikte naar Anna, die met haar kleine lichaampje tegen de deur stond te duwen, trillend van boven tot onder. 'Dit is mijn dochter Anna en...'

'Ik weet het al. Je *daed* heeft me alles verteld.' Haar moeder knielde voor Anna neer en stak haar hand uit om de tranen van haar wangen te vegen. 'Ik ben je oma, Anna.'

'Oma is weg en komt nooit meer terug. Dat zei opa.'

'Ik ben je andere oma. Oma Hostettler.' Ze wees naar Graces vader. 'Dat is opa Hostettler.'

'Opa is naar huis! Hij... hij komt nooit meer terug.'

'Dat is niet waar,' haastte Grace zich te zeggen. 'Ik weet zeker dat hij jou brieven zal sturen en op bezoek komt wanneer hij maar kan.'

Anna's onderlip trilde. Haar ogen vulden zich met nog meer tranen. Graces hart kromp samen toen ze het verdriet op het gezicht van haar dochtertje zag, maar ze wist niet wat ze kon zeggen of doen om het makkelijker voor haar te maken – niet voor Anna en niet voor zichzelf.

Graces moeder stond op en pakte Anna's hand. 'Waarom ga je niet mee naar de keuken voor wat koekjes en melk? Wat vind je daarvan?'

'Zijn er ook chocoladekoekjes?' vroeg het kind met een hoopvolle uitdrukking op haar gezicht. Het was de eerste aanwijzing dat ze wellicht wat rustiger werd, iets wat Grace enigszins opluchtte.

'Ik heb chocoladekoekjes en pindakaaskoekjes,' zei haar moeder met een glimlach.

Anna snifte en knikte kort.

Graces moeder legde even haar hand op de schouder van haar dochter. Een gebaar waar Grace troost uit putte. 'Als we ons vertrouwen op God stellen,' zei haar moeder, 'zal Hij ons hierdoorheen helpen, net zoals Hij ons ook door die tijd met die nare gebeurtenissen heeft heen geholpen.'

Zodra haar moeder en Anna de kamer uit waren, keerde Grace zich naar haar vader toe. Ze voelde de spanning in haar maag. 'Het spijt me dat ik het voor jullie geheimgehouden heb. Ik weet hoe teleurgesteld u in mij moet zijn.'

'Je hebt gelijk, ik ben teleurgesteld en voel me op dit moment behoorlijk *verhuddelt*.'

'We zijn allemaal in de war. Anna nog het allermeest.'

Hij knikte kort en liep naar de deur. 'Luke is al weg, maar ik ga nog even werken.' Met snelle stappen verliet hij het huis.

'Je bent verschrikkelijk stil sinds we uit de stad weg zijn,' zei Martha tegen Ruth toen ze vlak bij hun huis met het rijtuig de bocht om gingen.

'Ik zat gewoon te denken, dat is alles.'

'Waarover?'

'Over Luke. Hij doet de laatste maanden echt vreemd. Het lijkt ook wel of hij steeds zenuwachtiger wordt en soms doet hij heel onvriendelijk tegen me. Ik krijg het idee dat hij niet langer met me om wil gaan, maar ik heb het nog niet durven vragen.'

Martha klakte met haar tong en gaf een rukje aan de teugels om het paard sneller te doen lopen. Haar maag was de laatste kilometers gaan rommelen en ze verlangde naar huis, naar de avondmaaltijd. 'Als Luke mijn vriend was, zou ik hem vragen waarom hij zo eigenaardig doet. Als hij echt om je geeft, zou hij, wat hem ook bezighoudt, dat met jou moeten willen delen.'

Ruth zuchtte. 'Ik heb een paar keer geprobeerd met hem over zijn vreemde gedrag te praten, maar hij verandert steeds van onderwerp.'

Toen ze het erf op draaide, zag Martha tot haar opluchting het rijtuig van haar moeder naast de schuur staan. Ze was vast al aan het avondeten begonnen. Martha's maag rommelde opnieuw toen ze aan het lekkere eten dacht dat ze zo dadelijk zouden krijgen.

'Ik zal je helpen het paard weg te brengen,' bood Ruth aan. 'Op die manier zijn we sneller binnen en kunnen we mama en Grace met het eten koken helpen.'

'*Danki*, dat vind ik fijn.'

Toen het paard drooggewreven was en in zijn box stond, liepen Martha en Ruth naar het huis. Martha was teleurgesteld dat ze nog geen heerlijke etensgeuren rook. 'Ik denk dat Grace en mama toch niet thuis zijn,' zei ze. 'Anders zouden we wel iets ruiken.'

'Misschien eten we broodjes vanavond,' merkte Ruth op.

'*Jah*, misschien wel.'

Toen ze een paar tellen later naar binnen stapten, zag Martha tot haar verbazing haar moeder met een klein *Englisch* meisje aan de keukentafel zitten. Ze hadden beiden een glas melk voor zich staan en het kind knabbelde op een koekje.

'*Wie geht's?*' vroeg Martha aan haar moeder. 'Wie is uw kleine vriendin?'

Haar moeder keek op en glimlachte, maar het kind bleef eten en keek Martha en Ruth alleen maar even vluchtig aan. 'Dit is Anna en ze blijft bij ons wonen.'

'Alleen tot opa terugkomt,' zei het kind met een mond vol koek.

Martha keek naar Ruth, die slechts haar schouders ophaalde. Ze draaide zich weer naar haar moeder toe. 'Wie is haar opa en waar komt Anna vandaan? Ik geloof niet dat ik haar eerder heb gezien.'

Haar moeder knikte naar de deur die naar de gang leidde. 'Grace is met je *daed* in de woonkamer. Het is het beste wanneer je het haar laat uitleggen.'

19

Terwijl Cleon op weg was naar het huis van de Hostettlers, wierp hij een blik op de kartonnen doos die naast hem op de stoel stond. In de doos zaten zes potten met klaverhoning. Hij had deze week wat extra honing en hij wilde deze met zijn schoonouders delen, als dank dat Grace en hij bij hen mochten inwonen tot hun eigen huis klaar was.

Achter Cleons rijtuig werd getoeterd. Hij keek over zijn schouder en zag diverse auto's achter zich, dus stuurde hij zijn paard naar de kant van de weg om hen te laten passeren. Zodra de auto's voorbij waren, ging hij de weg weer op en liet het paard iets sneller draven.

'Het is te hopen dat alles zo goed en rustig blijft verlopen,' prevelde Cleon, weer aan de Hostettlers denkend. Hij was blij dat er geen nieuwe inbraken bij hen waren geweest en hij hoopte dat de onruststoker nooit meer zou toeslaan.

Korte tijd later reed Cleon het erf op en parkeerde het rijtuig voor de schuur. Hij sprong uit de wagen en bond zijn paard aan de reling. Daarna pakte hij de doos met honing uit het rijtuig en liep naar de achterkant van het huis. Toen hij even later de keuken in stapte, zag hij zijn schoonmoeder met een klein *Englisch* meisje aan de tafel zitten.

'Ik heb wat honing voor u meegebracht,' zei hij, naar de doos in zijn armen knikkend.

'Dat is... eh... echt aardig van je.' Judith blikte over haar schouder en schraapte haar keel een paar keer.

Cleon zette de doos op het werkblad naast de deur. 'Ik wist

niet dat u gezelschap had. Er stond geen auto op de oprijlaan.'

'Nee... eh...' Judith fronste haar voorhoofd. 'Ik denk dat je met Grace moet praten.'

Cleon kon zich niet voorstellen waarom hij met Grace moest bespreken waarom er geen auto op de oprijlaan stond, maar naar zijn vrouw verlangend knikte hij. 'Waar is ze?'

'In de woonkamer.'

'Goed.' Cleon glimlachte naar het meisje aan de tafel, maar ze maakte geen oogcontact met hem. Hij liep de keuken uit en vroeg zich af waarom zijn schoonmoeder zich zo vreemd gedroeg.

'Had het ons maar eerder verteld,' zei Ruth, naar voren buigend om Graces hand te pakken. Grace had haar zussen net over haar huwelijk met Wade verteld en uitgelegd hoe haar schoonouders haar kleine meisje hadden meegenomen.

Martha knikte. 'We hadden je hierdoorheen kunnen helpen, zus.'

De tranen welden op in Graces ogen. 'Ik weet hoeveel mama van kinderen houdt en ik was bang dat ze het niet zou begrijpen als ze wist dat ik mijn kind door iemand anders liet opvoeden. Ik schaamde me voor wat ik had gedaan en dacht dat ik makkelijker met het schuldgevoel zou kunnen omgaan als niemand van mijn geheim afwist.' Ze snifte. 'De manier waarop papa op het nieuws reageerde, was zoals ik had verwacht. Hij is nog steeds gekwetst dat zijn zus vertrokken is en nu heb ik hem ook gekwetst.'

'Ik denk echt dat je met de steun van je familie de dingen beter aangekund zou hebben,' zei Ruth.

Grace slikte moeizaam. 'Ik weet dat niet zo zeker. Je had moeten zien hoe overstuur papa was. Ik denk dat hij en mama het gevoel hebben dat ik hen bedrogen heb door hun niets te vertellen over de kleindochter die ze langgeleden al hadden moeten leren kennen.' Ze haalde snel adem. 'Ik heb mezelf bedrogen – en Anna ook. Nu ziet mijn kleine meisje me als een vreemde en ik weet niet of het allemaal nog wel in orde komt voor ieder van ons.'

'Je moet je dochter tijd geven om zich aan te passen. We zullen op elke mogelijke wijze helpen, toch?' vroeg Martha, zich naar Ruth kerend, die tussen hen in zat.

Ruth knikte. 'Natuurlijk.'

'Ik weet niet...' Grace dwong zichzelf haar zin af te maken. 'Ik weet niet of de ouderlingen of anderen in onze gemeenschap door de vingers zullen zien wat ik heb gedaan.'

'Maar je was nog geen lid van de kerk toen je door je *rumschpringe* ging en met een *Englischer* trouwde, dus zul je niet in de ban worden gedaan,' herinnerde Martha haar.

'Dat klopt,' stemde Ruth in. 'Je was legaal getrouwd, je man is overleden en je bent naar huis gekomen en hebt je bij de Amish kerk aangesloten.'

'Maar ik heb mijn dochter weggegeven en mijn vorige huwelijk geheimgehouden. Als ik het mijzelf niet kan vergeven, hoe kan ik dan verwachten dat anderen het wel zullen accepteren?' Grace kreunde diep. 'En hoe moet het met Cleon? Hoe zal hij het nieuws opnemen?'

'Welk nieuws?'

Bij het horen van de stem van haar man sprong Grace op en toen ze hem de kamer verder in zag komen, stond haar hart bijna stil. 'Cleon. Ik... ik wist niet dat je thuis was.'

'Ik ben eerst naar je moeder gelopen om haar wat honing te geven. Ze zei dat je hier was.'

Graces keel zat zo dichtgesnoerd dat ze nauwelijks kon slikken. Had Cleon Anna ontmoet? Had haar moeder hem het hele verhaal verteld? Keek hij daarom zo verward?

Ruth stond op en pakte Martha bij haar hand. 'Ik denk dat wij

beter naar de keuken kunnen gaan om mama met het avondeten te helpen, vind je ook niet?'

'*Jah*, goed.' Martha keek over haar schouder en glimlachte
Grace geruststellend toe. Daarna liepen beide zussen de kamer
uit.

Zodra ze weg waren, ging Cleon naast Grace op de bank zitten. 'Er zat een klein *Englisch* meisje aan de keukentafel, maar
volgens mij was het niet een van onze buurmeisjes.'

'Heeft mama haar niet aan je voorgesteld?'

Hij schudde zijn hoofd.

'Dan zal ik het moeten uitleggen.'

'Wat uitleggen? Is ze een vriendinnetje van jullie familie?'

'Nee, eh...'

'Waar zijn haar ouders?'

Grace kneep haar ogen dicht, biddend dat ze de juiste woorden vinden zou. Toen ze haar ogen weer opende, keek Cleon
haar in opperste verontrusting aan.

'Wat is er, Grace? Je lijkt zo van streek.'

'Het meisje heet Anna,' zei ze bijna fluisterend. 'Ik... ik ben
haar moeder.'

Cleon fronste zijn voorhoofd. 'Hoe bedoel je?'

'Anna is mijn dochter.'

'Houd je me voor de gek?'

Ze schudde haar hoofd en vocht tegen haar tranen. Haar hart
ging wild tekeer.

'Ik begrijp het niet. Hoe kan dat *Englische* meisje jouw dochter zijn?'

'Toen ik door mijn *rumschpringe* ging, nog voor jouw familie
in Holmes County kwam wonen, ben ik samen met een paar
andere Amish meisjes die de *Englische* wereld wilden uitprobe-
ren, naar Cincinnati vertrokken. Toen we daar woonden, werkte ik als serveerster in een restaurant en ik... nou ja, ik kreeg
een relatie met een *Englischer*.' Ze haalde even adem. 'Het was

die verslaggever die een tijdje terug in de stad was, Gary Walker.'

'Ben... ben je met die verslaggever getrouwd?' Cleons gezicht werd bleek en zijn stem sloeg iets over.

Grace schudde krachtig haar hoofd. 'Ik heb uiteindelijk met hem gebroken omdat hij zo'n slecht humeur had en net deed of ik zijn bezit was.'

'Maar wie is dan de *daadi* van dat meisje in de keuken?'

'Wade Davis. Hij was een van Gary's vrienden en kort nadat ik met Gary had gebroken, gingen we samen uit.'

'Dus je trouwde met die Wade vent?'

Ze knikte slechts. De brok in haar keel belette haar te spreken.

'Wisten je ouders hiervan?'

Grace schudde haar hoofd. 'Nee, ik durfde het niet te vertellen.' Ze zweeg lang genoeg om Cleons reactie te peilen. Hij zat bewegingloos en met een effen gezicht op de bank. 'Een jaar later werd Anna geboren en zes maanden daarna kwam mijn man om bij een auto-ongeluk.'

Er trilde een spiertje in Cleons wang. 'Waar is je dochter al die tijd geweest?'

'Toen Wade overleden was, kwamen zijn ouders naar de begrafenis en de volgende dag namen ze Anna mee naar hun huis.' Graces stem trilde. 'Bonnie, Wades moeder, zei dat ik niet geschikt was als moeder en ze dreigde een advocaat in te schakelen en Anna van me af te pakken als ik er niet mee instemde dat zij en haar man Anna opvoedden.' Ze haalde diep adem. 'Bonnie hield vol dat zij en Carl Anna een beter leven konden geven.'

Cleon trok zijn wenkbrauwen hoog op. 'Dus je gaf je kind op omdat je schoonouders zeiden dat zij Anna wilden?'

Grace snifte en veegde de tranen weg die over haar wangen rolden. 'Ik was in de war en bang dat ik niet in staat zou zijn om Anna te onderhouden. Ik was bang dat mijn ouders het niet zouden begrijpen of dat ik niet meer mocht terugkomen als ik een kind had.'

'En je dochter heeft al die tijd in Cincinnati gewoond?'

Grace schudde haar hoofd. 'De ouders van Wade woonden eerst in Michigan. Kort nadat ze Anna hadden meegenomen, veranderde ik van gedachten en wilde ik Anna terug. Ik wilde haar mee naar huis nemen, hopend dat mijn ouders me zouden aanvaarden en me met de opvoeding wilden helpen.'

'Waarom heb je dat niet gedaan?'

'Ik probeerde contact op te nemen met de ouders van Wade, maar hun telefoon was afgesloten. De brieven die ik stuurde, kwamen terug met de mededeling dat ze verhuisd waren en geen nieuw adres hadden achtergelaten.'

'Wat heb je toen gedaan?'

'Ik ben naar huis teruggegaan, maar schaamde me te diep en was te bang voor de reactie van mijn familie om te vertellen wat ik had gedaan, dus heb ik het voor iedereen geheimgehouden.'

Hij knikte kort. 'Evenals voor mij – de man van wie je verondersteld wordt te houden en die je zou moeten vertrouwen.'

'Ik was bang dat je me niet zou begrijpen en misschien niet meer met me wilde trouwen als ik je de waarheid vertelde.'

'Ik dacht dat onze relatie op vertrouwen was gebaseerd.' Hij keek naar de vloer en schudde langzaam zijn hoofd. 'Dat had ik dus duidelijk mis.'

'Het spijt me, Cleon. Ik heb nooit tegen je willen liegen, maar...'

Hij hief zijn gezicht op en wierp haar een ijzige blik toe. 'Maar je hield ook niet genoeg van me om eerlijk tegen me te zijn? Is dat niet wat je wilde zeggen?'

'Nee. Ik hou van je en toen Gary in de stad verscheen, overwoog ik om mijn besluit over het geheimhouden van mijn vorige huwelijk en mijn dochter te herzien.' Ze onderdrukte een snik. 'Ik wilde het aan je vertellen, maar ik kon het gewoon niet.'

'Waarom niet?'

'Toen ik jou vertelde over mijn tante die *Englisch* is geworden, zei je dat je kon begrijpen hoe mijn *daed* zich voelde, dus vermoedde ik dat je net als papa zou reageren toen hij ontdekte dat zijn zus met een *Englischer* was getrouwd.'

Cleons gezicht liep rood aan en aan zijn slapen werd zijn haar nat van het zweet. 'Dus je zou me nooit de waarheid hebben verteld?'

'Ik weet het niet.'

Hij stond op en liep naar de deur, maar draaide zich toen om en keek haar aan. 'Ik kan hier niet verder over praten. Ik heb tijd nodig om na te denken over wat ik hiermee aan moet.'

Grace kwam in de verleiding om zich in zijn armen te werpen en hem te smeken om te blijven en de dingen uit te praten, maar ze kende Cleon goed genoeg om te weten dat hij alleen moest zijn om zijn gevoelens op een rijtje te krijgen. Misschien konden ze over een paar uur verder praten. Misschien zou hij haar dan willen vergeven.

20

Terwijl Martha en Ruth hun moeder met het avondeten hielpen, keek Martha steeds weer naar de kleine Anna. Ze had haar melk en koekjes op en bleef met haar handen in haar schoot gevouwen voor zich uit staren. Ze zag er net zo verloren uit als een verdwaalde pup.

Er kwam een idee bij Martha op. 'Zou het een goed plan zijn om Anna mee naar de schuur te nemen, naar Heidi en haar pups?' vroeg ze, zich naar haar moeders oor toe buigend.

Haar moeder knikte. '*Jah*, dat is een goed idee. Ruth en ik maken het eten wel verder klaar. We hebben nog wel een halfuurtje nodig, dus heb je tijd genoeg om Anna mee te nemen. O, en als je je *daed* daar ziet, zeg hem dan dat het eten over een halfuur op tafel staat.'

'Goed.' Martha liep naar de tafel toe en bukte zich, zodat ze op gelijke ooghoogte met het kind kwam. 'Hoe zou je het vinden om met mij naar de kleine hondjes in onze schuur te gaan kijken?'

In eerste instantie schudde Anna haar hoofd, maar toen wipte ze van haar stoel. 'Mag ik ze vasthouden?'

'Natuurlijk mag dat.' Martha stak haar hand uit. 'We zullen op tijd voor het eten terug zijn,' riep ze naar haar moeder, terwijl ze samen de achterdeur uit liepen.

Anna's hand stevig vasthoudend, liep Martha met haar naar de schuur. Eenmaal binnen riep ze haar vader, maar toen ze geen antwoord kreeg, veronderstelde ze dat hij naar zijn werkplaats was gegaan.

Martha nam Anna mee naar een van de paardenboxen waar ze de drie nog niet verkochte pups van Heidi had gehuisvest. Al snel na hun geboorte waren ze de doos ontgroeid en hadden ze ruimte nodig om rond te rennen. Haar vader was al aan de hondenkennel begonnen, maar die was nog niet klaar.

Anna knielde met een van de slapende pups in haar armen genesteld op het stro. Met haar tenger, lenig lijfje en haar iets opwippend neusje deed het kleine meisje Martha in verschillende opzichten aan Grace denken.

Martha kreeg een brok in haar keel toen ze eraan dacht hoeveel haar zus gemist had, wetend dat ze een dochter had, denkend dat ze haar nooit meer zou zien en bang om haar geheim met hen te delen. Iedereen in hun familie had Anna's eerste kinderjaren gemist en het gaf Martha een vreemde sensatie te beseffen dat ze tante was en dat ze dit kleine meisje had kunnen helpen grootbrengen als Grace hun de waarheid had durven vertellen.

Ze knielde naast Anna neer en1 pakte een van de andere pups. 'Ze zijn erg schattig, vind je niet?'

Anna knikte en streek over het zachte hondenkopje. 'Waarom draag je zo'n lange jurk?' vroeg ze, haar hoofd schuin houdend.

'Omdat mijn familie en ik lid zijn van de Amish kerk en wij geloven dat vrouwen eenvoudige kleren moeten dragen; simpele jurken, geen broeken zoals mannen.'

Anna vernauwde haar ogen en tuitte haar lippen. 'Opa zei dat jullie andere kleren dragen dan wij.'

'Dat klopt en binnenkort zal je moeder ook voor jou een paar lange jurken maken, dan zie je er net zo uit als wij.'

Anna schudde haar hoofd. 'Ik wil er niet als jullie uitzien. Ik wil naar huis en bij opa wonen.'

Martha gaf met een moederlijk gebaar een klopje op Anna's schouder en vroeg zich af hoe het kind met alle veranderingen die in de komende dagen op haar af zouden komen, zou omgaan.

Roman wilde net de gaslampen in zijn werkplaats uitdraaien toen de voordeur openging en hun bisschop, Noah King, binnenstapte. Hij hield een tijdschrift in zijn handen en zijn lippen waren tot een dunne streep vertrokken.

'*Wie geht's?*' vroeg Roman. 'Wat brengt jou hier zo laat op de dag?'

'Ik ben hier voor zaken, maar niet wat houtwerk betreft,' antwoordde Noah met een kort knikje.

'Wat is het probleem?'

'Dit is het probleem.' Noah stak het tijdschrift omhoog en zwaaide ermee in de lucht. 'Hoe kom je erbij om een of andere verslaggever een verhaal te laten schrijven over die inbraken van een paar maanden geleden? Nu zal iedereen in het land het weten en hebben ze allemaal ook een goed zicht op je dochter.'

'Hè?' Roman deed een stap naar de bisschop toe en kneep zijn ogen samen. 'Wat staat daarin en over welke dochter heb je het?'

Noah snoof en overhandigde hem het tijdschrift. 'Kijk zelf maar.'

Romans blik bleef rusten op een foto van Grace die naast een Amish rijtuig stond. Hij ging ervan uit dat de foto in Berlin genomen was, want hij zag de drogisterij en de christelijke boekhandel op de achtergrond. Zijn handen trilden toen hij het artikel over de inbraken bij hen las. 'Ik vraag me af hoe de verslaggever een foto van Grace heeft kunnen nemen en al deze feiten weet. En waarom verschijnt het verhaal na al die tijd?'

'Jij weet niet wie hem deze dingen heeft verteld?'

'Natuurlijk niet. Wat denk jij dan – dat ik al deze informatie zelf heb doorgegeven?'

De bisschop haalde zijn schouders op. 'Ik dacht dat Grace het misschien had gedaan omdat zij de man een foto van haar heeft laten nemen.'

Roman schudde vastberaden zijn hoofd. 'Ik weet zeker dat niemand van mijn gezin deze informatie aan een verslaggever zou geven, laat staan dat ze voor een foto zouden poseren.'

'Maar hoe is dit artikel dan tot stand gekomen en hoe komt die man hieraan?' Noahs lange vinger tikte op de foto van Grace, terwijl hij luid met zijn tong klakte.

'Ik heb geen idee. Iemand buiten de familie moet die man over de inbraken hebben verteld, maar ik weet zeker dat het niet bij Grace vandaan komt. Net zo zeker weet ik ook dat die foto niet met haar goedvinden is genomen.' Roman gaf het tijdschrift aan Noah terug. 'Hoe kom je hier trouwens aan?'

'Een van mijn *Englische* buren is hierop geabonneerd en hij gaf het mij.' Noah plukte aan zijn baard. 'Ik hoop echt dat dit niet nog meer inbraken bij jullie of bij anderen zal uitlokken.'

Roman fronste zijn voorhoofd. 'Denk je dat dat zou kunnen?'

'Nou, degene die voor jullie inbraken verantwoordelijk was, leest dit artikel misschien ook en kan besluiten het nog eens te doen, omdat het hem gratis publiciteit oplevert. Of misschien komt iemand op de gedachte dat wanneer de dader ermee wegkomt, dat ook voor hem zal gelden.' Noah tikte nog eens op het tijdschrift. 'Er wordt in het artikel verteld dat de sheriff er niet bij geroepen is, dus wellicht denken ze dat ze kunnen doen wat ze maar willen zonder opgepakt te worden.'

'Vind je dat ik de sheriff had moeten bellen?'

'*Nee.* Ik zeg alleen dat dit artikel geen goed idee is.'

Roman schudde langzaam zijn hoofd. 'Ik dacht niet dat deze dag nog erger kon worden, maar toch is het zo, helaas.'

'Wat is er mis? Is er nog een keer ingebroken?'

'Nee, maar dankzij mijn oudste dochter en het geheim dat ze vierenhalf jaar voor ons verzwegen heeft, staan de dingen erger dan ooit op hun kop.'

Noah fronste zijn borstelige wenkbrauwen. 'Wat wilde Grace voor jullie geheimhouden?'

Roman trok de stoel achter zijn bureau vandaan en pakte er

nog een bij de werkbanken vandaan. 'Ga zitten, dan zal ik het je vertellen.'

'Waar is Anna?' vroeg Grace toen ze met snelle pas de keuken in kwam, hopend troost in de armen van haar dochter te vinden.

'Ze is met Martha naar de schuur om bij de hondjes te kijken.' Haar moeder draaide zich om van het fornuis, waar ze sperziebonen in een pan had gedaan. 'Waar is Cleon? Is hij nog in de woonkamer?'

Grace knipperde met haar ogen. 'Hij is weg.'

'Waarheen?'

'Ik... ik weet het niet. Hij zei alleen dat hij wegging en liep toen snel naar buiten.'

'Heb je hem over Anna verteld?' vroeg Ruth, die aan de tafel zat.

Grace knikte en leunde tegen de keukendeur. 'Hij... hij heeft het nieuws niet zo goed opgevat.' Met een kinderlijke snik haastte ze zich door de keuken en verborg haar gezicht tegen haar moeders borst. 'O, mam, ik ben bang dat ik het tussen Cleon en mij verknoeid heb. Ik... Het spijt me dat ik niet gelijk aan iedereen de waarheid heb verteld. Kon ik het verleden maar veranderen. Als dat zo was, zou ik Anna nooit door Wades ouders hebben laten meenemen. Ik zou haar zelf grootgebracht hebben, hoe moeilijk dat misschien ook geweest zou zijn.'

Haar moeder wreef over Graces schouders, terwijl ze haar zachtjes heen en weer wiegde, zoals ze had gedaan toen ze nog een kind was, wanneer ze troost nodig had. 'Het komt wel goed; je zult het zien. We komen hier met ons allen doorheen.'

'Maar u hebt Cleons gezicht niet gezien toen ik hem het nieuws vertelde. Hij keek zo boos en gekwetst.'

'Ik weet zeker dat Cleon mettertijd zal beseffen dat je het niet geheimhield met als doel hem daarmee te kwetsen,' viel Ruth in.

Grace stapte naar achteren en veegde haar neus af met de zakdoek die haar moeder haar overhandigde. 'Nee, inderdaad niet. Maar dat wil niet zeggen dat hij het me ooit zal vergeven.'

'Cleon houdt van je, Grace, en ik betwijfel of hij lang boos zal blijven. Als hij de man is die hij lijkt te zijn, zal hij je niet alleen vergeven, zoals de Bijbel ons voorhoudt, maar zal hij je ook willen helpen bij de opvoeding van Anna.'

Grace probeerde te glimlachen maar het mislukte jammerlijk. Ze was zo blij dat ze Anna terughad, maar het leek wel of niets in haar leven ooit nog in orde zou komen.

'Kom, ga aan tafel zitten, dan maak ik een kop thee voor je,' zei haar moeder.

Grace knikte gelaten en trok een stoel naar achteren. Ze zat nog maar net of haar vader stapte de keuken in, gevolgd door bisschop King. Haar hart bonsde in haar lijf. Had haar vader de bisschop over Anna verteld? Kwam hij haar bestraffen?

'*Gut-n-owed*, Grace,' zei de bisschop, naar de tafel toe lopend.

'Goedenavond, bisschop King.'

'Ik kwam naar je vaders werkplaats om hem te vertellen over een artikel waar een foto van jou bij staat.'

Haar vader stapte naar voren en zwaaide met een tijdschrift in de lucht. 'Heb je hiervoor geposeerd, Grace?' vroeg hij beschuldigend. Hij gooide het tijdschrift met een klap op tafel en Grace snakte naar adem.

'Ik... ik heb niet voor die foto geposeerd. De verslaggever nam hem gewoon zonder mijn toestemming.' Ze slikte moeizaam. 'Maar ik wist niet dat hij hem voor een tijdschriftartikel zou gebruiken.'

'Veel mensen nemen foto's van ons, Amish, zonder ons om toestemming te vragen, vooral verslaggevers.' De bisschop trok de stoel naast Grace naar achteren en nam plaats. 'Je *daed* vertelde me dat je een dochter hebt en dat geheimgehouden hebt. Ik kwam naar binnen omdat ik dacht dat je er wel over zou willen praten.'

Grace knikte, terwijl ze de schaamte en wroeging als een zware deken op zich voelde rusten. Zoekend naar woorden vertelde ze de bisschop haar verhaal.

Graces moeder liep naar de tafel en legde haar handen op Graces schouders, alsof ze haar daarmee wilde bemoedigen. Maar haar vader bleef aan de andere kant van de keuken met zijn armen over elkaar geslagen tegen de kastdeur geleund staan.

'Het zou veel beter zijn geweest wanneer je hier vanaf het begin open over was geweest,' zei de bisschop, 'maar wat gebeurd is, is gebeurd en kan niet meer veranderd worden.' Hij legde zijn hand op Graces arm. 'Omdat je geen lid van de kerk was toen dit allemaal plaatsvond, is het niet nodig dat je publiekelijk schuldbelijdenis aflegt. Maar ik hoop wel dat je van je fout hebt geleerd en dat je nooit meer tegen iemand zult liegen of geheimen zult hebben.'

'Nee. Nee. Dat zal ik niet meer doen.' Graces ogen vulden zich met tranen en haar blik vertroebelde. 'Ik hoop alleen op de steun van mijn familie wanneer ik mijn dochter probeer te helpen zich aan een nieuwe levenswijze aan te passen.'

'Ik weet zeker dat je die steun zult krijgen en je kunt altijd een beroep op mij of een van de ouderlingen doen als je daar behoefte aan hebt.'

Haar vader zei niets, maar haar moeder gaf Grace opnieuw een bemoedigend kneepje in haar schouders. Als het nu ook nog met Cleon in orde zou komen, durfde ze weer wat hoop voor de toekomst te hebben.

Cleon zat al twintig minuten op de vloer van de ruimte die binnenkort hun nieuwe huiskamer zou worden. Hij vroeg zich af wat hij moest doen. Hij voelde zich verraden, vernederd en in de war. Hoe kon Grace haar vorige huwelijk voor hem verzwegen hebben? En wat voor moeder geeft haar eigen kind op en heeft zo'n geheim voor haar familie en de man van wie ze verondersteld wordt te houden?

Hij pakte een handvol zaagsel van de vloer en liet het tussen zijn vingers weglopen. 'Had ze het maar voor ons huwelijk verteld.' Hij kromp ineen toen de waarheid zich met enorme kracht aan hem opdrong. Als Grace hem de waarheid had verteld, was hij waarschijnlijk niet met haar getrouwd. Het was zijn taak niet om het kind van een ander op te voeden – zeker niet van een man die hun geloof niet deelde.

Hij stond op en beende heen en weer tussen het voorraam en de open haard. Het liefst wilde hij bij dit probleem vandaan rennen, maar waar moest hij heen – terug naar het huis van zijn ouders? Wat moest hij tegen hen zeggen? Dat zijn vrouw een kind had en dat voor hem geheimgehouden had en dat hij zich verraden voelde en zeker wist dat hij haar dit niet kon vergeven? Cleon wist dat scheiding geen optie was en dat hij een manier moest zien te vinden om met Graces bedrog om te gaan, maar hij wist ook dat het niet makkelijk zou zijn.

Toen de achterdeur open- en weer dichtging, draaide hij zich razendsnel om. Grace stapte de kamer binnen. Haar gezicht was rood en ze zag eruit alsof ze had gehuild. Onder andere omstandigheden zou hij haar naar zich toe getrokken hebben en haar hebben getroost.

'Ik hoopte al dat ik je hier zou vinden,' zei ze, naar hem toe lopend.

Hij deed een stap naar achteren.

'We moeten praten.'

'Ik denk dat we alles gezegd hebben wat gezegd moest worden.'

Ze stak haar hand naar hem uit. 'Ik wil dat je begrijpt waarom ik je niets over Anna heb verteld.'

'Het kan me niet schelen waarom je dat niet hebt gedaan. Je houdt duidelijk niet genoeg van me om eerlijk te zijn.'

'Dat is niet waar. Ik hou van je, Cleon.' Graces stem brak en ze veegde de tranen weg die over haar wangen rolden. 'Ik... ik was bang voor je reactie en de manier waarop je nu reageert zegt me hoe je reactie geweest zou zijn als ik het je eerder had verteld.'

Cleon schudde zijn hoofd. 'Ik reageer zo omdat je me niet eerder over je geheim hebt verteld.'

'Dus je bent niet ontdaan omdat ik eerder getrouwd ben geweest of omdat ik een dochter heb, maar alleen omdat je het niet wist?'

Hij draaide zich om. 'Ik ben erg van streek en kan er nu niet over praten.'

'Maar we moeten het uitpraten. We moeten...'

'Ik wil dat je me alleen laat.' Hij liep naar de deur en trok hem open. 'Ik blijf vannacht hier, dus kun je beter naar het huis van je ouders gaan – en naar je dochter.'

'Cleon, alsjeblieft.'

Hij schudde nogmaals zijn hoofd. 'Ik wil er nu niet verder over praten. Ga alsjeblieft weg.'

Grace onderdrukte een snik, draaide zich om en vloog de kamer uit.

21

Het viel Grace zwaar om zich de volgende morgen voor de kerkgang klaar te maken, maar ze wist dat ze moest gaan. Toen ze gisteravond Anna bij zich in bed had gelegd, had het meisje zichzelf in slaap gehuild. Cleon had blijkbaar zijn voornemen om de nacht in het onvoltooide huis door te brengen uitgevoerd, want hij was niet teruggekeerd naar haar ouders huis.

'Anna, wakker worden. Het is tijd om je aan te kleden en je voor de kerk klaar te maken.' Grace boog zich over het bed en schudde zachtjes aan de schouders van het kind.

Anna kreunde, maar hield haar ogen gesloten.

'Je moet opstaan en wat eten.'

Eindelijk sloeg ze haar ogen op, ze waren rood en gezwollen.

'Opa. Ik wil opa,' klaagde ze.

'Dat weet ik, maar je opa moest naar huis. Hij is ziek en kan nu niet voor je zorgen, dus heeft hij jou bij mij gebracht.'

Voordat ze haar dochter naar bed had gebracht, had Grace geprobeerd aan Anna uit te leggen waarom ze haar vier jaar geleden niet bij zich gehouden had. De verwilderde blik op Anna's gezicht vertelde Grace dat het kind het niet helemaal begreep, maar met tijd en geduld hoopte ze haar dochters vertrouwen te winnen.

Grace maakte Anna's koffer open. Carl had ruim voldoende winterkleren ingepakt – diverse spijkerbroeken, een paar truien, bloesjes, ondergoed en een paar sportschoenen, snowboots, witte leren lakschoentjes, pantoffels, een nachtjapon en twee leuke jurkjes – niets geschikts voor een Amish meisje om naar de kerk te dragen. *Maar ze is niet echt Amish,* hield Grace zichzelf voor. *Het zal enige tijd kosten voor ze het gevoel heeft dat ze een van ons is.*

'Anna, volgens mij is je oma pannenkoeken aan het bakken voor het ontbijt. Dus laten we snel naar beneden gaan om er een paar te eten.'

Anna trok de lakens over haar hoofd. 'Oma is er niet meer. Dat heeft opa gezegd.'

Zachtjes trok Grace de lakens terug. 'Ik had het over mijn moeder, oma Hostettler.'

Anna bleef liggen en staarde naar het plafond, terwijl haar ogen zich met tranen vulden.

Grace wilde het kind in haar armen nemen en haar troosten, maar dat had ze gisteravond ook geprobeerd en toen had Anna hysterisch gereageerd. Dus bleef ze nu gewoon staan en ze voelde zich ontzettend machteloos. Toen er op de deur werd geklopt, liep Grace er snel naartoe, hopend dat het Cleon was. Het was echter Martha die voor de deur stond.

'Ik kwam kijken of Anna mij wil helpen met het voeren van Heidi en Fritz,' zei Martha, om Grace heen de kamer in kijkend.

Anna schoot uit bed voor Grace antwoord kon geven. 'Mag ik dan weer een van de pups vasthouden?' Haar roze flanellen en met kant afgezette nachtjapon hing tot net over haar knieën en toonde haar blote benen. Haar lange bruine haar was een grote klittenbos. Maar voor de eerste keer zag Grace een hoopvolle uitdrukking op haar dochters gezicht.

Martha hurkte voor Anna neer. 'Zodra we de honden hebben gevoerd, mag je een pup vasthouden.'

'Laten we gaan!' Anna wilde de kamer uit lopen, maar Grace pakte haar bij haar arm vast. 'Zo kun je niet naar buiten. Het is koud en je moet eerst wat kleren aantrekken.'

Anna liep snel terug de kamer in, klapte haar koffer open en pakte een spijkerbroek en een coltrui.

Terwijl het kind zich aankleedde, stapte Grace de gang op om met Martha te praten. 'Ik heb naar de kleren gekeken die Anna's opa voor haar heeft ingepakt, maar ze heeft niets anders dan een paar chique jurkjes en spijkerbroeken om naar de kerk aan te trekken. Had ik nog maar een paar jurken uit mijn kindertijd, maar toen ik eruit gegroeid was, heeft Ruth ze gedragen en als ze daarna nog in goede staat waren, zijn ze naar jou gegaan.'

Martha keek nadenkend. 'Al mijn kinderkleren zijn weg. Toen ze mij niet meer pasten, heeft mama ze aan een van de jongere nichtjes gegeven.'

'Dan zal ze vandaag in een van haar chique jurkjes naar de kerk moeten,' zei Grace, 'maar morgen ga ik hard aan het werk om een paar eenvoudige jurken voor haar te maken.'

Toen Cleon de keuken van de Hostettlers in stapte, realiseerde hij zich dat ze al ontbeten hadden. Grace en haar moeder waren met de afwas bezig.

Grace keerde zich naar hem toe, haar ogen waren gezwollen en er lagen donkere kringen onder. Ze had de afgelopen nacht blijkbaar weinig beter geslapen dan hij. Cleon had op de vloer van hun onvoltooide woonkamer gelegen en de slaapzak gebruikt die hij daar bewaarde voor de keren dat hij tot in de late uurtjes aan het huis werkte en daar bleef slapen. Behalve dat de vloer bikkelhard was en hij ongemakkelijk gelegen had, had hij het ook koud gehad. De enige warmtebron was de stenen vuurhaard die een paar weken geleden gereedgekomen was.

Cleon had uren wakker gelegen, al piekerend en tobbend over het geheim dat Grace voor hem had achtergehouden. Uiteindelijk had de slaap hem overmand, maar het was een rusteloze slaap geweest en hij was veel te laat wakker geworden. Omdat het vandaag zondag was en hij bij de kerkdienst bij het huis van Mose en Saloma Esh verwacht werd, had hij naar het huis van de Hostettlers gemoeten om zich te wassen en zijn kleren voor de kerk aan te trekken. Het was ook zijn bedoeling geweest om het hoognodige te eten.

'We hebben al ontbeten, maar ik maak met plezier iets te eten voor je klaar,' bood Judith aan, zonder een opmerking te maken over de plaats waar hij de nacht had doorgebracht. Waarom had Grace niet aangeboden zijn ontbijt klaar te maken? Zij was per slot van rekening zijn vrouw.

'Ik hoef alleen maar koffie en wat toast, maar ik pak het zelf wel,' mompelde hij.

Judith haalde haar schouders op en draaide zich weer naar het aanrecht toe, maar Grace sprak geen woord. Was ze boos op hem dat hij in hun nieuwe huis geslapen had? Nu, hij was degene die het recht had boos te zijn, niet zij. Als Grace hem niet bedrogen had, zou alles in orde zijn en hadden ze vannacht samen warm en behaaglijk in hun eigen bed geslapen.

Cleon keek de keuken rond. 'Waar zijn de anderen?' Eigenlijk wilde hij weten waar Graces dochtertje was. Hij had haar gisteravond zo kort gezien, dat hij zich niet eens meer kon herinneren dat hem verteld was hoe ze heette.

'Roman is naar de schuur om het paard voor de wagen te spannen, Ruth is boven haar zondagse kleding aantrekken en Martha helpt Anna met aankleden.'

Cleon harkte met zijn vingers door de baard die hij sinds zijn huwelijk had laten staan en liep naar het fornuis. Hij wist niet hoe hij naar de kerk kon gaan en zich gedragen alsof alles in orde was, terwijl zijn wereld op zijn kop stond, maar hij had geen geldig excuus om thuis te blijven. Dus moest hij het juiste doen en zijn vrouw en haar dochter naar de kerk rijden, maar hij hoefde het niet leuk te vinden.

Er scheen geen einde aan de rit naar de kerk te komen en dat kwam niet omdat de Eshes ver weg woonden. In feite lag hun huis maar een paar kilometer van de Hostettlers vandaan, maar de spanning die Grace tussen haar en Cleon voelde, maakte de rit voor haar gevoel dubbel zo lang. Haar man bleef recht voor zich uit kijken, terwijl hij hun paard en wagen over de weg stuurde. Hij sprak geen woord. Behalve af en toe een diepe zucht, gevolgd door een paar keer sniffen, was Anna ook stil.

Grace wist niet goed wat ze aan de anderen in hun gemeenschap moest vertellen over de dochter van wie men het bestaan niet kende. Ook had ze er geen idee van hoe de anderen en Anna op elkaar zouden reageren. Toen ze het erf van de Eshes opreden, stapte ze vlug uit en hielp Anna uit het rijtuig. Met een geforceerde glimlach pakte Grace haar dochtertje bij de hand en liep met haar naar een groep vrouwen die op de voorveranda met Saloma, de vrouw van Mose, stond te praten.

'Wel, wel, wie is dit kleine meisje?' vroeg Saloma toen Grace met Anna de veranda op stapte.

'Zij... zij is mijn dochter.'

'Je wát?' Saloma's mond viel open en diverse andere vrouwen staarden Grace aan alsof ze haar verstand verloren had.

Grace moest een verklaring geven over Anna's verschijning, maar dat wilde ze niet doen waar het kind bij was. Tot haar opluchting zag ze vlak bij zich Ruth en Martha met een paar van de jongere vrouwen staan praten. 'Excuseer me even,' zei ze, de veranda af stappend, met Anna achter zich aan. 'Willen jullie tweeën op Anna letten tot de dienst begint?' fluisterde ze in Ruths oor.

'Denk je niet dat het beter is wanneer ze bij jou blijft?'

Grace schudde haar hoofd. 'Niet terwijl ik aan Saloma en de anderen uitleg wie Anna is.'

'Ze kan met mij mee,' merkte Martha op. 'Ik zal haar aan Esta

Wengerd en een paar andere kinderen van haar leeftijd voorstellen.'

Grace slaakte een zucht van opluchting. Eén probleem was in ieder geval opgelost.

22

Grace stond op de overloop voor de geopende deur van Martha's kamer en keek naar haar slapende dochter. Er schoot een brok in haar keel. Anna was nu bijna twee weken bij hen en ze had Grace nog steeds niet als haar moeder geaccepteerd. Het kind keek nauwelijks naar haar en gaf alleen antwoord als ze haar iets vroeg. Maar Anna leek Martha wonderwel geaccepteerd te hebben. Ze sliep zelfs bij haar in de kamer en bracht zo veel mogelijk tijd met Martha en de pups door.

Anna bleef vragen waar opa Davis was en klaagde vaak dat ze televisie wilde kijken en spijkerbroeken wilde dragen in plaats van de eenvoudige jurken die Grace voor haar had genaaid. Maar gisteren had ze zich tijdens de kerkdienst beter gedragen dan twee weken daarvoor. Ze had niet meer zo veel op de harde bank heen en weer zitten schuiven en had na de middagmaaltijd zelfs vrolijk met Esta en een paar andere kinderen op het erf gespeeld.

Tot Graces opluchting waren de andere vrouwen in de kerk vriendelijk en begripvol geweest toen ze hun de situatie had uitgelegd. Konden haar man en haar vader het ook maar zo opnemen.

Ze slaakte een diepe zucht. Het leek niet eerlijk dat de twee mannen van wie ze het meest hield zo onverzoenlijk schenen. En het was niet eerlijk dat als gevolg van Anna's onwil om haar te accepteren Grace nog steeds verstoken was van de liefde van haar dochter. Graces enige troost was dat Anna bij haar was en niet meer zo vaak om opa Davis huilde. Misschien zou het kind zich in de loop van de tijd aan haar nieuwe omgeving aanpassen en van Grace leren houden. Misschien zouden Cleon en haar vader, door gebed, ook besluiten haar vergeving te schenken.

Cleon had in de achterliggende twee weken afstand bewaard – hij ging iedere morgen vroeg naar het land van zijn ouders om daar zijn bijen te verzorgen, bracht de rest van de dag honingbestellingen rond en sliep liever midden in de woonkamer van hun toekomstige huis op een matras op de grond dan bij Grace. Ze vroeg zich af of het ooit in orde zou komen tussen hen.

Toen Grace enkele minuten later beneden in de hal was, zag ze Ruth, die net was binnengekomen.

'Had jij niet al onderweg naar je werk moeten zijn?' vroeg ze aan haar zus.

'Ik wilde net weggaan toen Cleon mij staande hield.' Ruth overhandigde Grace een envelop. 'Hij vroeg me deze aan jou te geven.'

'Wat is het?'

'Dat weet ik niet. Hij zei dat hij naar de stad ging en vroeg of ik ervoor wilde zorgen dat jij deze kreeg.'

Graces hartslag versnelde door de hoop die in haar opwelde. Misschien had Cleon haar vergeven. Misschien wilde hij het in orde maken tussen hen.

'Nou, ik moet gaan, anders kom ik te laat bij de bakkerij.' Ruth gaf Grace een knuffel en liep naar buiten.

Grace keek vanuit de deuropening toe hoe Ruth het paard en de wagen over de oprijlaan stuurde. Daarna ging ze op de bank zitten en opende Cleons brief.

Beste Grace,
Ik heb de laatste twee weken over onze relatie nagedacht en vraag me af waarom je niet genoeg van me hield om me over je eerdere huwelijk te vertellen en over het kind dat je opgegeven had. Ik kan niet zeggen hoe ik gereageerd zou hebben als ik de waarheid eerder had geweten,

maar ik weet wel hoe ik me nu voel. Ik voel me verraden, gekwetst en
boos. Ik heb meer tijd nodig alles een plek te geven en dat kan ik niet
terwijl we elkaar hier iedere dag zien.

Ik kan mijn afzetgebied voor de honing naar Pennsylvania uitbreiden,
dus heb ik besloten de bus te nemen en daarnaartoe te gaan. Ivan zal
voor mijn bijen zorgen terwijl ik weg ben en het geeft mij een kans om
verder goed over de dingen na te denken.

Groeten,
Cleon

Grace snikte gesmoord, terwijl ze de brief tot een stevige prop
verfrommelde. Wat als Cleon nooit terugkwam? Wat als...
'Wat is er, meisje? Waarom huil je?'
Grace keek op en zag haar moeder met een bezorgd gezicht
over haar heen gebogen staan.
Snikkend tussen de woorden door vertelde Grace over de
brief die Cleon had geschreven. 'Ik ben bang dat ik hem van me
afgestoten heb en er is niets meer wat mijn leven nog zin zal
geven.'
Haar moeder ging op de bank zitten en trok Grace in haar
armen. 'God heeft je dochter bij je teruggebracht en zij geeft je
leven zin.'
Grace knikte.
'Na je gesprek met de bisschop op de avond na Anna's komst
bood hij je woorden van troost en aanvaarding.'
Ze knikte opnieuw.   .
'De mensen in onze gemeenschap zijn vriendelijk tegen Anna
geweest en probeerden haar een gevoel van welkom te geven.'
'Jah.'
'Wat Cleon betreft, moet je op God vertrouwen. Ik weet zeker
dat je man na verloop van tijd weer bijdraait.'
'Ik... ik hoop het zo.' Grace snifte. 'Anna mag dan bij mij

teruggekomen zijn, maar ze aanvaardt mij niet als haar moeder. Ze lijkt niets met me te maken te willen hebben.'

'Ze heeft meer tijd nodig om zich aan te passen en jou beter te leren kennen.'

Grace reikte naar het doosje tissues dat op de tafel naast de bank stond. Ze depte haar ogen en snoot haar neus. 'Dat lost de dingen tussen Cleon en mij niet op. Ik ben bang dat hij misschien besluit het Amish geloof op te geven en zonder mij een nieuw leven in de *Englische* wereld beginnen zal.'

'Dat is absurd. Cleon zou het geloof nooit opgeven of het risico lopen dat hij in de ban gedaan wordt als hij besluiten zou tot zoiets ondenkbaars als een scheiding.' Haar moeder klopte zachtjes op Graces rug. 'Hij heeft een sterk geloof en ik weet zeker dat hij, diep van binnen, van je houdt. Geef hem gewoon wat tijd om de dingen op een rijtje te zetten en hij zal zo weer thuis zijn.'

Grace kreunde. 'Papa is ook kwaad op me – niet alleen om het geheim dat ik verborgen hield, maar ook omdat hij mij de schuld geeft van dat tijdschriftartikel dat Gary Walker heeft geschreven.'

Haar moeder schudde haar hoofd. 'Hoe kan dat nu jouw schuld zijn?'

'Ik ben degene die Gary over de inbraken heeft verteld. Ik dacht dat hij het weer vergeten was omdat ik gehoord had dat hij naar Pennsylvania was vertrokken.'

'O.'

'Ik was net zo verbaasd als ieder ander dat het verhaal is gepubliceerd en toen papa ons over dat artikel en die foto vertelde, leek het me beter om toe te geven dat ik die verslaggever had gesproken.' Ze bracht de tissue naar haar gezicht en snoot opnieuw haar neus.

'Maar er stonden details in dat artikel die je nooit aan die verslaggever hebt verteld, toch?'

Grace knikte. 'Dat is waar, maar als Gary verantwoordelijk is voor de inbraken, wist hij al alles van wat ons overkomen is.'

'Of iemand anders heeft het hem misschien verteld.'

'Zoals wie?'

Haar moeder haalde haar schouders op. 'Dat weet ik niet, maar er zijn meer mensen in onze gemeenschap die van de inbraken afweten. Een van hen heeft misschien met de verslaggever gesproken en hem de details verteld die jij achterwege had gelaten.'

'Misschien wel.' Grace schudde langzaam haar hoofd. 'Ik heb meer dan ooit geleerd dat een belangrijke beslissing niet alleen je eigen leven kan veranderen, maar ook grote gevolgen voor anderen kan hebben. Als ik had geweten dat het opgeven van mijn kleine meisje en het geheimhouden van haar bestaan zo veel invloed op mijn familie zou hebben, had ik de dingen anders gedaan.'

'Zo is het leven – we leren van onze fouten en groeien erdoor.'

'En hopen dat we ze niet opnieuw maken,' prevelde Grace.

'We moeten niet alleen maar hopen. We moeten God vragen of Hij ons in al onze besluiten de weg wijst.'

Grace knikte. Ze wist dat haar moeder gelijk had, want als ze in de eerste plaats Gods wil had gezocht, zou het nu niet zo'n puinhoop zijn.

'Martha is met je *daed* naar Kidron om bij een paar beagles te gaan kijken, dus waarom huren we niet een chauffeur die ons naar de Wal-Mart in Millersburg kan brengen en gaan we een paar geschikte schoenen voor je dochter kopen?'

Grace schudde haar hoofd. 'Ik geloof niet dat ik ergens naartoe wil, mam. Waarom gaat u niet met Anna? Dat geeft jullie de kans elkaar beter te leren kennen.'

'Ik denk niet dat het iets oplost wanneer je thuis gaat zitten kniezen. Ik wil echt graag dat je meegaat.'

'Liever niet.'

Haar moeder haalde haar schouders op. 'Goed dan. Misschien heb je het ook wel nodig om eventjes alleen te zijn.'

Korte tijd later waren Judith en Anna in de auto van Donna Larson op weg naar Millersburg. Zodra ze de Wal-Mart binnenstapten, wees Anna naar het mechanische hobbelpaard bij de ingang. 'Ik wil paardjerijden!'

Judith trok Anna zachtjes aan haar hand. 'Misschien als we weer weggaan.' Ze hoopte dat Grace gelijk zou krijgen en Anna en zij elkaar tijdens het winkelen wat beter zouden leren kennen.

'Ik wil nu paardjerijden.'

'Niet voor we onze inkopen hebben gedaan.' Judith pakte een winkelwagentje, tilde Anna op en zette haar erin.

'Ik wil geen nieuwe schoenen! Laat me eruit. Ik wil eruit!'

'Je zult vast moe worden als je loopt. Het is beter dat je in het wagentje zit.'

Anna rimpelde haar neus en sloeg haar armen over elkaar.

Judith zuchtte en liep naar de schoenenafdeling. Anna had een paar stevige schoenen nodig en ze moesten zwart en eenvoudig zijn. Ze hadden onlangs in het leerverwerkingsbedrijf van hun vriend Abe Wengerd gekeken, maar daar niets in Anna's maat gevonden.

Even later vond Judith een paar geschikt lijkende zwarte schoenen voor het kind. Maar toen ze verder wilde lopen om nog wat andere boodschappen te doen, begon Anna te schreeuwen. 'Ik wil deze schoenen niet. Ze zijn lelijk en ik trek ze niet aan.'

Judith haalde diep adem en bad om geduld. 'Ik weet dat je overstuur bent door de schoenen en ik begrijp dat het heel moeilijk voor je is dat je bij vreemden achtergelaten bent, maar zulke uitbarstingen duld ik niet, Anna.' Ze boog zich voorover zodat ze op gelijke ooghoogte met het kind kwam. 'Begrijp je dat?'

Anna knikte, maar zei niets. Ze zat als een standbeeld met haar armen over elkaar geslagen en staarde recht voor zich uit.

Judith knarste met haar tanden en manoeuvreerde de kar door het pad met de zeep, shampoo en tandpasta. Toen ze haar andere boodschappen bij elkaar gezocht had, begaf ze zich naar de dichtstbijzijnde kassa, betaalde haar aankopen en duwde de kar naar de deur. 'Paardje! Paardje! Ik wil paardjerijden!' riep Anna zodra ze de kassa voorbij waren.

'Sst. Ik heb al eerder gezegd dat je niet mag schreeuwen.' Judith vroeg zich af wat de andere klanten zouden denken bij het zien van een kind dat kleren van Eenvoud droeg, maar zich zo ongemanierd gedroeg. Amish kinderen leerden al op zeer jonge leeftijd zich in het openbaar goed te gedragen. Maar natuurlijk had geen van de mensen die hen aanstaarden enig idee dat Anna niet Amish was opgegroeid. Hoe anders zou het voor hen allemaal zijn geweest als het kind al vanaf haar baby-tijd deel van hun gezin had uitgemaakt.

Plotseling klonk het oorverdovende geluid van een geactiveerd alarm. Anna slaakte een gil. Judith bleef bij de voorste deuren staan, waar de scanners aangebracht waren. Ze nam aan dat de kassamedewerker vergeten was de veiligheidsstrip van een van de artikelen te verwijderen en dat het alarm daardoor was afgegaan. Een paar tellen later kwam er een winkelmedewerkster op haar af snellen, die om haar kassabon verzocht en de zakken met boodschappen nakeek. Gedurende het hele gebeuren bleef Anna om een ritje op het paard jammeren, wat Judiths schaamte alleen maar verergerde.

Toen de medewerkster geen onafgerekende artikelen in de zakken aantrof, keerde ze zich naar Judith toe. 'Laat u mij die tas eens zien die u daar vasthoudt.'

Judith fronste haar voorhoofd. 'Waarom? Die heb ik niet hier gekocht. Ik heb hem cadeau gekregen van mijn zus die in Indiana woont en ik had hem al bij me toen ik de winkel in kwam.'

'Onze scanners staan ingesteld op veiligheidsstrips op artikelen die de winkel uitgaan, niet ingaan,' antwoordde de medewerkster. 'Nou, laat u me die tas nog zien, of moet ik mijn baas bellen?'

Judiths hoofd begon te bonzen en toen Anna nog harder begon te gillen, kreeg ze het gevoel dat ze zelf ook tegen iemand wilde schreeuwen. Knarsetandend overhandigde ze de tas.

De medewerkster klikte hem open. 'Ik heb het probleem gevonden,' zei ze na een kort onderzoek. Ze hield een kleine metalen strip omhoog. 'Dit zat aan de voering van uw tas. Men zal vergeten zijn het te verwijderen toen uw zus de tas kocht. Omdat hij vol zit met persoonlijke spullen, is hij onmiskenbaar van u.'

Judith zuchtte van opluchting en verbazingwekkend genoeg stopte Anna met huilen.

'Het spijt me van de overlast, mevrouw,' zei de medewerkster met een bedeesde glimlach. 'Dit soort dingen gebeurt niet vaak, maar we moeten de controle uitvoeren om er zeker van te zijn dat er geen dingen onbetaald de winkel uit gaan.'

'Ik begrijp het.' Op trillende benen duwde Judith het wagentje naar de buitendeur. Ze snakte ernaar om buiten te komen, waar Donna stond te wachten. Voor ze de deur door was, stond Anna rechtop in het wagentje. 'Paardjerijden!' riep ze. 'Alstublieft, oma.'

Judith stond stil en boog zich naar het meisje toe om haar te omhelzen. Uit deze verder zo stressvolle boodschappentocht was toch een goed ding voortgekomen: Anna had haar 'oma' genoemd. Misschien dat het kind binnenkort Grace ook 'mama' zou gaan noemen. O, wat hoopte ze dat.

'Anna slaapt,' zei Martha toen ze later op die avond de keuken binnenkwam.

Grace keek op van de brief die ze aan het schrijven was en fronste haar wenkbrauwen. 'Ik heb geprobeerd haar vannacht bij mij te laten slapen, maar ze huilde en stond erop weer in jouw kamer te slapen. Het ziet er niet naar uit dat ze mij ooit als haar moeder accepteren zal.'

Graces moeder, die tegenover haar een kopje thee zat te drinken, schudde haar hoofd. 'Ik denk dat je dat mis hebt. Ik heb het nog niet eerder verteld omdat ik Anna tijdens het avondeten in het bijzijn van de anderen niet in verlegenheid wilde brengen, maar toen we vanmiddag de Wal-Mart verlieten, noemde ze mij "oma".'

Grace legde haar pen neer, pakte haar eigen kopje thee en warmde haar koude vingers eraan. 'Dat vind ik fijn om te horen, maar het feit dat Anna u als haar *grossmudder* en Martha als haar *aendi* geaccepteerd lijkt te hebben, betekent nog niet dat ze mij ooit zal accepteren.'

Martha trok de stoel naast Grace naar achteren en ging zitten. 'Je mag niet vergeten dat oma Davis de enige moeder is die Anna ooit heeft gekend. Nu die vrouw niet meer leeft en Anna's opa haar bij totaal vreemden heeft achtergelaten, weet dat kleintje niet waar ze hoort of wie ze kan vertrouwen.'

'Daar heeft je zus gelijk in,' zei Graces moeder met een knikje. 'Je moet eraan werken om Anna's vertrouwen te winnen. Wanneer je zo veel mogelijk tijd aan haar besteedt, zal ze ontdekken dat ze jou kan vertrouwen en je ten slotte "mama" noemen.'

Martha schonk een kopje thee in voor zichzelf. 'Anna gaat alleen maar met mij mee om de *hundlin*. Ze vindt het heerlijk met ze te spelen en het geeft ons iets gezamenlijks te doen.'

'Over de pups gesproken,' zei Grace, 'hoe hebben papa en jij het vandaag in Kidron gehad? Heb je nog honden naar je zin gezien?'

Martha knikte en haar blauwe ogen sprankelden. 'Ik heb een beagle paartje om mee te fokken. De reu heet Bo, het teefje Flo.'

'Dat klinkt meer als een tweeling dan als een paartje.'

Martha grinnikte. 'Ik denk dat Anna de beagles net zo leuk zal vinden als de andere honden.'

De tranen rolden over Graces wangen en ze pakte een servet uit het rieten mandje dat op tafel stond om ze weg te vegen. 'Het doet zo zeer dat Anna jou wel accepteert en mij niet.'

Haar moeder boog zich naar haar toe en legde haar hand op Graces arm. 'Misschien moet je iets zoeken wat Anna's interesse opwekt.'

'*Jah*, misschien wel. Het ziet er niet naar uit dat ik mijn vrije tijd nog met Cleon zal doorbrengen.' Grace onderdrukte een snik. 'Hij gaf me vanmorgen via Ruth een briefje en het was geen goed nieuws.'

'Wat schreef hij dan?' vroeg Martha.

'Dat hij de bus naar Pennsylvania zou nemen om daar nieuwe afnemers voor zijn honing te zoeken.'

'Ik weet zeker dat hij niet lang wegblijft,' zei haar zus.

'Ik ook,' viel haar moeder bij. 'Cleon is terug voor je het weet.'

'Zoals jullie vast wel weten sliep hij de laatste tijd in ons nieuwe huis, omdat hij nog steeds kwaad is dat ik hem niet eerder over Wade en Anna heb verteld. Ik ben bang dat hij niet alleen voor zaken is weggegaan.' Grace voelde de hopeloosheid in zich opwellen.

'Ik wist wel dat hij daar sliep,' zei Martha, 'maar ik dacht dat hij dat deed om 's avonds lang door te kunnen werken en 's morgens vroeg te kunnen beginnen. Ik heb er nooit bij stilgestaan dat hij daar sliep om bij jou weg te zijn.'

'Cleon schreef dat hij tijd nodig had om na te denken. Dat lukt hem niet als hij mij en Anna iedere dag ziet.'

'O, Grace, ik vind dit heel erg voor jou. Waarom heb je er niet eerder iets over gezegd?'

Grace snifte, pakte het servetje weer op en snoot haar neus. 'Ik heb mama vanmorgen over Cleons brief verteld, maar ik had het verder nog tegen niemand gezegd omdat ik niet wilde dat Anna dingen hoorde die ze niet begrijpen zou.'

Martha begon zachtjes de schouders van Grace te masseren. 'Misschien is het goed dat Cleon even weg is. Het geeft jou meer tijd voor Anna. En als hij de kans gekregen heeft om na te denken, zal hij zeker weten beseffen dat hij hier bij jou hoort.'

'Ik hoop dat je gelijk hebt.' Grace stond op en liep naar de hal.

'Waar ga je heen?' vroeg haar moeder.

'Naar boven, bij Anna kijken.'

'Ik zei toch dat ze sliep,' zei Martha.

'Ik wil gewoon zeker weten dat alles in orde is met haar.'

'Kom je daarna bij ons zitten?' riep haar moeder. 'We hebben popcorn en warme appelcider. Zodra je *daed* met zijn werk in de schuur klaar is, komt hij ons gezelschap houden.'

Grace knikte kort en haastte zich de keuken uit.

23

'Het is al een poosje geleden dat ik in je rijtuig heb gezeten,' zei Ruth toen Luke en zij de weg af reden. Luke had een open wagen, een model dat speciaal bedoeld was voor jonge stelletjes om in rond te toeren. Het was een frisse, winderige avond en ze was dankbaar dat ze een quilt om haar benen had geslagen.

Luke keek haar van opzij aan en glimlachte. 'Ik ben blij dat je vanavond tijd had om met me mee te gaan.'

'Ik ook.'

'Je *daed* vertelde dat het op dit moment bij jullie thuis nogal hectisch is, met de komst van Graces dochter en zo.'

Ze knikte. 'Daarom kon ik me niet eerder vrijmaken. Ik wilde elke avond thuis zijn om Anna beter te leren kennen en Grace te helpen met de situatie om te gaan. Het was een flinke schok voor haar om haar dochter op deze wijze terug te zien.'

'Dat kan ik me voorstellen.'

'Anna vroeg bijna iedere dag naar haar andere grootvader en wilde steeds weten wanneer hij haar weer kwam halen.'

'Maar hij komt niet terug, toch?'

'Misschien op bezoek.' Ruth zuchtte. 'Hoewel Anna zich in sommige dingen lijkt aan te passen, vindt ze het niet leuk om het zonder de moderne dingen te moeten stellen.'

'Het komt in de loop van de tijd vast wel goed met haar.'

'Ik hoop het.' Ze keek omhoog naar de heldere sterrenhemel. Het was net of ze de twinkelende lichtjes zo kon pakken als ze haar hand uitstak.

'Je *daed* zei dat er geen nieuwe inbraken bij jullie waren

gepleegd, maar dat hij bezorgd is dat dat misschien nog wel gaat gebeuren door dat tijdschriftartikel.'

'Volgens mij is papa meer bezorgd over de aandacht die er door dit artikel op de Amish in ons gebied gevestigd wordt dan dat hij de dader van die inbraken probeert te vinden.'

'Misschien is het beter dat hij die niet vindt.'

'Hoe bedoel je?'

'Wanneer iemand van jouw familie gaat lopen rondneuzen en voor detective probeert te spelen, raakt er misschien wel iemand gewond.'

Ruth knipperde met haar ogen, terwijl een gevoel van angst langs haar ruggengraat omhoog kroop. Ze wist dat Grace geprobeerd had te achterhalen of die *Englische* verslaggever voor de inbraken verantwoordelijk was geweest, maar voor zover zij wist was Gary vertrokken. Grace kon hem dus geen vragen meer stellen en daarbij gevaar lopen.

'Je *daed* is een koppige man; dat weet ik in ieder geval wel,' zei Luke. 'We hebben flinke botsingen gehad over de manier waarop ik mijn werk doe en hij is niet voor rede vatbaar wanneer ik probeer hem iets te laten zien van de nieuwe dingen die ik graag wil doen. Hij is kwaad op me omdat ik een paar keer te laat gekomen ben of te lang weggebleven was als ik een bestelling weg moest brengen. Hij heeft me zelfs een keer op mijn salaris gekort omdat hij er mij de schuld van gaf dat er een paar kasten van de wagen waren gevallen.' Hij bromde wat. 'Ik vraag me af of ik niet beter een andere baan kan zoeken.'

'Heeft iemand je een betere baan aangeboden?'

'Nog niet, maar ik ben goed met mijn handen en ik weet zeker dat er wel iemand is die mij als timmerman wil hebben.'

Ruth verafschuwde de gedachte dat Luke niet meer bij haar vader zou werken, maar als hij besloten had weg te gaan, kon ze daar weinig aan doen. 'Laten we het over iets anders hebben, goed? Dit zou een leuke avond moeten zijn en zo leuk is het niet om over mijn vaders bedrijf te praten.'

Luke pakte haar hand. 'Je hebt gelijk. Je vader is ook niet echt mijn favoriete onderwerp.'

Ruth kreeg een vuurrode kleur. 'Ik zei niet dat...'

Hij liet haar hand los en sloeg zijn arm om haar schouder.

'Nog even over die verslaggever, heb jij enig idee wie hem de informatie voor dat artikel gaf of hoe hij aan Graces foto is gekomen?'

Ze haalde haar schouders op. 'Grace heeft toegegeven dat ze hem een paar dingen heeft verteld, maar ze heeft nooit voor die foto geposeerd. Hij heeft hem zonder haar toestemming genomen. Ze denkt dat hij de rest van het verhaal van iemand anders uit de gemeenschap heeft gekregen.'

'Zoals van wie?'

'Ik heb geen idee.'

'Wie wist er nog meer van de inbraken?'

Ruth tuitte haar lippen. 'Eens kijken. Papa heeft het aan bisschop King verteld en aan een paar Amish buren. Grace heeft het Cleon verteld en ik heb het aan een van onze *Englische* buren verteld toen ze in de bakkerswinkel kwam.' Ze keek Luke van opzij aan. 'En jij wist het natuurlijk.'

'Ik heb die verslaggever nooit gesproken, dus ik hoop niet dat je mij ergens van beschuldigt.' Lukes stem klonk een octaaf hoger en hij gaf een kort rukje aan de teugels waardoor het paard sneller ging lopen. 'Hup, jongen.'

'Ik beschuldig jou niet.'

'Zo klonk het anders wel.'

'Je vroeg wie er nog meer van de inbraken wist en ik gaf antwoord.'

Hij fronste zijn wenkbrauwen. '*Jah*, nou, ik dacht dat je me misschien niet vertrouwde, dat is alles.'

'Natuurlijk vertrouw ik je.' Terwijl de woorden uit haar mond rolden, verstrakte Ruth. Ze voelde zich al een tijdje niet op haar gemak wanneer ze met Luke samen was. Ze wist niet zeker of het wantrouwen was of gewoon verwardheid omdat hij zich soms zo vreemd gedroeg. Het was bijna of hij iets verborg, maar ze had geen idee wat dat dan kon zijn.

Ze dacht terug aan de dag dat Luke en zij met Sadie en Toby bij het meer picknickten toen Luke niet had willen vertellen waarom hij zo laat was. Ze dacht aan die ochtend toen Martha en zij Luke in Berlin met die *Englische* gasten had zien praten. Hij had zich toen ook vreemd gedragen en totaal niet de moeite genomen om haar aan hen voor te stellen.

'Ik vraag me al een tijdje iets af,' vroeg ze, haar moed bijeenrapend.

'Wat dan?'

'Toen Martha en ik jou een paar maanden geleden bij de supermarkt met een paar *Englische* gasten zagen praten, leek je wat nerveus en deed je net of je me nauwelijks kende.'

Hij fronste zijn voorhoofd. 'Ik weet niet waar je het over hebt. Ik kan het me eerlijk gezegd nauwelijks herinneren. Maar ik geloof nooit dat ik nerveus was of gezegd heb dat ik je niet kende.'

'Ik zei dat je net *deed* alsof je me nauwelijks kende.'

Hij haalde zijn arm van haar schouders af en gaf opnieuw een rukje aan de teugels. 'Ik had het druk en waarschijnlijk stoorde je tijdens het gesprek.'

Ruth keek van hem weg, ze had het gevoel alsof er een glas water in haar gezicht was gegooid. In een mist van tranen zag ze het landschap aan zich voorbijtrekken. 'Ik wil graag dat je iets langzamer rijdt, Luke. Het kan glad zijn op de weg, en het maakt me *naerfich* als we zo hard gaan.'

'Ik ben een goede bestuurder. Er is geen reden om nerveus te zijn.'

'Er zijn al te veel ongelukken gebeurd op deze weg en de manier waarop jij rijdt, kan er ook een veroorzaken.'

'Je begint op je zus Grace te lijken, weet je dat?'

'Wat bedoel je daarmee?'

'Jullie zijn allebei veel te bezorgd.'

Ruth sloeg haar armen over elkaar en perste haar lippen opeen. Ze had veel zin om Luke te vertellen dat hij zijn wagen moest keren en haar naar huis moest brengen. En als hij nog één onvriendelijke opmerking maakte, zou ze dat doen ook.

De volgende paar kilometer reden ze in stilte verder. Toen pakte Luke haar hand en gaf een zacht kneepje in haar vingers. 'Sorry dat ik tegen je snauwde. Ik weet dat veel vrouwen de neiging hebben om zich zorgen te maken – mijn *mamm* nog het meest van allemaal.'

'Ik maakte me vroeger nooit zo veel zorgen,' gaf Ruth toe. 'Maar na die inbraken ben ik veel zenuwachtiger.'

'Dat is logisch, lijkt me.'

Ruth bevochtigde haar lippen en besloot het vorige onderwerp weer ter sprake te brengen. 'Mag ik vragen waar jij en die *Englische* gasten die dag op de parkeerplaats over praatten?'

Hij keek haar zo eigenaardig aan dat ze weer de rillingen over haar rug voelde lopen. 'Ik kan niet geloven dat je nu nog over iets van een paar maanden geleden begint.'

'Ik wilde er al eerder met je over praten, maar steeds als ik erover begon, veranderde jij van onderwerp.'

Hij haalde zijn schouders op.

'Dus vraag ik het nu en ik wil echt graag een antwoord horen.'

'Dat geef ik liever niet.'

'Waarom niet? Omdat je iets te verbergen hebt?'

Lukes gezicht werd vuurrood. 'Ik heb niets te verbergen.'

'Waarom vertel je me dan niet waar dat gesprek over ging?'

'Omdat het niet belangrijk is.'

'En hoe zit het met die dag bij het meer met Sadie en Toby?'

'Wat is daarmee?'

'Waarom deed je toen zo vreemd en wat bedoelde je toen

je zei dat je iets in het bos moest controleren?'

Hij liet het paard vaart minderen en mompelde wat. 'Beloof je dat je het aan niemand vertelt?'

Ze knikte, hoewel het haar een ongemakkelijk gevoel gaf zoiets te beloven. Wat als Luke echt iets verkeerds had gedaan? Als zij ervan wist en het verzweeg, deed zij dan ook iets verkeerds?

'Als je het per se weten wilt, ik heb vorig jaar zomer een auto gekocht en die in het bos verstopt omdat mijn ouders het niet mogen weten.'

Ruth klemde haar lippen nog steviger op elkaar. Dat moest dan Lukes wagen zijn geweest die Sadie en zij hadden gezien toen ze in het bos wandelden.

'Nee, kijk me maar niet zo aan,' zei hij, met zijn vinger zwaaiend. 'Ik ben nog steeds in mijn *rumschpringe* en heb alle recht om in een gemotoriseerd voertuig te rijden als ik dat wil.'

'Waarom verberg je hem dan als je er zo over denkt?'

Luke staarde voor zich uit en schokschouderde.

'Ben je van plan om het Amish geloof los te laten?' waagde Ruth te vragen. Ze moest weten wat zijn plannen waren, want deze konden gevolgen hebben voor hun relatie.

Hij haalde opnieuw zijn schouders op.

'Luke, wil je alsjeblieft mijn vraag beantwoorden?'

'Ik ben er nog niet uit.'

Ruth leunde achterover op de smalle bank en sloot haar ogen. Deze hele avond begon een wrang trekje te krijgen en naar het zich liet aanzien, zou het er niet beter op worden. 'Het lijkt me beter dat je me nu naar huis toe brengt,' mompelde ze.

'Wat jij wilt.' Luke liet het paard een U-bocht maken en de rest van de weg legden ze in stilte af.

Toen ze bij Ruth thuis het erf op reden, draaide ze zich naar hem toe. 'Ik denk dat het beter is als we elkaar niet meer zien.'

Hij trok zijn wenkbrauwen hoog op. 'Hoe kom je daar nu bij?'

'Als je niet genoeg om me geeft om mijn vragen te beant-woorden, denk ik dat...'

'Ik heb je vragen beantwoord. Nou ja, de meeste wel, in ieder geval.'

'Als jij besluit *Englisch* te worden, moeten we onze relatie ver-breken, want ik zou het Amish geloof nooit op kunnen geven.'

Er verschenen vlekken op zijn gezicht en hij keek langs haar heen. 'Misschien heb je gelijk. Misschien moeten we elk onze eigen weg gaan voor iemand wordt gekwetst.'

'*Jah*, dat vind ik ook. *Gut nacht*, Luke.'

'Welterusten.'

Ruth stapte uit de wagen op het bevroren gras en rilde. Pas toen ze de achterveranda had bereikt, liet ze haar tranen de vrije loop. Het was een vergissing geweest om zich door iemand als Luke het hof te laten maken en ze was bijna opgelucht dat het voorbij was.

Grace ging op een stoel aan de keukentafel zitten, waar ook haar ouders en Martha zaten. Papa las *The Budget*; mama had de nieuwste uitgave van *Country Magazine* en Martha was met een kruiswoordpuzzel bezig. Op het midden van de tafel stond een schaal met popcorn en iedereen had een beker warme appelci-der.

'Sliep Anna toen je bij haar ging kijken?' vroeg Martha.

Grace knikte met een vermoeide zucht. Ze kon het maar niet van zich afzetten dat Anna zo weinig met haar te maken wilde hebben. Ze knipperde met haar ogen om de tranen tegen te houden. Ze had al genoeg tranen vergoten sinds het kleine meis-je bij hen was komen wonen.

'Je zult zien dat het straks beter gaat,' zei haar moeder, die haar stemming aanvoelde.

Grace voelde zich beroerd, haar hoofd deed zeer en de wanhoop drukte haar terneer. 'I-ik weet het niet, ik ben bang dat ik Cleon voorgoed kwijt ben.'

Haar vaders hoofd schoot omhoog. 'Waarom zeg je dat?'

'Hij is vanmorgen weggegaan en heeft een brief voor me achtergelaten.'

'Wat stond erin?'

Grace vatte de brief voor haar vader samen. Terwijl ze praatte, stroomden de tranen over haar wangen.

Zachtjes klopte mama haar op de rug. 'Ik vind het heel verdrietig voor je.'

'Als jij eerlijk tegen ons was geweest, was Cleon waarschijnlijk niet weggegaan.' Haar vaders stoel schraapte over het linoleum toen hij hem naar achteren schoof. 'Als jouw man het Amish geloof de rug toekeert en nooit terugkomt, is dat jouw schuld.'

Grace trilde toen haar vaders scherpe veroordeling door haar ziel sneed. Maar hoeveel pijn zijn woorden ook deden, ze wist dat hij gelijk had.

'Roman, doe niet zo hardvochtig.' Mama legde haar tijdschrift opzij en liep achter hem aan toen hij zich naar het aanrecht begaf, waar hij zijn lege beker ging neerzetten.

Hij bromde wat. 'Het gaat hier al maanden niet goed meer. Hier in huis niet en zelfs in mijn werkplaats niet. Toen ik pasgeleden Steven Bates bij de drogist tegenkwam, keek die kerel me compleet met de nek aan. Hij deed net of hij me niet kende. Ik denk dat hij nog steeds kwaad is over die kapot gevallen kasten en het zou me niet verbazen als hij me bij anderen in een kwaad daglicht stelt en ik daardoor klanten ga kwijtraken.'

'Ik weet dat ik daar geen schuld aan heb,' zei Grace in tranen, 'maar ik voel me wel verantwoordelijk voor wat ik Cleon en Anna heb aangedaan.'

Martha glimlachte Grace meelevend toe. 'Niemand van ons kan er iets aan veranderen dat Cleon weg is, we kunnen alleen maar bidden dat hij snel thuiskomt. En in diezelfde tijd kunnen we ons er allemaal voor inzetten en al het mogelijke doen zodat Anna zich meer op haar gemak gaat voelen.'

Mama knikte en keerde zich naar haar man. 'Ik weet dat je het altijd erg druk hebt in je werkplaats, maar kun je niet wat tijd met je kleindochter doorbrengen?'

Hij haalde zijn schouders op en plukte aan zijn baard. 'Dat zou wel kunnen, denk ik. Ik wil nog steeds die walnoten kraken die ik nog heb liggen. Misschien neem ik Anna dan wel mee naar mijn werkplaats en laat ik haar zien hoe dat moet.'

'Dat is een goed idee,' zei mama met een hoopvolle glimlach. 'Vind je niet, Grace?'

Grace knikte, terwijl het brok in haar keel nog dikker werd. 'Ik heb tot op heden nog steeds niets kunnen bedenken wat ze samen met mij zou kunnen doen.'

'Je vindt vast wel wat. Misschien kun je...'

Martha hield midden in haar zin op toen Ruth met betraande ogen en hangende mondhoeken de keuken binnenkwam.

'Wat is er?' vroeg mama, snel naar Ruth toe lopend. 'Heb je gehuild?'

Ruth opende haar mond, maar kon niet meer dan een piepgeluidje uitbrengen.

Papa stapte naar voren en pakte haar arm vast. 'Wat is het probleem? Is er weer ingebroken?'

Ze schudde haar hoofd. 'Het is... het is Luke.'

'Wat is er met Luke? Heeft hij je iets aangedaan?' Papa's stem trilde van emotie en in zijn hals zwol een ader op.

'Hij wil geen eerlijke antwoorden geven als ik hem iets vraag en ik ben bang dat hij op een dag *Englisch* wordt, dus heb ik... heb ik met hem gebroken.' Ruth stikte bijna in een snik en holde de keuken uit.

Grace kreunde. Blijkbaar was ze niet de enige in de familie die problemen had.

24

'Ik wil geen walnoten kraken,' jengelde Anna toen Roman haar zaterdagmorgen meenam naar zijn werkplaats. 'Ik wil televisie kijken.'

'We hebben geen televisie, Anna, en dat weet je.' Met gefronste wenkbrauwen wierp hij een blik op het kind. Het leek wel of ze sinds haar komst in hun huis niet anders had gedaan dan pruilen, klagen en om haar opa huilen. Maar hij had vooral moeite met de gevolgen die haar plotselinge verschijning voor de relatie tussen Grace en Cleon had gehad.

Roman trok een grimas. Eerlijk gezegd voelde hij zich net zo gekwetst en verraden als Cleon. Had Grace maar open kaart gespeeld toen ze naar huis teruggekomen was. Dan hadden ze haar misschien kunnen helpen om Anna terug te krijgen. Ze zouden zeker hun steun hebben geboden.

Ja? Zou je haar echt gesteund, of zou je haar veroordeeld hebben? zeurde een stemmetje in zijn hoofd.

Hij kromp ineen. Naar alle waarschijnlijkheid zou hij het nieuws van haar huwelijk niet goed opgenomen hebben en er niet gelukkig mee zijn geweest dat Grace de opvoeding van haar kind uit handen had gegeven. De hele gebeurtenis bleef hem aan zijn eigenzinnige zus herinneren. Was Rosemary bang geweest voor de reactie van haar familie toen ze *Englisch* was geworden, of gaf ze niet genoeg om hen om hen weer te willen zien? Had Rosemary kinderen gekregen? Leefde ze nog? Hij was bang dat hij nooit de antwoorden op deze vragen weten zou.

'Waarom ligt hier zo veel hout?'

Anna's simpele vraag haalde Roman met een schok uit zijn gedachten. 'Hier werk ik. Ik maak houten meubels.'

Ze haalde haar tengere schouders op en liep door de werkplaats alsof ze alles kritisch in zich opnam. 'Kom, dan mag je naast mij aan de werkbank zitten.' Roman pakte een kruk voor Anna en tilde haar erop. Daarna haalde hij een paar walnoten uit een jutezak en pakte een hamer. 'Volgens mij is dit de beste manier om een walnoot open te krijgen.' *Krak!* De hamer spleet de walnoot in tweeën. 'Zo, nu is het jouw beurt.' Hij gaf de hamer aan Anna, maar ze keek met tranen in haar ogen naar de stukgeslagen walnoot.

'U hebt hem doodgemaakt!'

'Nee, Anna, hij is...'

'Hij is dood, net als mijn oma.'

'Je oma is niet dood, ze is in huis bezig. Waarschijnlijk maakt ze nu de lunch klaar.'

'Oma is dood en opa is weggegaan.' De tranen rolden in kleine stroompjes over Anna's wangen.

Roman keek hulpeloos om zich heen en wenste dat Judith of Martha er waren. Zij schenen het kind beter te kunnen kalmeren dan hij. 'Laten we de walnoten maar vergeten,' zei hij. 'Je kunt aan mijn bureau zitten terwijl ik wat klusjes doe.'

Anna fronste haar wenkbrauwen en trok een pruillip. 'Ik wil niet. Ik vind het hier niet leuk.'

'Goed! Dan ga je maar naar het huis terug, dan kan ik ook weg.' Roman legde de hamer opzij en pakte Anna's hand. De poging om elkaar wat beter te leren kennen was bepaald niet geslaagd. Ze hadden nog een lange weg te gaan.

Judith wilde net de laatste twee potten appelmoes in de weckketel zetten toen er op de voordeur werd geklopt. *Wat vreemd. Ik kan me niet voorstellen dat een van onze kennissen de voordeur gebruikt.*

'Martha, wil jij de deur opendoen?' riep ze. Daarna herinnerde ze zich dat Martha bij haar honden was gaan kijken. Grace lag boven te rusten.

Zuchtend droogde Judith haar handen af en liep naar de voordeur toe. Op de veranda stond een *Englischer*. In eerste instantie herkende ze hem niet, maar toen herinnerde ze zich dat ze hem bij Roman in de werkplaats had gezien, waar hij gevraagd had of hun land te koop was.

'Kan ik u helpen?' vroeg ze, de veranda op stappend.

'Dat hoop ik.' Hij keek haar met een scheve glimlach aan. 'Voor het geval u het zich niet meer herinnert, ik ben Bill Collins. Ik was hier een paar maanden geleden om te polsen of ik jullie land kon kopen.'

Ze knikte kort. 'Dat weet ik nog.'

'Ik wil graag even met u praten als het schikt.'

'Eigenlijk wilde ik net de appelmoes in de weckketel zetten.'

'Dat geeft niet, ik wacht wel tot u klaar bent.'

Ervan uitgaand dat hij in een van de schommelstoelen op de veranda zou plaatsnemen, liep Judith weer naar binnen en liet de deur op een kiertje staan. Toen ze net in de keuken was, hoorde ze een mannenstem. Ze draaide zich snel om en zag tot haar verbazing de projectontwikkelaar in de deuropening staan.

'Ik hoop dat u en uw man mijn aanbod nog eens hebben overwogen,' zei hij. Hij liep de keuken in, leunde tegen het aanrecht aan en sloeg zijn armen over elkaar.

'Bent u net ook bij mijn man geweest?'

Meneer Collins schudde zijn hoofd. 'Ik wilde eerst met u praten.'

Ze fronste haar wenkbrauwen. 'Als wij al zouden verkopen, is die beslissing aan mijn man, maar ik ben ervan overtuigd dat hij nog niet van gedachten is veranderd.'

'Ik ben bereid u een goede prijs te betalen.'

'Dat kan zijn, maar we hebben geen plannen om te verkopen of ons elders te vestigen.'

Hij bromde wat. 'Geld opent alle deuren en ik accepteer gewoonlijk geen nee.'

Ze opende haar mond om hem van repliek te dienen, maar opnieuw werd er op de voordeur geklopt. 'Excuseert u mij. Ik moet de deur opendoen.'

'Natuurlijk, geen probleem.'

De man bleef staan alsof hij niet van plan was om weg te gaan, dus liep Judith naar de voordeur. Zodra ze wist wie de nieuwe bezoeker was, zou ze de projectontwikkelaar vragen te vertrekken.

Tot haar verbazing stond er weer een man op de veranda. Haar gezicht betrok toen ze de verslaggever herkende.

'Mag ik u een paar vragen stellen?' vroeg hij, een schrijfblok en een pen uit de binnenzak van zijn jas halend.

'U hebt al een artikel geschreven over de inbraken die hier zijn geweest. Vindt u dat niet genoeg?' Judith stond zelf versteld over haar scherpe woorden en koele toon. Normaalgesproken deed ze vriendelijker tegen vreemden – zelfs tegen de nieuwsgierige toeristen die informatie over de Amish wilden.

'Ik was in Pennsylvania bezig met een paar andere artikelen, maar ik ben naar Ohio teruggekomen om een vervolgartikel over de inbraken te schrijven. Ik vroeg me dus af of u nog vaker bent lastiggevallen.'

'Ik praat er liever niet over als u het niet erg vindt.'

'Hoe loopt het politieonderzoek?'

'We hebben de sheriff niet ingelicht.'

'Mag ik vragen waarom niet?'

Judith wilde antwoord geven, maar realiseerde zich op dat moment dat de potten appelmoes de weckketel in moesten. Bovendien bevond die vastbesloten projectontwikkelaar zich nog steeds in haar keuken. Als die twee mannen nu zouden vertrekken, kon zij verder met haar werk. 'Als u me wilt excuseren, meneer Walker, ik moet hoognodig naar de keuken terug.' Ze liet hem op de veranda staan en haastte zich naar de keuken, waar meneer Collins nog steeds op dezelfde plek stond als waar zij hem had achtergelaten.

'Zoals ik al aangaf,' zei hij, haar door de keuken heen volgend, 'wil ik graag met u de details van mijn aanbod bespreken.'

'Het is niet aan mij om hierover met u te praten, dus als u niets anders hebt te zeggen, zult u naar mijn man moeten gaan.' Ze knikte in de richting van het raam. 'Hij is in zijn werkplaats, dus daar zult u hem vast wel aantreffen.'

Hij wierp een blik op zijn horloge en liep naar de deur. 'Ik heb over een halfuur een afspraak staan, dus heb ik nu geen tijd om met mijnheer Hostettler te praten.' Hij overhandigde haar een visitekaartje dat hij uit zijn jaszak had gehaald. 'Wanneer u enige invloed hebt op uw man, adviseer ik u een verstandig gesprek met hem te voeren.' Hij slenterde door de deur naar buiten.

Judith schudde haar hoofd en legde het kaartje op het aanrecht, terwijl ze naar het fornuis toe liep. Het water in de ketel kookte al, dus zette ze de potten in de ketel, sloot het deksel en controleerde het drukventiel. Toen ze zich omdraaide, zag ze tot haar schrik Gary in de deuropening van de keuken staan.

'*Ach!* U laat me schrikken. Ik dacht dat u weg was.'

Hij knikte naar het schrijfblok in zijn hand. 'Ik heb nog geen antwoorden gekregen.'

Ze kreunde van ergernis. 'Ik heb niets meer te zeggen.'

'U hebt nog geen antwoord gegeven op de vraag waarom de sheriff niet ingelicht is.'

'Wij vertrouwen op Gods bescherming en laten het aan Hem over om degenen die ons kwaad doen, te berechten.'

'Bedoelt u nou dat jullie, zelfs wanneer jullie wisten wie de inbraken had gepleegd, geen aanklacht zouden indienen?' Zijn pen vloog over het schrijfblok.

'Dat klopt.' Ze knikte naar het fornuis. 'Als u mij nu wilt excuseren...'

Op dat moment vloog de achterdeur open en stormde Anna de keuken in.

'Ben je nu al terug?' Judith kon zich niet voorstellen dat ze nu al alle walnoten hadden gekraakt.

'Opa heeft een noot doodgemaakt en daarna werd hij kwaad op mij en stuurde hij me hierheen.'

Judiths blik schoot naar de achterdeur. Ze zag geen teken van Roman. 'Waar is opa, Anna?'

'Hij moest weg.' Haar kin beefde. 'Hij is niet zo aardig als opa Davis.'

Judith voelde de bezorgdheid oplaaien. Ze moest haar man spreken om uit te vinden wat er tussen hem en Anna was gebeurd en hem over die opdringerige projectontwikkelaar en verslaggever te vertellen. Na slechts een korte aarzeling opende ze de achterdeur en haastte zich de veranda op. Toen ze Roman zijn paard en wagen op het erf zag keren, rende ze al zwaaiend en roepend naar hem toe.

Hij hield het paard stil en leunde uit de wagen. 'Wat is er, Judith? Ik heb een beetje haast.'

'Wat is er tussen jou en Anna gebeurd en waar ga je naartoe?'

'Heeft ze dat niet gezegd?'

Judith rilde en liep dichter naar het rijtuig toe. 'Ze zei dat je boos op haar was en dat je wegging.'

'Is dat alles?'

'Ik geloof van wel. O ja, ze zei ook dat je een walnoot had doodgemaakt.'

Roman trok een grimas. 'Ze klaagde al steen en been, en toen ik de eerste walnoot in stukken sloeg, begon ze helemaal te brullen. Toen begon ze over haar andere opa en zei ze dat ze naar huis wilde.' Zijn neusvleugels trilden en zijn wenkbrauwen vormden een dikke streep. 'Ze krijste als een mager varken en omdat ik toch niets met haar kon beginnen, bracht ik haar naar huis terug.'

'Ik begrijp het. En waar ga je nu naartoe?'

'Naar de stad, om een paar dingen te halen die ik in mijn werkplaats nodig heb, of jij moet andere plannen hebben?'

'Nee, maar ik denk dat je wel moet weten dat meneer Collins, die projectontwikkelaar, zonet hier was.'

'Wat wilde hij?'

'Dat ik jou zou overhalen om ons land te verkopen.'

'Wat heb je tegen hem gezegd?'

'Dat hij bij jou moest zijn, maar dat ik niet dacht dat je geïnteresseerd zou zijn.'

'Daar heb je gelijk in. Als en wanneer hij met me wil praten, zal ik tegen hem hetzelfde zeggen als wat ik tegen de Larsons heb gezegd. Ik verkoop geen land, welk bod ik er ook voor krijg.'

Roman pakte de teugels op. 'Nu ga ik naar de stad.'

Voor ze nog iets kon zeggen zette hij het paard aan het lopen en stuurde het rijtuig de oprijlaan af. Judith keek hem na en zwaaide nog even naar hem. Daarna wreef ze stevig met haar handen over haar armen. De lente liet niet lang meer op zich wachten, maar het was nog steeds te koud om zonder jas of sjaal buiten te lopen. Ze kon maar beter snel naar binnen gaan. Opeens drong het tot haar door dat ze Anna bij een vreemde had achtergelaten. *Hoe kom ik daar nou bij? Had ik er maar aan gedacht om Grace te roepen voor ik naar buiten ging. Blijkbaar was ik helemaal van de kaart door die onverwachte en onaangename bezoeken en de snelle terugkeer van Anna.* Ze draaide zich snel om en botste plotseling tegen Gary op, die blijkbaar net uit het huis vertrokken was. Ze schrok en deed een stap naar achteren.

'Sorry dat ik u liet schrikken, maar ik moet gaan.' Hij liep snel verder naar de oprijlaan. Vreemd, Judith kon nergens een auto ontdekken. De man was blijkbaar helemaal uit de stad hierheen komen lopen.

Ze liep naar het huis en wilde net de hordeur opentrekken toen een daverende explosie het huis deed trillen. Er klonk geluid van brekend glas.

Judiths hart bonkte in haar borst toen ze naar binnen rende. 'Anna!'

25

Grace schrok wakker door het trillen van de vloer onder haar bed. Bij het horen van een dreunend lawaai besefte ze dat er iets verschrikkelijks gebeurd moest zijn. Ze schoot haar bed uit en zonder de tijd te nemen om haar pantoffels aan te doen rende ze haar kamer uit. Onder aan de trap botste ze bijna tegen Martha op die door de voordeur naar binnen was komen stuiven.

'Wat is er gebeurd, Grace? Het klonk alsof hier iets opgeblazen werd. Ik hoorde het zelfs in de schuur.'

Trillend schudde Grace haar hoofd. 'Ik-ik weet het niet. Ik was boven in mijn slaapkamer en hoorde een vreselijk kabaal. Mijn bed schudde, de ramen rinkelden en de muren trilden.' Haar blik schoot naar de keuken. 'Je denkt toch niet...'

Martha stevende op de keuken af, met Grace op haar hielen. Naast de tafel zat mama op de grond geknield. Ze had haar armen stevig om Anna heen geslagen. Aan de andere kant van de tafel lagen diverse gebroken potten en overal zaten spetters appelmoes.

Graces hart bonkte en ze rende naar haar moeder toe. 'Wat is er gebeurd? Is Anna gewond? Bent u in orde, mama?'

'De drukmeter van de weckketel moet kapot geweest zijn, want de ketel explodeerde toen ik op de veranda stond.' Haar moeders stem trilde van emotie. 'Anna beeft als een rietje, maar verder lijkt ze in orde te zijn.' Ze knikte naar het gebroken glas. 'Gelukkig is er niets aan deze kant van de tafel terechtgekomen.'

'Papa heeft een paar weken geleden een nieuwe drukmeter op de ketel gezet,' zei Martha, om de rommel heen stappend en naar het fornuis lopend. 'Ik kan me niet voorstellen dat die al kapot was.'

Grace stak haar armen naar Anna uit, maar het kind verroerde zich niet. Ze had zich aan haar oma vastgeklampt en huilde hartverscheurend.

'Dat komt er nu van als ik bij de ketel wegloop en naar buiten ga om te kijken waar jullie *daed* heen ging,' zei hun moeder in tranen. 'Die verslaggever had me zo van streek gemaakt met al zijn vragen, en toen Anna ook nog kwam vertellen dat haar *grosdaadi* kwaad op haar was en dat hij wegging...'

Grace was onmiddellijk bezorgd. 'Verslaggever? Welke verslaggever?'

'Die Gary Walker.' Mama krabbelde overeind en trok Anna tegen zich aan. 'Eerst kwam die projectontwikkelaar die me zelfs tot in de keuken achterna liep. Daarna stond die Gary voor de deur en ook hij kwam de keuken in toen de projectontwikkelaar verdwenen was. Vervolgens kwam Anna het huis binnenrennen en zei dat jullie vader wegging, dus liep ik naar buiten om te kijken wat er gaande was.'

'Ik dacht dat Gary Holmes County had verlaten.'

'Hij zei dat hij teruggekomen was om een vervolgartikel over de inbraken te schrijven.' Mama keek naar de deur. 'Zonder zelfs maar na te denken, liet ik hem bij Anna in de keuken achter, maar hij vertrok kort voor de explosie.'

Grace klemde haar kiezen zo stevig op elkaar dat haar kaken er pijn van deden. Kon Gary iets met de explosie te maken hebben? Kon hij met de drukmeter geknoeid hebben toen mama buiten was? Ze keek naar haar dochter die zich nog steeds huilend aan haar moeders rok vastklampte, en liep toen snel naar de deur.

'Waar ga je heen?' riep haar moeder haar na.

'Naar buiten, om te kijken of ik Gary zie.'

'Niet zonder mij.' Martha haalde Grace net voor de deur in en duwde hem open. 'Als je die nieuwsgierige verslaggever te pakken krijgt, moet je niet alleen met hem zijn.'

Grace zond haar zus een dankbare glimlach. 'Lief dat je zo bezorgd bent.'

Terwijl Martha Grace het verandatrapje af volgde, gingen haar gedachten als een op hol geslagen paard in het rond. Wat als haar zus gelijk had en Gary verantwoordelijk was voor de inbraken en andere incidenten? Hoe konden ze hem daarmee ooit laten stoppen als ze het niet aan de sheriff mochten vertellen of niet konden bewijzen dat hij het gedaan had?

'Ik zie zijn auto nergens.' Grace wees naar de oprijlaan. 'Hij zal dus wel weg zijn.'

'Misschien wel, maar laten we bij de weg gaan kijken voor het geval hij zijn auto ergens in de buurt had geparkeerd,' stelde Martha voor.

'Jah, goed.'

Ze liepen snel de oprijlaan af en toen ze bij hun brievenbus langs de weg aankwamen, zagen ze hem aan de overkant staan. Hij had zijn fotocamera op hen gericht. Grace draaide haar hoofd opzij, maar Martha liep onverschrokken met grote stappen op hem af. 'Wat denk jij dat je aan het doen bent?' vroeg ze toen ze recht tegenover hem stond.

'Ik maak gewoon een paar foto's voor het artikel dat ik ga schrijven.' Hij draaide met het toestel in haar richting, maar ze hield haar hand voor de lens.

'Laat dat maar uit je hoofd.'

Gary's mond viel open en hij keek Martha met grote ogen aan. Hij was blijkbaar niet gewend dat een Amish vrouw zo scherp tegen hem sprak.

Grace ging bij hen staan. 'W-wat doe je hier, Gary?'

'Ik ben teruggekomen om nog een of twee artikelen te kunnen schrijven.' Hij knikte naar Grace. 'Ik kwam langs om te vragen of er nog meer inbraken bij jullie zijn gepleegd.'

Martha zette beide handen op haar heupen en keek hem doordringend aan. 'Heb jij met het drukventiel van mijn moeders weckketel geknoeid?'

'Natuurlijk niet. Waarom vraag je dat?'

'Kort nadat jij het huis verlaten had, is de ketel geëxplodeerd. En omdat jij alleen in de keuken was...'

Hij hief zijn hand op. 'Ik hoop niet dat je insinueert dat ik daar iets mee te maken heb.'

'Mijn dochter was in de keuken toen de ketel ontplofte.' Grace ging nog iets dichter bij hem staan.

Gary fronste zijn wenkbrauwen. 'Jouw dochter? Dat kleine, zeurende meisje is jouw dochter?'

Grace knikte. 'Mijn geheim is al aan het licht gekomen, dus weten alle anderen net zo veel van mij als jij.'

Hij krabde achter op zijn hoofd. 'Over welk geheim heb je het?'

Martha ging tussen hen in staan. 'Anna. Ze heeft het over Anna.'

'Hè?' Gary keek naar Grace, toen naar Martha en weer terug naar Grace. 'Ik kan er geen touw aan vastknopen en heb geen idee over welk geheim het gaat.'

'Het geheim dat ik met Wade was getrouwd en dat wij een dochter kregen.'

'Ik heb nooit geweten dat jullie een kind hadden.'

'Je zei dat je wist dat hij met mij getrouwd was.'

'Ja, zo veel wist ik nog wel.'

'Toen ik met jou gebroken had en met Wade omging, zei je dat je me nog wel zou krijgen.'

Hij haalde zijn schouders op. 'Mannen zeggen en doen zo veel als ze een vrouw voor zichzelf willen houden.'

'Het is wel eigenaardig dat we nooit lastiggevallen zijn voor jij

in Holmes County verscheen,' viel Martha in. 'En omdat je allerlei soorten vragen stelt en er bij Grace op aandrong dat ze koffie met jou ging drinken en dat soort dingen, ben jij onze hoofdverdachte.'

Gary wierp zijn hoofd naar achteren en brulde van het lachen.
'Hoofdverdachte? Wie denk je dat je bent – de Agatha Christie
onder de Amish?'

'Wie?'

'Laat maar.' Gary keerde zijn gezicht weer naar Grace. 'Jij en
je zus gedragen je alsof je paranoïde bent. Jullie hebben geen
bewijs dat ik iets anders ben dan een verslaggever die zijn werk
probeert te doen.' Hij wees naar zijn fotocamera. 'Denken jullie
nu echt dat ik zo stom ben om mijn kans op de verkoop van een
spetterend artikel aan een grote uitgever op het spel te zetten?'

Grace opende haar mond om te antwoorden, maar hij sneed
haar de pas af. 'Zoals ik al zei, ben ik teruggekomen om nog een
paar artikelen over de Amish te schrijven en misschien schrijf ik
ook nog een paar artikelen over andere gebeurtenissen in deze
streek. Dus of je het nu leuk vindt of niet, ik blijf net zolang in
Holmes County als ik wil.'

Graces gezicht werd spierwit en ze trilde over haar hele
lichaam. Het scheen Martha toe dat het hun beiden niet echt
goed zou doen om nog langer met deze *Englischer* te redetwisten,
dus pakte ze haar zus bij haar arm en duwde haar zachtjes in de
richting van het huis. 'Laten we gaan, Grace.'

'Zeg, Gracie. Zijn die Amish man en jij ooit nog getrouwd?'
riep Gary haar achterna.

Ze knikte slechts.

Martha keek even achterom toen Gary naar zijn auto liep, die
hij in de berm had geparkeerd. Eén ding wist ze zeker: als hij
verantwoordelijk was voor wat hun allemaal overkwam, zou
God op Zijn tijd met hem afrekenen.

26

De volgende dagen probeerde Grace zo veel mogelijk tijd in Anna te investeren. Ze bakten samen koekjes en brachten deze bij de Wengerds, waar Anna met Esta kon spelen terwijl Grace met Alma bijpraatte. De ochtend daarop hielp Anna Grace met het water verversen in het kippenhok en het voeren van de kippen. Op dit moment keek Grace vanuit een van de schommelstoelen op de veranda toe hoe haar dochter met Heidi's lekker eigenzinnige pups op het erf aan het stoeien was.

Anna scheen haar nieuwe leven – en ook Grace – de laatste tijd beter te accepteren.

'Dank U, God,' prevelde Grace, terwijl ze een slokje thee nam uit de mok die ze in haar handen hield. Ze sloot haar ogen en haalde diep adem. *Wilt U mijn echtgenoot zegenen, Heere, en breng hem snel terug.*

'Slaap je?'

Grace schrok op bij het horen van haar vaders diepe stemgeluid en ze keerde haar gezicht naar hem toe. 'Ik keek naar Anna die met Heidi's pups aan het spelen is.'

Haar vader ging in de stoel naast haar zitten en zette zijn koffie op het kleine tafeltje tussen hen in. 'Ja, ja, kijken met je ogen dicht zeker.'

Grace glimlachte. 'Eigenlijk was ik met God aan het praten.'

'Aha, dat is een goede zaak. Dat heb ik de laatste tijd zelf ook vaak gedaan.'

'Vanwege de aanslagen op ons gezin?'

Hij haalde zijn schouders op. 'Die zijn er al een tijdje niet meer geweest. Ik ben ervan overtuigd dat die problemen over zijn.'

'En die ontplofte weckketel dan onlangs?'

'Dat was een ongeluk, niet meer en niet minder.'

'Een ongeluk?' Grace kon haar oren nauwelijks geloven. 'De drukmeter moet defect zijn geweest, of misschien was het ventiel kapot.'

'U hebt de drukmeter pas vervangen, dus ik geloof niet dat die kapot was.'

'Misschien heeft je *mamm* de ketel te lang op het fornuis laten staan en was hij oververhit.'

Ze legde even haar hand op zijn arm. 'Ik weet zeker dat het geen ongeluk was, net zomin als de andere dingen die ons zijn overkomen.'

'Ik weet dat jij gelooft dat die verslaggever er iets mee te maken had, maar ik weet niet zo zeker of dat zo is. Ik denk nog steeds dat er een paar *Englische* knullen achter zaten.'

'En ik blijf van mening dat Gary wellicht de dader is, maar omdat ik dat niet kan bewijzen, kan ik er verder weinig mee, denk ik.' Ze slaakte een vermoeide zucht. 'Ik ben al blij dat er niemand gewond is geraakt toen de ketel ontplofte. Mijn hart zou gebroken zijn geweest als er iets met Anna was gebeurd.'

'God waakte zowel over jouw *mamm* als over jouw *dochder*, dat is een ding dat zeker is.' Hij glimlachte, maar het trillende spiertje in zijn wang vertelde haar dat hij zich meer zorgen maakte dan hij wilde toegeven. 'Het is dwaas van ons te denken dat het door die of die gedaan kan zijn. Dat zijn alleen maar speculaties.'

'Dat is waar, maar...'

'Alleen God weet de waarheid en Hij zal de dingen op Zijn manier en op Zijn tijd afhandelen. Dat zul je zien.' Hij leunde naar achteren in zijn stoel en nam een slokje koffie.

Grace nam zichzelf onder handen omdat ze Gary zo sterk verdacht, maar ze rilde bij de gedachte wat er met Anna had kunnen gebeuren wanneer het kind aan de andere kant van de tafel had gezeten. Ze had gewond kunnen raken door het gebroken glas of zich kunnen branden aan de hete stoom die er na de ontploffing uit de ketel kwam. *Dank U, God, dat U over mijn kleine meisje hebt gewaakt.*

Haar vader wees in de richting van haar nieuwe huis.

'Nu Cleons broers mij de laatste paar weken zijn komen helpen met jullie huis, denk ik dat we het klaar zullen hebben tegen de tijd dat Cleon thuiskomt. Dan kunnen jullie daarheen verhuizen.'

Ze keek naar het silhouet van de woning die een gelukkig thuis voor Cleon en haar had moeten worden. 'Ik waardeer al het werk dat jullie hebben verricht, en als het klaar is, zal ik er met Anna intrekken, maar ik weet niet wat Cleon doet.'

Haar vader fronste zijn wenkbrauwen. 'Wat bedoel je? Het is ook Cleons huis. Ik weet zeker dat hij blij zal zijn dat het huis af is als hij terugkomt.'

Grace beet op haar onderlip terwijl ze overwoog hoe ze haar gedachten het beste kon verwoorden. 'Ik... eh... ik weet niet zeker of hij ooit terug zal komen. Zijn laatste brief maakte me duidelijk hoe gekwetst hij is en hij schreef iets wat mij het idee gaf dat hij misschien *Englisch* wordt.'

'Wat schreef hij dan?'

'Dat hij nog steeds in verwarring is en zich afvraagt of hij misschien iets anders met zijn leven moet gaan doen dan hij van plan was.'

'Hij kan het over zijn bedrijf hebben gehad. Misschien kan hij moeilijk nieuwe afnemers vinden en denkt hij erover om een ander soort werk te gaan doen.' Haar vader wees in de richting van zijn werkplaats. 'Cleon is een vrij goede timmerman. Misschien wil hij wel bij mij komen werken.'

'Luke werkt al voor u, papa, en ik denk niet dat u op het

moment voldoende werk hebt om drie mannen bezig te houden, of wel?'

Hij haalde zijn schouders op. 'Niemand weet wat de toekomst brengen zal.'

Grace drukte haar armen tegen haar maag toen ze plotseling een vlaag van misselijkheid voelde. Ze was de laatste tijd wat duizelig en voelde zich een beetje slap. Dat kwam vast omdat ze weinig gegeten had sinds Cleons vertrek. Maar misschien kwam het ook wel door de stress of had ze een tik van de griep meegekregen.

Haar vader legde zijn hand op haar schouder. 'Probeer wat minder bezorgd te zijn. Bid ervoor en leg de situatie in Gods handen.'

Grace kneep haar ogen dicht en dwong haar maag tot rust. Het was makkelijk genoeg voor papa om zich geen zorgen te maken; het was niet zijn partner die naar Pennsylvania vertrokken was.

'Zeg, ben jij niet een van die Amish lui?'

Cleon keerde zich naar de *Englische* man van middelbare leeftijd die naast hem in de bus zat en knikte. '*Jah*, ik ben Amish.'

'Dat dacht ik al door de kleren die je draagt. En aan je baard te zien, ben je ook getrouwd. Of klopt het niet dat Amish mannen pas na hun huwelijk hun baard laten staan?'

Cleon streek met een hand over de zijkant van zijn gezicht. 'Jawel, dat klopt.'

'Ik ben ook getrouwd. Al bijna twintig jaar met dezelfde vrouw. We hebben drie geweldige kinderen – twee jongens en een meisje. En jij?'

'Ik ben nog niet zo lang getrouwd.' Cleon koos ervoor om Anna buiten beschouwing te laten. Dat was Graces dochter, niet de zijne. Waarschijnlijk zouden Grace en hij nooit kinderen krijgen.

'Waar woon je?'

'In Ohio, tussen Berlin en Charm.'

'Holmes County, heb ik dat goed?'

Jah.'

'Dat gebied telt de meeste Amish inwoners, toch?'

Cleon knikte.

'En waarom ben je in Pennsylvania?'

'Voor zaken.'

De man keek Cleon aandachtig aan. 'Ben je boer?'

Cleon schudde zijn hoofd. 'Ik heb een imkerij. De honing is voor de verkoop en van de was worden kaarsen gemaakt.'

'Aha, ik begrijp het. Probeerde je nieuwe klanten te vinden, dan?'

Jah.'

'Ik zit ook in de verkoop. Van levensverzekeringen.' De man stak zijn hand uit. 'Laat ik me voorstellen. Lewis Carter. En ik werk voor...'

'Ik wil niet onbeleefd zijn, maar ik sluit geen levensverzekering af.'

De man leek versteld te staan. 'Als je een gezin hebt, hoor je wat voorzieningen te treffen voor het geval er iets met jou gebeurt.'

'De Amish sluiten geen enkele verzekering af. Wij zorgen voor onszelf.' Cleon keerde zich van de man af en staarde door het raam naar het voorbijglijdende landschap. Misschien werd het tijd om zijn werk hier af te ronden en zijn verantwoordelijkheden thuis onder ogen te zien.

27

'Het was een goede kerkdienst vandaag, vond je ook niet?' vroeg mama, terwijl ze over haar schouder keek en naar Grace glimlachte. Ze waren in hun rijtuig onderweg naar huis. Papa en mama zaten met Martha voorin, Grace, Ruth en Anna zaten op de achterbank.

Grace knikte bevestigend na haar moeders vraag. Eerlijk gezegd had ze nauwelijks een woord van de preken gehoord, doordat ze tegen de vlagen misselijkheid had zitten vechten.

'Ik vond het moeilijk om Luke vandaag in de kerk te zien,' fluisterde Ruth tegen Grace.

'Dat kan ik me voorstellen. Heeft hij na de dienst nog iets tegen je gezegd?'

'Hij heeft geen enkele keer mijn kant op gekeken.' Ruth zuchtte. 'Het is waarschijnlijk ook maar het beste zo, want hij wil toch geen opening van zaken geven.'

'Luke was vrijdag te laat op zijn werk, heb ik dat al verteld?' vroeg haar vader.

Ruth keek verbaasd, maar het was voor Grace geen verrassing dat hij hun gesprek had opgevangen. Mama plaagde hem vaak door te zeggen dat hij zelfs nog een stukje zaagsel kon horen vallen als hij daarnaar zou luisteren.

'Heeft hij gezegd waarom hij te laat was?' vroeg Martha.

'Hij had een of andere uitvlucht over een boodschap die hij nog had moeten doen nadat hij thuis vertrokken was en die meer tijd kostte dan hij had verwacht.'

'Geloofde u hem?' vroeg Ruth.

Haar vader haalde zijn schouders op. 'Ik weet niet goed wat ik moet geloven wanneer het Luke betreft. Hij houdt er in ieder geval wel zijn eigen mening op na. Volgens mij denkt hij dat hij meer van houtbewerking afweet dan ik.'

'Ik weet zeker dat Luke alleen maar zijn ideeën probeert te delen,' viel Martha bij.

Grace vroeg zich af of haar zus soms meer dan een voorbijgaande interesse in Ruths ex-vriend had nu ze hem zo verdedigde.

'Toen Luke vrijdag eindelijk kwam opdagen, stonken zijn kleren naar de rook.' Papa schudde zijn hoofd. 'Ik hoop echt niet dat hij met sigaretten zit te knoeien tijdens zijn *rumschpringe*.'

'Heb je hem ernaar gevraagd?' vroeg mama.

'Nee. Ik vond niet dat ik daar de aangewezen persoon voor was.'

Ruths wangen werden rood en ze schraapte een paar maal haar keel. 'Ik... eh... denk wel dat het mogelijk is dat hij veel dingen doet die hij niet zou moeten doen.'

'Hoe weet je dat?' vroeg haar vader.

'Nou, hij heeft een...' Ze viel stil. 'Laat maar. Het is niet aan mij om dat te vertellen.'

Papa gaf een rukje aan de teugels om het paard sneller te laten lopen nadat zijn gang bij de laatste heuvel beduidend langzamer geworden was. 'Nou ja, waar Luke ook tijdens zijn *rumschpringe* mee bezig is, zijn gedrag op het werk is voor mij het grootste punt van zorg. Ik had me vorige week voorgenomen om hem te ontslaan zodra hij weer te laat was, en eigenlijk had ik dat vrijdagmorgen ook moeten doen.'

'Waarom deed je het niet, Roman?'

Papa gaf een klopje op mama's arm. 'Omdat jij me vast zou gaan vertellen dat ik hem nog een kans moest geven.'

Ze grinnikte. 'Je kent me goed.'

Grace leunde naar achteren en probeerde zich te ontspannen.

Morgenochtend zou ze met Anna naar hun nieuwe woning verhuizen, maar Cleon zou er niet bij zijn. Ze huiverde. Al dit wachten en de spanning of hij ooit nog thuis zou komen, hadden haar tot een nerveus wrak gemaakt. Geen wonder dat haar maag het grootste gedeelte van de tijd van streek was. Als ze niet voor Anna op de been moest blijven, zou ze helemaal zijn ingestort.

Ze pakte de hand van haar dochtertje vast en het kind glimlachte naar haar. *Dank U, God. Dank U dat U mij mijn dochter hebt teruggegeven.*

'Moeten we echt weg?' vroeg Anna, terwijl Grace een stapel linnengoed in een verhuisdoos legde. 'Ik vind het hier leuk.'

Grace glimlachte en knikte. 'Dat weet ik, maar in het nieuwe huis heb je een eigen kamer. Is dat niet fijn?'

Het kind trok een pruillip. 'Maar ik zal tante Martha missen.'

'Ze is niet ver uit de buurt. Ze komt vast bij ons op bezoek en wij kunnen haar en de anderen opzoeken.'

Anna fronste haar voorhoofd. 'Opa Davis komt nooit op bezoek en hij had het wel beloofd.'

'Dat komt omdat hij ver weg woont en zich nog steeds niet fit voelt, Anna.' Grace gaf een zacht kneepje in Anna's arm. 'Maar hij stuurt wel brieven.'

Anna staarde naar de hardhouten vloer. 'Ik mis hem.'

'Dat weet ik.' Grace trok Anna in haar armen, maar het kind bleef onbeweeglijk staan. Een stap vooruit, een stap achteruit. Was er maar iets waarmee ze een glimlach op het gezicht van haar kleine meisje kon krijgen.

Haar blik viel op haar dekenkist. De pop! Waarom had ze daar niet eerder aan gedacht?'

Ze liep snel de kamer door, opende het deksel en zocht tussen de spullen tot ze de pop had opgeduikeld. 'Kijk eens wat ik heb gevonden, Anna.'

'Wat is dat?' Het kind zette grote ogen op en Grace was blij dat ze haar interesse had gewekt.

'Dat is de pop die ik voor jou gemaakt heb toen jij nog een baby was.'

Met een bedenkelijk gezicht keek Anna naar de pop. Ze tuitte haar lippen. 'Ze heeft geen mond.' Ze legde een vinger tegen haar eigen neus. 'En geen neus.' Ze wees naar een van haar ogen. 'En ook geen ogen.' Ze schudde haar hoofd. 'Dat is geen pop.'

Grace knielde naast haar neer en wiegde de pop in haar armen. 'Het is moeilijk uit te leggen, maar Amish mensen maken poppen zonder gezichten.'

'Waarom?'

'Dat heeft te maken met een tekst in de Bijbel waarin staat dat we geen gesneden beeld mogen maken.'

Met schuin geheven hoofd kneep Anna haar ogen tot spleetjes. Het kind begreep duidelijk niet waar Grace het over had.

'Zeg, Anna, het is altijd leuk om net te doen alsof, vind je niet?'

Het kind knikte. 'Zondag deden Esta, ik en nog een paar andere kinderen om de beurt net alsof we een paard waren dat een wagen moest trekken.'

'Laten we dan net doen alsof deze pop een gezicht heeft.' Ze keek op om de reactie van haar dochter te peilen, maar Anna's gezichtsuitdrukking was niet veranderd. Grace probeerde het opnieuw. 'Laten we de pop eerst een naam geven.'

Nog steeds geen reactie.

'Wat vind je van Sarah?'

'Die naam vind ik niet mooi.'

'En Phoebe dan? Toen ik nog een klein meisje was, had ik een vriendin die Phoebe heette, maar ze is naar Wisconsin verhuisd.'

Anna schudde haar hoofd.

Grace slaakte een zucht van ergernis. 'Hoe wil je de pop dan noemen?'

'Martha.'

Grace knikte. 'Goed, dan heet ze Martha.' Ze raakte het gezichtje van de pop aan. 'Laten we net doen of Martha ogen heeft. Welke kleur moeten ze zijn?'

'Blauw. Net als tante Martha.'

'Goed. Welke kleur haar moet ze hebben?'

'Tante Martha heeft bruin haar.'

'Dat klopt.' Ze hield de pop aan Anna voor. 'Wil jij haar nu vasthouden?'

Anna pakte de pop aan en trok haar dicht tegen haar borst. 'Ik vind de pop zonder gezichtje leuk.'

Grace glimlachte. Ze mocht Anna dan nog niet helemaal voor zich gewonnen hebben, ze boekte wel iedere dag een beetje vooruitgang met haar. En nu kon ze haar dochter met de pop zien knuffelen die ze zelf ooit voor haar gemaakt had.

28

Roman keek op van het schuren van de stoel waar hij mee bezig was en fronste zijn wenkbrauwen toen hij Luke de werkplaats binnen zag stappen. 'Je bent weer te laat, jongen. Wat is het probleem deze keer?'

Luke bleef bij de deur staan alsof hij bang was om verder te lopen. Vreesde hij een nieuwe vermaning of was hij bang dat Roman hem zou ontslaan? Dat was hij wel van plan als Luke weer zonder een goede reden te laat gekomen was.

'Nou, hoe komt het dat je zo laat bent en waarom blijf je bij de deur staan?'

Luke staarde naar de vloer en trok met de punt van zijn schoen kleine kringetjes in een hoopje zaagsel. 'Ik... eh... ik ben zo laat omdat ik onderweg nog een boodschap moest doen.'

Roman legde zijn schuurpapier opzij en rechtte zijn rug. 'Ik heb je gewaarschuwd, jongen. Als je nog een keer te laat zou komen, kon je vertrekken.'

Luke keek omhoog. 'Bedoelt u dat ik ontslagen ben?'

Roman knikte.

Luke schuifelde een paar keer met zijn voeten. 'Ik weet dat u en ik over sommige dingen verschillend denken, maar...'

'Dat klopt.' Roman zette een stap in de richting van Luke en rook duidelijk een sigarettenlucht. Of Luke rookte zelf, zoals Roman al vermoed had, of hij had rondgehangen met iemand anders die rookte.

Luke keek bedenkelijk. 'Ik weet dat u een behoorlijke hoeveelheid werk hebt liggen op dit moment en als ik wegga, komt u handen tekort.'

'Dat is mijn probleem. Ik red me wel alleen tot ik een ander heb gevonden.'

Luke haalde zijn schouders op. 'Ik denk dat u hier spijt van gaat krijgen.' Hij haalde zijn zonnebril uit zijn borstzakje, keerde zich om en liep naar buiten.

Roman bromde wat en ging verder met het schuren van de stoel.

'Hoe kan dat nou zijn gebeurd?' foeterde Judith. Ze was het erf opgelopen om te kijken hoever het wasgoed al droog was, maar zag toen dat de waslijn het begeven had. Al het wasgoed lag op de grond. In eerste instantie dacht ze dat ze te veel handdoeken had opgehangen en dat de lijn door het gewicht gebroken was, maar bij nadere inspectie constateerde ze dat de lijn doorgesneden moest zijn. 'Wie haalt nu zoiets in zijn hoofd?'

Ze bukte om een van Romans overhemden op te rapen en zag iets verderop een zonnebril op de grond liggen. Niemand van haar gezin droeg een dergelijke zonnebril. Haar hartslag versnelde toen ze zich realiseerde dat de bril wellicht het eigendom was van degene die de lijn had doorgesneden.

Ze raapte de bril tegelijk met een van de vuile overhemden op en haastte zich naar Romans werkplaats. Hij stond over zijn werkbank heen gebogen en schuurde de poten van een eetkamerstoel. 'Er is weer iets gebeurd,' hijgde ze.

Hij liep snel naar haar toe. 'Wat dan? Is er iemand gewond?'

Ze schudde haar hoofd en toonde hem het overhemd. 'De waslijn is doorgesneden en nu moet alles opnieuw gewassen worden.'

'Dat is alles – gewoon een gebroken lijn – en daardoor ben jij zo van streek?'

'Hij is niet gewoon gebroken, Roman. Ik heb de lijn bekeken en hij is duidelijk doorgesneden.' Ze liet hem de zonnebril zien. 'Deze vond ik op de grond, niet ver van het wasgoed vandaan.' Hij pakte de bril van haar aan. 'Die lijkt op de bril die Luke bij zich had. Hij zette die op toen hij hier wegging.' Judith keek om zich heen. 'Waar is Luke naartoe?' Roman haalde zijn schouders op. 'Dat weet ik niet. Ik heb hem ontslagen.'

'Waarom?'

'Hij was weer te laat en ik was het spuugzat. Die knul is me al een tijdje een doorn in het oog – verschijnt te laat op zijn werk, spreekt me steeds tegen over mijn werkwijze en ik weet bijna zeker dat hij rookt.'

Judith zette grote ogen op. 'Hij lijkt altijd zo aardig.'

'Schijn kan bedriegen.' Hij fronste zijn wenkbrauwen. 'Ik vraag me af of die domkop misschien die inbraken heeft gepleegd. Hij had er in elk geval de gelegenheid voor.'

'Ach, Roman, dat geloof je toch zelf niet.'

'Luke heeft zich nog niet bij de kerk aangesloten en uit wat ik heb gehoord, begreep ik dat hij met een groep wilde *Englische* gasten optrekt. Je weet nooit wat voor streken hij allemaal uitgehaald kan hebben.'

Judith schudde langzaam haar hoofd. 'De dingen die hier zijn gebeurd, zijn geen gewone streken en waarom zou hij ons daarvoor uitgekozen hebben?'

Hij haalde zijn schouders op. 'Dat kan ik niet met zekerheid zeggen, maar wellicht koestert hij een wrok tegen mij omdat we zo vaak botsten. En zijn verbroken relatie met Ruth en nu zijn ontslag zullen de zaak wel geen goed hebben gedaan. Misschien besloot hij wraak te nemen door jouw waslijn door te snijden.'

Ze zonk neer op een stoel en kreunde. 'Moge God ons allen helpen.'

29

'Ik vind het fijn dat je vanmorgen met mij en Anna mee bent gaan winkelen,' zei Grace tegen Martha toen ze uit Berlin vandaan naar huis reden. 'Het is een prachtige heldere dag en het leek me goed om een frisse neus te halen en wat tijd met elkaar door te brengen.' Ze keek over haar schouder naar Anna, die met haar pop in haar hand op de achterbank in slaap gevallen was. 'Ze is nog niet helemaal gewend, maar het gaat steeds beter tussen mij en mijn dochter.'

'Fijn om te horen.'

'Ze is erg gek op die pop die ik voor haar gemaakt heb toen ze nog een *boppli* was. Ze verliest 'm nauwelijks uit het oog.'

Martha glimlachte. 'Als Cleon eenmaal terug is, zijn jullie een echt gezin.'

Grace slikte om de misselijkheid te onderdrukken die haar van het ene op het andere moment had overvallen. Ze kon die nu niet gebruiken – niet terwijl ze het zo druk had en zo haar best deed om een goede moeder te zijn. Tegelijk vertrouwde ze op God dat Hij de dingen in orde zou maken.

'Gaat het?' Martha legde even haar hand op Graces arm. 'Je ziet wat bleek en je handen trillen.'

'Er is niets. Ik ben gewoon een beetje moe, dat is alles.'

'Zal ik rijden?'

Grace schudde haar hoofd. 'Ik red het wel.'

'Zeker weten?'

Grace opende haar mond om te antwoorden, maar voor ze een woord kon uitbrengen, ketste er iets tegen hun voorruit.

'Wat was dat?' Martha boog zich naar voren en keek met samengeknepen ogen naar de rode vlek.

'Het lijkt wel een tomaat.'

Pets! Pets! Het rijtuig werd nog twee keer geraakt.

'*Ich kann sell net geh* – dat laat ik niet over mijn kant gaan.' Martha wees naar de berm van de weg. 'Wil je daar even parkeren?'

'Waarom?'

'Om uit te zoeken wie die tomaten gooide.'

'Waarschijnlijk zijn het gewoon een paar kinderen die aan het vervelen zijn.'

'Ze horen zich niet in het bos te verstoppen en rijtuigen te bekogelen. Dat kan een ongeluk veroorzaken.'

Grace hield de teugels in en stuurde het paard naar de kant van de weg. Als ze niet stopte, zou ze dat altijd moeten blijven horen. Ze keek om zich heen. 'Ik zie niemand in het bos, jij wel?'

'Daar!' Martha wees naar een rijtje bomen aan de overkant van de weg. 'Volgens mij zag ik de achterkant van een hoofd van een of andere kerel tussen de bomen.'

Grace strekte haar hals. 'Ik zie niemand.'

'Hij dook achter die boom.'

'Hoe zag hij eruit?'

'Dat kan ik niet precies zeggen. Ik geloof dat hij een baseballpet droeg.' Martha opende het portier aan haar kant van het rijtuig.

'Wat ga je doen?'

'Naar de overkant, om te kijken wie daar zit.'

Grace boog zich over de stoel heen en pakte haar zus bij haar arm. 'Ben je mal? Er kan wel meer dan een persoon in het bos zitten en misschien raak je gewond.'

'Ik wil gewoon met hen praten.'

'Denk je echt dat iemand die gemeen genoeg is om tomaten

naar een Amish rijtuig te gooien, naar jou wil luisteren?'

'Misschien wel.' Martha perste haar lippen op elkaar en fronste haar wenkbrauwen. 'Je denkt toch niet dat degene die een steen door ons keukenraam gooide en bij ons ingebroken heeft, ook voor het gooien van deze tomaten verantwoordelijk is, of wel?'

Grace keek achterom en zag tot haar opluchting dat Anna nog sliep. Haar dochter kon dit gesprek beter niet horen. Ze zou er bang door worden. 'Ik betwijfel of het dezelfde persoon is, maar voor het geval dat wel zo is, gaan we ons niet in gevaar begeven door het bos in te gaan.' Ze pakte de teugels op en spoorde het paard tot lopen aan. 'We moeten naar huis, dan kunnen we mama nog helpen met wat schoonmaakwerk.'

Martha knikte. 'Ik hoop echt dat Ruth vanmiddag op de terugweg geen problemen heeft.'

Grace schudde haar hoofd. 'Ik weet zeker dat de tomatengooier dan allang verdwenen is.'

Roman had de rest van de morgen moeite om zijn aandacht bij het werk te houden. Hij bleef maar aan het ontslag van Luke en het gebeuren met de waslijn denken. Wat als hij het mis had met zijn idee dat de inbraken door een paar *Englischers* waren gepleegd? Wat als Luke al die dingen had uitgehaald omdat hij kwaad was op Roman?

Hij maakte zich ook zorgen over Judith, die heel erg van streek leek te zijn door die kapotgesneden waslijn. Toen ze het wasgoed hadden opgeraapt en de lijn weer hadden hersteld, was ze naar de kelder gegaan om alles opnieuw te wassen. Roman had aan haar afhangende schouders en gefronst voorhoofd gemerkt dat ze zich vreselijk veel zorgen maakte.

'Kon ik maar iets doen om de rust terug te laten keren,' prevelde hij, terwijl hij een verflaag op een stoel aanbracht. Al die commotie in hun levens was niet goed. Hij vroeg zich af of God zijn gebeden wel hoorde en als dat zo was, waarom Hij dan geen antwoord gaf.

Misschien moet ik eens met onze bisschop praten, kijken wat hij hierover te zeggen heeft. Jah, *dat moet ik doen.*

Toen Grace het paard met het rijtuig over hun met grind bedekte oprijlaan stuurde, ontdekte Martha haar moeder op het erf. 'Kijk, mama hangt de was op. Daar begrijp ik niets van, want daar was ze ook al mee bezig toen wij vanmorgen naar de stad vertrokken.'

'Misschien heeft ze nog een paar andere dingen gevonden die gewassen moesten worden,' opperde Grace, terwijl ze het paard naast de schuur liet stilhouden.

Anna ging rechtop zitten en gaapte. 'Zijn we al thuis? Ik heb honger.'

'*Jah*, we zijn thuis,' antwoordde Grace. 'Zodra we de boodschappen hebben opgeborgen, gaan we eten.'

'Het paard moet ook nog in de kraal worden gezet,' voegde Martha eraan toe.

Korte tijd later liepen Grace, Martha en Anna in de richting van het huis. Ze bleven bij de waslijn staan om met hun moeder te praten.

'Hoe komt het dat u nog steeds met de was bezig bent?' vroeg Martha. 'Ik zou verwacht hebben dat u onderhand het droge goed eraf zou halen, niet dat u natte spullen ophangt.'

Mama keek hen met gefronst voorhoofd aan. 'Iemand heeft de lijn doorgesneden. Al het wasgoed lag op de grond.'

'Wat verschrikkelijk! Wie doet nou zoiets?'

Mama wees naar de grond. 'Ik vond vlakbij een zonnebril en jullie *daed* denkt dat die van Luke is.'

Grace deed een stap naar voren. 'Hoe zag die bril eruit?'

'Een metalen montuur en donkere glazen.'

'Gary heeft zo'n zonnebril. Hij droeg die op de dag dat de weckketel ontplofte.'

'Dus kan het ook door Gary zijn gedaan.' Martha fronste haar wenkbrauwen. 'Onderweg naar huis gooide er iemand tomaten naar ons rijtuig. Ik vraag me af of dit...'

Mama wees naar Anna, die met een angstig gezicht naast haar moeder stond. 'Zullen we dit later bespreken?'

Grace knikte en pakte haar dochter bij de hand. 'Laten we naar ons huis gaan, Anna. Jij kunt me helpen met het brood klaarmaken.'

'Mag ik brood met pindakaas en honing?'

'*Jah*, natuurlijk. We hebben honing genoeg. Komen jullie ook bij ons eten?' nodigde Grace haar zus en moeder uit. 'Ik zal wel roepen als het klaar is, dan kan papa ook komen.'

'*Jah*, goed,' antwoordde mama.

'Dan ga ik nu even bij de honden kijken,' zei Martha tegen haar moeder, terwijl Anna met Grace het pad naar hun nieuwe huis op liep.

Toen Martha vlak bij de schuur was, hoorde ze een hond keffen. Het klonk als Fritz, maar het geluid kwam niet uit de hondenkennel die papa eindelijk had afgebouwd. Het geluid kwam van de andere kant van het huis.

Kef! Kef! Daar was het weer.

Ze liep snel om het huis heen, maar stopte plots toen ze Fritz aan een boom vastgebonden zag staan. Het touw zat om de nek en linkerpoot van de hond heen gedraaid, zodat hij nog maar op drie poten stond. De waterbak van het arme dier was net buiten zijn bereik gezet.

Martha slaakte een kreet en rende naar het dier toe. 'O, Fritz, jij arme lieverd. Wie heeft dit toch gedaan?'

De hond jankte aandoenlijk en Martha's vingers trilden toen ze de knoop losmaakte en het touw verwijderde. 'Wie dit ook gedaan heeft, hij is nu te ver gegaan. Papa moet de sheriff inschakelen!'

Roman wilde net het bordje met de tekst *Gesloten* voor het raam zetten en gaan lunchen, toen Martha met Fritz in haar armen aan kwam rennen. Haar gezicht was vuurrood en glom van het zweet. 'Wat is er, meisje?'

'Het gaat om Fritz,' hijgde ze. 'Ik vond hem aan de zijkant van het huis.'

'Hoe is hij daar gekomen? Ik dacht dat hij bij de andere honden in de kennel zat.'

'Toen ik vanmorgen met Grace en Anna naar de stad ging, zaten alle honden in de kennel, maar toen ik Fritz net vond, was hij aan de boom vastgebonden, met één poot in de lucht.' Ze zweeg en hapte naar lucht. 'Er was net buiten zijn bereik een waterbak neergezet.'

Roman perste zijn lippen opeen en schudde zijn hoofd. 'Het doorsnijden van je moeders waslijn is één ding, maar dierenmishandeling gaat te ver.'

Martha voelde hoop opwellen. 'Gaat u de sheriff waarschuwen?'

Hij schudde zijn hoofd. 'We kunnen niet bewijzen wie het heeft gedaan, en zelfs als dat wel zo was...'

'Zoals u ongetwijfeld weet, denkt Grace dat die *Englische* verslaggever zich misschien op haar wreekt omdat ze met hem gebroken had voor ze met Anna's vader trouwde.'

Romans borst ging snel op en neer. 'Ik denk dat ze het mis heeft, ik vermoed dat Luke erachter zit.' Martha keek naar het trillende dier in haar armen.

'Wat voor reden heeft hij nou om een van mijn honden iets aan te doen of voor een van die andere dingen?'

'Je weet dat Luke en ik een paar keer een aanvaring hebben

gehad. Hij houdt er niet van om voorgeschreven te krijgen wat hij moet doen en toen ik hem vanmorgen ontsloeg, was hij wellicht kwaad genoeg om zijn gram te halen.'

'U... u hebt hem ontslagen?'

Roman knikte. 'Ik vind het een afschuwelijke gedachte dat het door een van onze eigen mensen gedaan kan zijn, maar je *mamm* vond vanmorgen een zonnebril die op de bril van Luke lijkt.'

'Grace zei dat de zonnebril van de verslaggever met de omschrijving klopte van de bril die mama heeft gevonden.'

Roman haalde zijn schouders op. 'Misschien wel, maar weet je nog dat je Lukes hoed bij de schuur gevonden had toen die steen door ons keukenraam was gegooid?'

Ze knikte.

'Lijkt het er daardoor niet op dat hij de schuldige kan zijn?'

'Ja, dat wel, maar als Luke met die *Englischers* optrekt met wie Ruth en ik hem een keer in de stad zagen, denkt hij misschien dat het leuk is om een paar grappen uit te halen.'

Roman fronste zijn wenkbrauwen. 'Er is niets grappigs aan het vernielen van iemands bezit, het stelen van gereedschap of dieren mishandelen.'

Martha streelde het zijdezachte oor van Fritz. 'Hij is niet echt gewond. Alleen een beetje bang – dat is alles.'

Roman bromde wat. '*Jah*, nou, het beest had gewond kunnen raken als je hem later pas had gevonden.'

'Dat is waar en ik vind het echt verschrikkelijk wat er is gebeurd. Maar toch ben ik er nog steeds niet van overtuigd dat Luke het heeft gedaan.'

'We kunnen dit probleem nu niet oplossen, dus waarom zet je Fritz niet in de kennel terug en gaan we eten? Als Luke verschijnt om zijn zonnebril te halen en ik hem een paar vragen kan stellen, krijg ik misschien een aanwijzing van wat er gaande is. Zo niet, dan ga ik misschien wel bij hem thuis een babbeltje met hem maken.'

30

Martha liep voor haar hondenkennel heen en weer en bleef om de paar minuten stilstaan om naar Heidi en de pups te kijken. De honden dartelden achter het gaas op de betonnen vloer in het rond. Ze had onlangs in verschillende kranten, inclusief *The Budget*, een nieuwe advertentie laten plaatsen, en hoopte de laatste pups ook te verkopen. Tot op heden had ze aan Ray en Donna Larson een teefje verkocht en aan een Amish man in de buurt van Sugarcreek een reu. Flo, de beagle, was nog niet drachtig, maar Martha hoopte dat dat niet lang meer op zich zou laten wachten.

Misschien moet ik na de lunch eens een kijkje bij de Larsons gaan nemen om te zien hoe het met de pup gaat. Dat geeft me gelijk een kans om met Donna over de situatie hier te praten en te vragen of zij of Ray iets verdachts heeft gezien of gehoord.

'Martha, de lunch is klaar. Kom je?' riep Grace vanuit de schuurdeuropening.

'*Jah*, goed.' Martha keek nog eenmaal naar haar honden en liep snel naar de voorkant van de schuur. 'Heeft papa je over Fritz verteld?'

Grace knikte met een grimmige uitdrukking op haar gezicht. 'Toen hij net bij me binnenkwam, heeft hij mama en mij het hele verhaal verteld.' Ze legde even haar hand op Martha's arm. 'Ik vind het heel erg wat er is gebeurd, maar ik ben blij dat de hond niet gewond is.'

'Papa probeert Luke de schuld te geven, maar ik heb zo mijn twijfels.'

'Ik blijf van mening dat Gary de verantwoordelijke persoon is voor al die nare dingen die ons overkomen.' Grace beet op haar lip en keek naar de grond. 'Behalve voor de puinhoop van mijn huwelijk dan. Dat is mijn eigen schuld – en van niemand anders.'

Martha sloeg haar arm om het middel van haar zus en samen liepen ze het pad op in de richting van Graces huis. 'Het was fout van je dat je de waarheid voor Cleon hebt verzwegen, maar dat geeft hem nog niet het recht jou niet te vergeven.'

'Misschien niet, maar ik had het hem eerder moeten vertellen en het niet moeten uitstellen tot Anna voor de deur stond.'

'Niemand is volmaakt, Grace. We maken allemaal fouten.'

'Ik lijk daarin iedereen de loef af te steken.' Grace bleef een paar tellen staan en haalde beverig adem. Haar gezicht was wit en onder haar ogen lagen donkere kringen.

'Wat is er? Ben je *grank*?'

'Ik denk niet dat ik echt ziek ben, maar ik heb al een paar weken last van misselijkheid.'

'Heb je je menstruatie overgeslagen?'

Grace knikte ernstig.

'Dan lijkt het me dat je zwanger bent.'

'D-daar ben ik ook bang voor.'

'Je hoeft niet zo verdrietig te kijken. Als je een *boppli* krijgt, is dat geweldig goed nieuws.'

'Dat zou het ook zijn als alles hier normaal was.'

'Daarom ga ik vanmiddag naar de Larsons, om te kijken of zij iets weten.'

'Waarom zouden zij iets weten? Je denkt toch niet echt dat dat aardige stel ons in welk opzicht dan ook kwaad zou willen doen?'

Martha schudde haar hoofd. 'Natuurlijk niet, maar ik hoop dat Ray iets heeft gezien met zijn verrekijker. Of misschien heeft Donna iets gehoord van een van de mensen die zij met haar auto vervoert.'

'Ik zou me een stuk beter voelen wanneer we niet meer lastig-gevallen worden,' zei Grace, 'maar dat lost nog niets op aan het probleem met Cleon.'

'Heb je de laatste tijd nog iets van hem gehoord?'

'Niet meer sinds de brief waarin hij schreef dat hij nog meer afnemers voor zijn honing zocht en niet wist wanneer hij thuis zou komen.'

'Jammer dat hij geen vast adres daar heeft, anders kon je hem misschien schrijven dat je zwanger bent.'

'Ik ben nog niet bij de dokter geweest, dus is het nog niet zeker dat ik zwanger ben. Misschien worden de verschijnselen wel door de stress veroorzaakt.' Grace bleef staan toen ze bij het verandatrapje aankwamen. 'Zeg hier alsjeblieft niets over tegen papa en mama. Als ik aan het einde van de week nog misselijk ben, zal ik een afspraak met de dokter maken.'

'Beloof je dat?'

Grace knikte kort.

Terwijl Cleon de winkel uit liep die hij bezocht had om nieuwe afnemers te vinden, viel zijn blik op een *Englisch* meisje dat op de stoep naast haar moeder huppelde. Ze deed hem aan Graces dochtertje denken, dat ongeveer even oud was. Toen het geheim van Grace aan het licht gekomen was, had hij geen poging gedaan om Anna beter te leren kennen, maar ja, het meisje leek daar zelf ook weinig behoefte aan te hebben.

Hij voelde een steek van schuld. Anna mocht dan zijn kind niet zijn, ze had wel een vader nodig. Maar Cleon wist niet zeker of Anna hem ooit als haar vader zou accepteren en hij wist ook niet of hij zich ooit prettig zou gaan voelen in die rol.

Hij wendde zijn blik van het meisje af en ontdekte een tele-fooncel in de straat. Omdat er bij zijn ouders buiten onder een afdakje een telefoontoestel hing voor de toeristen die bij zijn moeder een maaltijd gebruikten, besloot hij hen op te bellen om te laten weten dat hij binnenkort naar huis kwam.

Cleon stapte de telefooncel in, koos het nummer en kreeg Ivan aan de lijn.

'Cleon, ik ben blij dat je belt, want ik heb slecht nieuws.'

'Is er iets met Grace? Zijn de Hostettlers weer lastiggevallen?'

'Dat weet ik niet, maar wij wel.'

'Wat is er gebeurd?'

Ivan schraapte een paar maal zijn keel. 'Het gaat om jouw bij-enkasten. Die zijn weg.'

'Weg? Wat bedoel je?'

'Ze zijn vernietigd.'

Cleons knieën knikten en hij moest steun zoeken tegen de wand van de cel om overeind te blijven. 'Allemaal?'

'*Jah*. Allemaal.'

'W-wanneer is dat gebeurd?'

'Dat weet ik niet precies. Ik was er al een paar dagen niet geweest en toen ik vandaag eerder op de dag op het land ging helpen, besloot ik dat ik beter even kon gaan kijken hoe het met jouw bijen was. Toen ontdekte ik dat alles vernietigd was. Sommige bijen vlogen in het rond zonder dat ze een plek had-den om naartoe te gaan, maar ik ben er zeker van dat er veel bijen tegelijk met de kasten zijn verbrand.'

Cleon kreunde. Zonder zijn kasten en de bijen had hij geen honing meer om te verkopen. En als hij geen honing had, zat er ook niets anders op dan dat hij weer bij zijn vader op het land ging werken, iets wat hij eigenlijk niet meer wilde.

'Ik kan me niet indenken wie jou zoiets aan heeft willen doen en ik vraag me af waarom.'

'Misschien dat een paar vernielzuchtige kinderen zich hebben uitgeleefd. Het kan ook door iemand gedaan zijn die iets tegen mij heeft.'

'Kom op, broer. Wie heeft er nou iets tegen jou?'

Cleon wist geen antwoord. 'Ik kom zo snel als ik kan.'

'Ga je nieuwe kasten neerzetten als je thuis bent?'

'D-dat weet ik nog niet.'

'Grace zal vast blij zijn je weer te zien.'

Cleon kromp ineen. Ondanks dat hij kwaad op haar was, had hij Grace – en wat zij vroeger samen hadden – echt gemist. Hij wist dat hij haar pijn had gedaan door weg te gaan, maar zij had hem ook pijn gedaan en hij wist niet of hij haar ooit nog zou kunnen vertrouwen.

Toen haar ouders na de lunch weer waren weggegaan, besloot Grace Anna even op bed te leggen.

'Weet je zeker dat ik je hier niet mee hoef te helpen?' vroeg ze aan Martha die met de afwas bezig was.

'Nee, ga maar naar boven.' Martha wuifde met een hand vol zeepsop. 'Misschien moet je zelf ook even gaan liggen. Je ziet pips, nog erger zelfs dan voor het eten.'

'Ik ben een beetje moe, dus misschien ga ik inderdaad wel eventjes rusten.' Grace liep naar de deur. 'Tot ziens, Martha.'

Even later had Grace Anna in bed gestopt. Ze liep naar haar kamer aan de andere kant van de hal en strekte zich op het bed uit. Het voelde vreemd om in dit huis te wonen – het huis dat Cleon was gaan bouwen toen ze zich hadden verloofd, de plek waar ze samen zouden gaan wonen.

De tranen rolden over haar wangen en vielen op de quilt met het dahliapatroon. *God, het spijt me zo wat ik mijn familie en Cleon heb aangedaan. Wilt U mijn man alstublieft snel terugbrengen, zodat ik het weer goed kan maken met hem?*

31

'Jullie beesten maken er echt een zooitje van, wisten jullie dat?' Martha klakte met haar tong, terwijl ze de betonnen vloer van de buitenkennel schoonspoot om de onaangename resten van uitwerpselen weg te werken.

Heidi en haar pups renden in het ene gedeelte van de kennel rond, Fritz zat in de ruimte ernaast, met een afscheiding tussen hen in. Bo en Flo zaten in een ander deel van de kennel, die ook gesplitst zou worden zodra Flo drachtig was. Papa had de kennel in het achterste deel van de schuur gebouwd en hem met de buitenkennel verbonden via een deurtje dat Martha kon openzetten, als de honden frisse lucht of beweging nodig hadden.

Martha dacht aan Freckles, de pup die Donna en Ray hadden gekocht. De pup leek goed te tieren. Toen ze een paar dagen geleden naar de Larsons was geweest, had het haar plezier gedaan te zien hoe groot Freckles was geworden en hoe goed ze zich aangepast leek te hebben.

Martha had Donna en Ray op de hoogte gebracht van de nieuwe aanvallen bij haar thuis. Ze waren erg geschrokken en hadden beloofd extra alert te zijn op onregelmatigheden. Ray had gezegd dat hij de sheriff zou inlichten over de aanvallen die er al waren geweest.

Het gaf Martha enigszins een opgelucht gevoel dat de sheriff eindelijk geïnformeerd zou worden, maar het zou bij haar vader niet erg goed vallen als hij dacht dat zij er iets mee te maken had. Hopelijk zouden de Larsons niets over haar bezoekje vertellen.

Overspoeld door emoties verliet Grace de artsenpraktijk. Haar vermoeden was bevestigd – ze was zwanger. Ze vond het heerlijk om Cleons kind te dragen, maar ze maakte zich zorgen of ze wel goed genoeg tegen de komst van nog een kind was opgewassen nu alles in haar leven zo overhoop lag.

Ze nam de geur van paarden waar en keek naar links. Voor het verkeerslicht stonden twee rijtuigen te wachten. De paarden stampten met hun hoeven alsof ze niet langer wilden stilstaan. In de straat klonk het getoeter van een auto. Het *Englisch* jongetje dat met zijn moeder op de stoep in haar richting liep, nieste een keer. In de wereld om haar heen leek alles normaal, maar Graces wereld stond op zijn kop.

Toen ze bij haar rijtuig kwam, dat ze op de parkeerplaats naast de artsenpraktijk had geparkeerd, ontdekte ze Gary aan de overkant van de straat. Hij liep het restaurant in waar zij vroeger had gewerkt. Hoelang zou hij nog blijven rondhangen? Steeds wanneer ze hem zag, werd ze aan het verleden herinnerd en aan haar angst dat hij verantwoordelijk was voor al die narigheden. Ze vroeg zich af of ze hem weer met haar verdenking moest confronteren – hem moest vragen hen niet langer te treiteren.

Grace schudde haar hoofd. Wat zou het voor zin hebben? Toen ze hem er eerder mee had geconfronteerd, had hij ontkend er iets van af te weten. Misschien had hij plezier in de wetenschap dat zij en haar familie bang waren. Misschien dat hij hen met rust zou laten als zij hem gewoon negeerde.

Roman was net wat zaagsel bijeen aan het vegen toen John Peterson zijn werkplaats binnenkwam.

'Wat kan ik voor je doen, John?' vroeg hij, de bezem opzijzettend.

John kwam dichter naar Roman toe lopen en streek met zijn

hand door zijn haar. 'Je... eh... je hebt ongetwijfeld gehoord dat Luke Friesen nu voor mij werkt.'

'*Jah*, dat heb ik gehoord.'

'Nou, ik kwam kijken of je het me niet kwalijk neemt dat ik hem aangenomen heb.'

Roman leunde tegen zijn werkbank en sloeg zijn armen over elkaar. 'Natuurlijk niet. Je hebt hem toch niet bij mij weggelokt of zo. Hij is alleen naar jou gegaan omdat ik hem ontslagen had.'

John knipperde met zijn ogen. 'Echt waar? Ik dacht...' Hij schudde zijn hoofd. 'Luke zei dat jullie een verschil van mening hadden en dat hij liever voor iemand ging werken die modern gereedschap gebruikt.'

'Wat heb jij daarop geantwoord?'

'Wat kon ik zeggen? Ik zou niet blij zijn als ik dit soort werk zonder elektriciteit en mijn moderne uitrusting zou moeten doen.' Hij keek om zich heen. 'Niet dat jij slecht werk levert met het gereedschap dat jij gebruikt.'

'Ik hoop dat het goed gaat tussen jou en Luke,' zei Roman, zijn schouders ophalend. Hij wilde niet negatief zijn, maar hij wist bijna zeker dat Luke niet langer dan een paar weken bij John in dienst zou blijven.

'Luke lijkt me een behoorlijk slimme knul en van wat ik heb gezien, is het ook een goede werker.'

Roman bromde wat. 'Hij doet de dingen graag op zijn eigen manier en ik zal je een kleine waarschuwing geven. Hij heeft de neiging vaak te laat op zijn werk te komen. Tenminste, wel toen hij voor mij werkte.'

'Bedankt voor de tip en reken maar dat ik hem in de gaten zal houden.' Roman keek naar de chique zonnebril die hij op de plank achter in de werkplaats had gelegd – de bril die Judith vlak bij de waslijn had gevonden. Hij kwam in de verleiding om te vertellen dat hij dacht dat Luke iets met de ongeregeldheden te maken had, maar gaf er niet aan toe omdat hij geen bewijs had.

Hij zou aan John kunnen vragen of hij de zonnebril wilde meenemen om te kijken of die van Luke was. Maar aan de andere kant kon hij beter wachten tot Luke zelf om zijn bril kwam vragen, als het tenminste zijn bril was. John liep bij het bureau vandaan. 'Ik moet weer terug naar mijn werkplaats. Luke is met een paar kasten voor Dave Rawlings bezig en ik weet niet zeker of hij wel weet hoeveel verflagen daarop moeten.'

'*Jah*. Bedankt dat je langsgekomen bent.' Toen John de deur sloot, pakte Roman zijn bezem weer en gaf een paar flinke vegen over de vloer. Nu was Dave, een van zijn vaste klanten, naar een ander overgelopen. Zou het kunnen dat Luke Romans werk had afgekraakt om meer klanten naar John te lokken?

Roman pakte het stofblik en veegde het bergje zaagsel op. Ondertussen dacht hij terug aan het gesprek dat hij een paar avonden geleden eindelijk met hun bisschop had gehad. 'Ik moet me niet langer zorgen maken over de dingen, maar mijn vertrouwen op God stellen, zoals bisschop King me heeft voorgehouden.'

'Ik ben blij dat je thuis bent, want ik wist niet wat ik hier allemaal mee moest.'

Met een vertrokken gezicht stond Cleon naast Ivan op de open plek waar hij vroeger zijn bijen had gehouden. 'Er is totaal niets bruikbaars over, of wel?'

'Nee, en het spijt me echt verschrikkelijk.' Ivan schudde zijn hoofd. 'Ik wilde het niet erger maken door je alle details te vertellen toen je belde, maar de keet waar je je gereedschappen voor de bijenhouderij bewaarde, is ook afgebrand.'

Cleon snoof. De dingen leken de laatste tijd van kwaad tot erger te gaan voor hem. 'Het was jouw schuld niet. Dit had ook kunnen gebeuren als ik er was geweest. Het is onmogelijk om de bijenkasten de hele tijd in de gaten te houden.'

Ivan legde even zijn hand op Cleons schouder. 'Heb je Grace al gezien en haar hierover verteld?'

Cleon schudde zijn hoofd. 'Zodra ik met de bus in Dover aangekomen was, heb ik me hierheen laten brengen door een chauffeur.'

'Grace zal vast blij zijn te weten dat je thuis bent. Ze zag er verschrikkelijk *mied* en *bedauerlich* uit toen ik haar een paar weken geleden in de kerk zag.'

Cleon haalde zijn schouders op. Grace was niet de enige die zich moe en verdrietig voelde. Toen haar geheim aan het licht gekomen was, had hij voor zijn gevoel al een stomp in zijn maag gekregen en nu zijn bijenkasten er niet meer waren, had hij zelfs geen werk meer.

'Je gaat nu snel naar huis, dus?'

Cleon huiverde. Probeerde zijn broer hem een schuldgevoel aan te praten omdat hij zo lang weggebleven was?

'Ik zal wel moeten, want ik heb geen andere plek om naartoe te gaan.'

Ivan opende zijn mond om te antwoorden, maar Cleon kapte dat af. 'Ik denk dat ik maar eens met mijn schoonvader ga praten, misschien heeft hij een baantje voor me in zijn werkplaats. Ik ben niet de beste timmerman ter wereld, maar ik kan hem wel aardig goed van dienst zijn.'

'Dat lijkt me een goed idee.' Ivan wees naar het open veld. 'Ben je van plan om snel met nieuwe bijen te beginnen?'

'Ik weet het niet. Misschien.' Cleon zuchtte. 'Het zal helemaal van het gesprek met Roman afhangen. Ik heb wat geld nodig om bijen en kasten te kopen, en dan heb ik het nog niet eens over al het gereedschap dat bij de brand vernietigd is.'

'Ik weet zeker dat pa je een lening wil...'

Cleon hief zijn hand op om zijn broer te doen zwijgen. 'Ik doe het liever zonder pa's hulp.' Hij knikte naar het huis van hun ouders. 'Ik denk dat ik het paard en de wagen neem die ik hier had laten staan en naar de Hostettlers ga. Het is maar beter dat ik gelijk door de zure appel heen bijt.'

Ivan trok zijn wenkbrauwen hoog op, maar zei niets. Waarschijnlijk wist hij ook wel dat Cleon geen haast had om Grace terug te zien.

32

Het geluid van Cleons schoenen echode tegen de houten planken toen hij de veranda van de Hostettlers op stapte. Hij zag nog meer tegen de ontmoeting met Grace op dan dat hij tegen de aanblik van zijn uitgebrande bijenkasten had opgezien. Het was al moeilijk om zonder werk naar huis terug te keren, maar het zou nog moeilijker zijn om samen te leven met een vrouw die hij niet vertrouwde.

Toen hij de keuken binnenstapte, zat het dochtertje van Grace met een pen en een schrijfblok aan de tafel. Ze keek op en staarde hem aan alsof ze geïrriteerd was door de onderbreking.

'Hallo, Anna,' zei hij. 'Is je moeder thuis?'

Het kind kneep haar blauwe ogen tot spleetjes.

Cleon liep naar de tafel en ging op de stoel naast Anna zitten. 'Ik moet met je *mamm*, ik bedoel met je moeder, praten.'

'Ik weet wat *mamm* betekent, en ze ligt nu in haar kamer te slapen.'

Cleon fronste zijn voorhoofd. Waarom zou Grace midden op de dag in bed liggen? 'Is ze ziek?'

Anna haalde haar schouders op.

'Laat ik maar even bij haar gaan kijken.' Cleons stoel knarste over de vloer toen hij hem naar achteren schoof. Terwijl hij naar boven liep, hoopte hij dat hij de juiste woorden tegenover Grace zou vinden.

Toen hij bij haar kamer was, zag hij dat de deur openstond. Hij liep naar binnen en zag tot zijn verbazing dat Grace er niet was. Nu hij erover nadacht, was het helemaal onnatuurlijk stil in huis. Buiten Anna had hij niemand gezien. Maar ze zouden het kind vast niet alleen in het huis gelaten hebben.

Hij liep snel weer naar beneden, waar Martha net de hal in stapte.

'Cleon! Wanneer ben je teruggekomen? Weet Grace dat je er bent?'

Hij schudde zijn hoofd. 'Ik heb haar nog niet gezien. Ik kom net bij mijn ouders vandaan. Ik was daar gaan kijken wat er nog van mijn bijenkasten over was.'

Ze fronste haar voorhoofd. 'Wat bedoel je?'

'Ze zijn allemaal verbrand.'

'Ach! Wanneer is dat gebeurd?'

'Een paar dagen geleden, volgens Ivan. Al mijn gereedschap, korven en kasten zijn weg en dat betekent dat ik ook geen werk meer heb.'

'Wat verschrikkelijk. Grace zal het ook heel erg vinden, maar ik weet zeker dat ze wel blij zal zijn om jou weer te zien.'

'Anna zei dat haar *mamm* lag te slapen, maar Grace was niet boven in haar kamer.'

'Ze is in jullie nieuwe huis. Daar zijn zij en Anna vorige week naartoe verhuisd.'

Cleon hield zijn hoofd schuin. 'Maar het is nog niet af – tenminste, nog niet ver genoeg om erin te wonen.'

'Jawel. Als je broers niet op het land aan het werk waren, kwamen ze mijn vader helpen met de afbouw van het huis.' Martha glimlachte. 'Ze wisten niet zeker hoelang je weg zou blijven en het leek hun een leuke verrassing voor je als je terugkwam.'

'Het is inderdaad een verrassing.'

'Jouw aanwezigheid zal voor mijn zus ook een verrassing zijn. Waarom ga je anders nu niet naar haar toe?'

Hij knikte en liep naar de deur. 'Laat ik dat maar doen.'

Grace lag in haar bed te woelen en te draaien en vocht tegen de misselijkheid waar ze nu al uren last van had. Ondertussen wilden haar gedachten steeds naar het verleden terug, maar ze wist dat dat niet goed was. Ze moest zich concentreren op een toekomst met Anna en op het nieuwe leven dat ze in haar schoot droeg. Gisteravond had ze haar ouders over de baby verteld en ze leken blij met het nieuws te zijn. Wist ze maar zeker dat Cleon er ook zo over dacht.

De deur ging op een kiertje open en ervan uitgaand dat Anna binnenkwam, droogde ze haar ogen en ging overeind zitten. Er ging een schok door haar heen toen ze haar man in de deuropening zag staan. Ze stond op en liep snel naar hem toe, maar tot haar teleurstelling deed hij een stap terug.

Grace liet haar armen langs haar lichaam hangen. 'Heeft de reis je veel bestellingen opgeleverd?'

Hij knikte. 'Het probleem is alleen dat ik nu niets kan leveren.'

'Waarom niet?'

'De kasten, de korven, de bijen en al mijn gereedschap zijn weg – verbrand. Er is niets meer van over.'

'Wat? Hoe komt dat?' Grace kon haar oren nauwelijks geloven en ze vroeg zich af waarom ze hier nog niet eerder iets over had gehoord.

'Ivan zei dat het erop leek dat iemand doelbewust alles had verbrand.' Cleon snoof. 'Ik kan het in ieder geval nu echt niet gebruiken.'

'Wat ga je doen?'

'Ik weet het niet. Ik zal een andere baan moeten zien te vinden, want het zal een tijdje duren voor ik voldoende nieuwe spullen heb om weer honing te verkopen.' Cleons ogen stonden mat en bezorgd. 'En dit juist op het moment dat ik dacht dat ik als bijenhouder een goede boterham kon verdienen.'

Grace zette aarzelend een stap in zijn richting. Ze wilde hem haar troost aanbieden en hem laten weten hoeveel ze om hem gaf, maar ze was bang voor zijn afwijzing. 'Ik vind het heel erg voor je, Cleon. Niet alleen dit, maar alles was er is gebeurd.'

Hij haalde zijn brede schouders op. '*Jah*, nou, het hoort bij het leven, neem ik aan. Je denkt dat je de dingen op een rijtje hebt en je op weg bent naar een gelukkig leven en dan wordt alles in de war geschopt.'

Grace was ervan overtuigd dat hij op hun huwelijksproblemen doelde. Ze streek met het puntje van haar tong over haar lippen en besloot dat verandering van onderwerp misschien zou helpen. 'Was je verrast te zien dat het huis is afgebouwd tijdens jouw afwezigheid?'

Hij knikte. 'Ik had niet verwacht dat iemand het werk voor mij zou doen.'

'Mijn *daed* en jouw *bruders* wilden je verrassen en het leek hun verstandig als Anna en ik in ons nieuwe huis onze intrek namen.'

'Het ziet er mooi uit. Ze hebben goed werk geleverd.' Hij keek de kamer rond. 'Maar als het over bouwen gaat, wordt het altijd goed wanneer jouw *daed* er de hand in heeft.'

'Jij hebt ook goed werk geleverd met jouw aandeel aan het huis.'

'Dat was in orde, neem ik aan.'

Grace werd overvallen door een vlaag van misselijkheid en ze liet zich op de rand van het bed zakken. 'Cleon, ik denk dat we moeten praten.'

'Er valt niets te zeggen,' zei hij, met zijn hand wuivend. 'Jij hebt de waarheid voor mij verzwegen en dat is dat.'

'Het is niet zo simpel als je het laat klinken. Er is meer wat ik je uit zou willen leggen.'

'Het is een beetje laat voor uitleg, vind je niet?'

Grace probeerde te beslissen hoe ze het beste reageren kon. Zou ze de redenen van haar zwijgen opsommen, Cleon om vergeving smeken of hem voorstellen te proberen het verleden te vergeten en vanaf hier verder te gaan?

Voor ze de kans had om te reageren, begon Cleon al te praten. 'Ik heb onderweg veel nagedacht.'

Grace voelde iets van hoop. Cleon was thuisgekomen, dus dat was een goed teken. Ze legde haar hand tegen haar buik en vroeg zich af of dit het goede moment was om hem te vertellen over het kind dat ze droeg, hun kind, het resultaat van hun liefde. 'Cleon, ik...'

'Alsjeblieft, laat me uitpraten.'

Ze sloeg haar ogen neer en keek naar de grond.

'Na de dingen overdacht te hebben, besefte ik dat ik mijn verplichtingen tegenover jou – en Anna – heb.'

'Betekent dat...'

'Dat betekent dat ik terug ben en voor jullie zal zorgen. Maar ik ga in een andere kamer slapen.'

'Dus ons huwelijk zal alleen in naam bestaan? Is dat wat je bedoelt?' Grace verslikte zich bijna in haar woorden.

Hij knikte.

'Kan ik nog iets zeggen of doen om jou van gedachten te doen veranderen?'

'Nee, tenzij je het verleden ongedaan kunt maken.'

'Je weet dat ik dat niet kan.' Grace balde haar handen tot vuisten toen de frustratie als een wervelstorm door haar heen raasde. Cleon was thuisgekomen, maar hij had haar niet vergeven. Ze zouden in hetzelfde huis wonen, maar niet hun slaapkamer delen. Hij was de vader van de baby die ze droeg, maar ze voelde zich niet vrij om hem dat te vertellen. Niet nu. Dit was niet het goede moment.

'Ik ga naar je vaders werkplaats,' zei Cleon. 'Ik wil hem vragen of ik bij hem kan komen werken.'

Grace knikte. Toen Cleon de kamer uit was, liep ze naar het raam en schoof het gordijn opzij. *Wat moet ik doen, God? Cleon en ik waren zo een met elkaar, en nu is het net of we vreemden zijn. Ik weet*

dat ik het nieuws van mijn zwangerschap een keer zal moeten vertellen.
Vroeg of laat zal hij het moeten weten.

Ze kneep haar ogen dicht om de dreigende tranen tegen te houden. Toen Cleon even geleden de kamer was binnengelopen, was de hoop in haar opgelaaid. Ze wist nu zeker dat niets in haar leven ooit nog in orde zou komen.

33

Ruth had net een biscuittaart in de vitrine van de bakkerij gezet toen Martin Gingerich de winkel binnenstapte.

'Ik hoorde dat je sinds vorige week bij Abe Wengerd werkt,' zei ze toen hij naar de toonbank liep.

'Inderdaad, en het lijkt me heel leuk om straks te leren hoe ik een paardentuig moet maken en repareren. Ik heb altijd al van de geur van leer gehouden.' Met een brede glimlach op zijn gezicht wees hij naar de toonbank vol gebak. 'Al ruik jij natuurlijk iedere dag iets veel lekkerders.'

'*Jah*, genoeg om de hele tijd trek te hebben als ik aan het werk ben.'

'Dat kan ik me voorstellen. Eerlijk gezegd heb ik op dit moment ook flinke trek.'

'Wil je iets proeven?'

Hij schudde zijn hoofd. 'Beter van niet. Mijn *mamm* maakt gevulde koolrolletjes voor het avondeten en ze zou erg teleurgesteld zijn als ik er niet minstens vijf opeet.'

Ruth grinnikte. Ze kon zich niet voorstellen dat iemand zo veel koolrolletjes at. Als Martins moeder net zulke grote rollen maakte als Ruths moeder, zou ze er met een beetje geluk twee op kunnen.

'Waar kan ik je dan mee helpen?'

'Eigenlijk kwam ik niet om iets te kopen.'

'Niet?'

'Nee, ik...' Martins stem stierf weg en hij staarde naar de vloer terwijl hij diep bloosde. Uiteindelijk keek hij op, hoewel zijn blik niet hoger dan de gebakjes in de vitrine kwam. 'Ik... eh... hoorde dat jij...' Hij zweeg en veegde de zweetdruppels van zijn voorhoofd.

'Wat hoorde je?'

'Ik hoorde dat jij en Luke uit elkaar zijn.'

'Dat klopt.'

'Mag ik vragen waarom?'

Eigenlijk niet. Ze zat er absoluut niet op te wachten om over Luke te praten, of over haar wantrouwen jegens hem.

'Als je het liever niet vertelt, begrijp ik dat. Het is gewoon... nou ja, ik hoorde een paar dingen en...'

'Wat voor dingen?'

'Dat hij met een groepje wilde *Englischers* optrekt. En mijn *daed* denkt dat Luke iets te maken heeft gehad met dat hek om het weiland van bisschop King, dat een tijdje terug was opengezet.' Martin keek haar nu recht aan. 'Ik dacht dat jij daar misschien ook van wist en dat je daarom met hem gebroken hebt.'

Ruth slikte moeizaam. Zou ze haar verdenkingen aan Martin vertellen? Ze kende hem al sinds hun kinderjaren, maar ze waren nooit echt bevriend geweest. Daarbij wist ze niet hoe hij zou reageren wanneer zij hem vertelde waar Luke volgens haar mee bezig was. Ze wist niet zeker of Martin het niet verder zou vertellen.

'Als je er niet over wilt praten, zal ik niet verder aandringen.' In Martins hazelnootkleurige ogen blonk iets van sympathie.

Ze knikte. '*Danki*. Ik ga er inderdaad liever niet op in.'

Martin haalde zijn schouders op. 'Hoe dan ook, dat was ook de reden niet waarom ik kwam.' Hij verplaatste zijn gewicht van de ene voet naar de andere en streek met zijn vingers door zijn dikke haar, dat in het typerende Amish model geknipt was.

'Waarom dan?'

'Er is zaterdag bij ons een avond voor jongelui. We doen wat spelletjes en natuurlijk zorgt mijn *mamm* voor volop drinken en zelfgemaakte hapjes.'

'Dat klinkt leuk.'

'Ik kwam vragen of je ook komt. Je zus Martha is natuurlijk ook welkom.'

Ruths eerste opwelling was de uitnodiging af te slaan omdat ze sinds haar breuk met Luke, en niet te vergeten ook door alle narigheid thuis, geen zin meer had gehad om iets leuks te gaan doen. Maar toen ze er langer over nadacht, besloot ze dat Martha en zij wel een leuke avond met hun leeftijdgenoten konden gebruiken. 'Ik zal het vanavond met Martha bespreken.'

'Goed, dan hoop ik jullie zaterdag te ontmoeten.' Martin aarzelde, maar keerde zich uiteindelijk om en liep naar buiten.

Ruth glimlachte toen de deur achter hem dichtviel. Voor de eerste maal sinds lange tijd voelde ze iets van verwachting in zich.

Nadat Cleon naar zijn eigen huis was gegaan om met Grace te praten, besloot Martha Anna mee te nemen naar de schuur. Mama was op bezoek bij Alma Wengerd, die een paar dagen geleden haar enkel had verstuikt. Martha ging ervan uit dat haar moeder een tijdje weg zou blijven, wat inhield dat zij ongetwijfeld het grootste deel van de dag een oogje op Anna zou moeten houden.

'Mag ik met de hondjes spelen?' vroeg Anna toen ze bijna bij de kennel achter in de schuur waren.

'*Jah*, natuurlijk.'

Anna glimlachte breed. 'Ik vind Rose het leukst.'

'Rose?'

'Die daar.' Anna wees naar het kleinste hondje uit het nest – de pup die niemand wilde.

Martha glimlachte en gaf Anna een liefkozend klopje.

'Hoe zou je het vinden als Rose van jou was?'

'Meent u dat echt?' Anna's blauwe ogen straalden als sterren.

'Als je *mamm* het goedvindt.'

'Denkt u dat ik Rose van mama mee naar huis mag nemen?' Martha was blij dat Anna Grace 'mama' had genoemd. Ze moest Grace eindelijk als haar moeder hebben aanvaard. 'Je kunt het vanavond na het eten aan haar vragen. Wat vind je daarvan?'

Anna's glimlach vervaagde onmiddellijk. 'Blijft die man ook bij ons eten?'

'Welke man?'

'Die vandaag naar ons huis kwam.'

Martha knikte. 'Ik denk dat Cleon hier blijft. Hij was een tijdje op zakenreis, maar zijn thuis is hier bij jou en je *mamm*.'

Anna stak haar kin naar voren. 'Ik vind hem niet aardig en wil dat hij weggaat.'

Martha wilde net antwoord geven toen ze de schuurdeur open en dicht hoorde gaan. Ze draaide zich om en zag Grace met hangende schouders en gebogen hoofd hun kant op lopen. Martha nam aan dat de ontmoeting tussen Cleon en haar zus niet zo goed verlopen was.

'Ik zal Rose uit de kennel halen, dan kun jij daar gaan zitten en met haar spelen,' zei Martha, Anna naar een strobaal vlakbij brengend.

'Goed.'

'Ik ga even een van de pups halen, zodat Anna daarmee kan spelen,' zei Martha tegen haar zus toen Anna eenmaal zat.

Grace knikte.

'Daarna praten we samen even in de ruimte waar de zadels hangen.'

Grace wierp een blik op haar dochter, die met haar kin in haar handen op de strobaal zat. 'Goed.'

Grace ging vast naar de zadelruimte toe en Martha liep snel de kennel in. Even later lag er een slapende pup op Anna's schoot.

'Je *mamm* en ik moeten met elkaar praten, maar we zijn zo terug.' Ze gaf een zacht kneepje in Anna's schouder. 'Niet de schuur uit gaan, hoor. Afgesproken?'

'Ja.'

Martha liep snel naar Grace, die met gebogen hoofd op een houten stoel zat. 'Waarom kijk je zo verdrietig?'

Grace tilde haar hoofd op. 'Cleon is terug.'

'Dat weet ik. Hij was bij ons op zoek naar jou en toen ik hem vertelde dat jij in jullie eigen huis was, liep hij die kant op.' Martha sloeg haar arm om de schouders van haar zus. 'Heb je hem gesproken?'

'*Jah*. Hij had slecht nieuws.'

'Je bedoelt zijn verbrande imkerspullen?'

Grace knikte. 'Hij is naar papa toe om te vragen of hij bij hem kan werken.'

'Ik dacht dat hij bij zijn ouders zou gaan helpen.'

'Hij heeft nooit zo veel van het boerenwerk gehouden. Ik denk dat hij het in papa's werkplaats beter naar zijn zin zal hebben.'

'Wat zei Cleon toen je hem over de baby vertelde?'

'Ik... ik heb het niet verteld.'

'Niet?'

'Nee.'

'Waarom niet?'

'Hij maakte me heel duidelijk dat hij alleen uit plichtsbesef blijft.' Grace haalde haperend adem. 'Hij slaapt ook niet meer bij mij in de kamer. Hij zal alleen in naam mijn man nog zijn.'

Martha wist dat Cleon erg geschokt was geweest toen de waarheid aan het licht gekomen was, maar ze had niet verwacht dat hij nog steeds een wrok tegen Grace zou koesteren. Ze masseerde Graces nek en schouders en voelde onder haar vingers de knopen in de spieren. 'Wat ga je eraan doen?'

'Ik kan weinig doen.'

'Om te beginnen zou je Cleon kunnen vertellen dat je zijn kind verwacht. Dan bekijkt hij de dingen misschien in een ander licht.'

'Of hij wordt nog bozer – misschien denkt hij dat ik hem in de val heb laten lopen.'

Martha fronste haar voorhoofd. 'Dat is *lecherich*. Alsof jij de zwangerschap gepland had.'

'Het kan jou belachelijk in de oren klinken,' zei Grace met haperende stem, 'maar Cleon zit vol met pijn en bitterheid en acht mij misschien wel tot alles in staat.'

Martha liep om Grace heen en keek haar aan. 'Je kunt dit niet voor Cleon blijven verzwijgen. Het duurt niet lang meer of je zwangerschap is zichtbaar.'

'Dat weet ik.'

'Daarbij, je hebt het al aan papa en mama verteld. Als Cleon het van een ander hoort, beschuldigt hij jou er wellicht van dat je weer iets voor hem verzwegen hebt. Dat wil je toch ook niet?'

Grace schudde haar hoofd. Haar ogen vulden zich met tranen. 'Ik zal het hem vanavond vertellen, als Anna op bed ligt.'

34

Roman wilde net het werk voor die dag voor gezien houden, toen er nog een klant binnenstapte. Tenminste, hij dacht dat het een klant was, tot hij opkeek en Cleon zag staan.

'Cleon! Wat fijn jou weer te zien. Hoelang ben je al terug?'

'Ik ben vanmorgen thuisgekomen.'

Roman fronste zijn wenkbrauwen. 'Vanmorgen? Ben je hier al zo lang?'

Cleon knikte. 'Ik ben eerst de schade aan mijn bijenkasten gaan opnemen en daarna ben ik bij mijn ouders langsgegaan.'

'Welke schade bedoel je?'

'Iemand heeft ze in brand gestoken. Er is niets meer van over.'

'Wat verschrikkelijk. Heb je enig idee wie dat gedaan kan hebben?'

Cleon schudde zijn hoofd. 'Ivan denkt dat er een paar *Englische* jongens bezig zijn geweest.' Hij liep dichter naar Roman toe, die achter zijn bureau zat. 'Nu ik geen imkerspullen meer heb, zit ik zonder werk.'

'Maar het is lente, dan zul je vast wel weer bij je vader aan de slag gaan, of niet?'

Cleon harkte met zijn vingers door zijn baard. 'Ik heb nooit van het boerenwerk gehouden en ik zou liever iets anders doen.' Hij deed nog een stap dichterbij. 'Ik weet dat ik geen ervaren timmerman ben, maar ik kan wel vrij goed met een hamer en een zaag overweg. Ik vroeg me dus af of u een paar extra handen in de werkplaats nodig hebt.'

'Ik kan inderdaad wel wat hulp gebruiken. Ik heb Luke moeten ontslaan omdat hij zo vaak te laat kwam en nu werkt hij voor John Peterson.' Roman knikte Cleon toe. 'Als ik zie wat jij voor werk met jullie huis hebt geleverd, krijg ik meer dan een leerling als ik jou in dienst neem.'

Cleon schudde zijn hoofd. 'Dat huis heb ik niet alleen gebouwd. U en mijn broers hebben me in het begin geholpen en ik begreep van Grace dat jullie het tijdens mijn afwezigheid hebben afgemaakt. Ik waardeer het echt dat jullie zo hard hebben gewerkt.'

'Graag gedaan. Nu jullie een *boppli* krijgen, is het helemaal fijn dat jullie eigen huis klaar is.'

Cleon trok zijn wenkbrauwen op. '*Boppli?* Waar hebt u het over?'

'Grace heeft het je toch wel verteld?'

'Wat verteld?'

'Dat ze in verwachting is.'

Cleons gezicht liep rood aan en in zijn hals klopte een ader. 'Ik heb Grace net gesproken, maar ze heeft met geen woord over een baby gerept.'

Roman veegde een druppel zweet van zijn voorhoofd. Blijkbaar had Grace haar lesje nog niet geleerd. 'Het spijt me dat je dit van mij moet horen. Mijn dochter had het je zelf moeten vertellen.'

'Wat u zegt,' bromde Cleon. 'Maar ze is natuurlijk een kei in geheimen bewaren, dus zou het me niet moeten verbazen dat ze me dit ook niet heeft verteld.'

'Misschien wilde ze het juiste moment afwachten.'

'Het juiste moment? En wanneer zou dat dan wel zijn?' Cleon sloeg zijn armen over elkaar.

Roman haalde zijn schouders op. Hij wilde zijn dochter verdedigen, maar eerlijk gezegd had hij zelf Grace ook nog niet volledig vergeven. Hij kon het Cleon niet kwalijk nemen dat hij verontwaardigd was dat Grace niets over haar zwangerschap had gezegd. Dat had ze als eerste moeten vertellen toen hij thuis-kwam.

Cleon deed zijn mond open alsof hij nog meer wilde zeggen, maar de werkplaatsdeur ging open en Luke stapte naar binnen.

'Ik hoop niet dat je je baan terug komt vragen,' zei Roman met iets van irritatie in zijn stem. Hij wees naar Cleon. 'Je bent al vervangen.'

Luke kleurde en hij schudde zijn hoofd. 'Ik kwam kijken of ik mijn zonnebril hier heb laten liggen. Volgens mij had ik hem nog op de dag dat u mij ontsloeg en...'

'Nou, het werd tijd. Waarom duurde dat zo lang?'

'Hè?'

'Laat maar.' Roman wees naar de plank achter in de werk-plaats. 'Daar ligt hij. Mijn vrouw vond hem op de grond, niet ver van de plaats waar haar waslijn doorgesneden was.' Hij wierp een steelse blik op Luke. 'Daar weet jij zeker niets van, of wel, knul?'

Het rood op Lukes wangen werd dieper van kleur. 'Beschuldigt u mij ervan dat ik de waslijn van uw vrouw heb doorgesneden?'

Roman haalde zijn schouders op. 'Ik beschuldig je niet, ik vraag het gewoon, dat is alles.'

Lukes ogen vernauwden zich tot spleetjes. 'Waarom zou ik zoiets doen?'

'Dat weet ik niet. Waarom zou iemand Cleons bijenkasten in brand steken, bij ons inbreken of gereedschap uit mijn werk-plaats stelen?'

Cleon trok wit weg. 'U denkt toch niet echt dat een van onze mensen iets met deze dingen te maken heeft?'

'Ik weet niet wat ik wel en niet moet geloven en dit zijn ook niet de enige dingen die hier zijn voorgevallen.'

'Hoe bedoelt u? Wat is er nog meer gebeurd?'

Roman keek naar zijn schoonzoon en vervolgens naar Luke. 'Misschien moet je dat aan hem vragen.'

Lukes ogen flitsten van woede. 'Wat moet hij mij vragen – wat er nog meer gebeurd is of of ik er iets mee te maken heb?'

'Allebei.'

'Ik weet alleen van de inbraken in de werkplaats en in het huis. O, en ook dat er een steen door jullie keukenraam is gegooid. Ik weet niet wie erachter zit, maar...'

Op dat moment stapte Jack Osborn de werkplaats in. Jack, een man van middelbare leeftijd, was de sheriff van hun district.

Roman schoof zijn stoel naar achteren en stond op. 'Het spijt me, Jack, maar de schommelstoel voor je vrouw is nog niet klaar.'

'Ik kom niet voor die stoel.' Jack keek om zich heen alsof hij iets zocht. 'Ik kreeg een paar dagen geleden een telefoontje van een van je *Englische* buren. Zij zeiden dat jullie wat problemen hadden. Ik had al eerder langs willen komen, maar twee van mijn hulpsheriffs waren ziek, dus had ik alleen maar tijd voor spoedgevallen.'

Voor Roman een antwoord kon bedenken, schoot Luke de werkplaats door en pakte zijn zonnebril. 'Ik moet nog een boodschap doen, dus ik ga.' Als een vos die door honden wordt opgejaagd, stormde hij naar buiten.

Jack ritste zijn jas open en haalde een schrijfblokje en een pen uit het borstzakje van zijn overhemd. 'Kun je me vertellen wat hier allemaal gaande is, Roman?'

'*Jah*, goed dan.' Roman liep naar zijn bureaustoel terug en Cleon pakte een van de stoelen naast de werkbank.

Roman vertelde alles wat er was gebeurd, terwijl de sheriff notities maakte. Aan het einde van zijn relaas vertelde Roman dat ook de imkerij van zijn schoonzoon was verbrand. 'Ik denk dat dat door dezelfde persoon is gedaan als die ons lastigvalt,' eindigde hij.

Jack boog zich naar voren en leunde met beide handen op

Romans bureau. 'Denk je dat iemand het speciaal op jouw familie heeft gemunt?'

Roman wreef over zijn oor. 'Eerst dacht ik dat er gewoon een paar *Englische* gasten bezig waren, maar nu weet ik het niet zo zeker meer.'

Jack trok zijn borstelige wenkbrauwen op en keek Roman onderzoekend aan. 'Ik weet dat de Amish niet vervolgen, maar je had me op zijn minst kunnen laten weten wat hier gaande is. Dan had ik een onderzoek ingesteld en hopelijk de dader voor het gerecht gesleept.'

'God is de enige Rechter die wij nodig hebben. Hij weet wie de dader is en als het Zijn bedoeling is dat hij berecht wordt, zal Hij dat op Zijn tijd en op Zijn wijze doen.'

Jack keek Cleon aan alsof hij hoopte dat hij iets zou zeggen, maar Cleon hulde zich in stilzwijgen. Ten slotte rechtte Jack zijn rug en stopte zijn pen en schrijfblokje in zijn borstzak. 'Zoals je wilt, maar weet dat ik een tijdje een oogje in het zeil zal houden.'

'Dat moet je zelf weten.'

'Ik wil graag op de hoogte worden gebracht als er nieuwe ontwikkelingen zijn. Dergelijke misdaden tegen de Amish worden soms enkel en alleen gepleegd omdat jullie anders zijn en dat bevalt me niets.'

'Mij ook niet, maar het hangt van onze kerkelijke leiders en de aard van de misdaad af of we het rapporteren of niet.'

Jack haalde zijn schouders op en liep naar de deur. 'Geef me een seintje als de schommelstoel klaar is,' riep hij over zijn schouder.

'*Jah*, dat zal ik zeker doen.'

Toen de deur dichtviel, begroef Roman zijn hoofd in zijn handen en kreunde. 'Ik vraag me af wie van onze *Englische* buren de sheriff heeft gebeld en, nog belangrijker, hoe die buren het eigenlijk weten?'

Cleon schudde zijn hoofd. 'Kan iemand van onze familie het hebben verteld?'

'Misschien, maar ik wil graag dat je iets voor me doet.'

'En dat is?'

'Vertel niemand in ons gezin dat de sheriff hier vandaag is geweest, of dat hij van plan is om een oogje in het zeil te houden.'

'Waarom niet?'

'Ik wil niet dat ze het gevoel hebben dat er op hen wordt gelet en ik wil niet dat ze denken dat ik de sheriff heb gebeld.'

'Zolang u er zelf niets over zegt, zal ik er ook niet over praten.'

'Fijn.' Roman schoof zijn stoel naar achteren. 'Grace en Anna aten meestal bij ons toen je weg was en ik neem aan dat we vanavond ook met ons allen eten. Laten we gaan kijken of het eten klaar is.'

Cleon knikte.

'Kom morgenochtend maar naar de werkplaats toe, dan zal ik je wat gereedschap geven en je laten zien wat er gedaan moet worden.'

'Ik zal zorgen dat ik op tijd en uitgerust verschijn.'

Tijdens het avondeten had de spanning tussen Grace en Cleon in de lucht gehangen en Grace had ook gemerkt dat er iets tussen haar vader en Cleon gaande was. Alsof zij iets wisten en besloten hadden het niet met de anderen te delen. Ze had op het punt gestaan het ter sprake te brengen, maar besloot dat het beter was om het later aan Cleon te vragen – als ze daar de kans voor kreeg.

Tegen de tijd dat Grace Anna naar hun eigen huis bracht en haar voor de nacht klaarmaakte, was ze er zelf ook aan toe om naar bed te gaan. Maar ze wist dat ze daar nog niet aan toe mocht geven. Niet voor ze Cleon had verteld dat ze zwanger was.

Ze liet Anna's nachtjapon over het hoofd van het meisje glijden en sloeg de dekens terug. 'Hup, in bed nu.'

'Tante Martha zegt dat ik zelf een pup mag hebben,' zei Anna, zich in haar kussen nestelend.

'Weet je dat zeker?' Grace wist dat haar zus haar bedrijf probeerde op te bouwen en honden weggeven zou geen geld in het laatje brengen.

Anna knikte. Haar blauwe ogen stonden heel ernstig. 'Ze zegt dat ik Rose mag hebben als u het goedvindt, mama.'

Grace streelde haar dochtertjes arm en genoot van de warmte en zachtheid van Anna's huid. Het voelde goed om haar 'mama' te horen zeggen. Ze groeiden iedere dag dichter naar elkaar toe en Grace wilde niets doen wat weer afstand scheppen zou. Ze knikte en glimlachte. 'Je mag de pup hebben, op één voorwaarde.'

'Wat dan?'

'Dat je belooft elke dag met de verzorging van de hond te helpen.'

Anna's ogen lichtten op. 'Dat beloof ik. Ik heb tante Martha ook elke dag geholpen sinds ik hier woon.'

Grace bukte zich en kuste Anna op haar voorhoofd. 'Goed, dan is Rose nu van jou.'

Met een tevreden glimlach schoof Anna onder de dekens en Grace liep zachtjes de kamer uit.

In de wetenschap dat hij nog met Grace moest praten voor ze naar bed ging, liep Cleon de woonkamer uit en de trap op. Boven aangekomen botste hij tegen Grace aan.

Ze sloeg haar hand voor haar mond. 'O! Je liet me schrikken. Ik... ik was onderweg naar beneden zodat we konden praten.'

Hij knikte. 'Je hebt gelijk. We moeten praten. Laten we naar de woonkamer gaan, dan kan Anna ons niet horen.'

Eenmaal beneden ging Cleon op de bank zitten. Grace koos voor de schommelstoel recht tegenover hem. Toen hij Holmes County had verlaten, stond er nog geen meubilair in het huis, dus moest zijn schoonvader hiervoor hebben gezorgd.

'Ik weet dat je in verwachting bent.'

'Ik ben in verwachting.'

Ze praatten allebei tegelijk en Cleon herhaalde het nog een keer om er zeker van te zijn dat ze hem had gehoord.

Graces mond viel open. 'Je weet het?'

Hij knikte.

'Wie heeft het jou verteld?'

'Doet dat ertoe? Het punt is dat jij het me niet verteld hebt en ik vraag me af waarom niet.'

'Ik... ik was bang dat je zou denken dat ik met opzet zwanger was geworden zodat ik jou daarmee kon verplichten bij me te blijven.'

Cleon schudde langzaam zijn hoofd. 'Dat is *lecherich*. Hoe kun je met opzet zwanger zijn geworden? Alsof we aan anticonceptie deden.'

Ze sloeg haar ogen neer. 'Nee, maar ik heb weleens gehoord dat sommige vrouwen tijdens hun cyclus dingen proberen te plannen en...'

Hij hief zijn hand op om haar tot zwijgen te brengen. 'Ik weet dat je niet met opzet zwanger bent geworden en onder normale omstandigheden zou ik ernaar uitgekeken hebben om vader te worden.'

'Maar nu niet? Is dat wat je bedoelt?' Graces onderlip trilde en haar ogen vulden zich met tranen. Hij maakte geen aanstalten om haar te troosten.

'Alles is zo *verhuddelt* dat ik niet meer weet wat ik wel en niet voel.'

'Het spijt me dat ik je zo in de war heb gebracht.'

'Je wilt dat ik jou vergeef dat je Anna hebt geheimgehouden en vervolgens houd je weer iets geheim. Daar begrijp ik niets van.'

'Ik... ik was bang dat je weg zou gaan of om de verkeerde reden zou blijven.'

Zijn gezicht vertrok. 'Ik heb je vandaag al eerder verteld dat ik voor jou en Anna zal zorgen.'

'Dat weet ik, maar...'

'Zolang jij niet eerlijk tegen mij kunt zijn, zie ik niet hoe we ooit een echt huwelijk kunnen hebben, Grace.'

'Bedoel je dat je niet genoeg van me houdt om te proberen ons huwelijk te laten slagen? Daar zijn er twee voor nodig, weet je wel?'

Cleon kromp ineen. Was dat wat hij bedoelde? 'Ik ga morgenochtend bij je vader beginnen, dus kan ik nu beter gaan slapen.' Hij stond op en haastte zich de kamer uit, want als hij nog langer bij Grace in de buurt bleef, zou hij misschien iets zeggen waar hij morgen spijt van had.

35

Toen Grace de volgende morgen wakker werd, had ze het gevoel alsof ze niet eens naar bed was geweest. Naast de ochtendmisselijkheid waar ze al weken last van had, had ze ook hoofdpijn en haar handen trilden zo erg dat er bij het breken van de eieren diverse stukjes eierschaal in de kom vielen. Kon Cleon haar maar vergeven. Liet hij maar een klein beetje merken dat hij blij was met de baby die ze droeg.

Al kort na hun verloving hadden ze het samen over kinderen gehad. Cleon had verteld dat hij een groot gezin wilde en Grace had gedroomd van een nieuwe baby, die niet van haar afgenomen zou worden. Nu zou ze die baby krijgen, en had ze ook haar vijfjarige dochter bij zich, maar ze was bang dat ze nooit meer haar man terug zou krijgen. Tenminste, niet op de manier zoals het huwelijk was bedoeld.

Grace schrok op uit haar gedachten toen er op de deur werd geklopt. Omdat Cleon nog niet beneden was, droogde ze haar handen af, opende de deur en zag Martha op de veranda staan.

'Waarom klop je? Je had toch gewoon naar binnen kunnen lopen?'

'Ik... ik wilde je even alleen spreken.'

Bij het zien van het witte gezicht van haar zus, laaide Graces bezorgdheid op. 'Ben je ziek?'

Martha schudde haar hoofd. 'Nee, maar je zou hier onderhand wel echt ziek van worden.'

Graces hart bonkte in haar keel. 'Zijn we weer lastiggevallen?'

'Dat weet ik niet zeker.' Martha kwam dichter bij haar staan en liet haar stem dalen tot gefluister. 'Waar is Anna? Ik wil niet dat zij hoort wat ik te zeggen hebben – tenminste, nu nog niet.'

'Ze ligt nog in bed. Ik wilde haar wakker maken als ik het ontbijt heb klaargemaakt.' Grace wees naar de twee schommelstoelen die verderop op de veranda stonden. 'Laten we daar gaan zitten.'

Toen ze zaten, boog Martha zich voorover en masseerde haar voorhoofd. 'Rose is dood.'

'Rose?'

'De pup die Anna mocht hebben als jij dat goedvond.'

'Ze heeft het me gisteravond gevraagd, maar ze is vast vergeten te vertellen dat ze haar Rose had genoemd.' Grace legde haar hand op de arm van haar zus. 'Wat is er gebeurd? Hoe komt het dat ze dood is?'

'Dat weet ik niet. Toen ik vanmorgen de honden ging voeren, stonden beide kenneldeuren open. Alle honden renden over het erf.' Martha liet een korte stilte vallen. 'Behalve Rose, zij was dood.'

Grace sloeg haar hand voor haar mond.

'Ik weet niet hoe ik dit aan Anna moet vertellen,' zei Martha. 'Ze was echt gek op die pup en wilde haar heel graag hebben.'

'Ik ben haar *mamm*, dus ik moet haar dit vertellen.'

'Ik vind het al verschrikkelijk genoeg dat ik een van mijn honden heb verloren en hoop niet dat het ook nog gevolgen heeft voor de verhouding tussen Anna en jou.'

'Dat hoop ik ook niet. Heb je enig idee hoe de *hundli* is doodgegaan of hoe de honden uit de kennel zijn ontsnapt?'

'Ze zijn gewoon door die open deuren naar buiten gelopen en ik denk dat Rose op een van de balen hooi naast de schuur was geklommen en er daarna af gevallen is.'

'Je denkt toch niet dat iemand dit expres gedaan heeft, of wel? Ik bedoel – de honden uit hun kennel laten... en Anna's pup ombrengen?'

'Ik hoop het niet.'

'Hoe kan het dat de deuren open waren?'

'Dat weet ik niet. Misschien heb ik ze gisteravond niet goed afgesloten toen ik de honden eten had gegeven.'

'Maar je bent altijd zo zorgvuldig in zulk soort dingen.'

'Normaalgesproken wel, maar ik heb de laatste tijd veel aan mijn hoofd, dus ben ik het wellicht vergeten.' Martha slaakte een zucht. 'Weet je zeker dat ik het niet aan Anna hoef te vertellen?'

'Nee, ik doe het zelf na het ontbijt.'

'Laat ik de pup maar gaan begraven.' Martha zuchtte nogmaals. 'Ik wil niet dat Anna haar zo ziet.'

'Nee, dat zou niet goed zijn.' Toen Grace uit haar stoel opstond, werd ze overvallen door de misselijkheid en ze greep naar haar maag.

'Gaat het wel?'

'Jawel, alleen de ochtendmisselijkheid speelt me parten.'

'Hoe reageerde Cleon toen je hem over de *boppli* vertelde?'

Grace wreef stevig over haar armen en rilde even, ondanks dat het vroege lenteweer echt warm te noemen was. 'Hij wist het al.'

'Bedoel je dat hij het al vermoedde?'

'Ik denk dat Cleon het gehoord heeft toen hij naar de werkplaats ging om te vragen of hij daar kon komen werken.'

'Heeft papa Cleon verteld dat je zwanger bent?'

Grace knikte. 'Hij zal vast gedacht hebben dat Cleon het al van mij gehoord had. Nu denkt Cleon dat ik doelbewust weer iets voor hem verzwegen heb en...' Het lukte Grace niet haar zin af te maken.

'Heb je niet uitgelegd waarom je nog niets had gezegd en dat je het hem gisteravond had willen vertellen?'

'Dat heb ik geprobeerd, maar Cleon vertrouwt me niet meer en hij...'

'Hij wat, Grace?'

Grace nam een paar ogenblikken om zich te vermannen en

veegde de tranen van haar wangen. 'Cleon was totaal niet enthousiast over de zwangerschap. Ik... ik geloof niet dat hij vader wil worden. Tenminste, niet van mijn kinderen.'

Martha schudde ongelovig haar hoofd. 'Ik had niet gedacht dat er nog meer narigheid bij zou kunnen.'

'Ik ook niet. Ik vraag me af of God wel oog heeft voor onze pijn.'

Niet in staat haar emoties onder controle te houden, legde Grace haar hoofd op Martha's schouder en huilde.

Tot Cleons verbazing trof hij niemand in de keuken aan toen hij daar binnenstapte. Hij meende toch koffie geroken te hebben toen hij wakker werd en was ervan uitgegaan dat Grace al opgestaan was. Hij had het grootste deel van de nacht liggen woelen en draaien en kon wel een kop koffie gebruiken om zijn hoofd helder te krijgen.

Hij zag de koffiepot naast het fornuis staan en pakte een beker uit de kast. Hij ontdekte ook een doosje eieren op het aanrecht, wat een duidelijk teken was dat Grace in de buurt moest zijn. Misschien was ze in het aangrenzende vertrek of was ze om een of andere reden naar buiten gegaan.

Cleon schonk wat koffie in en wilde net een slok nemen toen hij iemand naar beneden hoorde lopen. Even later verscheen Anna in de keuken. Ze droeg een lange, katoenen nachtjapon.

'Waar is mama?' vroeg ze, in haar ogen wrijvend en om zich heen kijkend.

'Dat weet ik niet. Ze is al wel in de keuken geweest, want ze is met het ontbijt bezig geweest.' Cleon wees naar de koffiepot en de eieren. 'Maar ze was niet hier toen ik beneden kwam.'

Anna liep naar de tafel en klauterde op een stoel. 'Ik heb honger en ik wil nu eten, want dan kan ik met Rose gaan spelen.'

'Wie is Rose?'

'Mijn nieuwe pup. Tante Martha zei dat ik haar mocht hebben als mama het goedvond.' Anna knikte heftig. 'En mama zei gisteravond dat het mocht.'

Cleon leunde tegen het aanrecht en bestudeerde het kind. Haar lange, dikke, bruine haar was één grote krullenbos, die hem eraan herinnerde hoe Graces lichtblonde haar er in hun huwelijksnacht had uitgezien toen ze het had losgemaakt en het was gaan borstelen. Zijn hart kromp samen toen hij eraan dacht hoe zacht haar huid onder zijn aanraking was geweest en hoeveel liefde hij die nacht voor haar had gevoeld. Nu leed hij door de wetenschap van haar bedrog. Gingen liefde en eerlijkheid samen? Had ze ooit echt van hem gehouden?

'Gaat u kijken waar mama is zodat we kunnen eten?'

Met een schok keerde Cleon in het heden terug. 'Eh... ik zal kijken of ze buiten is.' Hij liep naar de achterdeur, maar die ging al open, doordat Grace naar binnen stapte. Haar ogen waren rood en gezwollen. Had ze om hem gehuild of was er iets anders gebeurd?

Hij deed een stap opzij. 'Wat is er? Heb je gehuild?'

'Ik... ik kan er nu niet over praten.' Ze wierp een blik op Anna en vertrok haar gezicht. 'Het komt wel na het ontbijt.'

Cleon haalde zijn schouders op. Als ze niet wilde zeggen wat haar dwarszat, kon hij er weinig aan doen, dus ging hij aan tafel zitten.

'Ik heb honger,' zei Anna, haar moeder aankijkend.

Grace knikte en liep snel naar het fornuis. 'Het ontbijt staat zo op tafel.'

'Gaan we na het eten bij Rose kijken?'

Grace schudde haar hoofd.

'U zei dat ik de pup mocht hebben.' Anna trok een pruillip. 'Ik wil nu naar haar toe.'

'Je moet eerst eten, daarna praten we verder over Rose.'

'Ik wil haar nu zien.'

'Je *mamm* zei: na het eten,' zei Cleon voor Grace iets kon zeggen. 'Stop nu met zeuren en blijf rustig zitten tot het ontbijt klaar is.'

Grace wierp een boze blik op Cleon. 'Je hoeft niet tegen haar te schreeuwen.'

'Ik schreeuwde niet.'

'Jawel, dat deed u wel.' Anna wees naar Cleon. 'Uw gezicht is ook rood.'

Er trilde een spier in Cleons wang. Hij overwoog of hij nog iets zou zeggen maar omdat Grace er blijkbaar voor koos het brutale gedrag van het kind te negeren, besloot hij uiteindelijk dat zij dit dan ook af moest handelen, niet hij.

Anna wipte van haar stoel en rende naar de achterdeur.

'Waar ga je heen?' riep Grace haar achterna.

'Naar Rose.'

'Nee! Je kunt nu niet naar haar toe.' Tegen de tijd dat Grace door de keuken heen was gelopen, had Anna de achterdeur al geopend.

'Kom terug, Anna!' Ze pakte het kind bij haar arm en trok haar weer naar binnen.

'Ik wil naar Rose!' gilde ze, terwijl ze probeerde zich los te rukken.

Graces schouders trilden, maar ze hield Anna stevig vast. Cleon vroeg zich af of hij tussenbeide moest komen en een poging moest wagen om het kind te kalmeren of dat hij dit het beste door Grace kon laten afhandelen.

'Anna, luister nu naar me.' Grace knielde neer, sloeg haar armen om het kind heen en hield haar stevig vast tot ze eindelijk rustig werd. 'Rose is dood. Tante Martha heeft haar vanmorgen zo gevonden.'

Anna verstijfde. Daarna rukte ze zich abrupt los. 'Rose kan niet dood zijn!'

'Het spijt me, Anna. Misschien dat tante Martha je een ander hondje geeft als Flo kleintjes krijgt.' Grace wilde de tranen op Anna's wangen wegvegen, maar het kind rukte de deur open en stormde het huis uit.

Grace rende haar achterna. Cleon was te verbijsterd om zich te verroeren.

36

De volgende paar dagen verliepen moeizaam. Anna rouwde om het verlies van haar hondje en Grace probeerde het hoofd te bieden aan de emoties die door haar heen gierden. Haar relatie met Anna was verslechterd, de sfeer tussen haar en Cleon was gespannen en formeel en ook de bezorgdheid om de veiligheid van haar familie drukte zwaar op haar.

Wisten ze maar wie de dader was en hoe ze hem konden laten ophouden. Was het maar weer als vroeger.

Terwijl Grace de vaat van het ontbijt wegwerkte, keek ze uit het keukenraam naar de bomen waarvan de takken door de wind bewogen werden. Cleon was naar haar vaders werkplaats gegaan en Anna was boven in haar kamer. Omdat Grace Anna wat van haar verdriet wilde afleiden, had ze voorgesteld vandaag met haar naar de Wengerds te gaan, zodat Anne met haar vriendinnetje Esta kon spelen, maar Anna wilde niet.

Grace ervoer de rust en stilte in huis op de meeste dagen als een welkome onderbreking, maar vanmorgen benauwden ze haar juist. Het liefst zou ze naar buiten rennen en haar zorgen uitschreeuwen. In plaats daarvan pakte ze een pannensponsje en maakte de koekenpan schoon. 'Ik moet bezig blijven. Zolang ik aan het werk blijf, heb ik geen tijd om over de problemen na te denken.'

Toen de achterdeur open knarste, draaide Grace zich om en zag haar moeder binnenkomen. Ze had een klein, grijswit poesje in haar handen. 'Hoe voel je je vanmorgen?'

'Mijn maag is iets rustiger, maar verder wil het nog niet.'

'Gaat het nog niet beter met Anna?'

Grace schudde haar hoofd. 'Ze wilde vandaag niet eens naar Esta toe.'

'Wat jammer.' Mama knikte naar het poesje dat zich in allerlei bochten wrong. 'Martha heeft Anna een ander hondje aangeboden, maar ze weigerde. Maar misschien wil ze wel een van Callie's jonkies.'

'Martha zou hoe dan ook haar pups niet moeten weggeven. Haar bedrijf komt nooit van de grond als ze niet wat inkomsten krijgt.' Grace keek naar de deur die toegang gaf tot de gang. 'Anna is boven in haar kamer. U kunt haar het poesje aanbieden, maar ik betwijfel of ze het wil hebben.'

'Het is een poging waard.' Mama liep naar de deur, maar stopte halverwege. 'Je *daed* zei dat Cleon goed werk levert in de werkplaats.'

'Dat is fijn.' Grace ging met de afwas verder. Ze nam aan dat haar moeder naar boven ging, maar deze kwam naast haar bij het aanrecht staan.

'Jouw sombere gezicht zegt me dat je nog ergens anders over loopt te tobben dan enkel over Anna's verdriet om haar hondje. Gaat het al wat beter tussen Cleon en jou?'

Het brok in haar keel belette Grace te praten. Ze kon alleen maar haar hoofd schudden en nog een paar zoute tranen vergieten.

Haar moeder zette het poesje op de grond en trok Grace in haar armen. 'Kan ik iets voor je doen?'

Grace slikte een paar keer, in de hoop dat het brok zou verdwijnen. 'Ik zou niet weten wat iemand hieraan kan doen. Cleon vertrouwt me niet meer. We slapen nog steeds gescheiden.'

'Maar hij weet van de *boppli*, toch?'

'*Jah.*'

'En dat maakt geen verschil?'

'Blijkbaar niet. Papa heeft hem het nieuws verteld voor ik de kans had om dat zelf te doen en nu denkt Cleon dat ik mijn zwangerschap voor hem probeerde geheim te houden.' Ze haalde diep adem. 'Maar ik denk dat vooral het feit dat ik eerder getrouwd ben geweest voor Cleon moeilijker dan wat ook te verteren is. Hij kan de gedachte niet verdragen dat ik een kind van een ander heb.'

'Puh!' Mama wuifde met haar hand. 'Dat is ronduit *lecherich*. We kennen veel weduwen die opnieuw zijn getrouwd, maar hun tweede echtgenoot slaapt echt niet in een andere kamer of doet niet alsof zijn vrouw iets fout heeft gedaan door eerder getrouwd te zijn geweest.'

Grace droogde haar handen af aan de doek die op het aanrecht lag. 'Als ik de weduwe van een Amish man was geweest, zou Cleon daar waarschijnlijk geen moeite mee hebben gehad. Het zit hem volgens mij vooral dwars dat ik met een *Englischer* getrouwd was.'

'Heeft Cleon gezegd dat hij zich benadeeld voelt ten opzichte van je overleden *Englische* man?'

'Nou, nee... niet met zo veel woorden, maar ik kreeg die indruk door enkele dingen die hij zei.' Grace richtte haar blik op de keukenvloer. 'Hij schijnt moeite te hebben met vergeving.'

'Dan moet hij meer in zijn Bijbel lezen en de dingen die hij in de kerk hoort in de praktijk gaan brengen.' Mama knikte naar de achterdeur. 'Om eerlijk te zijn, je vader heeft hetzelfde probleem ten opzichte van zijn zus. Maar omdat het nogal gevoelig ligt bij hem, probeer ik begripvol te zijn en zijn gevoelens niet te betwisten.' Ze gaf een klopje op Graces arm. 'Ik raad je aan je relatie met Cleon in Gods handen te leggen.'

'Ik zal proberen een betere vrouw te zijn. Als Cleon ziet hoeveel ik van hem hou, zal hij me misschien kunnen vergeven.'

'Daar zal ik voor bidden.' Mama bukte om het poesje op te pakken. 'Dan ga ik nu naar boven om te kijken of Anna dit bolletje wol wil hebben.'

Ondanks haar frustraties glimlachte Grace. 'Ze is erg lief en ik hoop dat Anna haar leuk vindt.'

'Ik ben echt blij dat ik jou aangenomen heb. Je hebt me de laatste dagen erg goed geholpen.'

Cleon keek op van de eetkamerstoel die hij aan het schuren was en glimlachte naar zijn schoonvader, die naast hem spijkers in een paar kasten stond te slaan. 'Ik vind het leuk werk.'

'Ik weet dat het egoïstisch van me is,' zei Roman, 'maar ik zou het niet erg vinden als je geen bijen meer gaat houden maar voor mij blijft werken. Ik heb geen zoons, dus zal ik het bedrijf aan iemand anders moeten overdragen en jij bent heel wat betrouwbaarder dan mijn laatste werknemer.'

'Ik vraag me af hoe het Luke in zijn nieuwe baan vergaat. Hebt u nog klachten gehoord van John?' vroeg Cleon, de opmerking over de opvolging negerend. Hij leefde bij de dag en zelfs als hij geen bijen voor de kost zou willen houden, zou hij dat nog steeds wel op parttime basis willen doen.

Roman trok zijn lippen samen. 'John was hier pas en zei toen dat hij blij met Luke was, maar ik verwacht niet dat dat lang zal duren – niet als die luie knul te laat op zijn werk verschijnt.' Hij haalde zijn schouders op. 'Maar ja, het is niet aan mij om te oordelen.'

Cleon deinsde terug, alsof hij door een bij was gestoken. Was die opmerking aan hem gericht? Wist zijn schoonvader dat hij Grace niet had vergeven? Probeerde Roman hem op een subtiele manier een schuldgevoel te bezorgen?

Cleon wreef iets krachtiger met het schuurpapier over de harde armleuning van de stoel en trok een grimas. *Roman begrijpt niet hoe ik me voel. Hij is niet degene die het liefst Holmes County zou verlaten zonder ooit nog om te kijken.*

Ruth glimlachte toen ze haar jongste zus de winkel in zag komen. 'Ik wist niet dat je vandaag naar de stad kwam,' zei ze tegen Martha.

'Ik ben vanmorgen met Donna Larson meegereden naar Sugarcreek, waar ik bij *The Budget* een nieuwe advertentie voor Heidi's laatste pups heb opgegeven. Daarna zijn we naar Berlin gegaan.'

'Ik vind het heel erg dat er een pup is doodgegaan.'

Martha fronste haar wenkbrauwen. 'Wist ik maar precies hoe het is gebeurd en of het wel of geen ongeluk was.'

Ruth leunde op de toonbank. 'Wie zou nu zo'n onschuldige pup iets willen aandoen?'

'Dat is moeilijk te zeggen, maar als het door dezelfde persoon gedaan is als degene die de andere dingen op zijn geweten heeft, moet hij toch wel *ab im kopp* zijn.'

'Ja, als je zoiets doet, ben je echt niet goed bij je hoofd. Ik hoop dat het geen bekende van ons is.'

Martha keek om zich heen en liet haar stem tot een gefluister dalen. 'Denk je nu aan Luke?'

Ruth knikte. 'Papa zei dat die zonnebril die mama had gevonden, van Luke was.'

'Hoe weet hij dat?'

'Luke kwam in de werkplaats vragen of zijn bril daar nog lag.'

Martha haalde haar schouders op. 'Nou, dan was het Lukes bril. Maar dat bewijst nog niet dat hij iets met die doorgesneden waslijn te maken heeft. Misschien is hij zijn bril verloren toen hij naar zijn rijtuig liep.'

'*Jah*, misschien wel.' Ruth wilde niet het slechtste van Luke denken, maar hij had zich de laatste maanden erg vreemd gedragen. Haar vader had verteld dat Luke in de werkplaats soms dingen had gezegd en gedaan waar papa niet van hield en dat hij Luke een paar keer op zijn plaats had gezet. Ze veronderstelde dat Luke best een wrok tegen hen zou kunnen koesteren, maar wraak nemen – en dan zover gaan dat hij zelfs een van Heidi's pups ombracht? Dat was niet voor te stellen.

'Ga je nog met Martin naar die jeugdavond zaterdag?' vroeg Martha.

Ruths mond viel open. 'Ik ga niet met Martin. Hij vroeg gewoon of ik plannen had om te gaan en zei dat hij me daar hoopte te zien.'

'Wat heb je tegen hem gezegd?'

'Dat het me wel leuk leek en dat ik proberen zou te komen.'

'Wat zei hij toen?'

'Dat hij daar blij mee was en ernaar uitkeek om mij zaterdag te zien.'

Martha gniffelde. 'Dat lijkt mij een afspraakje.'

'Het is geen afspraakje.'

'Wat jij zegt.' Martha knipoogde naar Ruth. 'Martin is wat verlegen, maar ook heel aardig. Je kunt maar beter zorgen dat je aan zijn kant speelt bij het volleyballen.'

'Schiet op, jij,' zei Ruth, met haar hand wuivend. 'En zorg maar dat je met me meegaat, want jij brengt veel te veel tijd door met die honden van je. Je moet meer uitgaan en plezier maken.'

Martha trok haar neus op. 'Mijn honden verzorg ik ook met plezier.'

'Dat kan zijn, maar je moet met je leeftijdgenoten omgaan.' Ruth glimlachte. 'Nu we het daar toch over hebben, zondag is er geen kerkdienst, dus dan kunnen we samen bij het meer gaan picknicken.'

'Dat is een goed idee. Misschien dat we Anna mee kunnen nemen. Ze is zo verdrietig sinds haar hondje dood is. Ze wilde niet eens het poesje dat mama haar aanbood. Misschien dat een dag bij het meer haar wat zal opvrolijken.'

Ruth glimlachte. 'Het is wellicht voor Grace en Cleon ook wel goed even samen te zijn.'

'Goed plan. Dan gaan we zaterdagavond naar de jeugdavond en zondag naar het meer. Tegen de tijd dat het maandagmorgen is, zullen we ons allemaal wat beter voelen dan in de afgelopen tijd.'

37

'Hoe was de jeugdavond waar jullie gisteren naartoe zijn geweest?' vroeg Roman, naar zijn twee dochters knikkend, die links van hem aan de keukentafel zaten.

'Goed,' zei Martha en pakte een stuk toast.

Ruth bleef met een dromerige blik op haar gezicht voor zich uit kijken.

'En jij, Ruth? Heb jij je ook vermaakt?'

'*Jah*, het was erg leuk.'

Martha giechelde. 'Ruth is verliefd.'

Judith trok duidelijk verbaasd haar wenkbrauwen op, maar Roman keek Ruth bedenkelijk aan. 'Hebben jullie weer iets met elkaar?'

Ruth schudde haar hoofd. 'Nee, papa, Luke was er niet en we hebben geen verkering.'

Hij slaakte zo'n zucht van opluchting, dat een haarlok op zijn voorhoofd ervan opwaaide. 'Gelukkig. Want wat mij betreft, is die knul niet te vertrouwen.'

Martha fronste haar wenkbrauwen. 'Ik weet zeker dat Luke niet verantwoordelijk is voor al die dingen die hier zijn gebeurd. Hij lijkt me niet het type om zoiets te doen.'

'*Jah*, nou, je kunt niet altijd een stuk hout beoordelen naar zijn kleur.'

Judith boog zich dichter naar Ruth toe. 'Maar als het niet over Luke ging, over wie had Martha het dan toen ze zei dat je verliefd was?'

Ruth rolde met haar ogen. 'Ik ben niet verliefd, mama. Ik heb alleen Martin een beetje beter leren kennen, dat is alles.'

'Martin Gingerich?'

Jah.'

'Ik sprak Abe Wengerd onlangs en die vertelde dat hij kortgeleden Martin als leerjongen had aangenomen,' zei Roman.

Ruth knikte. 'Dat vertelde Martin ook. Hij heeft het er tot op heden goed naar zijn zin.'

'Jullie hadden moeten zien hoe Martin naar Ruth keek,' viel Martha bij. 'Als er ooit iemand verliefd is geweest, is hij het wel.'

Ruth gaf haar zus een por met haar elleboog. 'Martin is niet verliefder op mij dan ik op hem. Zoals ik al zei, we leren elkaar gewoon wat beter kennen.'

'*Jah*, nou, Martin heeft zich in ieder geval gevestigd en is lid van de kerk. Dat is meer dan ik van Luke kan zeggen, die naar mijn mening veel te oud is om nog rond te fladderen,' bromde Roman.

Martha opende haar mond alsof ze iets wilde zeggen, maar hij hief zijn hand op. 'Genoeg over Luke nu, dus graag een ander onderwerp. Zijn er al plannen voor na het ontbijt?'

'Daar er geen kerkdienst is, lijkt het me leuk om een paar bezoekjes af te leggen,' opperde Judith.

'Martha en ik wilden vandaag met Anna gaan picknicken,' zei Ruth.

'Het leek ons een mooie afleiding voor haar,' voegde Martha eraan toe. 'Bovendien zijn Grace en Cleon dan een poosje samen.'

'Dat is een goed idee,' stemde Judith in. 'Die twee hebben zeker wat te bespreken met elkaar. Zonder Anna om hen heen gaat dat misschien wat makkelijker.'

Roman slikte zijn slok koffie door. 'Als Grace niet tegen Cleon had gelogen, zouden ze geen probleem hebben,' zei hij.

'Ze heeft niet echt gelogen, Roman. Ze heeft alleen niets over haar vorige huwelijk en haar dochter verteld.'

Hij bromde wat. 'Ik begreep van Cleon dat ze hem ook niet over haar zwangerschap had verteld.'

Judith haalde haar schouders op en de meisjes hielden hun blik op hun bord gericht.

Roman pakte een stuk toast en smeerde er een lik appeljam op. 'Ik stel voor dat we de problemen van Grace en Cleon nu vergeten en verder eten, dan kunnen we zo eindigen.'

Grace liep tussen het aanrecht en de keukentafel heen en weer, terwijl ze wachtte tot Cleon beneden kwam. Hij was al wel een kop koffie komen drinken, maar had niet ontbeten en was naar bed teruggegaan met de mededeling dat hij hoofdpijn had. Grace had toen Anna's ontbijt klaargemaakt en haar met Ruth en Martha naar het meer laten gaan. Ze hoopte dat Anna wat zou opvrolijken van het uitje. Als er nu ook nog iets was waar ze zelf vrolijker van werd...

Het geluid van Cleons voetstappen op de trap trok haar aandacht en ze keerde zich naar hem toe om hem te begroeten toen hij de keuken in kwam lopen. 'Is je *koppweh* over?'

Hij knikte, gaapte en rekte zich uit. 'Ik kan me niet heugen dat ik eerder zo'n hoofdpijn heb gehad. Maar na deze paar uur extra slaap is het eindelijk over.'

'Daar ben ik blij om.' Ze wees naar de tafel. 'Als je gaat zitten, dan maak ik wat eten voor je klaar.'

Hij wierp een blik op de klok, terwijl hij op een stoel plaatsnam. 'Het is al te laat op de ochtend om nog een stevig ontbijt te nemen. Gewoon een kop koffie en een paar van die zachte broodjes die we gisteravond hadden, is voldoende.'

Grace liep naar het fornuis waar de koffiepot op stond en pakte daarna een beker uit de kast. Nadat ze de koffie voor hem had ingeschonken, zette ze deze voor hem neer en haalde de broodjes tevoorschijn. 'Zal ik ze voor je opwarmen in de oven?'

'Dat hoeft niet, het is goed zo.'

Ze zette het mandje met brood op tafel, evenals een kuipje boter en een pot aardbeienjam. 'Kan ik nog iets anders voor je doen?'

Hij schudde zijn hoofd.

'Ruth en Martha hebben net Anna opgehaald, ze zijn nu onderweg naar het meer.'

Er kwam geen reactie.

Grace ging op de stoel naast hem zitten. 'Zullen we samen de dag doorbrengen – misschien gaan wandelen of op de veranda bijpraten.' Ze keek naar zijn gezicht, in de hoop dat ze daar zijn gedachten van af kon lezen, maar hij sneed met een stoïcijns gezicht een broodje doormidden en smeerde wat boter op beide helften.

'Ik wilde naar mijn ouders gaan vandaag,' mompelde hij. 'En misschien dat ik Ivo eens pols of hij samen met mij een imkerij zou willen beginnen.'

'Ik kan met je meegaan. Het is al een tijdje geleden dat ik bij je ouders op bezoek ben geweest.'

'Ik ga liever alleen.'

Graces hart zonk haar in de schoenen. Er kwamen verschillende reacties in haar op, maar ze had niet de tegenwoordigheid van geest om een ervan te kunnen verwoorden.

'Misschien kun je de dag bij je ouders doorbrengen,' stelde hij voor.

Omdat ze bang was dat ze in snikken zou uitbarsten als ze zou gaan praten, staarde ze zwijgend naar een paarse vlek op het tafelkleed tot de tranen haar zicht vertroebelden. Wat voor huwelijk hadden ze als ze niet bij elkaar in een kamer sliepen en nauwelijks met elkaar spraken? Cleon had heel duidelijk gemaakt dat hij geen tijd alleen met haar wilde doorbrengen. Hun huwelijk was alleen een huwelijk in naam, precies zoals Cleon had aangekondigd.

Haar maag begon weer op te spelen en hoewel dit geen onbekend gevoel meer was, beklemde het haar nog meer dan anders. De muur van stilte tussen hen niet langer verdragend schoof ze haar stoel naar achteren en stond op. Eén ding was zeker: alleen God kon hun gebroken huwelijk herstellen.

Aan de keukentafel staarde Cleon peinzend in zijn lege koffiemok. Hij wist diep van binnen dat hij nog steeds van Grace hield, maar hij voelde zich verlamd en was niet in staat om op de juiste manier te reageren. Kon hij de herinnering aan haar bedrog maar van zich afzetten. Het liefst zou hij alles uitwissen wat er tussen hen was gebeurd en helemaal vanaf de eerste dag opnieuw beginnen. Zou Grace anders hebben gehandeld als ze had geweten hoe het tussen hen zou uitpakken?

Hij leunde achterover in zijn stoel, sloeg zijn handen achter zijn hoofd en staarde naar het plafond. De gaslamp boven zijn hoofd suisde zachtjes en in een hoek van de keuken ontdekte hij een spinnenweb met een vlieg erin.

Precies zoals ik me voel, dacht hij wrang. *Als een vlieg in een web.*

Cleon herinnerde zich dat zijn grootvader eens had gezegd dat geluk niet afhankelijk was van de dingen die iemand in zijn leven op zijn pad kreeg, maar van de manier waarop die persoon met die dingen omging.

De schuld drukte zwaar op Cleons borst en toen hij op zijn stoel verschoof, voelde hij hoe strak de spieren in zijn nek en schouders gespannen stonden. Het was niet goed voor een lichaam om zich zo druk te maken, maar steeds wanneer hij aan Graces bedrog dacht, was het alsof zijn hart in tweeën werd gescheurd. Als christen zou hij moeten vergeven, maar had hij de kracht om het verleden te vergeten en naar een toekomst met Grace en hun baby uit te kijken? Kon hij genoeg liefde opbrengen om Anna's stiefvader te zijn?

38

'Wat een prachtige dag voor een picknick,' zei Ruth, terwijl ze samen met Martha een quilt onder een bladerrijke esdoorn uitspreidde. 'Het meer ziet er zo helder uit vandaag. Het water is bijna net zo blauw als de lucht. Ik ben blij dat het eindelijk lente is en krijg gelijk al zin in de zomer.'

Martha knikte en keek naar Anna, die opzij van hen stond. Ze had haar armen over elkaar geslagen en keek nors voor zich uit. De meeste kinderen zouden enthousiast zijn over een picknick, maar Anna treurde nog steeds om Rose. Niemand had iets kunnen zeggen of doen om haar verdriet te verzachten. Misschien dat daar vandaag verandering in kwam. Misschien dat er iets gebeurde wat Anna aan het lachen maakte.

'Het leek me een leuk idee om een wandeling in het bos te maken.' Martha tikte Anna op haar schouder. 'Zullen we dat nu gaan doen of na de lunch?'

Anna trok haar neus op. 'Ik heb geen honger.'

Ruth zette de picknickmand op de quilt en pakte Anna bij haar hand vast. 'Goed, dan gaan we eerst wandelen en eten we als we terug zijn.' Ze glimlachte toen de gedachte aan het heerlijke eten haar het water in de mond deed lopen. 'Ik weet zeker dat je honger zult krijgen van het wandelen.'

Anna zei niets, maar ze stribbelde niet tegen toen ze met hun drieën wegliepen.

Martha stond stil en keek om naar de quilt. 'Wat doen we met de picknickmand? Kunnen we die onbeheerd achterlaten of moeten we hem in het rijtuig terugzetten?'

'Hij kan vast wel blijven staan,' vond Ruth. 'Zo te zien is er niemand in de buurt en we blijven niet lang weg. De mand staat daar prima en lekker koel onder die boom.' Martha haalde haar schouders op en liep verder. Als ze niet uitkeek, werd ze net zo overbezorgd als Grace.

Tijdens de rit naar het huis van zijn ouders vocht Cleon met zijn schuldgevoelens. Hij had Grace niet willen meenemen, terwijl hij wist dat ze bij hem wilde zijn. Hij kon gewoon niet met haar alleen in een ruimte zijn, want dan werd hij onrustig en sprak hij op afgebeten of afwerende toon tegen haar. Hij wist dat het verkeerd was om gevoelens van wantrouwen en bitterheid te koesteren, maar waar het Grace betrof, leek hij zijn emoties niet in bedwang te kunnen houden.

Het was een uitzonderlijk warme lentedag en Cleon veegde het zweet weg dat in straaltjes van zijn voorhoofd liep. Hij wilde graag vader worden, dat wilde hij al heel lang. Dit zou een vreugdevolle tijd moeten zijn en Grace en hij zouden niet gescheiden moeten slapen.

Dat is je eigen keus, fluisterde een stemmetje in zijn hoofd.

Hij spoorde zijn paard tot meer snelheid aan. Hij kon hier beter niet over nadenken. Misschien dat hij zich beter zou voelen als hij Ivan eenmaal gesproken had en een besluit over zijn imkerij had genomen.

Korte tijd later zag hij zijn ouderlijk huis opdoemen. Zijn ouders zaten in de schommelstoelen op de ruime vooveranda van de rust te genieten. Een van de roodharige boerderijkatten zat aan mama's voeten. Zijn moeder had het altijd zo druk met haar vele taken, dat het hem goeddeed om haar voor de verandering eens niets te zien doen.

Ze glimlachte toen Cleon de veranda op stapte. 'Fijn om je te zien, jongen.'

'Dat is wederzijds.'

Zijn vader bromde wat. 'Je komt niet zo veel meer nu je geen bijen meer hebt en je voor Roman werkt.'

Cleon ging op de bovenste tree zitten en veegde met de rug van zijn hand over zijn bezwete voorhoofd. 'Dat is een van de redenen waarom ik ben gekomen – ik wil met Ivan over het imkeren praten.'

'Hoe gaat het met Grace en dat leuke stiefdochtertje van je?' vroeg zijn moeder. 'Wat jammer dat je hen niet hebt meegebracht.'

'Anna is vandaag met Ruth en Martha gaan picknicken.'

'En Grace? Waarom kwam zij niet mee?'

Cleon kromp ineen. Zou hij zijn ouders over de gespannen relatie met zijn vrouw inlichten? Moest hij vertellen dat ze zwanger was? Ze zouden het vroeg of laat toch te weten komen, dus konden ze het maar beter van hem horen.

Hij slikte moeizaam. 'Eh... Grace voelt zich niet zo goed de laatste tijd, dus leek het me beter dat ik alleen kwam.'

'Wat is er met haar? Is ze *grank*?' Zijn moeder fronste bezorgd haar wenkbrauwen.

Cleon zette zijn strohoed af en wuifde zich daarmee wat koelte toe. 'Grace is niet ziek. Ze is... eh... zwanger.'

Zijn moeder klapte in haar handen en sprong bijna omhoog uit haar stoel. 'O, dat is *wunderbaar!*' Ze stootte haar man aan. 'Denk je eens in, Herman, ons eerste *kinskind* is onderweg!'

Er verscheen een brede glimlach op papa's gezicht. 'Dat is goed nieuws. Hoop je op een *buwe* of een *maedel?*' vroeg hij, naar Cleon knikkend.

Cleon haalde zijn schouders op. 'Ik heb nog geen tijd gehad om daar veel over na te denken. Ik heb pas een paar dagen geleden ontdekt dat Grace zwanger is.' Hij stond op en plantte zijn hoed weer op zijn hoofd. 'Is Ivan er ook? Ik wil met hem praten.'

'Ik denk dat hij in de schuur is. Hij zei dat hij op de hooizolder een dutje ging doen.' Papa grinnikte. 'Hij sliep als kind al graag in het hooi.'

'Goed, dan ga ik daar even kijken.' Cleon liep snel weg voor zijn ouders weer over de baby begonnen.

Even later stapte hij de schuur in en keek omhoog naar de hooizolder. 'Ben je daar, Ivan?'

Er kwam geen antwoord.

Cleon zette zijn handen aan zijn mond. 'Ivan!' riep hij.

Vanuit het hooi klonk een gesmoorde kreun, gevolgd door nog een andere.

'Wie maakt hier zo'n herrie?' Ivan tuurde over de rand van de zolder. 'Cleon, ik wist niet dat jij vandaag zou komen.'

Cleon zette zijn hoed weer af en wuifde zich nog eens koelte toe. 'Ik had pa en ma al even niet gezien en wilde jou ook ergens over spreken.'

'Waarover?'

'Waarom kom je niet naar beneden? Dan zal ik het vertellen. Het valt niet mee om een gesprek te voeren als je moet schreeuwen.'

'Daar heb je gelijk in.' Ivan krabbelde uit het hooi en klauterde de ladder af. Toen zijn voeten de grond raakten, schudde hij zich uit als een hond. De sprieten hooi vlogen in de rondte.

'Hé, kijk uit!' Cleon sprong opzij, maar voorkwam niet meer dat er wat sprieten op zijn overhemd belandden. Hij sloeg ze van zich af en ging op de strobaal zitten die vlak bij hem stond.

'Waar wilde je me over spreken?' vroeg Ivan, terwijl hij op de baal naast Cleon neerplofte.

'Over bijen en honing.'

Ivan plukte een hooispriet uit zijn haar. 'Wat is er met bijen en honing?'

Cleon kauwde op het uiteinde van een strootje dat hij uit de baal getrokken had en overwoog hoe hij het beste zijn vraag kon formuleren. 'Ik wil mijn imkerij weer opstarten, maar zoals je weet, heb ik niet genoeg geld om de benodigde spullen te kopen.'

Ivan knikte. 'Ik vind het nog steeds verschrikkelijk dat je ze op die manier bent kwijtgeraakt.'

'Ik verdien vrij goed bij Roman, maar het duurt wel een tijdje voor ik genoeg geld heb om het bedrijf weer op te starten.' Cleon wreef over zijn bebaarde kin. 'Maar nu zag ik een paar dagen geleden in *The Budget* een advertentie staan waarin iemand uit Pennsylvania zijn imkerspullen ter overname aanbood. Ik vroeg me af of jij me misschien het startgeld kunt lenen. Of misschien dit keer samen met mij in het bedrijf wilt.'

Ivan fronste zijn donkere wenkbrauwen. 'Ik heb wel wat geld opzijgelegd, maar daar wilde ik een nieuw rijtuigpaard voor kopen.'

'Wat is er mis met het paard dat je nu hebt?'

'Eigenlijk niets. Hij wordt alleen wat oud en is niet zo snel als ik zou willen.'

'Aha, ik begrijp het.'

Ivan streek over zijn gladgeschoren kin. 'Maar ik denk dat ik ook wel even kan wachten met de aankoop van een ander paard.' Hij knikte naar Cleon. 'Ik wil niet echt je zakenpartner worden, maar ben wel bereid je te lenen wat je nodig hebt.'

Cleon zuchtte van opluchting. Als hij zijn imkerij weer kon opzetten, zou hij zowel daarmee geld verdienen als met het werk voor Roman. Dan zou hij niet alleen genoeg hebben om Ivan terug te betalen, maar ook om Roman al het hout en andere materialen voor het huis te vergoeden. Bovendien zou de imkerij hem een goed excuus geven om van huis weg te zijn als hij niet bij zijn schoonvader hoefde te werken. Hij sloeg zijn broer vriendschappelijk op zijn rug. 'Ik ben erg blij met de lening en als Roman me een paar dagen kan missen, ga ik er snel op uit om te kopen wat ik nodig heb.'

Martha liep in het bos voor Ruth en Anna uit. In de bomen boven hen zongen de vogels. Insecten vlogen zoemend in het rond en de bladeren ritselden in de wind. Het was erg warm geworden vandaag, maar in het beschaduwde bos leek het veel koeler.

'Zullen we verstoppertje doen?' stelde Ruth voor. Ze wist nog hoe dit kinderspelletje haar vroeger altijd opgevrolijkt had als ze zich verdrietig had gevoeld.

'Dat is een goed idee.' Martha stond stil en keerde zich om. 'Ik doe mijn ogen dicht en tel tot honderd terwijl jullie je verstoppen. Wie ik het eerst vind, moet de volgende keer gaan zoeken.'

Anna keek Ruth aarzelend aan. 'En als ik verdwaal?'

Ruth bukte om Anna te omhelzen. 'Je zult niet verdwalen, want we blijven allebei dicht in de buurt.'

Martha leunde tegen de dichtstbijzijnde boom en sloot haar ogen. 'Een... twee... drie... vier...'

Ruth pakte Anna's hand vast en liep snel weg om een goede verstopplek te zoeken. Ze bleven achter een groepje struiken staan en Ruth gebaarde Anna dat ze ineen moest hurken. 'Je mag geen geluid maken. Als Martha ons niet hoort, vindt ze ons niet zo makkelijk.'

Anna giechelde en sloeg haar hand voor haar mond. Ruth hurkte achter haar neer. Als Martha hen vond, zou ze Ruth het eerst zien. Dan zou Ruth tot honderd tellen terwijl Martha met Anna een verstopplek ging zoeken. Als ze het zo bleven doen, zou Anna nooit hoeven te gaan zoeken en wisten ze dat ze veilig bij hen was.

'Honderd!' hoorde ze Martha roepen. 'Je kunt je maar beter goed verstopt hebben, want hier kom ik!'

Ruth hield haar adem in en gaf een kneepje in Anna's hand. Ze wist nog dat ze vroeger meestal als eerste werd gevonden toen ze met haar zussen in het bos verstoppertje speelde. Ze had altijd te veel geluid gemaakt en was vastbesloten dat haar dit nu niet zou overkomen.

'Anna? Ruth? Waar zijn jullie?' Martha's stem klonk steeds verder weg. Ruth ging ervan uit dat ze veilig waren – in ieder geval wel voor dit moment. Ze ontspande zich wat en wilde net Anna iets influisteren, toen iemand haar op haar schouder tikte. Ze draaide zich vliegensvlug om. Achter haar stond Martin Gingerich.

'Wat doen jullie daar op de grond?' vroeg hij met een scheve grijns. 'Insecten zoeken?'

Anna giechelde en Ruth legde gniffelend haar vinger tegen haar lippen. 'We verstoppen ons voor Martha.'

Martin keek haar aan alsof ze haar verstand verloren had. 'Waarom zouden jullie je voor je zus verbergen?'

'We doen verstoppertje,' zei Anna voor Ruth kon antwoorden. 'Tante Martha is 'm en als je niet stil bent, vindt ze ons.'

Martin knikte en liet zich op zijn knieën naast hen vallen. 'Ik zeg niets meer.'

Ze zaten met hun drieën nog een tijdje achter de struiken, tot Martha achter een boom vandaan sprong. 'Gevonden!' riep ze.

Toen ze Martin ontdekte, zette ze haar handen op haar heupen en keek hem aan. 'Waar kom jij nou toch vandaan?'

'Van huis, net als jij.' Hij knipoogde naar Anna en zond Ruth een hartveroverende glimlach toe. Op dat moment besefte Ruth hoe makkelijk ze verliefd op hem zou kunnen worden. Martin was heel anders dan Luke. Hij was gelijkmatig, goed gemanierd, attent en niet onbezonnen, oneerbiedig of brutaal. Ze wist zeker dat Martin betrouwbaar was, wat meer was dan van Luke gezegd kon worden.

'Ik weet niet hoe jullie erover denken, maar ik heb honger als een paard,' kondigde Martha aan. 'Laten we naar het meer gaan en onze picknick opeten.' Ze knikte naar Martin. 'We hebben volop eten, dus kun je ons gezelschap houden als je wilt.'

'Ik waardeer het aanbod, maar mijn broer zit te wachten in het rijtuig dat ik op de kruising bij het meer heb laten staan. Ik kwam alleen het bos in omdat ik jullie hoorde roepen en ik dacht dat iemand misschien problemen had.' Martin keerde zich om en glimlachte opnieuw naar Ruth. 'Misschien dat ik je bij een andere picknick gezelschap kan houden.'

Ruths wangen werden rood. 'Dat zou leuk zijn.'

'Tot ziens dan,' zei Martin en liep snel weg.

Martha gaf Ruth een por toen ze naar het meer terugliepen. 'Hij is echt smoorverliefd op je.'

Ruth bleef recht voor zich uit kijken.

'Wat is smoorverliefd?' vroeg Anna, naar Martha opkijkend.

Martha grinnikte. 'Dat betekent dat hij zijn ogen niet van mijn zus kan losmaken.'

'Hoe komt het dan dat zijn ogen vastzitten?'

Martha's lach schalde door de lucht en Ruth deed met haar mee. Ze had zich sinds haar kindertijd niet meer zo zorgeloos gevoeld.

Toen ze vanuit het donkere bos de open plek op stapten waar ze hun spullen hadden achtergelaten, snakte Ruth naar adem. 'Onze picknickmand – hij is verdwenen!'

39

'Wat overkomt ons nou?' Martha zette haar handen op haar heupen en staarde naar de quilt waarop ze de picknickmand hadden achtergelaten. 'Waar is ons eten gebleven?'

Ruth kneep haar ogen tot spleetjes. 'De mand kan niet uit zichzelf zijn weggewandeld.'

'Misschien heeft een of ander beest hem meegenomen,' zei Anna, met een frons op haar gezicht naar Martha opkijkend.

'Het lijkt er meer op dat iemand een streek met ons heeft uitgehaald,' merkte Ruth hoofdschuddend op.

'Je denkt toch niet dat Martin dit gedaan heeft, of wel?'

'Martin?' Ruth keek Martha aan alsof deze haar verstand verloren had.

'Hij sloop in het bos op jullie af, dus wie zegt dat hij de picknickmand ook niet weggepakt heeft?'

'Zoiets doet hij niet.'

'Hoe weet je dat nou?'

'Nou, dat weet ik gewoon.'

'Je zei dat je hem nog maar net leert kennen, dus lijkt het me stug dat je al kunt zeggen waar hij wel of niet toe in staat is.'

Ruth fronste haar wenkbrauwen. 'Ik heb hem niet nu pas voor het eerst ontmoet, ik ken hem al vanaf mijn kindertijd.'

'Zo lang kennen wij Luke ook, en toch schijn je te denken dat hij tot allerlei vreselijke dingen in staat is.'

Ruth wees naar Anna, die op de quilt was gaan zitten. 'Laten we hier geen ruzie over maken, goed?'

Martha knikte. 'Je hebt gelijk. We moeten naar die mand gaan zoeken in plaats van te bedenken wie hem meegenomen zou kunnen hebben.' Ze keek om zich heen. 'In welke richting beginnen we met zoeken?'

Ruth haalde haar schouders op. 'Dat maakt mij niet uit. Ik krijg honger en wil gaan eten.'

'Ik ook,' zei Anna op klagende toon.

'Laten we dan snel gaan zoeken. We beginnen aan deze kant van het meer en als we hem hier niet vinden, zoeken we aan de overkant.' Martha pakte Anna bij haar hand en trok haar zachtjes overeind.

Ze baanden zich een weg door de bosjes en liepen een rondje. Ze waren nog niet ver van de quilt vandaan toen Martha in de buurt van het water naast een stapel mannenkleren de rieten mand ontdekte. 'Daar staat hij!' riepen Ruth en zij tegelijk.

Martha liet zich op haar knieën vallen en lichtte het deksel op. In de mand lagen alleen nog lege verpakkingen en een halfvolle limonadefles. 'Dit maakt me woest,' foeterde ze.

'Kijk daar!' Ruth wees naar het meer, waar diverse *Englische* opgeschoten jongens op binnenbanden ronddobberden. 'Ik weet zeker dat zij onze picknickmand hebben gepakt.'

Martha schermde met haar hand haar ogen af tegen de zon en tuurde naar het groepje. 'Volgens mij heb ik een van die gasten bij Luke gezien toen we hem een paar maanden geleden bij de supermarkt met een paar *Englischers* zagen. Weet je nog?'

Ruth haalde haar schouders op. 'Dat durf ik niet te zeggen vanaf deze afstand, maar het is wel duidelijk dat zij ons eten hebben afgepakt, dus zullen we hun eens een lesje leren.'

'Wat voor lesje?'

'Eén dat deze gasten een paar pijnlijke voeten zal opleveren als ze naar huis gaan, evenals wat koude rillingen als de wind toeneemt.' Ruth bukte, pakte hun shirts en schoenen en liep naar het bos.

Martha pakte Anna bij haar hand en volgde Ruth. Ze worstelden zich door een paar struiken, liepen langs een groepje dunne, lange bomen en begaven zich dieper het bos in. Onder het snelle lopen door hing Ruth wat schoenen en shirts aan verschillende takken en ze verborg er een paar onder enkele struiken en in een holle boom. 'Dat zal hun leren om iets van een ander af te pakken.' Met een frons op haar gezicht schudde ze haar hoofd. 'En als zij ook al die vervelende dingen bij ons thuis op hun geweten hebben, zullen ze nu misschien wel twee keer nadenken voor ze weer iets doen.'

Martha bleef staan, te verbijsterd om een woord uit te brengen. Deze wraakzuchtige daad was niets voor haar normaalgesproken kalme zus en paste ook niet bij de Amish handelwijze. Anna kreeg zo geen goed voorbeeld. 'Zeg zus, ben je nu niet wat te ver gegaan?'

Ruth sloeg haar armen over elkaar en schudde haar hoofd.

'Als die *Englischers* de inbraken hebben gepleegd en ook voor al die andere dingen verantwoordelijk zijn, zullen ze misschien tot nog ergere dingen in staat zijn om hun gram te halen,' zei Martha.

Ruth haalde haar schouders op. 'Nou, ik ga hun kleren niet terugbrengen, maar als jij dat wel wilt doen, zal ik je niet tegenhouden.'

Martha keek naar de zwart-witte sportschoen die boven haar in de wind hing te zwaaien en schudde haar hoofd. 'Laten we onze picknickmand pakken en snel weggaan voor die gasten uit het water komen.'

'Wat is het stil hier, nu iedereen weg is, vind je niet?' vroeg Judith aan Roman, die in een schommelstoel naast haar op hun voorveranda zat.

Hij knikte. '*Jah*. Stil en vredig.'

'Ik hoop dat Anna een leuke tijd heeft met de meisjes.'

'Dat zal vast wel.'

'Ik heb Grace of Cleon nergens gezien, dus hoop ik dat zij ook genieten van hun dagje samen.' Ze pakte Romans hand. 'Ik vind het ook heerlijk om samen met jou te zijn.'

Hij glimlachte. 'Dat is omgekeerd net zo.'

'We hebben de afgelopen maanden zulke rare dingen meegemaakt, dat het fijn is om even wat rust te hebben.'

'Laten we hopen dat het zo rustig blijft.' Roman fronste zijn wenkbrauwen. 'We weten nog steeds niet wie er voor die dingen verantwoordelijk is, maar ik blijf bidden dat de dader zal beseffen dat hij fout bezig is geweest en dat het niet meer zal voorkomen.'

Judith knikte. 'Wist ik maar waarom wij de enigen lijken te zijn die lastiggevallen worden. Het is net of iemand ons bewust heeft uitgekozen.'

'Inderdaad, en ik ben er vrijwel zeker van dat het iemand is die zich op mij wil wreken.'

'Op jou? Maar wat kun jij nu gedaan hebben waar iemand zo boos over is dat hij zulke vreselijke dingen uithaalt?'

Er verschenen diepe rimpels in Romans voorhoofd. 'Eens even kijken. Misschien wil Steven Bates mij laten boeten voor het ruïneren van het verjaardagscadeau voor zijn vrouw. Of haalt Luke zijn gram omdat ik hem heb ontslagen.'

'Grace denkt nog steeds dat die verslaggever wraak neemt omdat ze met zijn vriend getrouwd is.'

'Ik betwijfel of hij zo lang met die wrok is blijven rondlopen.' Hij wreef over zijn oor. 'Het kan zelfs die vastbesloten projectontwikkelaar zijn.'

'Hij leek vastbesloten, ja, maar ik denk dat hij zich toch bij ons antwoord heeft neergelegd, want hij is niet meer teruggekomen.'

'Ik heb gehoord dat hij in de buurt van Kidron wat grond heeft gekocht, dus misschien heeft hij zijn plannen voor onze grond opgegeven.'

'Het kan ook zijn dat er helemaal niet iemand is, die iets tegen ons heeft. Misschien was het gewoon wat losbandige jeugd die wat herrie wilde schoppen, zoals jij in het begin dacht. Zeg, is dat Cleon niet die vanaf de weg onze oprijlaan op komt lopen?'

Roman tuurde over het erf. 'Volgens mij wel.'

'Ik vraag me af waar hij vandaan komt en waarom Grace niet bij hem is.'

'Misschien dat zij even ligt te slapen en hij een wandeling heeft gemaakt.'

Judith fronste haar voorhoofd. 'Dan is het raar dat we hem niet hebben zien weggaan.'

'Misschien was hij al weg voor wij buiten zaten.'

'Maar we zitten hier al een hele tijd.'

Roman gaf een klopje op haar arm. 'Is het echt zo belangrijk?'

'Volgens mij namen de meisjes Anna onder meer met zich mee om Grace en Cleon een moment voor hen samen te geven. En dat lukt niet als zij ligt te slapen en hij in zijn eentje gaat wandelen.'

Toen Cleon aan het eind van de oprijlaan was, liep hij in de richting van hun huis. Hij kwam de veranda op en knikte naar Roman. 'Ik... eh... kan ik u ergens over spreken?'

'Jah, natuurlijk. Wat is er?'

Cleon keek naar Judith en schuifelde met zijn voeten.

'Ik ga binnen wat ijsthee halen terwijl jullie mannen met elkaar praten,' zei ze, de armleuningen van haar stoel vastpakkend en opstaand. 'Willen jullie ook wat drinken?'

'Ik niet,' antwoordde Cleon snel.

Roman schudde zijn hoofd. 'Nu niet, straks misschien.'

Ze verdween naar binnen. *Als Cleon had gewild dat ik zou horen wat hij te zeggen heeft, had hij me wel gevraagd erbij te blijven.*

'Ga zitten,' zei Roman, naar de stoel wijzend waar Judith in gezeten had.

Cleon nam plaats en schraapte zijn keel.

'Waar zit je mee?'

'Ik wil mijn imkerij weer opzetten en mijn broer Ivan wil me wat geld lenen. Ik vroeg me dus af of ik een paar dagen vrij kan nemen. Vlak bij Harrisburg in Pennsylvania, niet ver van de plek waar ik ben opgegroeid, woont een man die zijn bijen en imkerspullen van de hand wil doen. Misschien kan ik ze van hem overnemen.'

'Ik dacht dat je misschien geen bijen meer zou gaan houden nu je voor mij bent gaan werken.'

'Ik blijf net zolang voor u werken als u wilt, maar ik vond bijen houden altijd leuk en ik kan het extra geld wel gebruiken nu er een *boppli* onderweg is. Omdat Ivan me vast wel zal helpen, kan ik het imkerwerk af in de uren waarin ik niet voor u aan het werk ben.'

Romans ogen vernauwden zich. 'Als je twee banen hebt, houd je weinig tijd voor je vrouw en *kinner* over.'

'Bijen houden is geen fulltime baan, dus verwacht ik genoeg thuis te zijn.'

'Wat vindt Grace ervan?'

'Ze... eh... ze weet het nog niet.'

Roman wreef over de brug van zijn neus. 'Je kunt wat mij betreft een paar dagen vrij nemen, maar ik hoop wel dat je vrijdag terug bent. Dan is Grace jarig, weet je wel, en ze zou verschrikkelijk teleurgesteld zijn als jij er dan niet bent.'

Cleon perste zijn lippen opeen. Hij wilde geen onattente echtgenoot lijken, maar hij moest die imkerspullen zien te krijgen voordat een ander hem voor was. 'Ik kan niet beloven dat ik vrijdag terug ben, maar ik zal mijn best doen.'

Nadat Cleon naar zijn ouders was vertrokken, had Grace een poosje gerust. Nu besloot ze in haar Bijbel te gaan lezen. Ze had haar dagelijkse stille tijd verwaarloosd en wist dat het lezen van Gods Woord haar zou helpen minder depressief te zijn.

Ze krulde zich ineen op de bank en opende de Bijbel bij Micha 7. Toen ze de verzen 18 en 19 las, leken de woorden haar vanaf de pagina tegemoet te springen. *Wie is een God gelijk Gij, die de ongerechtigheid vergeeft, en de overtreding van het overblijfsel Zijner erfenis voorbijgaat? Hij houdt Zijn toorn niet in eeuwigheid; want Hij heeft lust aan goedertierenheid. Hij zal Zich onzer weder ontfermen; Hij zal onze ongerechtigheden dempen, ja, Gij zult al hun zonden in de diepten der zee werpen.*

De tranen rolden haar over de wangen en ze snifte. Ze mocht erop vertrouwen dat God haar zonden had vergeven, want ze had Hem om vergeving gevraagd. Hij zou Zich over haar ontfermen en niet meer aan haar zonden terugdenken.

Toen ze de achterdeur open en dicht hoorde gaan, droogde ze haar ogen en ging rechtop zitten. 'Wie is daar?'

'Ik ben het,' zei Cleon, terwijl hij de woonkamer binnenliep.

'Was het leuk bij je ouders?'

Hij knikte. 'Maar ik heb hen niet zo lang gezien. Ik heb het grootste deel van mijn tijd met Ivan zitten praten over de aanschaf van nieuwe bijen en imkerspullen.'

'Aha.'

Cleon ging in de schommelstoel tegenover haar zitten. 'Toen ik terugkwam, ben ik aan je vader een paar vrije dagen gaan vragen.'

Ze keek hem vragend aan. 'Waarom?'

'Ik las in *The Budget* een advertentie waarin iemand in Pennsylvania voor een zeer redelijke prijs zijn imkerspullen ter overname aanbiedt. Ik wil gaan kijken of het wat voor mij is.'

'Wanneer ga je weg?'

'Morgenochtend.'

Grace bevochtigde haar lippen met het puntje van haar tong. Ze wilde Cleon niet het idee geven dat zij hem probeerde voor te schrijven wat hij moest doen of laten en ze ging ook niet zeggen dat ze hem graag op haar verjaardag thuis had. Cleon wist wanneer ze jarig was. Als hij dit jaar geen erg in haar verjaardag had of deze niet met haar wilde doorbrengen, zou zij er niet over beginnen. 'Als... als je denkt dat dit nodig is, moet je gaan.'

Hij knikte en stond op. 'Dan ga ik nu even naar de Larsons om te kijken of Ray mij morgenochtend naar Dover kan brengen, dan pak ik daar de bus naar Pennsylvania.'

Grace staarde hem alleen maar aan. Uiteindelijk haalde hij zijn schouders op en liep de kamer uit.

Ze slaakte een zucht die in een gesmoorde snik uitmondde. *O God, wilt U mij de kracht geven om de afwijzing van mijn man te verdragen?*

40

Roman besloot juist het werk voor die dag voor gezien te houden en zich klaar te maken voor het etentje met Grace en de anderen, toen John Peterson binnen kwam lopen.

'Ik reed langs en dacht: ik zal eens vragen hoe het hier gaat,' zei John, tegen het bureau leunend waar Roman nog achter zat.

'Ik heb het druk genoeg. En jij?'

'Net zo. Er lijkt in de regio steeds meer behoefte aan kwaliteitsmeubels te komen.'

Roman knikte. 'Hoe bevalt Luke als leerjongen? Verschijnt hij op tijd en werkt hij goed door?'

'Tot op heden gaat het goed, maar ik blijf hem toch in de gaten houden.'

'Ik heb die knul volop kansen geboden, maar hij leek niet genoeg om zijn baan te geven om te doen wat ik vroeg.' Roman knarste met zijn tanden. 'Ik ben blij dat mijn dochter niet meer met hem omgaat, want eerlijk gezegd vertrouw ik hem niet.'

'Is het een gewoonte van je om werknemers te ontslaan?'

'Wat bedoel je daarmee?'

'Ik vroeg me gewoon af of Luke de eerste was die je hebt ontslagen.'

Roman haalde zijn schouders op. 'Misschien dat ik in al die jaren een paar anderen heb moeten laten gaan, maar dat was alleen omdat ze niet naar mij wilden luisteren en de dingen op hun eigen manier wilden doen.'

'Volgens Luke denk jij dat hij iets met die inbraken van een tijdje terug te maken heeft.'

'Het zou me inderdaad niet verbazen.' Roman haalde zijn schouders op en streek met zijn vingers door zijn haar. 'Martha vond Lukes hoed buiten in de modder nadat die steen door de ruit was gegooid en toen de waslijn doorgesneden was, vond Judith niet ver daarvandaan Lukes zonnebril op de grond.'

John fronste zijn donkere wenkbrauwen. 'Dat maakt hem inderdaad verdacht. Ik zal hem wat beter in de gaten houden. Ik moet er niet aan denken dat hij bij mij ook de boel overhoop haalt.'

'Zolang je hem geen ultimatum geeft, zal hij jullie vast niet lastigvallen. De ellende begon pas nadat ik tegen hem was uitgevaren omdat hij een paar keer te laat was gekomen en ik ook salaris ingehouden had vanwege zijn onvoorzichtigheid.' Roman schudde zijn hoofd. 'We hebben ook nog een paar incidenten gehad nadat ik Luke ontslagen had, waardoor ik me afvraag of hij soms wraak op me probeert te nemen.'

'Als ik iets verdachts zie of hoor, zal ik het je zeker laten weten.'

Roman keek op de klok en zag dat hij nodig weg moest. Hij schoof zijn stoel naar achteren en stond op. 'Ik moet het kort houden helaas, want ik moet me gaan wassen en omkleden. Vandaag is mijn oudste dochter jarig en we nemen haar mee uit eten naar Der Dutchman in Walnut Creek.'

John glimlachte en liep naar de deur. 'Laat je niet door mij ophouden. Feliciteer je Grace namens mij? Fijne avond allemaal.' Net voor hij de deur uit stapte, keek hij nog even om zich heen en fronste zijn voorhoofd. 'Ik meende gehoord te hebben dat je schoonzoon voor jou is gaan werken.'

'Dat klopt. Cleon is een paar weken geleden hier begonnen nadat al zijn bijen en imkerspullen waren verbrand.'

'Dat heb ik ook gehoord. De man die het mij vertelde, dacht dat het waarschijnlijk een kwajongensstreek is geweest.'

Roman knikte. 'Het zou kunnen.'

'Maar als Cleon voor jou werkt, waar is hij dan nu?'

'Hij is naar Pennsylvania om imkerspullen te kopen, wat inhoudt dat ik een paar dagen alleen ben.'

'Dus hij is er niet op de verjaardag van zijn vrouw?'

'Nee. Ik ben bang van niet.'

Bij het zien van de bevreemde blik op Johns gezicht wenste Roman dat hij niets gezegd had. Het was al erg genoeg dat Cleon er vandaag niet was; hij zat er niet op te wachten dat John dit nog eens ging benadrukken.

'Nou, dan ga ik maar.' John stak groetend zijn hand op. 'Tot ziens, Roman, en kom gerust als je iets nodig hebt.'

Grace keek niet naar haar verjaardagsetentje uit, maar haar ouders hadden erop gestaan een chauffeur te huren en bij Der Dutchman te gaan eten. Ze wilde hen niet teleurstellen. Bovendien was een etentje met haar familie altijd nog beter dan vanavond alleen met Anna thuis te zitten. Ze zou de hele tijd wensen dat Cleon bij haar was en dat het beter ging met hun relatie. Was er maar iets waarmee ze zijn vertrouwen en liefde kon terugwinnen.

Terwijl Grace op de achterbank in de wagen van Ray Larson zat, realiseerde ze zich dat ze zich af en toe zelfs opgelucht voelde dat haar man er niet was. Hij kon haar bekijken alsof ze een afschuwelijk mens was en bezorgde haar steeds een schuldgevoel.

Toen Ray de parkeerplaats van het restaurant was opgereden, keerde hij zich naar Graces vader. 'Ik moet nog boodschappen doen en sta over een paar uur weer hier. Is dat goed?'

Papa knikte. 'Je kunt mee-eten als je wilt.'

'Nee, bedankt. Als ik zonder boodschappen thuiskom, heb ik Donna wat uit te leggen.'

'Goed dan,' zei papa, terwijl hij en de anderen uit de wagen stapten.

Grace pakte Anna bij haar hand en liep met haar achter haar ouders en zussen aan. Het was erg druk in het restaurant en heel wat mensen waren nog aan het wachten tot er een tafeltje vrijkwam. Anna en Martha hielden zich bezig met het draairek naast de kassabalie. Het rek bevatte zowel veel ansichtkaarten en boeken over de Amish als een paar romans en kinderboeken. Verschillende *Englischers*, duidelijk toeristen, zeiden tegen elkaar hoe schattig Anna was toen ze op haar hurken de boeken zat te bekijken.

Op ieder ander moment zou het Grace waarschijnlijk niet hebben gestoord, maar vanavond was ze erg gespannen. Ze weerstond de impuls tegen iedereen te zeggen dat ze niet naar haar dochter mochten staren. In plaats daarvan zat ze met dichtgeknepen handen op de bank, hopend dat ze snel een tafel zouden krijgen.

Na een halfuur wachten werden ze naar de eetzaal begeleid. Kort nadat ze besteld hadden en de serveerster drinken en wat brood had gebracht, kondigde Anna aan dat ze naar het toilet moest.

'Zal ik met haar meegaan?' vroeg Martha, Grace aankijkend.

'Ik ga zelf wel.' Grace schoof haar stoel naar achteren en pakte Anna's hand.

Toen ze even later uit de damestoiletruimte kwamen, kwam ze in botsing met een man. Haar hart sloeg over toen ze zag dat het Gary was.

'Kijk eens aan, Gracie, wat een verrassing!' teemde hij. 'Het is al even geleden dat ik je heb gezien. Waar had je je verstopt?'

Voor Grace iets terug kon zeggen, keek Anna naar Gary op en verkondigde dat haar moeder jarig was. 'Wij eten hier om het te vieren,' voegde ze eraan toe.

Gary keek Anna aandachtig aan, waarna er een blik van herkenning op zijn gezicht verscheen. 'O ja, nu weet ik het weer.

Ben jij niet dat meisje dat ik pas bij de Hostettlers heb gezien?'

Anna knikte. 'Ik ben Anna, en dit is mijn *mamm*.'

Grace kneep even in haar dochtertjes hand. 'Je weet toch dat je niet met vreemden mag praten?'

'Kom op, Gracie. Ik ben nauwelijks een vreemde – in ieder geval niet voor jou.' Gary keek Grace met een scheve glimlach aan, wat haar woede nog verder aanwakkerde.

'Ik wil dat jij nu naar onze tafel teruggaat,' zei ze, Anna een duwtje in die richting gevend.

'En u? Komt u niet mee?'

'Ik... eh... ik moet naar het toilet, maar ik kom zo snel mogelijk.'

'Net hoefde u nog niet.'

Grace gaf Anna nog een duwtje. 'Ga nu maar. En zeg tegen opa en oma dat ik er zo aan kom.'

Gary knipoogde naar Anna. Ze zond hem een snelle glimlach en schoot weg, naar de eetzaal toe.

Grace richtte zich weer tot Gary. 'Hoelang blijf je nog in Holmes County?'

Hij wreef over zijn kin en keek haar op verontrustende wijze aan. 'Nou, dat hangt er helemaal van af.'

'Waarvan af?'

'Hoeveel interessante verhalen ik hier nog hoor.'

'Weet je zeker dat je hier niet rondhangt om herrie te schoppen?'

Hij grinnikte. 'Je bent erg op de man af en niet meer zo timide als toen ik met je uitging. Je bent vast zo bijdehand geworden door de jaren dat je *Englisch* was.'

Ze vertrok haar gezicht. Deze man haalde haar echt het bloed onder de nagels vandaan.

Hij sloeg zijn armen over elkaar en leunde tegen de muur. 'Ik kan me nog wel een verjaardag met jou herinneren, Gracie. Laat eens kijken – wanneer was dat?'

Ze wierp een blik op hun tafel om zich ervan te overtuigen dat Anna weer bij haar familie zat.

'Zeg, zal ik bij jullie aan tafel komen zitten? Dan vier ik je verjaardag mee en misschien wil er iemand uit jouw familie mij gelijk wat meer vertellen over die voorvallen bij jullie thuis. Want dat artikel moet echt af.'

'Je hebt het lef niet dat je me achternaloopt naar de tafel.'

'Wedden?'

Hij begon die kant op te lopen, maar ze pakte hem bij zijn arm. 'Wat voor informatie wil je die je nog niet hebt?'

Hij bewoog zijn wenkbrauwen een paar keer op en neer. 'Ik zou wel willen weten waarom jij mij voor die sul van een Wade Davis hebt ingeruild.'

'Waarom praat je op die manier over Wade? Ik dacht dat hij je vriend was.'

'Dat was hij ook, tot hij jou inpikte.' Gary fronste zijn wenkbrauwen. 'Maar wat ik echt graag wil weten is hoe het komt dat je de *Englische* levensstijl hiervoor hebt opgegeven.' Hij gebaarde naar haar eenvoudige jurk en nam haar van top tot teen op.

'Na de dood van Wade koos ik ervoor om naar het Amish leven terug te keren, want hier hoor ik. Ik had hier nooit weg moeten gaan.'

Hij wees naar de eetzaal. 'Ik zie maar één man aan jullie tafel zitten. Waar is die nieuwe echtgenoot van je?'

Het brok in haar keel belette Grace bijna te slikken. Ze zou nooit aan Gary toegeven dat haar man zich drukker maakte om zijn nieuwe imkerij dan om haar verjaardag. 'Niet dat het jou iets aangaat, maar mijn man is op zakenreis. Nou, als je me nu wilt excuseren, ik moet terug naar mijn familie.'

'Natuurlijk, Gracie. Laat je door mij niet tegenhouden.' Hij gniffelde. 'O, en van harte gefeliciteerd.'

'Wat is er?' vroeg Ruth, Graces hand vastpakkend toen ze bij hun tafel terugkwam. 'Ben je weer misselijk? Ging je daarom naar het toilet terug?'

Grace schudde haar hoofd. 'Er is niets.'

'Weet je het zeker?'

Grace knikte kort.

'Anna zei dat je in de hal met een man stond te praten,' viel haar moeder bij. 'Was het iemand die wij kennen?'

Grace trok wit weg en schudde haar hoofd. 'Kunnen we het hier later over hebben?'

Haar vader knikte. 'Grace heeft gelijk. Laten we bidden, dan kunnen we eten.'

Alle hoofden bogen zich voor een stil gebed en daarna tastte iedereen toe. Behalve Grace. Zij speelde slechts met het stukje kip op haar bord.

'Voor iemand die honger zou moeten hebben, eet je niet veel,' zei haar vader, nog een broodje uit het mandje midden op de tafel pakkend. 'Tob je erover dat Cleon er niet bij kon zijn vandaag?'

Grace haalde haar schouders op. 'Het zou fijn geweest zijn als hij er was, maar hij heeft belangrijke zaken aan zijn hoofd.'

'Het zal prachtig zijn als hij weer een imkerij heeft opgezet,' viel haar moeder vanaf de andere kant van de tafel zei. 'En het is ook lekker om weer verse honing te hebben.'

'Dat is zeker.' Papa pakte een drumstick van zijn bord en zette zijn tanden erin. Plotseling kreunde hij.

'Wat is er, Roman?' Mama legde bezorgd haar hand op zijn arm.

Hij stak twee vingers in zijn mond en haalde een porseleinen kroon tevoorschijn.

'O, nee.' Mama klakte luid met haar tong. 'Het ziet ernaar uit dat jij morgenochtend naar de tandarts moet.'

'Echt niet,' zei hij hoofdschuddend. 'Je weet hoe afschuwelijk ik het vind om naar de tandarts te gaan.'

'Maar papa, u kunt niet met een stompje tand in uw mond blijven rondlopen. Dat ziet iedereen.' Ruth vertrok haar gezicht. 'U zult die kroon gelijk weer vast moeten laten lijmen.'

'Ik heb wel wat epoxyhars in mijn werkplaats. Misschien gebruik ik dat wel.'

Martha's mond viel open en ze keek haar vader aan alsof hij zijn verstand verloren had. 'Dat meent u niet.'

Hij knikte. 'Zeker wel. Het scheelt me een partij geld.'

Ruth kon nauwelijks geloven hoe eigenwijs haar vader soms kon zijn. Ze keek naar Grace, die de hele avond al ongebruikelijk stil was geweest. Het leek wel of het haar niet kon schelen dat papa's kroon had losgelaten; ze staarde alleen maar naar haar bord dat voor de helft was leeggegeten. Er was iets met Grace aan de hand en Ruth hoopte dat het niets ernstigs was.

41

'Ik begrijp niet waarom je zo nodig met me mee moet,' zei Roman tegen zijn vrouw, toen ze na het etentje de werkplaats binnenstapten.

'Omdat ik weet wat van je van plan bent en ik jou dat uit je hoofd probeer te praten. Het is gewoon *eefeldich* om te proberen zelf je kroon weer vast te lijmen. Dat blijft echt niet zitten.'

'Jij mag het dan dwaasheid vinden, maar ik weet wat ik doe en dit bespaart ons wat geld.' Roman stak een van de gaslampen aan. Judith trok een stoel achter het bureau vandaan en ging zitten. 'Als je het toch per se wilt doen, laat mij je dan in ieder geval helpen, zodat je hem niet scheef vastlijmt of de lijm op de verkeerde plaats aanbrengt.'

Hij haalde zijn schouders op en liep naar zijn gereedschap. De meeste vrouwen maakten zich te veel zorgen, vooral zijn vrouw.

'Grace zag er vanavond verdrietig uit, vond je niet?' zei Judith.

'Ik denk dat ze Cleon miste,' riep hij over zijn schouder.

'Ik begrijp nog steeds niet waarom hij die reis niet tot na haar verjaardag uit kon stellen.'

'Ik ga nu de achterkamer in, dus praten we hier straks verder over, goed?'

'*Jah*, natuurlijk.'

Roman stapte het vertrek binnen en stak een tweede gaslamp aan. Toen hij de epoxyhars uit zijn gereedschapskist wilde pakken, zag hij dat er diverse spullen ontbraken. 'Dat is vreemd.'

'Wat is vreemd?'

Roman draaide zich om. Achter hem stond Judith, die hem nagelopen was. 'Ik mis wat spullen uit de kist, inclusief de epoxyhars.'

Ze fronste haar voorhoofd. 'Wat is er allemaal weg?'

'Een hamer, een paar schroevendraaiers, een combinatietang en twee tubes epoxyhars.'

'Misschien heb je ze ergens anders neergelegd en ben je dat vergeten.'

'Ik kan me niet herinneren dat ik ze ergens anders heb gebruikt dan hier.'

Ze sloeg een hand voor haar mond. 'Ik hoop niet dat er weer is ingebroken. Ik heb er schoon genoeg van onderhand.'

'Als het weer een inbraak is, moeten we gewoon rustig blijven en op God vertrouwen.' Hij keek de kamer rond. 'We weten niet of het vermiste gereedschap echt gestolen is en verder mis ik niets. De voordeur zat op slot toen we binnenkwamen, dus ziet het er niet uit alsof er iemand tijdens onze afwezigheid heeft ingebroken.'

'Zou Cleon de spullen geleend hebben en vergeten zijn dat aan je te vertellen?'

Roman leunde tegen de werkbank. 'Dat zou kunnen. Zodra hij terug is, zal ik het hem vragen.' Hij sloot het deksel van de gereedschapskist en draaide de gaslamp uit. 'Ik zal nu morgen toch naar de tandarts moeten, of ik dat nou leuk vind of niet. Maar zonder die hars kan ik mijn kroon niet vastzetten.'

Judith glimlachte. 'Dan komt er in ieder geval toch nog iets goeds voort uit de vermissing van het gereedschap.'

Hij bromde wat en betastte zijn mond. '*Jah*, toe maar.'

Toen Cleon aan de rand van Harrisburg een eethuisje binnenstapte, zag hij op de toog een kleine kalender naast de kassa staan. *O nee, vandaag is Grace jarig en ik heb haar zelfs geen kaart gestuurd.*

Hij koos een tafeltje bij het raam en dacht terug aan de laatste verjaardag van zijn vrouw. Hij was toen uitgenodigd om bij haar ouders thuis te komen eten. Ze hadden als toetje zelfgemaakt ijs gegeten en Grace en hij hadden de rest van de avond op de verandaschommel gezeten, over hun toekomst gepraat en elkaars hand vastgehouden. Hij was bijna tot middernacht gebleven, wensend dat hij altijd bij Grace kon zijn. De dingen waren heel anders uitgepakt dan hij zich toen had voorgesteld.

Hij vroeg zich af hoe Grace haar verjaardag had gevierd en terwijl hij de menukaart pakte die de serveerster op tafel had neergelegd, werd hij overspoeld door een geweldig schuldgevoel. Ook al was hij alleen nog in naam de echtgenoot van Grace, hij had op zijn minst aandacht aan haar verjaardag kunnen schenken.

Cleon dacht aan een vers uit Mattheüs 6 dat hij in zijn hotelkamer had gelezen: *Want indien gij de mensen hun misdaden vergeeft, zo zal uw hemelse Vader ook u vergeven.* Hij hield nog steeds van Grace en moest haar vergeving schenken. Maar hoe kon hij volledig vergeven en zijn hart weer voor haar openen als hij haar niet kon vertrouwen?

Misschien koop ik een cadeau voor ik weer naar huis ga. Op die manier kan ze in ieder geval niet zeggen dat ik niet de moeite heb genomen om iets voor haar verjaardag te doen. En als ze hoort dat ik genoeg bijen en imkerspullen heb gekocht om mijn bedrijf weer op te zetten, beseft ze misschien ook dat ik mijn plichten niet zal verzaken en dat ik voor haar en de baby zal zorgen.

Cleon slikte een paar keer in een poging het brok kwijt te raken dat zich in zijn keel had gevormd. God had Grace met een bepaald doel in zijn leven gebracht. Het zou niet genoeg zijn haar een cadeau te geven en te laten weten dat hij zijn plichten zou vervullen. Het bedrog van Grace was niet het probleem. Zijn onverzoenlijke houding en zijn weigering om haar te vertrouwen hielden hen van elkaar gescheiden.

Eerlijk gezegd had hij Grace geen kans gegeven om hem over de *boppli* te vertellen en daarna had hij haar beschuldigd van het verzwijgen van het nieuws. Hij moest zijn pijn aan God geven, want alleen Hij kon de muren weghalen die Cleon tussen zijn vrouw en zichzelf had opgetrokken. Hij was weggelopen van wat hij het liefste wilde. Hij en Grace hoorden bij elkaar. Hij moest niet alleen Grace vergeven, maar ook Anna om vergeving vragen. Zodra hij thuis was, zou hij dat doen.

Terwijl Grace en Anna naar hun huis liepen, kwebbelde Anna over Ruth, hoe ze bij hun picknick de kleren van anderen in het bos had verstopt. De woorden drongen nauwelijks door tot Grace. Ze was nog steeds zenuwachtig door haar ontmoeting met Gary en keek er niet naar uit om de rest van de avond in een leeg huis door te brengen. Ze hoefde er niet meer op te rekenen dat Cleon vandaag nog thuis zou komen. Er schoot een brok in haar keel. Hij had zelfs niet eens de moeite genomen om haar een kaart te sturen, laat staan een cadeau te geven.

'Kijk, mama, iemand moet een cadeautje voor u hebben neergezet,' zei Anna, terwijl ze de veranda achter het huis op stapten.

Grace bukte zich om een eenvoudig, in bruin papier gewikkeld pakje op te pakken. Ze vroeg zich af of het van Cleon zou zijn. Misschien had hij iets voor haar gekocht voor hij naar Pennsylvania vertrok en aan iemand van zijn familie verzocht om het op haar verjaardag te bezorgen.

'Openmaken! Openmaken!' gilde Anna, op en neer springend.

'Doe eens rustig. We gaan eerst naar binnen.'

Grace duwde de deur open en stapte de keuken in. Ze legde het pakje op tafel, stak de gaslamp aan en ging met Anna aan tafel zitten.

'Mag ik het openmaken?' vroeg Anna.

'Jah, natuurlijk, ga je gang.'

Anna trok het papier eraf en hield een doosje in haar handen. Ze deed het deksel open en gilde van afschuw. 'Een dode muis! Het is een dode muis!'

In de veronderstelling dat het kind een grapje maakte, pakte Grace het doosje en keek erin. 'Bah, het is echt een dode muis!' Ze rilde en gooide het doosje op de vloer.

Anna begon te huilen en Grace trok het kind in haar armen. 'Het geeft niet. Iemand wilde gewoon een streek met mama uithalen.'

Terwijl Grace Anna heen en weer wiegde, proefde ze de bittere smaak van gal in haar keel. Ze slikte om hem kwijt te raken. Wie zou zoiets afschuwelijks hebben gedaan? Wie had zo'n vreselijke hekel aan haar dat hij of zij haar verjaardag wilde bederven?

Haar gedachten schoten onmiddellijk naar Gary. Hij wist door hun ontmoeting in het restaurant dat ze jarig was. Kon hij hierheen gereden zijn en die dode muis voor de deur gezet hebben?

42

Toen Grace de volgende morgen wakker werd, keek ze uit het raam. De regen kletterde in dikke druppels tegen het glas en door de donkere lucht schoot een bliksemflits. Haar maag speelde op toen ze aan gisteravond dacht – de afwezigheid van Cleon, de ontmoeting met Gary en het pakje met de dode muis.

Ze liep bij het raam vandaan en liet zich op de rand van haar bed zakken toen ze door een golf van misselijkheid bevangen werd. Haar hart bonkte en haar handen trilden. Misschien had de dag van gisteren meer tol van haar geëist dan ze besefte. Raakte ze de pijn maar kwijt. Kon ze het verleden maar vergeten en haar zorgen bij God neerleggen. Als ze zich meer kon concentreren op de goede tijden die Cleon en zij hadden gehad, vond ze misschien de kracht om door te gaan.

HIJ ZAL ZICH ONZER WEDER ONTFERMEN.

'Dank U, God,' fluisterde Grace. 'Die bemoediging had ik echt even nodig.' Ze stond op en met een gevoel van hernieuwde vastberadenheid liep ze naar beneden om het ontbijt klaar te maken.

Anna zat aan de keukentafel te tekenen. Haar pop lag op haar schoot. Het was fijn te zien dat ze weer interesse in de dingen kreeg.

'Goedemorgen, meisje van me.' Grace drukte een kus op Anna's voorhoofd. 'Wat ben je aan het doen?'

'Pop Martha en ik zijn een tekening voor opa Davis aan het maken. We willen graag dat hij snel komt.'

Grace ging naast Anna zitten. 'Je mist hem nog steeds, of niet dan?'

Anna knikte en de tranen sprongen in haar ogen.

'In zijn laatste brief schreef hij dat hij zich wel iets beter voelt maar nog niet kan reizen.'

'Kunnen wij naar hem toe?'

'Dat denk ik niet, Anna.'

'Waarom niet?'

'We hebben het druk.' Grace drukte haar hand tegen haar maag. 'En ik voel me niet zo lekker de laatste tijd, dus is een lange reis geen goed idee.'

Anna sperde haar ogen open. 'Gaat u dood? Net als oma Davis en Rose?'

'Nee, lieverd, ik ben niet ziek; ik ben zwanger.' Grace pakte Anna's hand en gaf er een zacht kneepje in. 'Dat betekent dat je over een paar maanden een broertje of een zusje krijgt om mee te spelen.'

Anna's mond viel open. 'Krijgt u een *boppli*?'

Grace knikte en glimlachte. Het deed haar goed Anna Pennsylvania Dutch te horen spreken.

'Een babyzusje is leuker dan een hondje,' zei Anna met een brede glimlach. 'Mag ik een naam bedenken?'

'Zullen we eerst maar afwachten of het een jongen of een meisje is?'

Anna giechelde. 'Ja, het zou wel een beetje raar zijn als een jongen een meisjesnaam had.'

'*Jah*, en we moeten ook afwachten wat de *daadi* van de baby over het kiezen van de naam zegt.'

Anna fronste haar wenkbrauwen. 'Wie wordt de papa van de baby?'

'Nou, Cleon natuurlijk. Hij is mijn man.'

Anna schudde krachtig haar hoofd. 'Mijn papa heette Wade. Dat heeft opa Davis gezegd.'

'Ik was eerst met Wade getrouwd en hij was jou *daadi*. Maar nu ben ik met Cleon getrouwd. Hij is de *daadi* van de baby in mijn

buik.' Grace legde Anna's hand tegen haar iets uitstekende buik.
'Ik vind Cleon niet aardig. En hij vindt mij ook niet leuk.'
Grace zweeg verbijsterd. Ze wist niet wat ze zeggen moest. Ze
had gezien hoe Cleon op Anna reageerde – hij leek haar nauwe-
lijks om zich heen te kunnen verdragen. Maar hij was Anna's
stiefvader, of hij dat nu leuk vond of niet. Het feit dat hij boos op
Grace was, gaf hem nog niet het recht om Anna zo te negeren.
'Ik weet zeker dat Cleon geen hekel aan jou heeft, Anna,' zei
ze, haar armen om haar dochtertje heen slaand. 'Het kost gewoon
wat tijd voor jullie elkaar beter kennen.'
Anna hield haar blik op de tafel gericht.
Uiteindelijk schoof Grace haar stoel naar achteren en stond op.
'Wat wil je voor ontbijt?'
Geen reactie.
'Wat dacht je van pannenkoeken met stroop?'
Anna bromde iets en haalde haar tengere schouders op.
'Goed. Dan worden het pannenkoeken.'

Terwijl Judith het ontbijt voor haar gezin klaarmaakte, dacht ze
aan het vermiste gereedschap van haar man. Kon Roman het
ergens anders hebben neergelegd of bestond er een kans dat
Cleon het had geleend zonder het te melden? Met een betrokken
gezicht staarde ze uit het raam. De regen kletterde op het dak.
Misschien was er iemand in Romans werkplaats geweest en was
het gereedschap wel gestolen. Maar als dat zo was, hoe kon de
dief dan binnengekomen zijn zonder een raam in te slaan of een
slot te forceren?
Er klonk een donderslag. Judith hapte naar adem. 'O, wat een
vreselijk weer. Als kind was ik al bang voor *dunner* en *wedderleech*.'
Roman kwam achter Judith staan en sloeg zijn armen om haar
middel. 'Je hoeft niet bang te zijn. Ik ben hier om jou te beschermen.'

Ze leunde tegen zijn borst en zuchtte. 'Wat zou ik graag willen dat we veilig waren.'

'We moeten op elk terrein van ons leven op God vertrouwen – ook wat het weer betreft.'

'Ik doelde niet op het weer. Ik dacht aan de aanvallen en wilde dat ze ophielden.'

'We weten niet zeker of dat vermiste gereedschap gestolen is, als je daaraan dacht.'

Judith draaide zich naar hem toe. 'Weet je weer waar je de spullen gelaten had?'

'Nee, maar ik denk vast dat Cleon ze geleend moet hebben.' Roman haalde zijn schouders op. 'We zullen het snel genoeg weten, want ik verwacht wel dat hij snel zal thuiskomen.'

'Het is niet goed dat er zo'n verwijdering tussen hem en Grace bestaat. Ze zijn pasgetrouwd en horen niet in aparte kamers te slapen.'

'Geef hem tijd om de dingen te verwerken en wat je ook doet, bemoei je er niet mee.'

'*Jah*, ik weet het.' Ze knikte naar het raam. 'Ik hoop dat de regen ophoudt. Ik moet wassen vandaag en ik had erop gerekend de kleren buiten te kunnen hangen. En ik moet ook nog naar de telefooncel om die tandartsafspraak voor jou te maken.'

Hij schudde zijn hoofd. 'Blijf jij maar binnen. Ik bel zelf wel.'

Ze knikte, terwijl het huis op zijn grondvesten schudde door een nieuwe slag. 'Ik hoop niet dat de bliksem vandaag in iemands huis of schuur inslaat.'

De rest van de dag bracht Grace door met schoonmaken en verstelwerk en ze probeerde ondertussen ook Anna bezig te houden. Het kind wilde heel graag buiten spelen, maar het regende nog steeds. Op dit moment lag ze even te slapen, waardoor Grace de handen vrij had om wat te bakken. Ze had net twee rabarbertaarten in de oven geschoven toen ze voetstappen op de veranda hoorde en de deur openging.

'Heb je het druk?' vroeg Martha, de keuken in stappend. In haar handen had ze een zwarte paraplu.

'Ik heb net twee taarten gemaakt. Kom binnen. Dan drinken we een kopje thee.'

Martha zette de paraplu in de oude melkbus naast de deur, deed haar sjaaltje af en ging aan tafel zitten.

'Het is echt onaangenaam buiten,' merkte Grace op.

Martha knikte en keek de keuken rond. 'Waar is Anna?'

'Boven, ze was aan een slaapje toe.'

'Het is goed dat ze niet in de buurt is, want ze kan beter niet horen wat ik te vertellen heb.'

Er ging een rilling langs haar rug toen Grace tegenover haar zus plaatsnam. 'Wat is er? Is een van Heidi's andere pups iets overkomen?'

Martha schudde haar hoofd. 'De honden maken het prima, maar dat kan ik niet van die arme Alma Wengerd zeggen.'

'Ach. Wat is er met Alma?'

'Ze is overleden. Bisschop King kwam het vanmorgen aan papa vertellen.'

'Wat is er met haar gebeurd?'

'Ze was naar buiten gegaan om de kippen te voeren en toen ze niet terugkwam, ging Abe kijken waar ze bleef. Hij vond haar een paar meter van de kippenren vandaan op de grond. Ze was door de bliksem getroffen.'

Grace hapte naar adem. 'O, wat *baremlich!*'

Martha knikte ernstig. 'Ja, echt verschrikkelijk. Mama is hele-maal ingestort toen ze het nieuws over haar vriendin hoorde.'

Grace staarde naar de tafel. De tranen sprongen haar in de ogen. 'Na gisteravond dacht ik dat het hier niet meer slechter kon gaan, maar dat had ik toch mis.'

'Wat is er gisteravond gebeurd?'

'Eerst liep ik Gary Walker tegen het lijf in de hal van het restaurant.'

'Heeft hij je van streek gemaakt?'

'Gary doet nooit anders.' Grace slikte moeizaam. 'Ik wou dat hij Holmes County verliet en nooit meer terugkwam.'

'Daar heb ik om gebeden – niet omdat jij denkt dat hij verantwoordelijk is voor alle aanvallen, maar omdat hij jou steeds aan het verleden herinnert.'

Grace haalde haar neus op en pakte een tissue uit het doosje achter haar. 'Er is gisteravond nog iets gebeurd waar ik erg van geschrokken ben.'

'Wat dan?'

'Toen Anna en ik thuiskwamen, vonden we een pakje op de veranda.'

'Een verjaardagscadeau?'

'Dat dacht ik eerst ook.' Grace snoot haar neus en depte haar ooghoeken. 'Ik maakte de vergissing dat ik Anna het pakje liet openmaken en...'

'En wat, Grace? Wat zat er in het pakje?'

'Een dode *maus*.'

'Dat is *ekelhaft*! Welk gezond denkend mens doet nu zoiets afschuwelijks?'

'Gary Walker natuurlijk.'

'Denk je echt dat hij het heeft gedaan?'

Grace knikte. 'Ik heb je al eerder verteld dat hij gedreigd heeft wraak op me te nemen.'

'Dat is jaren geleden. Die man is echt niet boos meer dat je met zijn vriend was getrouwd.'

De achterdeur ging open en Ruth stapte binnen. 'Tjonge, wat een weer vandaag. Je had al dat water op de weg moeten zien. Ik zag bijna niets door de voorruit van mijn rijtuig toen ik naar huis reed.' Ze zette haar paraplu naast die van Martha in de melkbus, hing haar sjaal aan een haak aan de muur en liep snel naar de tafel. 'Heb je al thee gemaakt? Daar ben ik nu echt wel aan toe.'

Grace pakte de theepot die op de tafel stond en schonk voor haar zus een kopje in.

'Heb je het nieuws over Abes Alma gehoord? Ben je daarom hier?' vroeg Martha, terwijl Ruth het kopje oppakte.

'Ik weet nergens van. Wat is er met Alma?'

'Ze is overleden. Op hun erf door een bliksemflits geraakt.'

Ruths ogen sperden zich open. 'Ach, wat verschrikkelijk!'

'Abe blijft nu met zes kinderen achter. Hij zal de komende tijd echt hulp nodig hebben,' viel Grace in.

Ruth knikte met een ernstig gezicht. 'De familie zal hem vast wel helpen.'

Grace kreunde. 'Wat een narigheid toch tegenwoordig. Ik vraag me soms af hoeveel we nog verdragen kunnen.'

Ruth zette haar kopje neer en legde haar hand op die van Grace. 'Ondanks het slechte nieuws over Alma, heb ik nieuws waar je misschien iets van opfleurt.'

'Wat dan?'

Martha boog zich naar voren. 'Ik wil voor de verandering ook weleens goed nieuws horen.'

'Die verslaggever met wie jij vroeger omging, kwam vandaag in de bakkerswinkel. Hij vertelde dat hij hier klaar was met zijn werk en binnenkort naar Wisconsin vertrekt om een paar artikelen te schrijven over de Amish die daar wonen.' Ruth gaf een kneepje in Graces vingers. 'Nu hoef je niet steeds bang te zijn dat je hem tegenkomt als je naar de stad gaat. En als wij nu niet meer lastiggevallen worden, weten we dat hij de dader was.'

Grace zuchtte van opluchting. Misschien hoefden ze zich nu geen zorgen meer over de aanvallen te maken en konden ze zich concentreren op de hulp die Abe en zijn gezin bij de begrafenis van Alma en in de komende tijd nodig zouden hebben.

43

De lucht was troosteloos grijs en het was veel te kil voor een lentemorgen, maar het was tenminste wel droog op de dag dat Alma Wengerd werd begraven. Toen de familie en vrienden zich op het kerkhof verzamelden om afscheid van Alma te nemen, had Ruth erg met de achtergebleven zes kinderen te doen. Molly van twee, Owen van vier, Willis van zes, Esta van acht, Josh van tien en de oudste, Gideon van twaalf jaar, stonden dicht naast hun vader bij de kist van Alma.

Alma was nog maar tweeëndertig toen ze zo onverwacht werd weggerukt. De zachtaardige vrouw, die nog in de bloei van haar leven was geweest, zou haar kinderen nooit zien opgroeien en nooit de vreugde van het grootouderschap genieten. Ruth was aangedaan bij de gedachte dat de kleintjes geen moeder meer hadden en ze vroeg zich af hoe Abe het huishouden, zijn taken, de zorg voor zijn kinderen en zijn bedrijf moest gaan combineren.

Ze keek naar Martin, die bij zijn ouders stond. Hij was niet bij de dienst in Abes huis geweest, maar hij was wel op tijd gekomen voor de teraardebestelling. Ruth vroeg zich af of hij meer in het leerverwerkingsbedrijf zou moeten werken nu Abe extra verantwoordelijkheden voor zijn gezin droeg. Martin leek zo'n aardige jongeman en ze wist zeker dat hij al het mogelijke zou doen om Abes last te helpen verlichten.

Als Ruth niet al bij de bakker werkte, zou ze zich misschien als hulp bij Abe aangeboden hebben. Maar gelukkig stond hij er niet alleen voor, want ze had gehoord dat zijn ongetrouwde zus uit Illinois voor zijn kinderen zou komen zorgen.

Toen de vier dragers de lange vilten riemen die om de uiteinden van Alma's kist bevestigd waren, oppakten en de kist langzaam lieten zakken, bepaalde Ruth haar aandacht weer bij het graf. De dood was iets vreselijks en ze kon er zich geen voorstelling van maken hoe Abe zich moest voelen na het verlies van de vrouw met wie hij dertien jaar getrouwd was geweest. Ruth had binnen haar eigen kring alleen nog maar het overlijden van haar grootouders meegemaakt en ze kon niet bedenken hoe het was om je man of vrouw te verliezen.

Toen de kist in het graf stond, tilde Abe zijn jongste kind op. Misschien was Molly zenuwachtig geworden of misschien had Abe haar uit behoefte aan troost opgetild. De lange man met roodbruin haar en een volle baard toonde geen andere uiterlijke tekenen van verdriet dan de ernstige uitdrukking op zijn gezicht.

Gideon boog zich naar voren en fluisterde iets in het oor van Josh. Kleine Esta kermde, terwijl ze de handjes van haar twee jongere broertjes vastgreep.

Ruth wilde het liefst naar hen toe rennen en de kinderen in haar armen trekken. In plaats daarvan stak ze haar ene hand naar Martha uit, die links van haar stond, en de andere hand naar Anna, die rechts naast haar stond en eruitzag alsof ze ieder moment in huilen uit kon barsten. Dacht ze aan het overlijden van haar *Englische* grootmoeder? Was Alma's dood voor Anna een herinnering aan haar eigen verlies? Grace leek ook op het punt te staan om te gaan huilen. Misschien was haar grootste verdriet dat haar man niet naast haar stond, want Cleon was nog niet thuisgekomen en wist waarschijnlijk zelfs niet af van Alma's dood.

Terwijl de dragers het graf dichtmaakten, las de bisschop steeds een paar regels voor uit een gezang uit de *Ausbund*, waarna enkele zangers de regels overnamen. Uiteindelijk was het graf met grond bedekt. Iedereen draaide zich om en liep met een ernstig gezicht naar de rijtuigen terug.

Iedereen, behalve Esta. Het jonge meisje rende over het gras, snikte alsof haar hart in tweeën brak en wierp zichzelf op de grond naast haar moeders graf.

Abe bleef staan, het leek of hij heen en weer getrokken werd tussen zijn andere kinderen die hij het rijtuig in moest helpen en zijn huilende dochter die hij wilde troosten.

Niemand was nog dichtbij genoeg om het kind op te merken. Ook Ruths familie was al bij het graf vandaan gelopen, maar Ruth bleef staan om te kijken wat Abe zou doen. Toen ze zag dat hij uiteindelijk weer naar zijn rijtuig liep, haastte ze zich naar Esta toe en knielde naast haar neer. Ze trok het meisje in haar armen, wiegde haar heen en weer en klopte zachtjes op haar rug.

'Mama... Mama... Waarom bent u bij ons weggegaan?' snikte het kind. 'Weet u niet hoe hard wij u allemaal nodig hebben?'

De voorkant van Ruths jurk werd nat van de tranen die over Esta's wangen stroomden en zich met Ruths eigen tranen vermengden. Op dat moment beloofde Ruth zichzelf dat ze niet alleen voor de Wengerds zou bidden, maar hen ook op alle mogelijke manieren zou helpen.

Terwijl Grace na de begrafenis haar paard en wagen over de weg stuurde, was ze met zorg vervuld – niet alleen om Abe en zijn kinderen, maar ook om Anna die nog geen woord had gesproken sinds ze het kerkhof verlaten hadden. Het kind was geschokt door de dood van Esta's moeder, maar ze weigerde erover te praten. Vanwege Anna's melancholieke gedrag had Grace besloten om niet bij Abe thuis aan de maaltijd deel te nemen, maar zo snel mogelijk met haar naar huis te gaan.

Ze wierp een blik op het kind, dat met neergeslagen ogen en haar armen over elkaar naast haar zat. Wist ze maar wat er in het hoofdje van haar dochter omging.

Grace was blij dat haar ouders en zussen wel bij het begrafenismaal zouden blijven, want bij het serveren van het eten was de hulp van de vrouwen hard nodig. Papa en Abe hadden veel zaken met elkaar gedaan en klanten naar elkaar verwezen, dus wist Grace dat papa nog een poosje bij Abe zou blijven om hem te bemoedigen. Grace had gezien dat Ruth Esta onder haar hoede had genomen en ook dat Ruth het huilende meisje naar Abes rijtuig had gebracht.

Ruth zou op een dag een goede moeder zijn en Grace hoopte dat haar zus een goede Amish man zou vinden wanneer de tijd daarvoor aangebroken was.

Misschien zou het Martin Gingerich zijn. Hij had zeker interesse in Ruth getoond. Martin was wel wat stil en verlegen – in tegenstelling tot Luke – maar hij leek haar aardig en uit wat Abe een paar weken geleden aan papa had verteld, had Grace begrepen dat Martin een harde werker was.

Graces gedachten gingen naar Cleon, terwijl ze een hand tegen haar maag legde. *Hij zou het verschrikkelijk vinden dat Alma overleden was en ook dat hij de begrafenis niet had kunnen bijwonen.* Ze slikte tegen het brandende gevoel in haar keel. *Zou Cleon rouwen als mij iets overkwam of zou hij opgelucht zijn dat ik niet langer deel van zijn leven uitmaakte?*

Ze schudde haar hoofd. Zo mocht ze niet denken. Het was niet goed voor de baby als ze zo bezorgd was.

Toen ze een lichte helling af gingen, begon het paard te hinniken. Het bleef staan, en schraapte met zijn hoeven over de grond.

'Wat is er met jou aan de hand, Ben?' Grace gaf een ruk aan de teugels, maar het paard weigerde te lopen en schudde zijn hoofd van links naar rechts. Ze begreep niets van zijn gedrag. Ze werden niet ingehaald door voorbijrazende auto's en voor zover zij kon zien, was er nergens op de weg sprake van gevaar.

Ze trok opnieuw aan de teugels en pakte de rijzweep. 'Hup, Ben. Lopen nu, *schnell!*'

Uiteindelijk liep het paard verder, maar het gedroeg zich schichtig en Grace moest de zweep blijven gebruiken om het voort te drijven. Ten slotte bereikten ze de oprijlaan die naar het huis van haar ouders leidde. Toen Grace Ben naar rechts stuurde, probeerde hij te steigeren. Ze trok de teugels strak. 'Hola. Rustig, jongen.'

Het lukte haar het paard te kalmeren en het weer te laten lopen, maar toen ze nog maar halverwege de oprijlaan waren, rook ze een brandlucht. Grace dwong het paard sneller te lopen tot haar vaders werkplaats in zicht kwam. Daar was niets vreemds te zien, alles zag er hetzelfde uit als die morgen. Ze reed langs het huis van haar ouders, ook daar leek alles in orde, evenals bij de schuur. Net toen ze de glooiing naar de tweede oprijlaan nam, zag ze het – uit haar huis kwamen rook en vlammen!

Grace wist even niet wat ze moest doen. Moest ze naar de waterslang rennen en zelf proberen de brand te blussen of zou ze keren en naar de dichtstbijzijnde *Englische* buren rijden om daar de brandweer te bellen? Zelf proberen de brand te blussen was een dwaas idee. Maar het zou ook tijd kosten voor de brandweer er was, tegen die tijd was het huis misschien wel afgebrand. Waren papa of Cleon maar hier, dan konden zij het vuur bestrijden, terwijl zijzelf om hulp ging vragen.

Anna gilde en klom over de stoel toen Grace het rijtuig stilhield. Grace wilde Anna vastpakken, maar ze dook onder haar handen door, klom via het achterportier het rijtuig uit en rende naar het brandende huis.

Grace opende haar portier en sprong ook uit de wagen. 'Anna, stop! Niet in de buurt van het huis komen!'

Het kind bleef rennen en tegen de tijd dat Grace de veranda voor het huis bereikte, had Anna de deur geopend en glipte naar binnen.

'O, God, nee,' hijgde Grace terwijl ze haar dochtertje achternarende. 'Laat mijn kleine meisje niets overkomen.'

Nadat Cleon met de bus in Dover was aangekomen, werd hij opgehaald door Henry Rawlings, een van de *Englische* chauffeurs die hem af en toe ergens ophaalden of brachten. Maar Henry moest een tussenstop maken in Berlin en omdat Cleon ernaar verlangde om naar huis te gaan en het met Grace in orde te maken, ging hij te voet verder.

Terwijl hij in de wegberm liep, dacht hij aan zijn reis naar Pennsylvania en de goede zaken die hij daar had gedaan. Hij had niet alleen bijen en bijenkorven gekocht, maar ook een honingpers, een paar handschoenen van geitenhuid, een bijenkap, een rookpot en een speciaal mes voor het snijden van raampjes in de bijenkorven. Al deze spullen zouden naar zijn ouders worden gezonden. Hij had ook een paar verkooppunten voor zijn honing gevonden. Als alles goed ging, had hij volgend jaar om deze tijd weer een bloeiend bedrijf.

Hij had voor Grace een mapje briefpapier met vogelillustraties gekocht. Het was niet veel, maar op die manier zou ze weten dat hij haar verjaardag niet vergeten was.

Halverwege de terugweg hoorde Cleon een autoclaxon. Hij draaide zich om en zag de terreinwagen van John Peterson naast zich in de berm stoppen. 'Wil je een lift?' riep John door zijn open raam.

'Dat zou fijn zijn.' Cleon opende het portier aan de passagierskant en stapte in.

'Ik hoorde dat je op reis was om bijen te kopen,' zei John, terwijl hij de weg weer opreed.

Cleon knikte. 'Zowel bijen als bijenkorven.'

'Ben je geslaagd?'

'Jazeker. Als het goed is, zijn de bijen en alle imkerbenodigdheden inmiddels wel bij mijn ouders bezorgd.'

'Ben je nu op weg naar je ouders dan?'

Cleon schudde zijn hoofd. 'Ik wil eerst naar mijn eigen huis om Grace te laten weten dat ik thuis ben.'

John tikte op het stuurwiel. 'Er is nogal wat consternatie geweest toen je weg was.'

'In welk opzicht? Goed of slecht?'

'Niet goed, vrees ik. We hebben een paar dagen geleden een behoorlijk zware storm gehad en Alma Wengerd is door de bliksem getroffen.'

'Wat verschrikkelijk. Is ze erg gewond?'

'Ze leeft niet meer. Vandaag is ze begraven, al ben ik daar niet bij geweest. Omdat ik niet Amish ben en nog niet lang in deze gemeenschap woon, wist ik niet zeker of ik welkom was.' John schudde zijn hoofd. 'Je buurman Ray Larson was er ook niet. Ik kwam hem net tegen bij de drogist in Berlin.'

Er kroop een rilling over Cleons rug en hij huiverde. Abes vrouw was dood – in de bloei van haar leven door de bliksem geveld. Hij kon er zich geen voorstelling van maken hoe hij zich zou voelen als Grace zoiets overkwam.

'Alles goed met je?' vroeg John, Cleons arm aanstotend. 'Je ziet een beetje wit.'

Cleon kraakte zijn knokkels en wreef toen met beide handen over zijn stijve nek. 'Ik probeerde me in te denken hoe het voor Abe moet zijn om op deze manier zijn vrouw te verliezen. Het moet echt een schok voor hem zijn geweest.'

John knikte. 'Ik heb gehoord dat hij haar zelf gevonden heeft. Ze lag niet ver bij de kippenren vandaan, waar ze naartoe op weg was om de kippen te voeren.'

'Wat vreselijk. Abe heeft zes kinderen, zoals je weet, en het zal niet eenvoudig voor hem zijn ze alleen op te voeden.'

'Hij zal waarschijnlijk snel een andere vrouw zoeken. Dat doen toch de meeste Amish mannen als ze hun vrouw verliezen?'

Cleon haalde zijn schouders op. 'Sommigen wel, sommigen niet. Het hangt helemaal van de omstandigheden af.' *Zou ik een andere vrouw zoeken als Grace overleden was? Zou iemand anders me net zo gelukkig kunnen maken als zij? Hoe zou ik me voelen als Grace van me was weggenomen voordat ik een kans had gehad om haar om vergeving te vragen?*

Toen ze de oprijlaan van de Hostettlers opreden, zag Cleon een dikke rookwolk in de lucht hangen. De bijtende geur prikkelde zijn neusgaten en toen ze zijn oprijlaan opreden, besefte hij dat zijn huis in brand stond. Alle spieren in zijn lijf spanden zich en zijn hart begon te bonken. *O God, laat hen niet binnen zijn. Laat het alstublieft niet te laat zijn voor ons.*

Hij keerde zich naar John. 'Kun je de brandweer voor me bellen?'

'Natuurlijk.' John tastte in zijn borstzakje naar zijn mobiele telefoon en fronste zijn wenkbrauwen. 'Hé, ik moet hem thuis hebben laten liggen. Ik ga nu naar huis en bel gelijk.'

Cleon opende de deur, sprong uit de auto en rende de oprijlaan verder op. *Ze moet thuis zijn,* dacht hij toen hij Graces paard en rijtuig zag staan. *Ze kan zelfs binnen zijn.*

'Grace, waar ben je?'

De stilte werd alleen verbroken door het geknetter van de vlammen die omhoogschoten.

'Anna! Anna, kom terug. Nee, niet naar boven gaan!'

Cleon bleef staan. Dat was Graces stem in hun huis. Blijkbaar was Anna daar ook. Zijn hart stond bijna stil. Hij dacht niet dat hij verder zou kunnen als hij Grace nu zou verliezen zonder dat het in orde was gekomen tussen hen.

Het vuur leek van de tweede verdieping te komen, constateerde hij. Daar sloegen de vlammen uit het dak en het slaapkamerraam. Hij pakte een quilt uit het rijtuig, doordrenkte deze met het water voor de paarden en beschermde zijn hoofd ermee. Hij sprong de veranda op, rukte de deur open en rende naar binnen.

44

Het leek Ruth beter om niet de andere vrouwen met de maaltijd te gaan helpen, maar bij Abes kinderen te blijven en vooral bij Esta, die geweigerd had om iets te eten. 'Als jij belooft dat je een klein beetje eet,' vleide Ruth, terwijl ze naast Esta op een bank zat, 'dan zal ik aan je *daed* vragen of je morgen bij ons mag komen kijken hoe hard de hondjes van mijn zus gegroeid zijn.' Ze glimlachte. 'En ik weet zeker dat Anna het ook leuk vindt om een speelkameraadje te hebben.'

Esta blikte naar Ruth omhoog. Ze keek uitzonderlijk ernstig en haar lange wimpers streken over haar wangen als ze met haar donkere ogen knipperde. 'Denk je dat ik een van Martha's *hundlin* mag hebben?'

Ruth wist dat Martha Anna een van Heidi's pups gegeven had, maar dat hondje was dood en Martha rekende op het geld voor de twee andere hondjes die ze nog hoopte te verkopen. Ze pakte Esta's hand vast. 'Als het mijn *hundlin* waren, zou het mogen, maar ik ben er vrijwel zeker van dat Martha ze wil verkopen.'

Esta's gezicht betrok nog verder. 'Ik heb geen geld en papa geeft het mij vast niet. Hij zegt altijd dat we alleen de dingen kunnen kopen die we nodig hebben.'

Ruth had wat geld gespaard van haar salaris en had daar op dit moment geen dringende bestemming voor. 'Weet je wat, Esta,' zei ze, het meisje een zacht kneepje in haar hand gevend, 'als je *daed* het goedvindt, koop ik een van Heidi's hondjes voor je.'

Esta sperde haar ogen wijd open. 'Echt?'

'*Jah.*'

'Goed.' Esta pakte een broodje van haar bord en nam een hapje.

Ruth glimlachte en richtte haar aandacht op haar eigen bord.

Ik hoop dat ik op een dag net zo'n lief kind als Esta zal hebben.

Na de maaltijd gingen de mannen en vrouwen in groepjes uiteen om met elkaar te praten, terwijl de kinderen en de jongelui hun vrienden opzochten. Omdat Esta wel wilde spelen met een van de kinderen die een pop had meegebracht, besloot Ruth dat dit een mooi moment was om zich even terug te trekken. Ze wilde wat nadenken en bidden.

Terwijl ze door de tuin naar het beekje achter Abes huis liep, gingen haar gedachten naar Grace en Anna. Ze maakte zich zorgen om de verdrietige uitdrukking die op het gezicht van haar zus gelegen had, want ze was er zeker van dat die niet alleen door Alma's dood veroorzaakt werd. Grace leed onder de gespannen verhouding met Cleon en maakte zich zorgen over de geweldplegingen tegen hun familie.

Als er iets is waar ik mijn zus mee kan helpen, wilt U mij dat dan laten zien, God? bad Ruth, terwijl ze vlak bij het beekje op het gras ging zitten. Ze hief haar gezicht op om van de warmte van de zon te genieten en sloot haar ogen. *En laat me zien wat ik kan doen om Esta en haar broers en zusjes in de komende tijd te helpen.*

'Slaap je?' klonk een mannenstem.

Ruths ogen vlogen open. Toby en Sadie stonden naar haar te kijken.

'Ik wist niet dat hier nog meer mensen waren.'

'Die waren er ook niet. Ik bedoel, we komen net aanlopen,' zei Toby.

'We vonden het wat te druk op het erf van de Wengerds, dus besloten we een wandeling te maken,' zei Sadie, terwijl haar wangen kleurden.

Ruth knikte.

'Het lijkt wel of iedereen uit onze gemeenschap naar Alma's begrafenis is gekomen. Iedereen behalve Luke.' Toby schudde zijn hoofd. 'Het zou me niet verbazen als hij vandaag bij zijn *Englische* vrienden zit. Hij lijkt tegenwoordig meer tijd voor hen te hebben dan voor zijn Amish vrienden.'

Ruth gaf geen commentaar, ze had weinig behoefte aan een gesprek over haar ex-vriend. Ze had andere, belangrijker dingen aan haar hoofd. Zoals hoe ze kleine Esta en haar broertjes en zusjes kon helpen bij de verwerking van hun verlies.

Toby trok zachtjes aan Sadie's arm. 'Gaan we nog wandelen of niet?'

'Jawel,' zei ze met een knikje. 'Tot morgen in de bakkerij, Ruth.'

Ruth stak groetend haar hand op, leunde achterover in het gras en sloot haar ogen weer. Korte tijd later hoorde ze een man zijn keel schrapen en haar ogen vlogen weer open.

Er trilde iets van binnen toen ze Martin boven zich zag staan.

'Ik zag je eventjes geleden deze kant op lopen en wilde graag met je praten,' zei hij, terwijl er een blos op zijn wangen verscheen.

Ze klopte op de grond naast haar. 'Wil je gaan zitten?'

'*Jah*, graag.' Toen hij eenmaal zat, zette hij zijn hoed af en plantte deze op zijn opgetrokken knieën. 'Het was echt een verdrietige begrafenis, vond je ook niet?'

Ze knikte enkel omdat ze bang was dat ze in tranen uit zou barsten als ze haar gedachten onder woorden bracht.

'Het toont maar weer eens aan dat niemand weet wat de toekomst brengen zal. Het ene moment voel je je nog prima en het andere moment voltrekt zich onverwacht een ramp.' Hij schudde zijn hoofd. 'Toen Alma de kippen ging voeren, zal Abe niet gedacht hebben dat hij haar nooit meer terug zou zien – tenminste, niet in dit leven.'

Ze knikte opnieuw.

'Het viel me op hoe je Abes kinderen troostte – en dan met name Esta toen ze zo overstuur was.'

Ruth slikte het brok in haar keel weg. 'Ze zullen allemaal hun *mamm* gaan missen, dat is een ding dat zeker is.'

'Maar je leek haar toch tot bedaren te hebben gebracht.'

'Ik heb mijn best gedaan.'

Martin trok de ene na de andere grasspriet uit de grond. Uiteindelijk keerde hij zijn gezicht naar Ruth toe en schraapte zijn keel een paar maal. 'Ik vond het tijdens de jeugdavond erg leuk om samen wat tijd door te brengen.'

'Ik ook.'

'Ik vroeg me af... zou... vind je het goed als ik je volgende week een keer thuis kom opzoeken?'

Ruth wilde niet te happig lijken, maar de gedachte dat deze vriendelijke, aardige man haar het hof maakte was zo duizeling-wekkend, dat ze nauwelijks kon ademen. '*Jah*, Martin. Ik zou het fijn vinden als je komt,' zei ze knikkend.

'Ik vind het echt heel erg voor je dat je Alma hebt verloren,' zei Roman, terwijl hij Abe kameraadschappelijk op zijn schouder sloeg. 'Laat het me weten als ik iets kan doen.'

Abe knikte. 'Ik waardeer je hulp.'

'Komt er iemand van je familie helpen met de kinderen?'

'Mijn jongste zus, Sue, is nog niet getrouwd en heeft beloofd bij ons in te trekken en voor ons te zorgen.' Abe haalde zijn vingers door zijn roodbruine haar, terwijl hij tegen de schuurdeur stond geleund. De tranen sprongen in zijn ogen. 'Alma was nog maar tweeëndertig. Het hoort eigenlijk niet dat iemand zo vroeg uit haar gezin wordt weggerukt, of wel?'

Roman schudde zijn hoofd. Judith was vierenveertig en hij moest er niet aan denken haar te verliezen.

Abe kreunde. 'We hebben een paar weken geleden nog

gevierd dat we dertien jaar getrouwd waren. Alma was negentien en ik was net twintig toen we elkaar het jawoord gaven.'

Roman sloeg zijn vriend nog eens op de schouder. 'Van wat ik van Alma weet, was ze een goede christenvrouw.'

'Dat was ze zeker, en ook een goede *mudder* voor onze zes *kinner*.' Abe staarde over het erf waar zijn twee oudste zoontjes met een paar andere kinderen een touwtrekwedstrijd deden. 'Het is voor ons allemaal een hard gelag om Alma te verliezen, maar ik maak me vooral om Esta zorgen. Na de begrafenis werd ik heen en weer geslingerd tussen haar en mijn andere vijf kinderen. Uiteindelijk besloot ik eerst hen het rijtuig in te helpen en daarna naar Esta terug te gaan, maar toen ik zag dat Ruth haar troostte, heb ik het verder aan je dochter overgelaten.'

Hij draaide zijn gezicht naar Roman toe. 'Esta is mijn oudste dochter en eerlijk gezegd trok ze meer naar haar *mamm* dan naar mij. Nu Alma er niet meer is, zal Esta een andere vrouw nodig hebben die haar bij de hand neemt.'

'Ik weet zeker dat mijn vrouw en dochters zo veel mogelijk willen helpen, samen met je zus, natuurlijk.'

'We stellen elke hulp erg op prijs.' Abe keerde zich van de schuur af. 'Ik moet nog even met wat anderen praten, maar als het aan mij lag, ging ik het liefst naar bed en trok ik de dekens over mijn hoofd.'

Roman knikte begrijpend. Vanaf het moment dat zijn familie werd lastiggevallen, voelde hij zich net zo.

Grace rende door het huis en riep om Anna. Haar ogen brandden van de tranen en haar longen vulden zich met rook. 'Anna! Anna! Waar ben je?'

Het enige wat Grace hoorde, was het geknetter van de vlammen die aan het hout lekten. Als er niet snel hulp kwam, zou ze alles verliezen. Maar daar maakte Grace zich op dit moment geen zorgen om. Ze moest Anna vinden en haar uit deze vlammenzee halen.

Hoestend en naar adem snakkend zocht Grace overal naar een teken van haar dochter. Door de rook had ze nauwelijks zicht en ze was bang dat Anna naar boven was gegaan. 'Anna! Anna, waar ben je?'

De voordeur vloog open en Cleon stormde de kamer in. Grace snikte en wierp zich in zijn armen.

'Dank God, jij bent in orde,' hijgde hij, haar zo dicht tegen zich aan drukkend dat ze nauwelijks nog kon ademen. 'Toen ik thuiskwam en het huis in brand zag staan, was ik bang dat jij binnen was en...'

Grace trok zich terug. 'Anna is weg, Cleon,' bracht ze er met horten en stoten uit. 'Ik ben bang dat ze naar boven is gegaan.'

Cleon wees naar de deur. 'Het is voor jou niet veilig hier in deze rook. Ga naar buiten, dan ga ik Anna zoeken.'

Grace aarzelde, maar de intense hitte die de vlammen afgaven, deed haar beseffen dat ze het huis uit moest. Dat moesten ze allemaal – vooral Anna, haar kostbare lieve meisje. 'O, Cleon, ik... ik zou het niet kunnen verdragen als Anna iets overkomt. Ik moet haar vinden – ik moet zeker weten dat alles in orde is met haar.'

'Ik beloof je dat ik haar vind,' zei hij, Grace bijna naar buiten duwend. 'Ik hou van je, Grace, en op dit moment moet je aan jezelf denken, zodat je *boppli* ook de kans krijgt dit te overleven.'

Grace knipperde een paar keer met haar ogen, terwijl ze Cleons woorden tot zich liet doordringen. Hij had gezegd dat hij van haar hield en was bezorgd om het kind dat ze droeg. Betekende dat ook dat hij haar vergeven had? Er was geen tijd om vragen te stellen en Grace sprak niet langer tegen, want ze wist dat Cleon gelijk had. Hij had bij de vrijwillige brandweer gewerkt en maakte veel meer kans dan zij om Anna te redden.

Even later knielde Grace in hun voortuin op het gras neer en fluisterde een gebed. 'Help ons, God. Help Cleon Anna te vinden en bewaar hen beiden.'

Bij iedere seconde die voorbijgleed, vocht ze tegen het verlangen om weer naar binnen te rennen en te helpen zoeken. Wat als Cleon Anna niet kon vinden? Wat als ze allebei in de vlammen omkwamen?

Met trillende benen stond ze op en net toen ze naar het huis wilde lopen, verscheen Cleon met Anna in zijn armen.

'O, dank God.' Grace rende naar voren en strekte haar armen uit naar haar dochter, die haar pop in haar handen hield gekneld. 'Waar was ze?'

'Boven in haar kamer, ze wilde haar pop redden.'

'Is ze gewond?'

'Ik denk dat ze wat rook heeft ingeademd, maar ik zie geen brandwonden en ik denk dat ze het...'

Voor Cleon zijn zin kon afmaken, begroef Anna haar gezicht in Graces nek. 'Papa heeft me gered!' huilde ze.

'O nee, meisje,' zei Grace terwijl ze Anna op haar rug klopte. 'Je weet toch dat je vader niet meer leeft? Cleon is naar boven gegaan om jou te redden.'

Anna draaide haar hoofd naar Cleon toe, terwijl de tranen over haar rode wangen rolden. 'Ik bedoelde u ook. Mag ik u papa noemen?'

'Dat zou ik fijn vinden.' De tranen sprongen in Cleons ogen. 'Ik moet jou vergeving vragen, Anna. Ik dacht alleen aan mezelf, aan wat ik wilde en stond er niet bij stil hoe het voor jou moest zijn om bij andere mensen te gaan wonen.'

Anna rekte zich uit en legde haar hand tegen Cleons natte wang. Daarna boog ze zich naar voren en kuste hem op zijn wang.

Zijn blik ging naar Grace, die een snik voelde opwellen bij het zien van de tedere trek op zijn gezicht.

'Tijdens mijn reis moest ik aan een Bijbeltekst denken en ik besefte toen...' Hij haalde diep adem. 'Ik hou van je, Grace. Dat is nooit veranderd. En het spijt me dat ik zo onverzoenlijk was. Wil je me mijn koppigheid en dwaasheid vergeven?'

'Je was niet dwaas,' zei Grace hoofdschuddend. 'Je was gewoon diep gekwetst door mijn bedrog.'

'Daarom was het nog niet goed,' zei hij, haar een kus op haar mond gevend. 'Ik beloof je dat ik vanaf nu een betere echtgenoot zal zijn.'

Graces ogen stonden vol tranen. 'En ik zal proberen een zo goed mogelijke vrouw voor je te zijn.' Ze liet zich op de grond zakken, trok Anna op schoot en wees naar het huis waar de vlammen uitsloegen. 'O, Cleon, als er niet snel hulp komt, verliezen we ons hele huis.'

Hij knielde naast haar neer en pakte haar hand. 'John Peterson gaf me een lift naar huis en toen we zagen dat het huis in brand stond, beloofde hij hulp te halen. De brandweer kan zo hier zijn, maar zelfs als we het huis verliezen, doet het er niet toe.'

Ze knipperde een paar keer met haar ogen. 'Wat bedoel je, dat doet er niet toe? We hebben zo hard aan dit huis gewerkt en als we het kwijtraken...'

'Het huis is niet belangrijk, dat kan herbouwd worden. Het is veel belangrijker dat jou en Anna niets overkomen is.'

'Je hebt gelijk,' prevelde ze. 'God heeft ons een tweede kans gegeven en het enige wat ertoe doet, is dat wij Hem gehoorzamen en proberen het juiste te doen.'

In de verte klonk het geloei van sirenes en Cleon nam Anna van Grace over toen ze overeind krabbelden. Er kwamen twee brandweerwagens de oprijlaan oprijden, gevolgd door John in zijn terreinwagen. Er sprongen een paar brandweermannen uit de wagens. Ze gingen onmiddellijk aan de slag, maar het huis was bijna afgebrand. Het zag er hopeloos uit.

'Hebt u enig idee hoe de brand is ontstaan?' vroeg de brandweercommandant aan Cleon.

Hij schudde zijn hoofd, terwijl hij zijn arm om Grace heen sloeg.

'We hebben geen onweer meer gehad sinds de dag dat een van onze Amish vrouwen door de bliksem is getroffen, dus dat kan het niet geweest zijn,' zei Grace.

'Brandde er nog een gaslamp in het huis?'

'Ik dacht dat ik ze allemaal had uitgedraaid voor mijn dochter en ik vanmorgen naar de begrafenis van Alma Wengerd gingen. Maar ik was zo van slag over Alma's dood dat ik er misschien wel een vergeten ben.'

'Als het vuur is geblust, zullen we een onderzoek instellen,' zei de commandant. 'In de tussentijd moeten jullie je allemaal door de EHBO-er laten onderzoeken.'

Cleon knikte en sloeg zijn arm steviger om Grace heen terwijl ze naar de wagens liepen. 'Als ik eraan denk hoe ik je bijna verloren had, word ik helemaal beroerd.' Hij vertrok zijn gezicht. 'En ik voel me nog zieker als ik bedenk hoe verschrikkelijk ik jou behandeld heb toen Anna kwam en ik jouw geheim ontdekte.'

'Zoals bisschop King op de avond van Anna's komst tegen me zei: "Wat gebeurd is, is gebeurd en kan niet meer veranderd worden".'

Cleon bleef staan, keerde zich om en keek naar hun huis. Het vuur was geblust, maar het huis was verwoest.

Grace leunde met haar hoofd tegen zijn schouder en zuchtte. 'Het komt allemaal in orde. We hebben een *boppli* om naar uit te kijken en met de liefde en steun van elkaar en met God als het hoofd van ons gezin, kunnen we alles aan wat er ook in de komende tijd op ons af kan komen.'

'Je hebt gelijk, mijn Godsgeschenk.' Hij kuste haar teder op haar mond en boog voorover om Anna een kus op haar hoofd te geven. Het meisje keek glimlachend naar hem op.

Graces hart vulde zich met vreugde. 'En vanaf nu,' beloofde ze, 'zijn er geen geheimen meer tussen ons.'

Over de auteur

Wanda E. Brunstetter vindt het heerlijk over de Amish te schrijven, omdat ze een vredig en eenvoudig bestaan leiden. Wanda's interesse in de Amish en andere Gemeenschappen van Eenvoud ontstond toen ze in het huwelijk trad met Richard, die in een mennonitische gemeenschap in Pennsylvania is opgegroeid. Wanda heeft talloze reizen naar Lancaster County gemaakt en heeft diverse vrienden en familieleden in die omgeving wonen. Zij en haar man hebben ook andere delen van het land en diverse Amish families bezocht en persoonlijk leren kennen. Ze hoopt dat haar lezers net zo veel als zij van dit prachtig Amish volk zullen gaan houden.

Wanda en Richard zijn vierenveertig jaar getrouwd. Zij hebben twee volwassen kinderen en zes kleinkinderen. Wanda brengt haar vrije tijd graag met haar familieleden door en houdt daarnaast van lezen, buikspreken, tuinieren en stempelen.

Wanda heeft diverse romans, novelles, verhalen, artikelen, gedichten en poppentheater-scripts op haar naam staan.

Bezoek voor meer informatie over Wanda haar website www.wandabrunstetter.com en voel je vrij haar te e-mailen via wanda@wandabrunstetter.com